U0902285

好女十八嫁

上

HAONVSHIBAJIA

花落重来 著

凤凰出版传媒集团
江苏文艺出版社
JIANGSU LITERATURE AND ART PUBLISHING HOUSE

图书在版编目（CIP）数据

好女十八嫁（上、下）/花落重来著. —南京：江苏文艺出版社，2009. 12

ISBN 978 -7 -5399 -3419 -8

Ⅰ. 好… Ⅱ. 花… Ⅲ. 长篇小说 - 中国 - 当代 Ⅳ. I247. 5

中国版本图书馆 CIP 数据核字（2009）第 172028 号

书　　名 好女十八嫁（上、下）
作　　者 花落重来
出版统筹 黄小初　侯　开
选题策划 石　颖
责任编辑 胡小河
文字编辑 姜婀娟
责任监制 卞宁坚　江伟明
出版发行 凤凰出版传媒集团
江苏文艺出版社（南京湖南路 47 号 210009）
集团网址 凤凰出版传媒网　http：//www. ppm. cn
印　　刷 三河市鑫利来印装有限公司
经　　销 江苏省新华发行集团有限公司
开　　本 700 ×980 毫米　1/16
字　　数 534 千字
印　　张 44. 5
版　　次 2010 年 1 月第 1 版，2010 年 1 月第 1 次印刷
标准书号 ISBN 978 -7 -5399 -3419 -8
定　　价 49. 80 元（全二册）

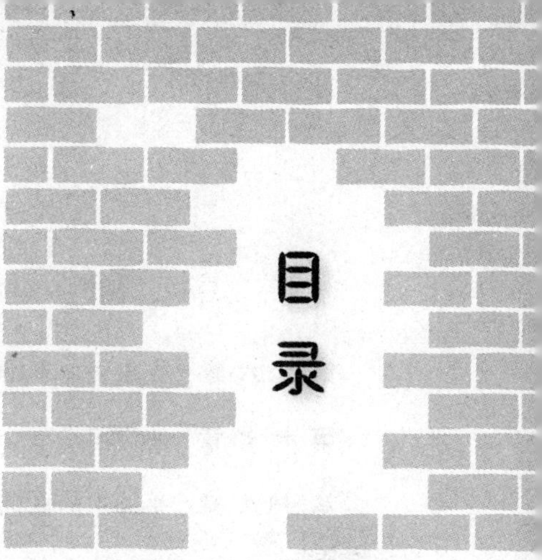

目录

上册

下册

第一章

我要当家

北宋天禧四年，伏牛山山脉。

时值农忙春耕，延绵八百里的伏牛山某处山谷，阡陌纵横，披着晚霞的农民们正抓紧时间在自家的耕田里垦土翻地，好趁这几天风和日丽，赶紧将农作物播种下去，留在家中的妇女们则开始准备晚饭。一股股白色的炊烟不住地从家家户户的烟囱之中冒出来，袅袅婷婷、身姿婀娜地飘向九天，向另一个世界传达着这个小山村的平静和祥和。

然而，半山腰处的两间茅屋却是冷冷清清，毫无烟火之气，只有一个八九岁的小女孩，穿着一件起码有六七处补丁的麻布蓝衣，孤独地站在篱笆墙外，不时地向山下张望。

一阵乍暖还冷的山风掠过，吹拂起她那头虽然扎成了马尾、却仍蓬乱如干枯茅草的黄头发，戏弄似的盖住了她的眼睛。小女孩不耐地抬起细细的胳膊，麻利地将几缕刘海绕到耳后，一双又黑又亮、仿佛集中了全身灵气般的大眼睛顿时显露了出来。不过，她的眼睛虽然漂亮，五官也生得端正，可一张脸却黄里带黑，下巴更是尖瘦得过度，一看便是长期营养不良的缘故。

小女孩等了好一会儿，见山谷中的农民们都渐渐收工回家了，期待中的人却还没有出现，脸色顿时不满地沉了下来。

该死的，这两个家伙居然还不回来！一个“饭桶”，一个“饭袋”，究竟在搞什么鬼？不要告诉她他们又去玩什么打抱不平、行侠仗义去了！要是这一回他们再

敢像上次一样，什么吃的都没带回来，却把打猎换来的铜钱都拿去救济什么可怜的穷人，她可就真要发飙了！

咕噜噜……

饥饿的肚子再一次严重抗议，提醒着一肚子闷气的范小鱼，幻想不能当饭吃，怒气也不能当饭吃，她若是不想再饿肚子，与其寄望那不知道什么时候才能出现的人，还不如先去厨房，把那篮苦涩的野菜给煮了比较好。那东西虽然十分难吃，可至少也能骗一会儿肚皮。

唉，原本还以为今天总算可以不用吃那闻到味儿就想吐的野菜了。范小鱼叹了口气，重新紧了紧腰带，转身推开破烂的院门，走向西边那间兼做厨房、柴房的小屋。

夕阳坠落后，正屋内的光线还算明亮，可厨房里却已是一片昏暗，只能隐约看见一片灰白色的土灶。这一切，再次提醒着范小鱼现今悲惨的现实生活。

这些天来，她一直在思考一个问题：如果当初在这具身体上重生时没有前世的记忆，她会不会就懵懵懂懂地安于这份贫苦的生活呢？可是如果毕竟只是如果，她就是再假设，也抹不去自己是从一个物质极其丰富的年代穿越来的事实。她的感官早已深刻地烙下了各种美食的味道和香气，习惯了亮堂堂、干干净净的舒适生活环境。让她天天忍饥挨饿，纵然有随遇而安的性子，这日子又如何能不难熬呢？

范小鱼低头看了看自己芦柴棒一样细瘦的身材，明明已经九岁了，却还像个六七岁的孩子。想起这半个月以来所过的日子，她不禁苦笑了一下，随即忍不住涌起一阵怨气，小脸又板了起来。

武功高强很厉害啊？被别人叫一声“大侠”就了不起啊？

我呸！连自己儿女的基本温饱都解决不了，算个狗屁大侠啊！谁家有事来找，都一口答应，不管白天黑夜，都满腔热情地去跑腿，就是对自家的儿女不上心，甚至连家里头有没有米了都不知道，我看是大傻还差不多！

哼，要不是看在他好歹还是这具身体的亲爹分上，她早就当面把那个烂好人骂个狗血喷头，然后独自远走高飞了。就算她现在才九岁，她也不信凭她前世二十多年的生活经验，还会连自己也养不活！

只是，她如果真的离家出走了，那冬冬怎么办？想起自苏醒后一直十分黏自己的那个才七岁的豆芽似的乖巧小男孩，范小鱼深深地叹了口气。唉，不想了，他们快回来了，赶紧做饭吧。

借着昏暗的光线，范小鱼掀起盖着水缸的木板，用葫芦瓢舀了半锅的水，又重重地盖上盖子，走到灶间先搅动着烧火棍，清了清灶底的灰烬，使得里头的空气畅通，然后拢了一堆易燃的干柴叶子，开始用打火石生火。

这个动作看似简单，却曾让她付出了差点被烟熏死、被火烧到眉毛的代价。想以前，她家的厨房又干净又卫生，煤气、电磁炉随手拧按一下就可使用，哪里像如今这般，只是生个火都要费半天力气。

咔咔咔……在重复了十几次的打磨动作后，一点火花终于冒出。范小鱼忙扔了打火石，像伺候大爷似的，小心地等火苗扩大才塞进灶口里，再加上一些细树枝，等细树枝开始燃烧了，才架上一块块劈好的木柴，开始炒菜。

在稀少得可以忽略的油量下，满满一锅野菜很快就急剧萎缩成了两碗，已经快要饿昏了的范小鱼皱着眉强逼着自己用最快的速度将其中一碗咽了下去，然后将剩下的一碗架在锅里保温，留给等会儿放学回来的冬冬。至于那两个迟迟不归的家伙，就让他们喝西北风去吧！

就这么一会儿的工夫，天边的晚霞已黯淡了许多，四周的群山都陷入了暮色之中。村子里的炊烟大多都已经熄灭了，四下望去，可以清楚地看到有几户人家的男人端着海碗坐在家门口，一边吃，一边和对门或隔壁的邻里交谈。

一阵山风从山谷那头卷了过来，带来了庄稼汉们粗犷的大嗓门和寥寥的几句耕种的计划，也传来了一股寒意，让范小鱼忍不住紧了紧并不合身、打满了补丁的蓝布衣裳。天越晚，风越冷，不知道今天冬冬穿的衣服够不够。

范小鱼正考虑着要不要拿件衣服去接自己的弟弟，蓦地，山脚下突然出现了两个熟悉的身影。范小鱼的小身板一下子直了起来，这两个家伙总算知道回来了！

可是……

当范小鱼的目光投到山路上那两个几乎双手空空、走路却磨磨蹭蹭的大男人身上时，眼神立时凝结成凛冽的寒风。很好，真的很好！

两个男人都是二十七八岁的样子，一般高矮，一般胖瘦，就连面容也是一模一样的浓眉星目。若是能换身得体的衣服，走在街上，这绝对是一对足以令大姑娘、小媳妇偷偷回头的英俊双胞胎。

“老二，等会儿小鱼问我钱怎么没了的时候，你可一定得帮我作证啊！”越走越慢的范通，再次抬头看了看山腰的茅草屋，不放心地回头嘱咐道。

“知道了，知道了，你都说了多少遍了，烦不烦啊？”相较之神色优柔、明显近家情怯的老大，五官中隐隐流露着不羁的老二范岱就显得轻松多了。他一边走路，一边还不时地挥舞着手中的树枝，一招一式有板有眼，好像在练什么武功似的。

“我这不是怕你忘记吗？”范通憨厚的脸上写满了心虚，“要是小鱼知道我又把钱送给别人了，她一定会很生气的，不如说……”

“不如干脆撒谎骗人，说钱不小心被小偷偷走了？”

话音未落，范岱突然像脚底装了弹簧似的猛然拔地而起，手中的树枝狂舞成一团虚影，连变了好几个招式，才和纷飞的树叶一起落了下来，然后鄙视地看向范通，“大哥，不要说我没提醒过你。虽说小鱼已经不记得以前的事情了，可你别忘了，自从她被我们打通任督二脉后，整个人不知变得多聪明！我看你这个老套的借口，只能骗骗老实的白菜和以前的傻小鱼，可瞒不了现在的她。”

范通烦恼地皱起眉头，“我知道小鱼现在和以前完全不同了，可是你说，我怎么说才能不惹她生气？”

“老实说！”

范岱又舞了一招，刚想说这三个字，还没开头就听到有个稚嫩的童音代替他说了出来，不由惯性地点头道：“对，老实说……啊！”

话音刚落，他突然一个激灵，愕然地望向前方，只见前方的灌木丛后正走出一个脸色不知有多僵硬的小女孩。

呃……小鱼自从死而复生后，不是一天功夫都没有练过吗？怎么轻功进步得这么快，居然连他们兄弟俩都没察觉？难道……范岱眼中刚闪过一丝惊喜，忽然猛地捂住了嘴，本能地弯腰往范通身后一躲。

糟糕！他刚才没有顺口叫了冬冬的旧名吧？

“小……小鱼……你……你怎么下来了？”比起范岱的惊慌，刚刚还要求弟弟串供的罪魁祸首范通更是吓得一身冷汗，连口齿都不利落了。

“因为我想爹和叔叔这么晚才回来，一定是买了很多东西，拿都拿不动了，所以特地下来迎接你们。”

范小鱼一步步地走到他们面前，话虽说得很孝顺，稚嫩的童音听来似乎也很甜美体贴，可任谁都瞧得出她眼中没有半丝笑意。待目光扫过范通手里仅有的一只小油纸包，范小鱼的语气中更是透着一股令人发颤的味儿，“请问我伟大的大侠爹爹，你给我们带回了什么好吃的？”

“我……那个……我……”被抓了个正着的范通压根儿就不敢正视范小鱼，手指紧捏着手中轻得可怜的小油纸包，头都快低到胸口了，就是“我”不出个所以然来。

“我什么呀?”范小鱼扯起嘴角，感觉胸口就像有一座火山正在酝酿着要喷发。

“我……”范通满头大汗，偷偷地斜起眼睛，试图向旁边的范岱求助，却发现刚刚还站在他旁边的弟弟，不知什么时候已经躲到他的背后去了。

面对兄长频频暗示的眼色，范岱不但坚决无视，反而还表现出一副“我绝对不是同谋”的大义之色来。

让他帮忙说话？开玩笑！自从这个侄女儿开窍之后，脾气可不是变了一点半点，而且严禁他们再叫范白菜的本名，否则必是冷眼冷语伺候。现在小鱼显然没空来追究他的失口，他傻了才把自己往上凑呢！

“我……我买了馒头。小鱼，你饿了吧？来，赶紧吃一个，可香着呢。”范通见刚刚还爽快答应他帮忙的老二很没骨气地反过来和自己划清界限，只得咬了咬牙，把手中的油纸包递了过去。

“啊，好多的馒头啊!”范小鱼一眼扫过纸包里面的馒头，瞪圆了大大的眼睛，“一个，两个，三个，四个……居然有四个馒头哎!”

听到她故意用十分夸张的口气惊呼，范通和范岱的嘴角同时抽搐了一下。范岱脸皮厚，而且事不关己，只当耳聋眼瞎，而皮薄的范通则窘得恨不得一拳打开个地洞，先钻进去了再说。

“说吧，这次到底又是什么催人泪下的故事?”看着今生这个只会像小学生般低头的爹，范小鱼终于再也忍不住满腔的怨气，刷的一下合上油纸包。

足可以换一百多文钱的野味，就只换来这四个馒头，她的大侠爹爹，可真是能干啊!

暮色一层层地淹没着远山，并向山谷蔓延了过来。山下的村舍轮廓也更模糊了。

呼！又是一阵晚风掠过，屋顶的茅草们齐齐地抖了一抖。其中一根可怜的茅草无助地脱离了群众，忽悠悠地飘落了下来，顺着破烂的窗户滑进了家徒四壁的屋内，跌入了战圈，刚好被某个正在偷偷后退的男人一脚踩上。真是悲惨啊!

茅屋内，已燃起一点如黄豆般的灯，混合着从窗外透进来的最后一丝天光，摇

曳着映出桌旁一大一小两张隐隐相似的面容。

“然后，你就把身上所有的钱都给了那个可怜的卖身葬夫的小娘子？所以才会除了这四个小馒头，连一斤米、一把盐都没有带回来？”听完了范通的解释，范小鱼的脸上满是恍然之色，还主动地提供了故事的结尾。

“是啊，是啊。小鱼，你不知道那个小娘子有多么可怜！她和她丈夫本来就是因为家乡发水灾，日子过不下去才北上寻亲的，谁想祸不单行，还没到京都，丈夫就病死在路上。她一个年轻女子，既没主见，又举目无亲，更是穷得连口薄皮棺材都买不起，若不是爹爹正好看见，她就只能卖入黄家当奴婢了。”

看见女儿的神色似乎阴转多云了，原本有些愧疚之色的范通顿时又来了精神，腰板也挺直了许多，侠义凛然，“若是她找了户好东家，那也就算了，可那黄家在镇上是出了名的霸道不讲理，在他们家当下人，常常被打得体无完肤。你说，爹爹我身为正道中人，怎么可以见死不救，眼睁睁地看着人家掉入火坑呢？”

“嗯。”范小鱼点了点头。很好，果然又是个很狗血的故事。

“宝贝女儿，现在你已经知道了事情的前因后果，不会再怪爹爹了吧？”慷慨激昂后，范通充满期待地看着自己的女儿。而一进屋就刻意站得远远的范岱，却不动声色地又退了一步，眼神中充满同情之色。

他这个笨大哥，居然到现在还不了解这个开窍后的女儿的性格！要是换成他，早就俯首认罪，并发誓再也没有下一回了，哪还敢用这种邀功的口气？

唉，你说他们都是在一个娘胎里长大的，怎么智能就相差这么多呢？

“是啊，不怪你，当然不能怪你……别人的爹娘都是各人自扫门前雪，不问他人是与非，只要自己的儿女能吃饱穿暖，其他概不关心，一点同情心都没有。我却有个最爱行侠仗义，宁可自己一家都饿肚子也要救济别人的爹爹，我们身为子女的，骄傲都还来不及，又怎么敢怪你呢？我只是有件事情一直想不明白，很想请教爹爹，为什么您明明是个豪情万丈、处处受人尊敬的大侠，可别人却叫我和冬冬是‘小叫花子’呢？”

范小鱼不怒反笑，声音软绵甜蜜，说到“子女”和“叫花子”几个字时，咬字尤其标准和清晰。

范通的脸瞬间僵住，他就再憨愚，也听出范小鱼一连串语气词之后的讽刺了。目光转到范小鱼那张瘦小的脸上，又看了看她身上那件明显不合身的补丁蓝衣裳，范通黝黑的脸顿时红了起来，然后再由红转白，白又转红。

“扑哧……”

听着范小鱼用娇软的童音笑盈盈地表示“支持”和“骄傲”，再看范通脸上那丰富的表情，范岱一时忘了自己应该当个无声的旁观者，忍不住失笑。声音才出，他马上就后悔了。

“我亲爱的叔叔，请问我说的话很好笑吗？”果然，范小鱼的眼睛马上就像是火药桶被点燃了引信般，刺刺地直冒火光。

“不，不好笑，坚决不好笑！”范岱立刻立正站好，贴着门板一动不动，眼睛直盯着挂在墙上的蓑衣。

范小鱼轻哼一声，目光重新落到转眼间额头上又全是冷汗的范通身上。她将油纸包推到范通面前，笑吟吟地问道：“爹爹，请问我们今天吃完了这四个馒头，明天又吃什么呢？还有，咱们家拖欠先生的学费什么时候交啊？好像你今天早上出门的时候还跟冬冬说过，明天一定会让他带去的哦！咦，你很热吗？怎么额头上都是汗？我和冬冬每天晚上睡觉还觉得冷呢！”

难受是吧？就是要你这个烂好人开一开窍！

“这个……这个……”范通这一回连汗都不敢去擦，谄笑了半天，突然眼前一亮，讨好地道，“宝贝女儿，对不起，爹爹知道错了。爹爹以后一定改正，努力打猎养家，供冬冬读书，再也不乱花钱了。你不要生气了，好不好？爹爹明天一定多打几只野味回来，肯定让你和白菜都吃得饱饱的，好不好？”

“你叫冬冬什么？白菜？”提起这个名字，范小鱼顿时沉下了脸。

他还有脸提这个名字？试问，世界上有哪一个爹会因为儿子出生的时候，家里穷得只剩几棵大白菜，然后就给一个男孩子取名叫“白菜”的？亏他堂堂七尺男儿，就没想过这个名字会让她那个才七岁就已经懂事得不得了的乖弟弟留下阴影吗？以后长大了，让他如何面对外人和朋友？

“哦，不是，不是，是冬冬，冬冬。”范通急忙更正，汗流得更凶了。

“名字的事先搁在一边。我问你，如果你明天还是带不回吃的和冬冬的学费，你准备怎么办？”范小鱼再没有心思跟他玩游戏，板着脸切入重点。

不断地希望，不断地失望，这种游戏她已经玩了很多次，没兴趣再玩了。

“不会的。爹爹这次一定说到做到。”范通一脸诚恳地保证道。

“这种保证，我们已经听过无数次了。”范小鱼不屑地道。

呃……范通一愣，谄笑了一下，为难地转了转眼珠，突然站了起来，郑重地举

手发誓道："要是明天爹爹再买不回米和盐，还让你们饿肚子，爹爹我就不是英雄，是狗熊！"

"英雄？英雄值几个钱？在我眼中，狗熊可比英雄好多了。"范小鱼讽刺道，"起码狗熊还知道要找食物把自己的孩子喂饱呢！"

是，助人为乐是种好品德，确实值得尊敬并提倡，可帮人也要有自知之明啊！如果他范通是个一人吃饱、全家不饿的单身汉，和她、和冬冬八辈子也打不着关系，她绝对半点都不会干涉！但现在呢，难道他白长了一双眼珠子，连家里的实际情况都看不到吗？

再这样下去，她毫不怀疑她和冬冬会活活给饿死。即使不饿死，就她们姐弟俩这豆芽似的小身板，估计一点小病就能夺走他们的生命。到时候，就不相信他这个当爹的还能无动于衷！说句不客气的话，这就是生死存亡的关头！人要是都到了没法生存的地步了，什么面子、里子，统统都是放P!

"……"没想到范小鱼这么不客气，范通的脸顿时僵住。半天，他才又是无奈又是委屈地低声嘀咕道："我有找食物啊，昨天我们还吃了山鸡肉的……"

"你还狡辩？"提起那些水煮的白肉，范小鱼更是大怒，"谁喜欢天天吃那些淡出鸟的干肉啊？我们要吃的是米饭，是蔬菜，是盐！盐！盐！盐！你懂不懂啊？"

要是她想吃肉，早上不会让他们留一只野味下来吗？

从她穿越到这个九岁小女孩的身上后，这么多天，他们家有盐吃的次数还不够五根手指头数。那些貌似丰富的野味，她看到就反胃——肉质僵硬，淡而无味，直嚼得她满口牙疼，浑身冒虚火。不到饿极了，她是连一口都不想碰的。到了晚上，她渴望吃盐到连做梦都梦到喝海水。至于前世那些吃厌了的蔬菜瓜果，她更是不知有多么怀念。

不过，要是早知道他们又拿钱去救济什么可怜人，她宁可吃得满嘴冒泡，也不让他们把野味带去卖。

"懂懂懂……"面对范小鱼的狂怒，范通不由怯怯地缩了下头，忙小心地赔起笑脸，"那这样好不好？爹爹想办法去借些钱，先让冬冬带一点去学堂，给家里买点米盐，然后爹爹努力打猎还债。"

"当然可以啊，如果你借得来。"提起借钱，范小鱼忍不住嗤笑一声。

她之所以如此看不起范通的烂好人性格，坚决反对他行侠仗义，除了这个傻瓜爹常常会"伟大无私"地置外人于他们姐弟之上外，最大的原因就是这里的人对她

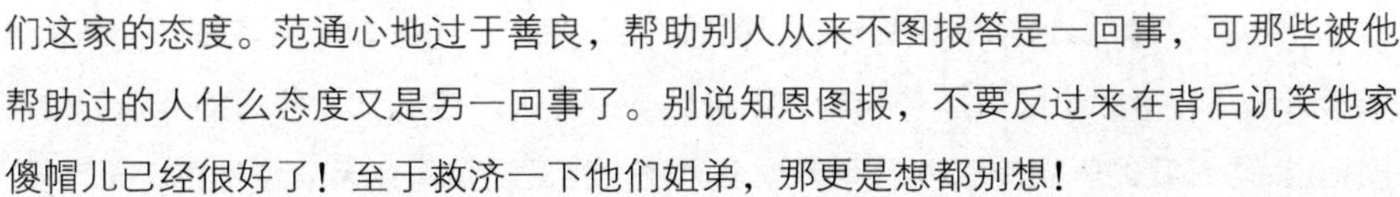

们这家的态度。范通心地过于善良，帮助别人从来不图报答是一回事，可那些被他帮助过的人什么态度又是另一回事了。别说知恩图报，不要反过来在背后讥笑他家傻帽儿已经很好了！至于救济一下他们姐弟，那更是想都别想！

如果说她在苏醒后还曾庆幸过自己拥有一个当大侠的爹，那么如今这个“大侠”的称呼对她简直就是一种赤裸裸的讽刺。

范小鱼越想越气，再看到范通那一副唯唯诺诺、半天想不出办法的样子，更是觉得胸口膨胀，那一团火终于蓬蓬勃勃地燃烧了起来。

“姐姐，爹，二叔，我回来了！”正当范小鱼准备毫不留情地继续讥讽之时，外面突然响起一个清脆的童音，及时地挽救了范通的尴尬。

“乖儿子，你回来啦？今天在学堂里过得好不好？”

听到这个声音，范通顿时如获赦令，忙以关怀儿子的名义逃命似的蹿了出去，他的双胞胎弟弟范岱也几乎同步地没了踪影。只一眨眼，屋内就只剩了范小鱼一个人。

真是好笑，他们以为拿冬冬来做挡箭牌，今天的事就可以这么揭过去吗？

范小鱼冷笑了一声，不慌不忙地站起来，沉着脸走了出去。不过当她望见被双胞胎包围在中间的那个瘦弱得像根小豆芽似的小男孩时，眼中还是不由自主地带上了一缕温暖。

“姐姐!”同样细胳膊细腿、头发黄兮兮，大名为“白菜”的小豆芽，正有些不习惯突然变得异常热情的双胞胎的关心，看见范小鱼，顿时展颜欢快地向她扑了过去，拉着她的手开心得直笑，“姐姐，今天先生教了我们一首诗，说是当今皇上亲口作的呢！冬冬已经会背了。冬冬背给姐姐听好不好?”

“当然好啊！来，外面风冷，我们先进屋再说。”范小鱼微笑着牵着和自己一样发育不良、却眉清目秀得不输于任何漂亮小男孩的弟弟，瞟也不瞟院中的兄弟俩，走进屋去。

趁着姐弟俩转身，范通忙求助地向弟弟使了个眼色，示意他等会儿一定要帮他说话，范岱摊下手表示爱莫能助。范通再恳求地拱手，范岱也还是连连摇手。

“啊，今天家里有馒头吃啊?”两兄弟还在打哑谜，看见桌上馒头的范白菜已经惊喜地呼道。两兄弟的神色不约而同地一僵。

“是啊，这是咱们的爹拿两只野兔、一只獾、一只山鸡换来的。冬冬，你说我们的爹爹是不是很厉害啊?”里头果然马上传来讽刺的话语。

“爹爹又把打猎换来的钱给别人了啊?”范白菜一下子明白了刚才爹和二叔为什么那么热情，小脸上顿时满是失望，沮丧地垂下了头，再没有了背诗的心情。他闷闷地道：“那我的学费怎么办？今天先生问我，我还说爹爹今天去卖野兔、山鸡了，明天就可以先交一点的。”

“你们都听见了吧?”范小鱼心疼地摸了摸冬冬的头，冷冷地看向窗外，“现在学费交不出来，你们让冬冬明天还怎么去读书?”

“对不起!”范通低着头，愧疚地走了进来。

范岱摸了摸鼻子，有心躲在外面，可终究还是不敢，只好也跟了进来，不过却是一进门就挨着门不动，一副随时准备逃跑的样子，好像范小鱼就是只母夜叉似的。

“对不起？对不起能让冬冬有书读？能让我们姐弟俩有饭吃、有衣服穿吗?”

看见范通又露出那种貌似诚恳、却一转身就会“牵牛下海，屡教不改”的歉疚模样，范小鱼气闷得忍不住猛地捶了一下桌子，发出老大的一声砰响，震得油灯差点都被打翻，屋中光影顿时一阵摇晃。

老虎不发威，就当我是病猫是吧?

“姐姐?”

从没见姐姐发过这么大脾气的范白菜顿时吓了一大跳，手中的馒头一下子掉到了桌上。范通和范岱也都吃惊地睁大了眼睛。

“冬冬，这些馒头冷了就不好吃了，你帮姐姐拿到厨房去热一下好不好?”意识到自己久违的失控也吓到了范白菜，范小鱼忙深深地吸了一口气，勉强地笑了一下，无视小手的疼痛，把油纸包塞到范白菜的手中，声音尽量温柔地道，“等热好了，你就先吃，姐姐要跟爹和二叔好好聊一聊。”

如果说穿越到这个破烂家庭来，唯一能让她的心变得温柔的是什么，那绝对非眼前这个懂事的弟弟莫属。就算不为了自己，只为了这个和她的身体拥有血缘关系的亲弟弟，她也要努力改变这个家的现状。而要改变这一切，就只能从眼前这两个劳动力开始。

范白菜接过馒头，小鹿般的眼睛担忧地看看这个，又看看那个，软软地哀求道：“姐姐，爹，那你们好好说，不要吵架好不好?”

范小鱼抿了一下唇，摸了摸他的头，让自己的微笑尽量显得和婉，“好，姐姐答应你，会和爹爹好好地说。”

范白菜张了张嘴，似乎还想说什么，可还是低下头，乖乖地走向厨房。

“小鱼，你别生气，爹以后真的会说到做到。要不，爹现在就出去打猎？夜里出来的野兽多，爹和叔叔多打一点山货来，然后明天一早，你陪爹一起去卖，钱全部你来管——不，以后的钱都由你来管，你看这样好不好？”看着小儿子失落的背影消失在门外，再看女儿那张强行压抑着的冷漠的脸，范通不由得又是内疚，又是自责，汗颜得无地自容，只能讨好地乞求道。

他其实也知道，自己就算想帮助人家也要量力而行，起码得先把一双儿女养好。可是每次看到有人遇到困难，他总是没办法视而不见，然后一不小心就把身上的钱都掏出去了。但这并不代表他就不疼爱小鱼和白菜呀！如果可以，他真的愿意付出一切，来换得小鱼和白菜的平安和快乐。

“这可是你自己说的？”范小鱼怀疑地看着他，“你不会转头又反悔了吧？”

“不会，不会！”范通用力地点头，然后又忙摇头，指着范岱道，“真的不会，你二叔可以作证。”

“二叔，这个家你也有一份，你同意吗？”范小鱼立刻盯住范岱。

“我没意见。”范岱立刻识时务地表态。

“好！”范小鱼一拍桌子，“既然爹和二叔都这么说了，那我今天就再原谅你们一次。不过，我先说清楚了，以后不但家里所有的收入和支出都归我管，其他大事小事，你们也要听我的，也就是说，这个家以后我来当！”

这个念头她早在穿越了三天之后就有了，后来十几天的适应和观察更让她坚定了这个决心。

“你当家？”双胞胎兄弟异口同声地喊道。

“怎么，不行吗？难道你们以为在这个家里，还有谁能比我当家当得更好？”范小鱼鄙视地看着他们。

一个是别人一哀求就心软得像团烂泥，可以倾家荡产地去帮人家的烂好人；一个是整天只琢磨着武功，梦想要成为武林第一高手、不事生产的武痴；还有一个是才七岁就过早地成熟，帮人家放牛、放鹅补贴家用的小男孩……这样一个贫困潦倒的破家，不由她这个拥有前世记忆的穿越者来当，还有谁能当？至少她当家后，绝对不会让大家连饭都吃不饱，连衣服也没得穿，更不会让极度渴望读书的冬冬连书都没得读。

看到范小鱼明显带着不屑的眼神，范通和范岱面面相觑了一下，两人的心头都浮现出半个月前那一幕，反驳的话再也说不出口。

那一天，他们为了替小鱼开窍，冒险合力为她打通任督二脉，结果小鱼竟昏死了过去，足足在鬼门关待了一天一夜，冬冬伤心得几乎要哭死过去。那凄惨悲凉的情景，至今还深深刻在他们的脑海之中。虽然后来小鱼奇迹般地死而复生，并如愿地开了心窍，变得极度聪明，却全然不记得以前了。苏醒后的聪明小鱼对他们两个没有多少感情，但却一如从前地疼爱弟弟，而他们能失而复得这个亲骨肉，已经感到很幸运了，哪里还敢抱怨老天？

再后来，慢慢正常起来的小鱼就开始插手管理家务，并且比以前还无微不至地照顾冬冬。虽然她常常对他们兄弟俩指手画脚地提意见，不过奇怪的是，她每次说的事情都有道理。而且不可否认的，这半个月来，他们的日子确实也有所改善。最起码，那个私塾先生终于同意让白菜旁听了，家里也不再像以前那样常常一天只吃一餐，就算是野菜，吃起来也比以前有味道多了。

“我同意姐姐当家。”就在范通、范岱心里已经有九分同意的时候，门口突然传来了范白菜的声音，认真地表示他的意见。

虽然姐姐曾经不认得自己，但依然那么疼爱他，而且还让自己如愿地上了学，还能让爹低头认错，让整天练武的叔叔也跟着去打猎。他相信，等姐姐当家后，家里一定还会更好的。

范小鱼怜爱地看了一眼范白菜，走到他身边，摸了摸他的头，然后姐弟俩一起看着兄弟俩。

“冬冬也同意了，你们两个没意见了吧？”

神经总是少一根的范岱连忙表态，“我没意见。”

“既然你们都同意了，那我也没意见。”

心有亏欠的范通也赶紧点头。只要女儿开心，就随她去吧！就当是他这个做父亲的一点弥补。谁让他们两个当长辈的，确实连两个晚辈都照顾不好呢？让小鱼当家也没什么不好，反正现在小鱼也差不多已经当家了。他们是江湖中人，可不能像那些市井之徒般斤斤计较，随她吧！

“那就这么定了，以后除非我同意，谁也不能乱动一文钱。”范小鱼的脸上总算露出一点满意之色。

范通和范岱赶忙鸡啄米似的点头。

“好了，那吃饭吧！吃了好早点休息。”范小鱼搂了冬冬的肩膀，走向隔壁厨房。这个家穷得连灯油都必须节省，这些天她已经习惯了天黑不久就睡觉，天明即醒，标准的早睡早起身体好。

第二章

初遇小正太

范小鱼才走了几步，突然听到外面一阵喧哗，有一个声音气呼呼地大叫道：“范岱，你给我出来!”

好啊，原来今天不但老大“行侠仗义”，老二“饭袋”也没干什么好事啊!

听到外面的喧哗声，范小鱼好不容才平复的脾气一下子又被点燃了，双眼如利剑般刷地回头向屋里射去，却见昏暗的屋中，范通呆滞地看着那一扇吱呀摇摆着、马上就要掉下来的窗户，而刚刚还站着的范岱显然已畏罪潜逃了。

“范岱，范岱！你给我出来!”门外的人又喊了。

好个“饭袋”，惹了祸还敢逃跑！范小鱼的拳头瞬间捏紧，扁平的胸口急剧地起伏了起来!

“姐姐……”范白菜见范小鱼脸色铁青，不由担忧地叫了一声。

范小鱼硬生生地压下怒气，尽量柔声地道：“冬冬，你先去吃吧。不要吃野菜，就吃馒头。”

打发走了冬冬，范小鱼的冷眼立刻飞向满脸愕然、似乎也搞不懂范岱闯了什么祸的范通。

“不关我的事，我什么都不知道。”见女儿的眼神如刀锋般凌厉，范通吓得立刻举起双手表示自己很清白，“不信我们一起出去。”

范小鱼沉着脸哼了一声，一语不发地率先走了出去。生气归生气，事情还是要解决的，至于范岱，她就不相信他敢一辈子都不回来。

范通赶紧起身，长腿一迈快走了两步，陪在女儿身侧。虽说小鱼自小被教导练武，普通成年男人也奈何不了她，但她毕竟还只是个九岁的小女孩，就算她要当家，也不能让她单独面对危险。

一出屋子，两人便透过矮矮的篱笆墙看到外面站了七八个明显气势汹汹的男人，为首的一个身穿绸缎，看起来四十多岁，魁梧肥胖，长了一张庞大的国字脸，大鼻子，阔眼睛，模样儿十分熟悉，不正是镇上首富，拥有数家铺子，还开了个张记酒楼的大老板张德宣吗？

“这不是张大叔吗？”范小鱼还没走到篱笆墙旁就先笑脸迎人，惊讶地问道，“张大叔，您怎么带这么多人来我家啊？”

张德宣的铜铃眼一扫范家这位半个月前还是个傻子，此刻说话却突然有条理起来的长女，心中虽然有些惊讶，不过这事和他无关，他看了两眼就把目光放在范通身上，用他特有的公鸭嗓子喝道：“范通，你弟弟范岱呢？他砸了我的酒楼就跑，没这么便宜！”

“砸酒楼？”范通和范小鱼齐齐吃惊地道。

“不要告诉我你们不知道！”张德宣冷笑道，伸长了鸭脖子往屋里张望，“范岱，你要还是个男人，就给我出来！”

“张大叔，您先消消气，有什么事情就跟我们说。我叔叔进山打猎去了，一时半会儿可能回不来。”见对方根本就不理自己，而自己的爹爹范通却只会吃惊地张着嘴，范小鱼心情更是恶劣，却只能先忍住满腔的怒火，努力地维持着微笑。

TMD，她上辈子没做什么坏事啊，为什这辈子这么倒霉？不要告诉她这贼老天是特地派人来考验她的当家能力的！

“打猎？哄什么人呢？刚才还有人看见他回来了。”张德宣重重地喷出两声冷笑，对着范通道，“既然他躲起来了，跟你这个哥哥说也一样。一个时辰前，你弟弟在我的酒楼里打架，不但赶跑了客人，还砸了我二楼的场子，你说说这笔账该怎么算吧？”

“张老板，您别急，既然是家弟闯的祸，我当哥哥的自然不能不管，不知张老板损失了多少，范某一定会如数……”范通总算从意外中反应了过来，忙义正词严地就要保证。

“一定会赔偿您的。不过我们现在还不清楚整件事的前因后果，希望张大叔先跟我们仔细说说情况，然后我们再商量怎么个赔偿法。张大叔，您看这样好吗？”

范小鱼抢过他的话头，免得这个傻爹爹什么都没问清楚，就一口承诺。

如果不是问心有愧，范岱也不会一听到人家来就逃走，所以错肯定在范岱。人无理则弱三分，若是想顺利地解决纠纷，少不得要赔小心委屈一下。

“去去，大人说话，小孩子插什么嘴?”见范小鱼屡屡抢话，还打断了范通的赔偿保证，张德宣一拉脸，不悦地叱道。

“张大叔，您这话可就不对了。我虽然还是个小孩子，可是并不代表我就不懂事啊?”范小鱼的小脸上满是纯洁无辜之色，“不瞒张大叔，刚刚我爹已经答应，从今儿个开始，家里的事就由我做主了。如果我不答应，恐怕我爹爹也不能对张大叔您承诺什么呢！有道是，一人做事一人担，如果张大叔您不肯和我们好好说，那您只管自己找我叔叔要赔偿去，我想我和我爹是帮不上什么忙了。”

这一番绝对不像小孩说的软硬话一出，张德宣顿时吃惊地张大了嘴，欲待不信，可一看被打断话的范通不但没有反驳，反而两眼只顾左看右看，就是不正视大伙，面上还明显地带着一丝赧然和尴尬，不由得抽了一下嘴角，总算开始打正眼看范小鱼，“你们家现在真的是你当家?”

乖乖个咚咚，这范家的傻瓜女不开窍则已，一开窍怎么就变得这么聪明了？瞧她那股伶俐得像个大人样的劲儿，真是以前去镇上玩时，总是对人家傻笑、一头黄毛像鸟巢般的小白痴吗？不过话说回来，好好收拾一下，她好像是干净了很多，也漂亮了很多。

“当然，不信你们可以问我爹。爹爹，你说呢?”

虽说这番话有点儿惊世骇俗，不过她要的就是这个效果，至于别人以后会用什么眼光看她，她都懒得管。重要的是，从今天以后，她要开始慢慢地让外面的人都知道，以后范家是她当家做主，谁也别想再像以前那么欺负、利用范家的这个烂好人了。

“呃……这个……咳咳，反正都是一家人嘛，谁当家都一样，一样!”范通干咳了两声，不敢多开腔。

“好吧，既然是你当家，那你说，你叔叔砸了我家的酒楼，该怎么办吧?”张德宣精明地道，心中却暗自嘲笑范通：这个人可真是没用！以前总被人家耍也罢了，现在自己家的女儿都骑到了他头上。一个九岁的小丫头当家，真是让人笑掉大牙！不过，他可不管对方表面上到底是谁当家，反正等协商好后，他只认准冤大头范通，只要他点头，到时候就不怕这个老实的木头大侠敢否认不赔。这双全镇方圆几十里，谁不知道范家老大是范家第二个傻子啊？哦，不对，现在范家女儿开窍了，他应该荣升为第一傻子才是。

“张大叔，既然我们都已经答应赔偿了，那您能不能把事情的经过跟我们详细地说说呢？”既然对方肯心平气和地谈，范小鱼便大方地请他们进屋。

巧妇难为无米之炊，她虽然当家了，可这个家却是四壁空空，她再能干，也只能先用缓兵之计。

人家都口口声声答应赔偿了，张德宣自然也不好再横着来，表情虽然还很气愤，但口气却终于缓和了一点，随着范小鱼走进了屋中。他坐下喝了一口粗茶，就皱着眉头放下了碗，添油加醋地大大描述了一番他有多凄惨，损失有多惨烈，甚至还夸张地说经此一闹，恐怕今后再也没有客人敢上门等等。

其实这大堆的废话说白了就一个意思，就是范岱今天和一个朋友喝酒，然后和几个外乡人打了一架，砸了酒楼，再然后，外乡人跑了，于是，一切损失都要范岱负责。

“张大叔，您说的我们都听明白了，那请您先估量一下，您大概损失了多少呢？”范小鱼听得眉头不住跳动，但仍耐心地听他说完，然后问出重点。虽说这次错在范岱，但作为出了名的奸商，张德宣一定会夸大其词，好趁机多捞点赔偿。她也不能让人家白宰。

张德宣手一翻，居然拿出一个和他的粗鲁形象截然不搭的小算盘来，一边口中念念有词，一边噼里啪啦地打了起来，“当时二楼一共有五桌客人，范岱这一桌吃了四斤上好的酒，一共四十四文钱，加上菜钱五十八文，合一百零二文。另外，四桌客人一共吃了六百九十二文，二楼六张桌子全部被打坏，长凳坏了七条，还有两扇窗户被撞破，合七百七十文，再加碗碟盘壶六十文，一共两贯二十四文，念在我们也都是乡里乡亲，这二十四文我就抹去了，算两贯就行了。”

“两贯钱？”父女俩不约而同瞪大了眼睛，范小鱼更是气得差点一口气没喘上来。

如今的换算率是八百文一贯，要是像他们家这样节省地过日子，两贯钱差不多可以过一年了！不过，这些日子她被“饭桶”、“饭袋”兄弟锻炼得心脏强悍多了，这份震惊虽然猛烈地敲打着她的胸腔，但惊呼一出口后，就被压了下来，转为了诚恳而又为难的笑脸。她摆手环视了一遍周围，叹道：“张大叔，不是我们范家要赖债，只是您也看到我们家的情况了，不瞒您说，莫说是两贯钱，就是一文，我现在

也拿不出来。”

“不可能吧，今天范大侠可才在集市上卖了一百二十文钱的野味。”张德宣冷笑着将算盘一推，刷拉拉地响，浮肿的眼睛里却闪过一丝不屑的光芒。

范通一听这个，立刻移开视线，好像破墙上刚挂了一幅美人图般，专心地欣赏个不停。

“张大叔，您也算是镇上消息灵通的头几号人物，难道会不知道今天镇上有个小娘子卖身葬夫吗？”

提起这个范小鱼就来气，可是看到张德宣眼中的鄙视，还是决定先一致对外。

“这……”张德宣摸了下大鼻子，含糊了一声。说起来那个小娘子当时就跪在酒楼旁边，他嫌弃死人会给酒楼带来晦气，就硬把人家往远处赶了。

“看来张大叔您应该知道这件事了。不瞒您说，今天我爹只给我们带回来了四个馒头，现在正在锅里热着呢，除此之外别无所有。您要是不信，可以去厨房看看。”所谓死猪不怕开水烫，范小鱼也不怕家丑外扬，反正这附近已经没人不知道范家有个烂好人了。

“扑哧……”

只听一声偷笑，也不知道是哪个跟来的伙计，不过看大伙那强忍住笑意的脸，也知道这些人对范通的大名有多少了解了。

“那你说怎么办？”

张德宣回头狠狠地瞪了伙计们一眼，然后狡猾地把球抛给范小鱼。他当然知道范小鱼说的都是实情，事实上，他就是知道范家没钱才特意上门的，只不过现在的情况和他最初所想的却有些出入。

想他张大掌柜可是双全镇的首富，这方圆十几里，谁人不知，谁人不晓？为了区区两贯钱，值得他如此辛苦地赶了十里路来到这个破茅屋吗？他看准的是范家兄弟的另一个本事。实际上，他早在上一个月就开始打范家兄弟的主意了，只可惜一直没有合适的机会，今天范岱这一砸虽是意外，却正是他巴不得的好事呢！

“这样吧，张大叔，您看今天天色也不早了，我爹就是再能耐，一个晚上也想不出什么法子来。不如我和我爹现在去您的茶楼，给您把一些能修的桌椅先修好了，也好尽量不影响明天的生意，然后再清点其他的损失，并带我叔叔来给您赔礼谢罪，设法凑钱给您。您看这样行不？”范小鱼微笑地道，脑子里急速地转动着这个时代的消费水平。

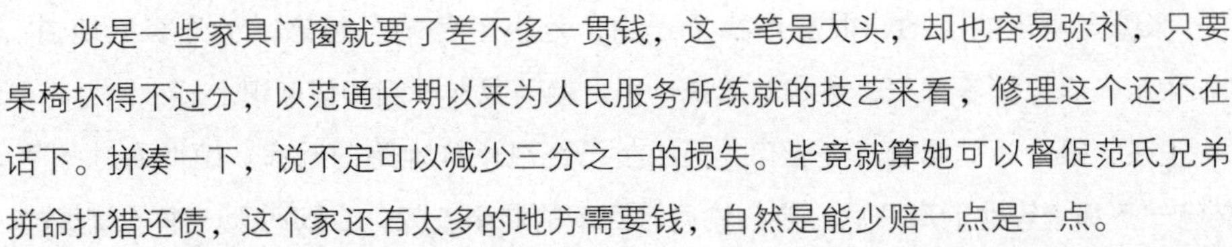

光是一些家具门窗就要了差不多一贯钱，这一笔是大头，却也容易弥补，只要桌椅坏得不过分，以范通长期以来为人民服务所练就的技艺来看，修理这个还不在话下。拼凑一下，说不定可以减少三分之一的损失。毕竟就算她可以督促范氏兄弟拼命打猎还债，这个家还有太多的地方需要钱，自然是能少赔一点是一点。

“对对，我现在就可以跟张掌柜回去。”旁边的范通好不容易找到这么一个说话的机会，忙点头附和，同时讨好地看了自己的女儿一眼，表示自己一定会尽力地修好那些家具。

范小鱼暗中翻了个白眼，要是她这个爹爹肯多动动脑筋，能约束得了自己那个爱打架的弟弟，还需要她这么费心思吗？

修理桌椅？还要去酒楼检查清点损失？张德宣一愣，没想到范家这个小丫头竟然还提出这么一条来。

他暗叫了一声“不好”，再瞧瞧这个确实破烂得不成样子的茅草屋，突然后悔不已，感觉自己真不该进来。早知道就在院外一口咬定，让范通赔钱不就了事了？

“张大叔，我爹也这么说了，您觉得怎么样啊？”范小鱼微笑着再问，心中却转着疑虑，这个张掌柜的神色好像有点不对头啊！

“修桌椅就免了，我开门做的是生意，如果连张像样的桌椅都拿不出，还用破烂货，那客人还怎么来我这里吃饭啊？至于清点损失，那自然是需要的，不过今天天色已经晚了，既然你们答应赔，大叔我也就退一步，这样吧，明日一早你们再来酒楼好了。”张德宣飞快地转动着商人的脑子，转瞬就有了主意，故作体贴大方地道。

“还是今晚就去吧。如果修好了后，大叔还是嫌桌椅太差，我们可以拿到东市去卖，起码也能换个几文钱好抵债。”范小鱼反应灵敏地道。

“这……这样也可以，不过你年纪小，天又黑、路又滑的，就不用去了，免得半路吓着，让你爹去一趟就可以了。”他看明白了，这个小丫头还真不简单，如果真让她去镇上，自己一点准备都没有，有些事情少不得要穿帮，而且怕是很难利用这件事逼范通帮自己做事了。要是范通单独去，那就好搞定多了。

“谢谢张大叔，可是只要有爹在身边保护我，小鱼就不怕。”范小鱼的目光中流露出感激的神采，却是表软实硬。

范通一听范小鱼的话，立刻感动莫名，英雄气概大涨，自动忽略了自己女儿压根儿连眼角都没斜他一眼的事实。

张德宣嘴角抽了抽，很想再找个理由，范小鱼已站了起来，十分客气地道："张大叔，您先稍等一下，我和弟弟说一声，就同我爹一起和你回镇上。"

"哎，等……"张德宣才张口，范小鱼已经风一样地跑向厨房。她得通过冬冬交代一下那个等他们离开后必定会偷偷滚回来的混蛋二叔，否则明天一家子就真的全要喝西北风了。

拿了一个馒头，范小鱼和范通一起拿了根火把，跟着张德宣，在渐渐发黑的夜色中下了山。

剩余的三个馒头，她已经嘱咐过冬冬，让他晚上和明天早上、中午各吃一个，免得又饿肚子。至于那个逃犯二叔，她已再三叮嘱善良的冬冬，坚决半个也不给他，活该他饿肚子。

张德宣心中有鬼，一路上不时想出各种办法想拖延脚步，还试图让一个伙计偷偷地离开，好回去做准备。不过，范小鱼心中早有警戒，几乎时刻都关注着他，又岂能让他得逞？每一次都笑眯眯地堵了他个有口难言。

十里路，说近不近，说远也不远，灯火点点的小镇很快就出现在眼前。

走上小镇唯一的主街道，远远地就看见坐落在街道中心的张家酒楼，二楼角处挑出了一串火红的灯笼，正在晚风中微微地摇荡。明亮的灯光将酒楼上上下下都映得清清楚楚，不用走进去看，也瞧得出挂着竹帘的二楼里有多热闹，哪有半丝连生意都没法做的样子？

范小鱼微微一扯嘴角，正要出言讥讽张德宣撒谎，突听街道的另一头传来一阵响亮的马蹄声。众人的注意力顿时不约而同地转移了。

借着街上人家的灯光望去，只见当先四匹高头大马，中间护着一辆宽大华丽的大车，后面似乎还有好几名服饰统一的护卫，显得十分的气派，十足地吸人眼球。

怕车马通过时会不小心碰到人，范通忙拉着范小鱼闪到路边，却见那些人到了酒楼门前，就停了下来。

"啊呀，贵客们远道而来，辛苦了，辛苦了！"

张德宣一见有客人，而且显然是位极尊贵的贵客，精神一下振奋了起来，顾不得算计范家父女，忙小跑着迎上去热情招待。但那车中的贵客却并不急着下来，而是由领头的一个身材高大的护卫先跟张德宣进去瞧了瞧环境，似乎要先看看这里安全不安全、干净不干净，那张德宣自然不敢怠慢地陪同在左右。

这队陌生人的到来显然吸引了不少从家中走出来的百姓，隔着十几米的距离，范小鱼也和大家一起饶有兴致地打量着穿越后见到的第一辆大马车，尤其是那几匹昂头喷气的骏马，更昭示了主人的尊贵身份。

和以前的朝代不同，宋代由于疆域环境所限，一直十分缺马，因此这个时代的主要交通工具大多是牛车、驴车等，能用得起马车的都是非富即贵的人家，像这样八九匹马都是骏马，而且车身十分华丽的，其主人的地位一定低不了。

没一会儿，张德宣又点头哈腰地陪着方才那名侍卫走了出来。那侍卫走到车窗边低语了几句，车门便被推了开来，先出来的是一个梳着双髻、婢女打扮的明艳少女，然后少女转身小心翼翼地扶出已经伸出一只手来的主人。

范小鱼本来理所当然地以为车中肯定是个富家千金，没想到那只手的大小竟然和自己的差不多，再一瞧，居然是个粉面朱唇、双眸若宝石晶莹、颈上还挂着一个金项圈、漂亮得不得了的小正太。

汗，排场搞这么大，她还以为是什么达官显贵呢，原来竟只是个和她一般年纪的小孩子！

本着一直都十分喜欢正太、平时见着了总忍不住要上前调戏一下的宅女精神，看见这么一个标致人物，范小鱼几乎条件反射地想吹个口哨，幸好小嘴才翘起，就及时地想起，如今可不是调戏小正太无罪的二十一世纪，而是等级分明的封建社会，忙捂住了小嘴。

一个小孩子而已，却有这么多人保护，可想而知这个漂亮小正太一定来头不小。不要说摸一下他的头，捏一下他的小脸蛋，就光是靠近点，估计那些高大的侍卫就要把她像扔小鸡一样远远扔开了。

唉，连还没变成美男子的小孩子都只可远观而不可亵玩，可见古代实在很缺乏娱乐啊！

范小鱼十分遗憾地看着那个尊贵的小正太踩着脚踏走下马车。不过这个小正太看起来虽然秀色可餐，但她家的小白菜也不逊色，光看一对双胞胎的优良基因就知道，只要冬冬营养跟上了，再换身衣服，也绝对是个小帅哥！

“喂，你贼眼溜溜的，看什么看？”小正太下了车，正欲上台阶，突然侧过头来向这边恶狠狠地瞪了一眼，语声虽怒，声音却是相当的悦耳动听。

范小鱼下意识地转过头看看身后，还以为有比她更邪恶的人正对小正太行龌龊的注目礼，却发现身后一个人都没有，更没有人贼眼溜溜的。

那小正太见范小鱼不但没理她，反而转头看，而且转回来后还摆出一副懵懵懂

懂的样子，越发恼怒地跺了一下脚，用炒脆豆般的声音怒道：“黄毛丫头，说你呢！”

“说我？”范小鱼这才反应过来，不可思议地愕然地指着自己的鼻子问道。再看看小正太亮晶晶的眼睛，可不正瞪着自己嘛！不会吧？

“你说谁是黄毛丫头呢？”

穿越后就一直极度郁闷自己头发颜色的范小鱼脸顿时一沉，方才的满腔欣赏瞬间消失得无影无踪。死小孩，刚才还夸他长得漂亮，没想到这么没礼貌，居然说她是贼眼溜溜的黄毛丫头，简直岂有此理！

“说的就是你。”小正太高傲地抬起下巴，还伸出一只白嫩细致的手无礼地指着范小鱼随意扎成马尾的头发，讥笑道，“一头黄毛如稻草，两只贼眼乱瞟瞟。连头发都梳不来，亏你还是个女孩子呢！”

“你……”居然还用打油诗来讽刺，范小鱼气得就要反唇相讥。

靠！她活了二十多年，从来都只有别人被她欺负的份，到了这北宋，居然沦落到被一个小屁孩“人参公鸡”的地步，这还了得？

“小鱼，算了，他还是个小孩子。”

看见女儿危险地眯了一下眼睛，眼中闪着自己所熟悉的怒火，范通连忙做和事老，及时拉了她一下。不是他胆小，而是一瞧架势就知道对方一定是官宦人家，所谓民不和官斗，更何况不过只是小孩子的随口乱语而已，没必要真的计较。

范小鱼一怔。是啊，这个欠扁的死小孩不过是个小孩子而已，她怎么竟和一个小孩子动气了呢？真是越活越回去了。

“你什么？怎么不说了？”小正太神气地看着她，两只眼睛明明漂亮得像黑宝石似的，却偏偏闪着鄙夷的光芒，而且用的还是十分标准的欠扁的斜视。

倒霉！还以为天上掉下个小潘安，没想到是只没教养的小霸王，真是糟蹋了那副“花容月貌”。范小鱼在心中邪恶地想着，却不打算再理他，眼波儿一转，暗地里翻了个白眼，拉着范通的衣服道：“爹，我们走吧！”

大人有大量，她不屑真的和一个小鬼头计较，还是先避一下，等小鬼进门了，再回来找酒楼老板谈正事。

“喂，不准走！”那小正太也不知道是存心找碴，还是真的讨厌刚才范小鱼的“欣赏”，居然不依不饶地挥了一下手，那四个侍卫立刻哗啦啦地冲过来，把他们父女俩围在中间，“你给我说清楚，你刚才要说我什么？”

“公子，奔波了一路，您一定也累了，我们还是早点进去休息吧。您是千金之躯，犯不着和一个乡下小丫头计较!”那个梳着双髻的少女见状，忙轻轻地拉了一下小正太的手，想把他哄进店去，连斜眼都没给范小鱼一个。

“对对，公子爷，她只是个乡下小丫头，不值得您为她生气!”张德宣好不容易抢到一个空当，忙赔笑着拍马屁。

“不行，我非要她给我说清楚不可!”小正太甩了一下手，十足的一个别扭小孩!

“我是说，这位小公子，你长得真俊……”范小鱼硬生生地吞下后面一个“俏”字，笑盈盈地道，“我们乡下人，可从来都没见过像小公子这么俊的人呢!”

哼，你想惹事，我偏不让你如愿！跟你一个没教养的死小孩斗嘴，还低了我的格调呢！瞧你这副美人坯子的模样，将来长大了，一定是人妖!

“呃……废话，本公子长得当然俊。”小正太语塞了一下，明明觉得范小鱼原来要说的绝对不是什么好话，偏硬是找不出反驳的话来，只好用鼻子重重地哼了一声。

“公子，刚才您不是还说饿了吗？我去问问店家有什么好吃的，不要让不相干的人影响了您的胃口。您说好不好?”这个看起来十三四岁的少女说话句句体贴温柔，可是神态之中却不自觉地流露出一种高人一等的味道，让范小鱼一下子就想起以前电视里那些得势的大丫鬟们。

“哼!”小正太瞪了一眼装得一脸老实相的范小鱼，大声地道，“让他们把所有好吃的都拿上来。”

“是是是，小店马上为小公子准备。”张德宣忙点头哈腰地应道。

小正太走了两步，又不甘心地回头再瞪了一眼范小鱼，然后才在众人的簇拥下昂首挺胸地走了进去。那些侍卫见主人罢手，倒也没有再为难他们，只是叱喝着让他们走远一点，不要再让他们家小公子看见生气。

“这个臭小孩，真是欠扁，有机会非蹂躏死他那骄傲的小脸蛋不可。”

众人一进去，心里憋着气的范小鱼忍不住嘀咕了一句，可想到他大声地炫耀自己很有钱的孩子气神态，又不禁扑哧一笑。算了，人家再娇惯任性，也只是一个小孩子呢，难不成自己还真和他记仇？不会才当了半个月的小孩，连心智都返老还童了吧?

“宝贝女儿，别气了！你说，现在张掌柜进去了，那我们怎么办?”范通摸了一

下她的头，并没有把小孩子之间的口角放在心上。看这光景，张德宣一时半会儿是没时间来和他们清算什么损失了，可他们总不能一直站在外面等吧？

范小鱼顺手拍掉范通的爪子，抬眼瞧了瞧照常营业的二楼，道：“当然要进去啦。我们是来修桌子的，可不是来干等的。”

切，难道她还真的因为对方威胁几句就胆怯地躲在外面吹冷风啊？这世界上有个门叫做后门好不好？而且一般从后门调查的真相才更接近现实。

片刻后，范小鱼就利用一张“哥哥长哥哥短”的甜嘴儿，从一个粗使伙计那里知道到了事情的详细经过，并得到了具体的损失资料。

“宝贝女儿，你真厉害！”范通惊讶地夸道。他原本以为小鱼真的只是陪他来修家具的，没想到她早就猜到张德宣会夸大损失了。

看着天真的范通，范小鱼忍不住哼了一声。她敢打赌，要是她不来，范通肯定会被张德宣忽悠得把全部损失都认下来。说起来，今天也算是多亏了那个欠扁的小正太，让张德宣没空临时做手脚呢！瞧在这一点的分上，她就彻底不和那个小屁孩计较了。

“张大叔，我们已经清点过您的损失了，数目好像和您之前说的很不符啊！”

当过了一会儿，听闻他们在柴房的张德宣匆匆赶过来的时候，范通已经修理好了一半的桌椅，而范小鱼则几乎将那些破碎的碗盘都一个个地拼凑好了，放在一旁。

“这个……嘿嘿……这些都是小事，小事！”张德宣没想到自己的故意夸大这么快就被拆破，顿时有些尴尬，但随即就热情地拉起了还在地上敲敲打打的范通，满脸笑容地道，“范兄弟啊，老哥早就听说整个双全镇就属你范兄弟为人最是侠肝义胆、急公好义了，这乡亲们一提起你，哪个不竖大拇指称你一声‘大侠’啊！”

咦，怪了，张大扒皮何故突然前倨而后恭起来了？

“张掌柜夸奖了，范某只是做一些力所能及之事而已。”范通见张德宣满口称赞，不由得有些赧然，有些不习惯地搓了搓手。

“说吧，张大叔，您想求我爹什么事？”范小鱼眼珠子一转，突然笑得十分开怀。

“……”

张德宣喉咙里的滔滔谄媚顿时被范小鱼堵住。看着范小鱼狡黠的明眸，张德宣心里不由哀叹了一声。他千算万算，就是没料到范家这个小丫头竟然一下子聪慧得这么厉害，更不曾想到今天还好巧不巧地来了这么一个难伺候的主儿，这一下，可真有点儿偷鸡不成反蚀把米的感觉啊。看来范岱的事暂时是讹不成了，还是先把眼前的贵客给伺候好再说。

“好吧，范兄弟，我就直说了吧。现在老哥还真有件事情需要你帮忙，这事儿你要是给老哥办成了，你弟弟范岱惹的祸，咱们一切都好商量。”张德宣闷了好几秒，才找回自己的声音。

“张掌柜，您请说！范某若能办到……”

“咳咳！”范小鱼甜甜地对着范通一笑，范通的后半截豪言壮语顿时哽住。

“不是好商量，是一笔勾销。”

“一笔勾销？”张德宣顿时跳了起来，“那怎么可以？我只要你爹抓一只野兔，可你家欠我的是两贯钱！”

“正确地说呢，应该是一贯钱！”范小鱼嘻嘻一笑，“如果张大叔您敢拿出账本让大家瞧瞧的话。”

“你……”张德宣吃惊地瞪大了眼睛。

“当然，如果在平时，一只野兔是值不了几个钱，不过，张大叔，正所谓此一时彼一时，您要是再拖下去，恐怕那个尊贵的小公子可就等不及了。”

张德宣顿时惊得合不拢嘴，“你你你……你怎么知道是那小公子？”

“很容易猜啊，我瞧大叔您家酒楼今儿也就这么一位贵客了吧？如果不是为了他，您怎么会如此前倨后恭呢？如今那位小公子只怕正等着要吃新鲜的野兔肉吧？”范小鱼轻笑，“张大叔，您再磨蹭，只怕等会儿那小公子的脾气又要发作了哦！”

张德宣嘴角抽搐了一下，没想到范小鱼竟然如此聪明，猜到是那位小公子想吃新鲜的野兔肉，在得知今日刚好没有新鲜兔肉后还大发了雷霆。要他放弃一个好不容易可以利用范氏兄弟的机会，他真有些不甘，但是，如果不能满足那位小公子……想到那几个如狼似虎的护卫，张德宣身子一颤，只好咬牙先同意。

看见范小鱼点头，范通顺手拿起一条桌子腿，瞬间就消失在门外。

张德宣看见范通出发，心顿时放了下来，转眼就恢复了商人的精明，冷笑道：“范侄女，你也太狠了，你叔叔砸了我家酒楼，赶跑了我的客人，哪能你爹打一只野兔来就一笔勾销呢？要是惹急了我，我完全可以去衙门告你家叔叔，让你叔叔挨板子、蹲大牢！”

“大叔，您要是不同意，也可以啊，干吗要吓小鱼呢？”范小鱼害怕地缩了一下身子，然后弱弱地说出下半句来，“大叔，我听说大牢里天天都有饭吃，是不是啊？”

噗——

张德宣气得差点吐血，可他今天已经跟范小鱼交手好几个回合了，知道这个小女孩实在不像表面这么天真单纯，甚至比他的竞争对手还要狡诈。偏偏她又抓住了自己不敢得罪那小公子的机会，反过来大敲竹杠。罢罢罢，今天就算他在阴沟里翻了船，损失些就损失些吧！

反正这小丫头也不可能天天跟着范通，只要他们还住在这双全镇的辖区内，早晚有机会讨回这口气。

“大叔，口说无凭，别忘了立张字据，这样我爹回来的时候，大家就可以按手印了！”

噗——

张德宣再度在心里狂喷鲜血，他要——气——死——啦！

第三章

勤劳才能致富

夜色黑浓，镇上的灯火渐少。

怀揣着十个顺来的馒头，范通举着火把，和范小鱼一起走出了酒楼，想到前一会儿还在为两贯钱的债务发愁，后一会儿他这个女儿已经把事情都解决了，心中不由感慨万分，有心想慈爱地抚摸一下这个机敏的女儿的头发，可想起小鱼对自己的排斥，又缩了回去。

“爹！”范小鱼忽然喊了一声。

“啊，宝贝女儿，什么事?”范通忙带起笑脸。

“我困了，你背我回去。”范小鱼揉了揉眼睛，霸道地命令道。范通细微的动作她都瞧在眼里，心里忽然有些柔软和不忍。

虽说她对这个爹十分不满意，不过范通确实也是真心疼爱他们姐弟的，并不是故意要让他们姐弟过穷困的日子，就像自己刚苏醒那几天，他就担心得哪里都不敢去，非得亲自陪在旁边才放心。只不过他的性格实在太善良了，善良得总让人生气。不过现在她先是饿了一天，又赶了十里山路，还和那个老狐狸竭力周旋了一番，再加上肚子被填饱后那自然而然的困意，剩下的十里路让她这个年轻力壮的爹爹好好表现吧！

“好，爹爹背宝贝儿回家去。”范通巴不得地点头道，同时脱下身上的长衫披在范小鱼的身上，然后咧着嘴开心地蹲下了身子。

让他背人当苦力还这么开心，有毛病！

范小鱼心中更软，面上却不以为然地撇了一下嘴，展开手脚趴在范通背上，搂住他的脖子，打了个呵欠，“爹爹，你听好了，回家后不准告诉二叔债都解决了。他给咱们家惹了这么大的麻烦，就这么饶了他，太便宜了！”

“好，不能就这么饶了他。”感觉到背部传来甜蜜非常的压力，范通只觉得满心都是满足，忙宠溺地道。

“要让他自己想办法挣钱还债。”

“对，让他自己想办法！”

“等钱赚来了，我们先给冬冬付学费。”

“好，付学费。”

“赚钱的事，不光是二叔，你也要去。”

“好，爹也去。爹一定努力挣钱。”

“这还差不多。还有，现在我当家了，以后……”困意一阵阵地涌上来，范小鱼闭着沉重的眼睛，不忘嘱咐，范通则不住嗯嗯地应声。

也许是这夜太黑了，也许是这一步步的颠簸太像诱人的摇篮，此刻范小鱼胸中虽然还憋着怒火，可却突然不想再生气，也不想再计较了，她只想伏在这温暖的宽背上好好地睡一觉，把自己真正当成一个才九岁、也需要有人疼有人爱的孩子。

就做一个晚上的孩子，也没关系的，不是吗？就好像，在她前世很小的时候，每当她不舒服，爸爸总是这么背着她去医院，那时候就算发烧烧得意识都模糊，可她还是能清清楚楚地记得自己是伏在爸爸的背上，感受着有人疼爱、照顾的安心。

“好，爹爹都记住了，爹和二叔以后一定努力赚钱养家，让你们姐弟俩都有饭吃，有衣服穿，还要让白菜有书念……”

“不是白菜，是冬冬！”范小鱼迷迷糊糊中还不忘挣扎着反驳。

“对，是冬冬，是冬冬。等爹攒了钱，一定去衙门里把冬冬的大名给改了。”

“你说话算话，不准再让冬冬失望了。”这句话范小鱼平时总是说得有些不屑，今儿却因困意而犹如低喃。

“爹爹说话算话，以后一定要让你们过上好日子！”范通微微侧脸，感受着颈后那温暖的呼吸，温柔地道。

“唔，虽然你的保证没什么效用，不过我还是决定再相信你一次。”咕哝完了这一句，范小鱼的低喃终于不再响起，只剩轻微的呼吸声。

“这么大了，还要爹爹背，真不羞！”

待到父女俩的身影渐渐消失在灯火渐少的街道上，融入夜色之中，二楼的临窗处突然探出一张俊美的小脸，十分鄙夷地道。

然而，挑在外头迎风摇晃的红灯笼，却分明映出他眼里那股失落和羡慕。

清晨的鸟鸣声是世界上最悦耳的闹钟。

范小鱼懒懒地睁开了眼睛，看着简陋的屋顶微微一笑。真是奇怪，昨天发生了那么多差点让她气死的事，却反而是她穿越以来睡得最安稳的一次。

是因为终于解决掉了一大笔祸从天降的债务，所以感到分外轻松，还是因为那个温暖宽厚的背？抑或是，代表自己又进一步接受了这个身体所血脉相连的亲情？

“姐姐，你醒啦？”木门被吱呀一声推开，范白菜一见她睁着眼便开心地跑了进来，一下扑在她的身上，无比崇拜地道，“姐姐，昨晚我听爹爹说……”

“嘘！”范小鱼忙捂住他的小嘴，听了听屋外的动静，低声问道，“二叔呢？”

范白菜笑嘻嘻地拉掉她的手，“二叔打猎还没回来呢。昨天晚上，我听到爹爹骗二叔说我们欠张大叔两贯钱，要拼命地打猎才能还掉。二叔听了很愧疚呢，一整夜都在林子里。”

“还算他知趣，嘻嘻。”范小鱼也开心地笑了起来，额头对顶了一下范白菜的额，一边玩着顶角角一边问，“那爹呢？”

怪了，为什么今天这声“爹”叫起来特别的顺口？

“爹也去打猎啦。爹说，为了我们，他一定要好好养家。”范白菜的小脸上洒满了希望的光辉，“对了，姐姐，你饿不饿？我已经把馒头热好啦！”

“冬冬真乖！好，姐姐起床，我们一起吃。”幸亏昨晚还顺了张德宣几个馒头，今天大家都不用饿肚子了，等他们回来把野味拿去卖掉，以后就可以吃米面，有盐巴了。

啊啊啊，生活总算可以美好一点了。

吃完一顿饱饱的早饭，嘱咐范白菜跟先生说放学前一定会筹集一部分学费，并目送他下山去念书后，范小鱼就在屋中收拾开了。虽说这破屋子再收拾也还是超烂，可是烂归烂，干净还是得干净，尽量住得舒服些总归是好的。

“乖侄女，你看叔叔给你带什么回来了？”范小鱼刚拿起扫帚准备扫院子，就听到院门外传来一阵开心的大笑声。

这个没心没肺的“饭袋”，闯了那么大的祸，居然还笑得出来？想起昨晚的事，范小鱼愉悦的心情顿时消失，扫帚一横，眉目一冷，倒要瞧瞧范岱带了什么好东西回来。

“小鱼，你看！你看！”

范岱一进院就一抖肩膀，任挂在棍子两头的野味摔到地上，迫不及待地迎上来，讨好地拉开了衣服下摆。只见他的衣襟上正蜷缩着两只小狗般的粗尾动物，短短的绒毛刚透出一些红褐色。感觉到外界的光线后，两个小家伙都怯怯地睁开了眼睛，嗷嗷地叫了两声，缩了缩小身体，明显还是两只幼仔。

“啊？是小狐狸！”范小鱼愣了一下，伸出手指轻轻地抚摸了一下两只小狐狸，明知范岱心怀“不轨”，可她还是抑制不住对两个可爱小家伙的怜爱，连带的声音也柔和了许多。

“是啊，这是红狐。你别看它们现在模样儿还不咋的，等将来长大了，会很漂亮的。我发现它们的时候，狐狸窝也不知道被什么野兽端了，洞口一地的血和毛，想是父母都不在了。”范岱见范小鱼动作轻柔，顿时咧开了嘴，趁她没注意偷笑了一下。

“可怜的小家伙，你没有妈妈了吗？”范小鱼忍不住抱起了一只。那小狐狸先是颤抖了几下，但很快就感觉出范小鱼的善意，又嗷嗷地叫了两声，在她的胳膊弯里蹭了蹭。

“乖侄女，我们把它们养起来好不好？你们姐弟俩也好多个伴。”范岱抱起另一只小狐狸，英俊的脸上满是谄媚之色，看起来十分滑稽。

“养狐狸？请问叔叔，我们还欠了巨额的债务呢，拿什么养它们？”范小鱼抬起头看他，似笑非笑。他以为带两只小狐狸回来，她就会放过他了吗？她正想和他好好聊聊什么叫做责任呢！

一家老小就住在离镇十里的地方，他却以为砸了人家的酒楼一逃就能了之，这个叔叔的智商十分有待开发啊！

“呃……”范岱高大的身体顿时心虚地矮了几分，他就知道没这么容易过关，“小鱼，你听叔叔解释好不好……”

“所以，事情根本就不是那个张德宣说的那么回事。叔叔就是再不懂人情世故，也知道不能砸了人家的东西一点责任都不负，是不是？他们根本就是找不到真正的罪魁祸首才赖到我头上的。”

茅屋内，范岱在叙述了另一个版本后，很委屈地用了一句控诉作为结束语。

范小鱼一边轻轻地抚摸着怀中小狐狸柔软的绒毛，一边看着范岱，琢磨着他的话里有几分真实性。不过，她紧盯了范岱一分钟后，心里很快就有了答案。

范岱很聪明，尤其在练武这方面悟性十分的高，一有空就会研究新招式，可实际上性子却很简单，喜欢直来直去地办事，并不擅长撒谎。一个人若是平时不经常撒谎，那么旁人就很容易从他的眼睛里分辨出真和假。而现在，范岱的眼神中，里里外外都透着不平和委屈，情况估计有八九分是属实的。

“你的意思是，你顶多就掀翻了一张桌子、摔了几个盘子而已?”

“千真万确，如果叔叔说谎骗人，让我……”范岱抓了抓头，一时想不起来该怎么发誓。

“让你怎么样?”范小鱼嘴角勾起。

“就让我失去武功。”范岱雄赳赳气昂昂地拍着胸口，大声道。

“那证据呢?”范岱既然敢发这个毒誓，就证明一切所言非虚了，何况她昨天确实也没看到酒楼有多大的损失。看来她的叔叔不像她以为的那么不负责任，范小鱼心中一安，笑意就泛了上来，脸上却仍是一副不敢轻易相信的神色。

“我的朋友可以作证。”范岱理直气壮地道。但话一出口，他又扁了下去，郁闷不已。

若是他那个朋友当时没有逃，他还会背黑锅吗？奶奶的，那小子太不够仗义了，下次要是让他见到，一定要他双倍奉还这个损失。足足两贯钱啊！他要打多少天的猎才能还给人家？打猎卖钱也就算了，问题是他这下哪还有时间再研究那套最适合小鱼练习的剑法呢？

这套剑法，他可是从小鱼五岁的时候就开始琢磨，打算送给她当十岁的生日礼物的，眼下离小鱼的生日已经很近了，怎么算时间都不够啊！

“看在你发誓的分上，这次我就暂时相信你。”丝毫不知道范岱计划的范小鱼慢悠悠地道，并恶劣地在看到范岱毫不掩饰地松气的同时，笑眯眯地补上一句，“可是，既然你找不到你的朋友，那两贯钱就只能由你自己想办法赔了。”

范岱张大了嘴，又沮丧地闭上，“好吧，我赔。”

他扭头看看身后那些辛苦了整整一个晚上，估计也才卖个一百多文钱的野味，再算算要还债的日期和小鱼的生日，顿时愁眉苦脸起来。

范小鱼心里偷笑着，也不理他，低头看着怀里加起来也不过两斤多重的小狐狸犯起了愁。这两个小家伙也不知道出生多少天了，看它们那可怜的小样子，应该是还没断奶，肯定还不能和成年狐狸一样吃肉，那应该喂它们吃什么呢？

“大妈，谢谢你让阿黄给我的小狐狸喂奶。”

镇上吕大妈的豆浆铺子里，范小鱼怀抱着两只已经美美睡着的小狐狸，甜甜地对吕大妈笑。

“傻孩子，只是一口奶而已，谢什么呢？要不是你爹和你二叔帮忙，大妈也不会这么省力啊！来来来，都来喝碗热豆浆吧！”看见挑完水放下水桶的范岱，吕大妈忙热情地招手。

范通连忙谢绝，“不用了，不用了，我们不渴。”

“怎么着，你们还和大妈客气啊！快坐下。一碗豆浆又值不了什么钱，你们要不喝，那就太见外了。”吕大妈亲热地拉着范小鱼走到桌边，非要她喝一碗。

“谢谢大妈！”范小鱼乖巧地坐下。这个吕大妈是镇上出了名的爽气人，再跟她客气，她反而要生气，不如就领了她这个情。反正这所谓的人情世故，都是你来我往的，也不算是占便宜。

“还是小鱼乖。”吕大妈满意地端豆浆过来，看着范小鱼犹如大家闺秀般斯斯文文地喝着豆浆，心中大起怜意，疼爱地摸了摸范小鱼的马尾辫子，叹气道，“可怜的孩子，没有亲娘在身边，头发都没人梳。等会儿喝完了，大妈给你好好梳一下。”

坐在对面的范通身体一僵，喝豆浆的动作不由得慢了几分，头更是垂得低低的。而旁边的范岱却扭头看街外，假装什么也没听见，什么也没看见。

亲娘？对啊，她不是应该有个娘吗？

范小鱼突然想起，自从苏醒后，范家人居然从来没有跟她提过这两个字。此刻乍然听到，她不由一怔，下意识地望向范通，却感觉他的情绪陡然间低落了许多。

看来那个亲娘可能早已去世了。虽然觉得要叫一个和自己前世差不多年龄的女人为娘有些别扭，范小鱼心中还是闪过一丝遗憾，但她脸上却露出懂事的笑容，“谢谢大妈。”

既然以后都要在这个世界里生活，多学点这世界的技能总是好的，就比如梳头，虽说她觉得马尾辫很方便，但以这个时代的眼光来看，却只有一个“丑”字可

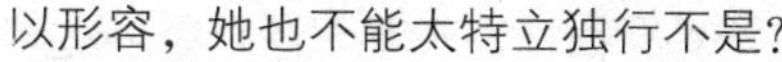

以形容，她也不能太特立独行不是？

梳好了左右各一个角包的发髻，范小鱼在脸盆里照了照，确实和这一身古式的衣服搭配多了。回想了一下，觉得这个发型也不难梳，范小鱼便决定以后就这样梳了。

临走的时候，范通偷偷给吕大妈留了一只山鸡，范小鱼瞧见了，只是微微一笑，并没有指责爹爹的自作主张。只要他们是真心地为这个家打算，而不是滥用同情心，相信以后的日子一定会慢慢好起来的。

等攒上一点本钱，她再好好想想，也学穿越前辈们，利用前世的知识做个小生意什么的。虽然双胞胎曾十分骄傲地说她如今的骨骼绝对是万中选一的练武奇才，只要好好练功，将来绝对是第一女侠，不过鉴于她爹爹和二叔的经验，当上一个万人敬仰的女侠显然是没有钱途的。

古代人民的生活已经够落后了，她可不想一生都苦兮兮地过日子，所以温饱问题只是她的第一步目标，她的未来生活最起码也得达到小康才行。

离开了吕大妈的铺子，范小鱼一边寻思着，一边跟随扛着野味的范氏兄弟来到自成一个小市场的东街。这一看，她不禁吓了一跳——这么一眼望去，不过三四十米长的东街，连同他们家，竟然一共有四家卖野味的猎户。

有道是奇货方可居，竞争对手越多，这个价格就越不好卖呀。

看范氏兄弟和其他猎户一样，把野味放下，就老老实实蹲在一旁，也不吆喝一声，只干等着客人上门，范小鱼暗暗摇了摇头，开始打量周围的环境。

这个镇子虽然不大，但因为方圆十几里也就这么一个镇子，乡民们又都习惯早上来赶集，完了还要回家干活，因此这个时候反倒是最热闹的时候。不管是路边摊，还是正经铺子，都已早早地开始营业，小贩的叫唤声此起彼伏，吓得两只不熟悉人味的狐狸幼仔不住地哆嗦，直往范小鱼的怀里钻。

知己知彼，方能百战不殆。想要在有这么多竞争对手的情况下，把自家的野味卖个好价钱，就得先了解一下人家的货品和价格。

范小鱼看了看人来人往的街道，估摸着其他那几家猎户不一定已经注意到了自己，就叮嘱两兄弟先不要急着卖，自己则偷偷地跟着行人，到别人的摊位前转了一圈，仔细地看了他们所卖的野味品种，又听了听其中两家的讨价还价，再和自家的猎物对比了一下，心里已经有了底。

看来，武功高还是有好处的。不论是种类，还是完整性，她家的猎物都远远超过了别人的，只要有买家，就不愁价格上不去。

范小鱼让两人把两只二十多斤重的成年獾、一只狼整齐地摆到显眼处，后面再放普通的山鸡、野兔，又问了问范通、范岱平时所卖的价格，然后道：“爹，等会儿要是有人来问我们的东西多少钱的时候，你们两个都不要回答，让我来卖。”

“可你从来没有卖过东西啊？”范通傻愣愣地道。

“满大街都是卖东西的，看看就会了。总之，等会儿有客人来，你们就在旁边看着就是了。”范小鱼胸有成竹地道。

兄弟俩对望了一眼，乖乖地蹲到一边去，给范小鱼让出主位。

猎物一分类重新摆放，摊前停留的行人果然多了起来，也有不少人过来打探那獾和狼的价格，不过一听范小鱼开出的高价，都摇摇头走开了。

“小鱼，这个价会不会太高了？”连走了几个客人后，范通忍不住担忧地道。

“放心。”范小鱼坐在墙角的台阶上，不慌不忙地逗弄着怀里的小狐狸，一点都不着急。

刚才那几个人衣着普通，一看就是家境一般的百姓，像他们那样的，买只山鸡、野兔回家改善改善生活还有可能，却绝对不可能买只獾尝鲜，不能算是真正的买家，就是走了也不可惜。而这座小镇虽不大，却有不少富户，何况时间还早得很，她就不信会卖不出去。

摊前人群继续来往，问价者有之，摇头者更有之。范通急得蹲也不安，站也不安，时不时地探头去看别人家的野味有没有卖掉，一看到有人买了，就想要劝范小鱼，可看到范小鱼那悠哉游哉地逗着小狐狸、稳坐钓鱼台般的神情，又只能把焦急咽到肚子里。倒是边上的范岱，虽然身负“巨债”，却没心没肺的，一点也不着急，一手捏了个剑诀，专注地琢磨着，野味卖不卖得出去好像和他一点关系都没有。

“这些野味怎么卖啊？”就在范通快急得冒火的时候，一个衣着光鲜、管家模样的人带了两个随从停在了摊前。

范通连忙起身，正欲接话，衣角却被范小鱼猛拉了一下，只得又闭嘴。

“请问大叔，您是想零买一只呢，还是一起买呀？”范小鱼笑眯眯地问道。

那管家模样的人先是扫了一眼欲言又止的范通，又看看漠不关心的范岱，才有趣地看向范小鱼，也笑眯眯地道：“买一只怎么样？全买又怎么样啊？”

范小鱼将怀里的小狐狸交给范岱，站了起来，甜甜地笑，“如果只买一只，当然是买一只的价呀。要是大叔全部都带走，我肯定会优惠些的。”

“那如果我只买一只獾，你要多少钱啊？”那管家笑道。

范小鱼伸出八根手指摇了摇。

那管家挑了挑眉，用脚尖翻了一下那只死獾，道：“你这只獾要是活的，八十文倒也不贵，可现在都已经死了，小姑娘，你这个价钱就过头了。”

“大叔想养活的獾么？”范小鱼眨了眨眼，眼中都是好奇之色。

那管家一愣，“这倒不是。”

“那大叔是想买了吃肉，还是做成药，或者是做皮裘呢？”范小鱼表面上反问，实则却已经将这只獾的价值都说了出来。

那管家再愣，然后忍不住哈哈一笑，道：“你这个小姑娘，倒还真有点意思。”

“多谢大叔夸奖。不过，不是我自卖自夸，大叔您可以仔细看看我们家的这些野味，都是其他叔叔伯伯不容易打到的，而且这些猎物身上可都是完好无损的，不像人家的都破了好几个血窟窿，如果用来做皮裘肯定很漂亮的。”

听到对方说自己有意思，范小鱼微微一笑，继续技巧地推销。光说“有意思”没用啊，你索性大方点，全部都买了，那才是真的够意思！

“不错，这一点，你家的野味确实不同于别家。”那管家大方地挥了一下手，“好吧，你说个价，要是合适，这些我都要了，而且不光是今天，就连明天的我也都包了。”

一听有人说要全包，范通激动得猛地站了起来，却被范小鱼抢先开口，“既然大叔这么好说话，还给我们明天生意，我们也不给您高价。这样吧，这两只獾、一只狼、四只野兔、两只山鸡，就一共算您三百五十文吧！”

若按范小鱼原来所开的价格，这些野味起码要超过四百文，可范小鱼一减就是几十文，那管家虽然不在乎这一点点，却喜欢她的爽快，当下拍板道：“好，难得你这个小姑娘这么小就如此伶俐，那就这么定了。待会儿你们跟我一起回去，也好认认门儿。不瞒你们说，这回你们走运了，我家公子后日成亲，只要你们能赶在明天午时之前，不论有多少野味，都尽管送来——当然，品种越新奇越好。”

管家说着，当场就数了三百五十文铜钱给范小鱼。

“大叔放心，这个肯定没问题，我会让爹爹和叔叔多注意打些不寻常的野味的。”

范小鱼笑眯眯地接过铜钱，交给已完全放下心、笑得满脸是花的范通收了起来，然后自己接过两只小狐狸。兄弟俩在众小贩羡慕的眼光中离开了东街，将野味送上了停留在街头的牛车。

待那管家又购置了其他的货物回来后，范小鱼一家迎着暖洋洋的朝阳，跟着赶了五里路，才来到一个占地面积足有一个村子大小的庄园。那里果然正张灯结彩，一大块透着深沉凝重的长方形匾额上，题着三个龙飞凤舞的大字：上官府。

那管家带他们来到侧门，指点了他们下次如何进来后，便让下人接过猎物，又嘱咐他们明日一定要尽量多带新奇些的野味来，便赶着去忙活了。

离开庄园，踏上了回程，兄弟俩这才有机会你一言我一语，又是敬佩又是好奇地询问范小鱼，她当时怎么就那么笃定东西一定能卖个好价钱呢？

“我卖东西的时候你们没有注意听啊？”范小鱼翻了个白眼，简直被两兄弟打败了。她还以为一番买卖下来，这两人已经学乖，知道自己东西的优势了呢，没想到居然把她夸的那些优点都当做耳边风了。

“我知道了，小鱼的意思是，平时越不常见的东西越能卖出好价钱。”范岱嘿嘿笑道。他的脑子似乎永远比范通的转得快半拍。

“哦，原来是这样，那我们以后多打几只獾好了。”范通恍然大悟。

“不仅仅是獾，还有什么鹿啊、狐啊，或者是老虎、豹子什么的，越难得的越好。”范小鱼一点都不担心打猎时的难度，而且古代也没什么环保问题——见到那些大型动物，普通老百姓只有逃的份，哪有几个敢去猎杀的？只是这上官家所给的时间太少，能不能遇上就要看机会了。

“好，今儿晚上我们再出去。”任劳任怨的范通一点都没有考虑辛苦不辛苦，满口答应。范岱本来想偷懒，可瞧见范小鱼似笑非笑的眼神，也忙跟着点头。

虽说今日足足卖了三百五十文铜钱，可他还欠着人家两贯钱的债呢，再说像今天这样的好事也不是天天有的，看来在没还清债务之前，在这个家里，他是注定抬不起头来了。

回到小镇，范小鱼让范通拿出了三串铜钱，自己先收起一百文——名义上是还酒楼老板张德宣的债，实际上却是在为范白菜攒学费，然后将剩下的全部都拿去买盐巴、大米等一些生活必需品，还给冬冬买了四块枣泥糕。

口袋里有了余钱，加上至少不用为未来一周的生计发愁，范小鱼终于觉得自己稍微有了一点底气。她看看怀中的小狐狸，好像又饿了，便决定再去叨扰吕大妈家的狗妈妈一次。

古代的日子枯燥无聊，养一对狐狸宠物也不错，反正双胞胎脚程快，大不了天天让他们抱着小狐狸去喝狗妈妈的奶水。等到它们再长大一些，能吃肉了，就让二叔负责给它们抓老鼠什么的去。

第四章

宰的就是你

“喂，黄毛丫头！”

范小鱼正 YY 着范岱愁眉苦脸地四处找老鼠的画面，一个相当动听又相当欠扁的童音嚣张地从天而降，穿过她的耳膜。

死小孩！怎么这么倒霉又碰到他？范小鱼摸着小狐狸的手顿时一滞，随即决定听而不闻。她现在心情正好着呢，懒得和一个小鬼计较。

“小鱼，那位小公子好像是在叫你啊。”她没抬头，旁边的范通却下意识地往上面看了一眼，还傻傻地提醒她。

“我有名有姓。”范小鱼没好气地白了爹爹一眼。范通立刻闭上了嘴，范岱在一旁偷笑。

“黄毛丫头，我叫你呢，你给我站住！”

站在楼上无礼吆喝的正是昨天那个小正太。昨天所住的客房虽然已经是这里最上等的，可娇生惯养的他还是很不适应，翻来覆去地折腾了半夜才勉强睡着，起床便晚了。原本贴身丫鬟想让他在房中用早膳，可小孩子天性，有几个愿意独自一人在屋里吃饭的？他硬要到酒楼边吃边玩，没想到在二楼无意间一探头，又瞧见了让他气堵的那个小女孩。

不过，他倒不是还记着昨天的小别扭，也不是对这个小丫头感兴趣，而是小丫头怀里那两只毛茸茸的、瞧起来很好玩的小动物一下子就吸引了他的注意力。这一路跋涉近千里，旅途之中别提有多寂寞了，乍一见到可爱的小动物，小正太自然动心。

小屁孩，还真当他自己是谁了？范小鱼受不了地翻了个白眼，反而加快了脚步。这种有钱人家的公子哥儿一个个都娇生惯养的，一点点小事都能被他们搅得天大，她才没空闲陪他们玩呢！

“我家公子命你们站住，你们没耳朵吗？”

见范小鱼置之不理，二楼猛地传来一声叱喝，接着砰的一下，窗户被推开，呼啦啦地跳下两个全副武装的护卫，人高马大地拦住了他们的去路，吓了走在旁边的行人一跳，忙避了开去。

乖乖，这二楼离地面少说也有一丈多，这两个人跳起来怎么就像是跳台阶似的？

“宝贝女儿，你退后。”

青天白日，众目睽睽，居然这么嚣张，想打劫啊？范小鱼的眉头才一皱，范通已将手中的米袋塞给范岱，同时抢先一步护在她的前面，十分礼貌地拱手道：“两位突然无故相拦，不知有何见教？”

范小鱼顿时黑线。人家清清楚楚是来找碴的，她这个傻爹爹还问人家有何见教，晕！

“喂，你手里抱的是什么，拿上来让我看看！”两个护卫还没回答，小正太已居高临下地探出窗外，神气活现地指着范小鱼道。

小正太这一呼喝，众人的目光顿时都集中向小鱼怀里。

“奇怪了，你是谁啊？我自己的东西，凭什么要给你看？”范小鱼无视两个护卫，懒洋洋地向上翻了个白眼。小小年纪就养了这么一副骄纵的脾气，长大了那还了得？就冲着这一点，她也得给这个小屁孩一个钉子，好让他知道，这世界上不是他想要什么就能得到什么的。

“我……我就是要看！”小正太显然没想到居然有人敢跟他顶嘴，而且还是个比他还要小的乡下小丫头，语塞了一下，顿时恼怒了起来。

“懒得理你。”范小鱼哼了一声，反而越发抱紧了小狐狸，对范通道，“爹，二叔，我们走。”

“喂，不许走！”小正太气得直跺脚。两个护卫立时向范通逼进了一步，其中一个手一伸，就要抓向范小鱼。

这下，任是范通脾气再好，也不禁微微沉下了脸。他只随意地挥了一下手，就

隔开了那个护卫以为必定手到擒来的一招，“阁下莫名其妙就想动范某的女儿，也得先问问范某吧?”

那护卫原以为范通不过是个普通百姓，没想到自己不但一招落空，反被对方的暗劲击退了两步，顿时露出讶然之色，戒备了起来。另一个护卫也是吃了一惊。看到这个情况，小正太身边又跳下两名护卫，堵住了三人的后路。

这四个人的架势一出，四周围观的百姓顿时一阵惊呼，胆小的已经赶紧后退了几步，免得被殃及。平时受过范通恩惠、有些良心的百姓，不禁都露出担忧之色，却不知“行家一伸手，就知有没有”，这几个在他们看起来身手很厉害的护卫，在范家兄弟的眼中其实不过尔尔。

“乖侄女，要不要叔叔替你出气?”见自己的大哥和人家僵持着，拎着满手东西的范岱忙挨近范小鱼，做义愤填膺状，眼中却闪烁着点点兴奋的光芒，准备只等范小鱼一点头，就把东西扔在地上，大展拳脚。

自从来到这个小地方后，他已经很久没和别人切磋过武艺了，虽说昨天砸了一点盆盆碗碗的，可是他手脚还没放开，那几个家伙就跑了，超没意思。今天这几个看起来还是有那么一两下的，说不定能让他稍稍过一会儿小瘾，也正好拿来当新剑法的靶子。

“爹，时间不早了，我们早点回去吧!”范小鱼只一个眼神就让幸灾乐祸的范岱乖乖地闭上了嘴。

不是她怕对方人多自己会被欺负——她相信再怎么样，范通也不会让自己的女儿受到伤害的，只是怎么说，她的心理年龄起码比那个小屁孩大两倍，真打起来，那不就变成她欺负小孩子了吗?

何况这个小正太显然是有些来头的，一时教育教育他不要紧，可要是这小正太家的大人小心眼一点，那事情也许就没完了。他们范家在这一带的名声可是很响亮的，估计谁都知道他们家在哪里，标准的跑得了和尚跑不了庙，犯不着为了个骄纵的小孩子惹来麻烦。

不过，不计较并不代表她就愿意乖乖任小正太想怎样就怎样，凭两兄弟的本事，他们“惹不起”，总还躲得起的。

“好，我们回家。”范通回头对范小鱼安慰地笑了笑，护着她就往前走。

他平时虽然好管不平事，见不得弱者被欺负，但心地却十分宽宏大量，有时候人家欺他老实，他虽明明白白，却一笑而过，并不放在心上。这一次如果不是对方想要动他的女儿，他也不会出手。既然小鱼这么懂事，不予计较，他当然更不会和一个小孩子过不去。

只可惜范小鱼父女想息事宁人，对方却不愿意。

“我家公子没叫你们走，你们就不许走!”

先前被范通隔开的那个护卫上前一步喝道，年轻的眼中隐隐地透着和范岱一样的好战神色。也许此刻在他的心中，为主子效力已是其次，棋逢对手，能施展一下拳脚、比个高低才是他最渴望的。

范岱立刻不屑地嗤笑了一声。

“二叔!”范小鱼警告地瞪了他一眼，眉头一蹙，已有了决定。她让范通弯下腰，在他耳边低声道：“爹，你抱着我跑出去。要是这几个家伙还追来的话，等到了镇外没人的地方再好好教训。”

她看不惯对方的作风，不代表就能意气用事。

虽说两兄弟武功高强，不要说这四个人，就算是那个小正太的人都下来，也不见得能在双胞胎手下讨得了好，可问题是，现在不是可以目无法纪的乱世，更不是武侠小说里的江湖世界，就算杀了人好像也没人管。在这里，打人是犯法的。何况在封建社会里谈公平和民主更是笑话，所谓官官相护，以他们这普通平民的身份，不用说官府也一定会偏向小正太一方；街上这些百姓未必敢证明他们是自卫；更何况他们现在就在张家酒楼的门口，那个张德宣昨天被她趁机勒索，一定怀恨在心，说不定还会诬陷他们呢。所以，她决定还是先退一步，要是对方还不识相的话，再找个没人的地方教训也不迟。

当然，要是不追来，那事情也就这么算了，左右他们只是路过的，就当是被恶狗追着乱吠了两声好了。

“喂，你们在嘀咕什么?”楼上的小正太显然是个没耐心的主儿。

“范老大，这就是你的不对了。人家小公子只不过好奇，想看看侄女怀里抱的是什么，又不是强取豪夺，看一眼也不会少你女儿一块肉。你也是被方圆十几里的父老乡亲们尊称为‘大侠’的人，怎么今日这等小气？难道你对小公子有什么不满不成?”

范通才点了点头，打算抱住范小鱼闪人，张德宣突然从酒楼里走了出来，满脸的义正，满嘴的词严，还顺便玩了玩煽风点火。

靠！范小鱼闻言，心里暗骂了一句，就知道张德宣这个奸商不会放过这么好的

报复机会。

范通一愣，张了张嘴想反驳，又觉得自己好像真的有点没道理。一旁以为自己身负巨债的范岱看见张德宣，忙下意识地把手里的东西藏到身后，生怕被张德宣拿去抵债，“好斗”之心一下子安分下来。

“看一眼当然不会少块肉。”老子不善辩，不代表女儿就好说话，范通发愣间，范小鱼已似笑非笑地看着张德宣，“不过，那也要看是给什么人看。如果有人懂得在说话前加一个‘请’字，不要说是一眼，就是两眼、三眼，看一会儿也没关系。可要是连最基本的礼貌都不懂，我自家的东西，凭什么要给外人看？张大叔，如果大伙儿想看你家那座小金佛，你是不是也大大方方地拿出来让大伙儿看啊？”

“这……这压根儿就是两回事！现在小公子要看的是你那两只小狐狸崽子，又不是什么稀罕物！”张德宣收起假笑，板着脸道，“丁小公子是尊贵之人，肯纡尊降贵地和你这个小丫头说话，已经够客气的了，你不要给脸不要脸！”

他口中说的是小狐狸崽子，可语气中却分明有讥讽范小鱼和范白菜也是狐狸崽子的意味。

“给我脸？”范小鱼不解地眨了一下眼睛，疑惑地瞪大了眼，问范通道，“爹，难道我的脸什么时候丢了么？张大叔为什么要给我脸？”

范通忍俊不禁，摸了摸她的头，道：“你的脸没丢，好好地在头上呢。”

范小鱼认真地点了点头，又转头对着脸色已拉下来的张德宣说：“张大叔，您不要给我脸，我的脸没掉。”

“我说的是丁公子给你面子，你不要敬酒不吃吃罚酒。”张德宣顿时气闷。如果不是昨晚才见识了范小鱼的伶牙俐齿，他真以为范小鱼还是以前的那个傻子，但现在这个“傻子”却摆明了想把他当成傻子。

“爹，我又听不懂了，张大叔什么时候请我们吃酒了？大人才能吃酒，我还是个小孩子，小孩子不能吃酒的吧？”范小鱼的神情越发天真，心里却在暗笑着，其实当小孩也不错嘛，要是换成她前世那个年纪，只怕这种语气和话语一出，旁边就已经掉落一地的鸡皮疙瘩了。

见范小鱼东拉西扯地转移话题，让自己既可教训范家又能讨好小正太的一举两得之计，如同重拳打在棉花上，一丝力气都体现不出来，又看到旁边的街坊邻居们已经有人在忍不住偷笑，张德宣气得发青的脸又红了起来，硬生生地把快要冲口而出的第三度解释咽了下去，只把矛头对准范通，哼道：“一个小丫头片子，没法和你讲道理！范老大，我是看在你平日素有侠名的分上，好心帮你说和，免得和小公子伤了和气。既然你们不识相，那你们就自己看着办吧！”

说着，他退开了两步，幸灾乐祸地看着小正太的护卫们逼近。

张德宣一避，双方的局势又紧张了起来。

范通低头看向范小鱼，以眼神询问。范小鱼正要点头，耳中突然听到一个十分低的声音，不由得抬头望了一眼，正好看到那个小大丫鬟附在小正太的耳边窃窃私语。

“原来只是两只小狐狸。公子，算了吧，听说狐狸身上都有一股骚味，不看也罢，免得狐狸的骚味熏了您。咱们吃完了饭，还要赶路呢！我们已经在路上耽搁好几天了，要是太晚回去，您爷爷会不高兴的。”

奇怪，他们说话的声音明明很轻，自己怎么还能听得到呢？回想起苏醒后，有个风吹草动就能吵到自己的情况，范小鱼不由得惊讶起这个身体的灵敏听力。不过眼下这个小大丫鬟这么说，她反倒不急着走了，怎么说逃跑总是有点不大好看的。

“古玉，你怎么老是提我爷爷？”小正太皱起眉头满脸气恼地道。不过他似乎对那个爷爷相当敬畏，口中虽不满，声音却也跟着压低，“我不管，我就是瞧她不舒服，就是要看她的小狐狸，看不到我就不走。”

哈，真是个小屁孩！

他这一气，范小鱼心里反而舒坦了起来。再看小正太那恼怒的小模样，她嘴角不禁勾起一丝微笑，突然觉得这个小正太生起气来，表情实在相当有趣，让人很有一种继续撩拨的冲动。

“公子……”

“你看你看，她还在得意地笑我呢。”小正太撞到范小鱼的目光，气得一把推开小大丫鬟，就要命护卫们动手。

小大丫鬟连忙又拉住他，求饶道：“好好好，我的小公子，您要看小狐狸，婢子给您想办法。您先坐下来好不好？”

小正太犹豫了一下，点了点头。

小大丫鬟直起身，施施然地先勾了一下发尾，然后看向范小鱼，戴上微笑的面具，恢复了正常语声，道：“小妹妹，请问你怀里抱的是小狐狸么？”

“是啊，大姐姐！”听到她特地加重了“请”字，范小鱼也换上了天真的笑容。本来事情就没什么大不了的，他们若是一定要来硬的，她不怕，但既然对方决定用

软的，那她就大人大量，顺水推舟吧！

“我们还从来没有见过小狐狸呢，不知道小妹妹能不能抱上来让我们看看？”小大丫鬟从袖子里掏出一小串铜钱，晃了晃，“如果小妹妹愿意，姐姐有赏哦！”

范小鱼瞧了瞧她手中那串起码有二十文的铜钱，心中鄙夷地呸了一声，脸上却笑得越发甜蜜，“大姐姐你可说话算话？”

不要白不要，让你看一眼我就赚二十文，不宰你我就是傻瓜！二十文可以买几十个馒头呢！

“当然，这么多人都听见了，我自然不会反悔。”小大丫鬟貌似温婉地笑，眼神中却藏不住那丝高人一等的骄傲，不过看她对小正太那“温柔贤德”的模样，也许她只是懒得对一个穷苦人家的小女孩掩饰而已。

“好吧，就让你们看一眼。二叔，你在楼下等一会儿，我和爹上去一下。”范小鱼假装考虑了一下，笑眯眯地抱着小狐狸向酒楼走去，自如得好像眼前这座高大的酒楼不过是她家那个小破篱笆门一般。

四个护卫立刻跟进。

看着她那一身打满补丁的蓝布衣，张德宣有心想耻笑为难，却又想到这是人家贵客要她进去的，只好郁闷地让到一旁，跟在了众人的身后。

原本有些心虚的范岱一看张德宣居然没有来找他的麻烦，错愕得想摸摸鼻子，才发现双手都拿满了东西，腰板却一下子挺直了起来。

管这个张德宣为什么这么古怪呢，只要不来找他要债就万事大吉。

范小鱼踏进酒楼，只用眼角随便扫了一眼店堂的布置，就自然地走向通往二楼的楼梯，没有露出半丝张德宣所期待的没见过世面的小家子气。

古代的客栈嘛，无非是差不多的样子。这家酒楼虽说是全镇最好的酒楼兼客栈，可比起前世的酒楼，还是太寒碜了，就算所谓上好的雅间，也不过只是在隔墙上挂一两幅画、在角落里摆上一盆普通的盆栽而已，没什么特别的。

见范小鱼目不斜视地上楼走进自己的包厢，小大丫鬟的脸上掠过一丝小小的讶异，但随即就自行忽略。她身后的小正太则早把目光放在了范小鱼的怀里。

范小鱼让范通抱过去一只小狐狸，举了举手，甜笑道：“大姐姐，这是乐乐，快乐的乐。我爹抱的那只是贝贝，宝贝的贝。你们可看清楚了？”

乐乐？贝贝？没听小鱼给这两只小狐狸取过名字啊？旁边的范通奇怪地在心里

嘀咕。

小狐狸本来在她的怀里正窝得香甜，突然感觉失去了同胞的温暖，不由得慌乱地睁开眼睛，发出小狗般的呜咽声，并挣扎起来，四只小脚一条尾巴在空中摇啊晃呀，十分的可爱。

“名字真难听！”小正太嘴里不屑地哼道，却看看这只又看看那只，视线不曾稍离片刻，眼神中明显地透露着渴望。

范小鱼不理他，笑嘻嘻地把小狐狸抱回到怀里，小手伸向小大丫鬟，“大姐姐，我的钱呢？”

小大丫鬟带着高高的矜持把钱扔了过来，道：“你们走吧。”

范小鱼灵敏地接住，嘻嘻一笑，对范通道：“爹，我们回家吧。”心中却想着，说不定小正太还不肯罢休。

“等一下！”小正太果然又有事了。

“公子，我们还要赶路呢！”小大丫鬟拉着她的手，低声提醒道。

“我知道。”小正太不耐烦地推开她，走到转过身的范小鱼面前，板着脸道，“你这只小狐狸我要了，多少钱？”

“你想买我的小狐狸？”范小鱼讶然地一扬秀眉，心中迅速地琢磨起等会儿开个什么价格好。

小大丫鬟忙上前道：“公子，您想买宠物，我们就去买只小猫好不好？这种狐狸身上有狐臭，难闻得很。”

“是啊，小公子还是去买小狗、小猫吧，乐乐和贝贝是我们家的一分子，不卖的。爹，我们走。”范小鱼忙附和道，而且更加抱紧了小狐狸，急急地催促着范通，好像再停留一会儿，心爱的小狐狸就要被抢走似的，心里却在偷笑。

这个小正太的逆反心理不是一般的强，恐怕她越是不卖，小正太就越是要定了，哈哈！

“不，我就要买这只狐狸！”小正太果然别扭地指着范小鱼“努力”保护的小狐狸，小眉头拧得紧紧的。

“我不卖。”范小鱼一口回绝。

“我就要。”小正太也杠上了，还上前了一步，利用自己高过对方半个头的优势，想在气势上压倒范小鱼。

小正太这一要强，门口的护卫又蛮横地拦住了出口。

“干吗？你想抢我的小狐狸吗？”范小鱼警戒地斜过身子，表现出一个小孩子应有的防备气愤之色，心底却笑得更加开心，不怕你要，就怕你不要呢！

深知小正太一旦倔犟起来就很难说服的小大丫鬟，见自家主子又泛起了脾性，只好赶紧顺着他，柔声道：“好，公子想买我们就买，不过让婢子来说行吗？”

小正太哼了哼，算是同意。

“小妹妹，看你的样子一定是个非常善良可爱的小姑娘。这两只小狐狸是你家里养的吗？”小大丫鬟开始装温柔套话。

“是我爹爹花了好长的时间，辛辛苦苦才抓来的。”范小鱼面不改色地撒谎，顺便用表面崇拜实则警告的眼神看了一眼范通。

范通正想问“这小狐狸不是范岱抓的吗”，看见范小鱼的眼神又把问题给吞了回去，索性沉默不语。

“小妹妹，我们打个商量好不好？你看你反正有两只小狐狸，就卖给我家公子一只好不好？你要是愿意的话，姐姐给你一百个铜钱哦！”小大丫鬟自以为十分大方地道。事实上，一百个铜钱买一只小狐狸确实也算很大方了，如果她遇见的不是范小鱼的话。

门外的张德宣脸上横肉一阵抖动，忽然觉得眼前的情景十分熟悉。他有心出头讨好一下小正太，提醒他小心范小鱼的敲诈，可想了想范小鱼的利嘴和自己的脸皮，还是决定闭口不言——说不定范小鱼狮子大开口之下，这位小公子一怒，又会命人收拾她，那不正好？

一只小野兔居然花了他两贯钱，这样亏本到吐血的买卖，他一辈子都不会忘记。

“大姐姐，如果你有一个很要好很要好的朋友，它能天天都陪着你，听你说话，和你一起玩，你不开心的时候它还能安慰你，你会不会舍得卖掉它？”范小鱼明着讲道理，实则却开始煽情的前奏，给小狐狸增添额外的附加值。

有多少孩子能真正地抵抗一种令他感到新奇的玩具的诱惑？更何况要不要买玩具的做主权还在小孩子自己手里的时候？只要能让小正太感觉这个货品能带给他所需要的，钱自然就是小事了。

见范小鱼一个劲地强调小狐狸对她的重要性，却避而不答她的问题，小大丫鬟突然有种范小鱼扮猪吃老虎的错觉，却随即又自己否决了。眼前这个土里土气的小丫头片子最多不过七八岁，哪里懂得这种迂回的讨价还价方式？一定是她真的舍不得小狐狸，不想卖而已。

这么一给自己解释，再一想范小鱼刚才一听有二十文就上楼来的贪财模样，小大丫鬟又挂上了笑脸，“小妹妹真是好有爱心啊。可是，小妹妹既然这么喜欢这只小狐狸，是不是也希望小狐狸能过得开心过得舒服些呢？如果你把它卖给我们，姐姐保证，一定会好好地照顾它，给它吃最好的东西，做最好的窝，绝对不会让它受任何委屈。你说这样好不好?”

“可是，我爹说了，金窝银窝不如自己家的狗窝。我爱乐乐，乐乐也爱我，它也舍不得离开我的。乐乐，你说对不对?”范小鱼怜爱地摸了摸小狐狸的头。小狐狸舒服地眯起了眼睛，十分合作地呜咽了一声，令得范小鱼的心中顿时真的一软，“看，乐乐也说它舍不得离开我，它也离不开贝贝。”

“这样子，姐姐再加一百文好不好?”想到刚才自己就是晃了晃钱，范小鱼就乖乖地走了上来，小丫鬟忙掏出两串铜钱，高高地抬起，晃荡着发出叮当声，心中却恼道，她堂堂一个丁家的大丫鬟，居然花了半天时间，连一个小丫头都搞不定，实在是丢脸至极，等小狐狸买来，小公子玩腻了以后，她非得扒了小狐狸的皮出气不可。

“不好。”范小鱼摇了摇头，还往范通身边缩了缩，很想马上出去的样子。

“那小妹妹你要多少钱才肯卖啊?”小大丫鬟差点耐性尽失，但一看到范小鱼那面黄肌瘦的小脸，顿时又有了主意，眼珠子一转，诱哄道，“这两百文钱，你可以买很多很多吃的哦!”

“真的吗?”提到吃的，范小鱼的眼神果然有些迟疑。

门外，张德宣眼睛眨也不眨地透过两个护卫的身体缝隙，直盯着满脸天真的范小鱼，心中充满了鄙夷。他只是随口快速一报的账她都能记得清清楚楚，会不知道两百文能做什么？唬你们的呢？不过这种失面子的事，他当然不会自己主动捅出来，只好在心中不住地祈祷：上当吧，上当吧，上当后赶紧教训教训这鬼丫头!

“当然是真的呀。”小大丫鬟以为终于打动了范小鱼，暗暗地松了一口气，指着桌上小正太的点心继续哄道，“你要是答应，以后可以想吃什么就吃什么，那不是很好吗?”

“可是……”范小鱼的眼神在桌上那一碟碟基本没动过的吃食和怀里的小狐狸中间打转，忍不住吞了口口水，半真半假地继续犹豫。

还别说，面对那七八样的早点，她还真有些嘴馋了。要知道，自从来到这个世

界后，她过的一直是悲惨无比的生活，对物质的要求已经降低到一个可怜的馒头就是最好吃的东西了。

“只要你把小狐狸卖给我，这些吃的全都给你。”小正太在旁边听小大丫鬟游说了半天还没搞定范小鱼，又不耐烦起来，第N次推开小大丫鬟，决定自己做主。

“可是……”

范小鱼看起来像是终于被吃的东西打动——那些早点有小包子，有看起来五颜六色的糕点，有中间也不知加了多少东西的肉粥……林林总总的一共有七样，除了那粥已经被喝了小半碗外，其他的倒是都可以带走。

“不要可是啦！呐，我用银子换你的小狐狸，这总行了吧?”小正太气哼哼地一把拉过小大丫鬟腰上的荷包，瞧也不瞧地从中取出一块银锭，粗鲁地往范小鱼怀里一塞，同时劈手夺过小狐狸，老气横秋地道，“女人就是麻烦，婆婆妈妈的。”

“啊，我的乐乐!”范小鱼哎呀一声唤道，故意表现出一副猝不及防，又想要回小狐狸，又想要接住银锭免得掉下去的样子。只一个犹豫间，小狐狸已被小正太紧紧地搂在了怀里，而那块沉甸甸的银锭却也落在了她的手中。

第五章

二叔也有三角关系

银子到手的那一刹那，范小鱼心中立刻有了大概的数字：半斤不到，估摸着就是所谓的五两银。不过这银子并不是人们通常以为的元宝形状，也就是一块平平常常的长方形金属，边角也不那么平整，上面还刻着一些繁体字。

果然是五两重，范小鱼低头看着银锭，心中迅速地盘算开了。

她来到这个世界后，除了了解身世，当然也必须先了解这个时代的货币换算。

如果那个幽默的历史老师所讲的趣闻是真实历史，那么单纯以蓄银的价值这一点来说，她绝对是来对了年代，因为现在的真宗末年只值五百文一两的银子，在不久的以后，很快就会因为全国缺银而上涨到一千五六百文左右，足足是现在的三倍。如果有条件，她能趁那个仁宗小皇帝没登基之前储存上一些银子的话，等仁宗当了皇帝，她的身家也就可以翻三番左右了。

因此，小正太给的这块如今值三贯多、将来也许就是十贯的银子一入手里，范小鱼心里实在是乐开了花。

不过，本着白宰白不宰的精神，既然这个小正太这么浪费，那就多宰点好了！

“啊，公子，这锭银子起码可以买几十只狐狸了，您怎么给她这么多啊?”一旁的小大丫鬟见小正太如此乱花钱，不由得有些肉痛。

“我爱给就给，你管得着吗?”小正太白了她一眼，笨手笨脚地抱着小狐狸，语气虽冲，表情却有些不知所措，显然小狐狸那太过柔软的小身体让他有些不知所措。

“爹，这是什么啊？”他们这一对话，让已趁机迅速转过念来的范小鱼，举起了银锭疑惑地问范通。

后世的人，通常对银子的价值有诸多误解，动不动就以金银来流通买卖，以为一两银子并没什么了不起。事实上，在宋代，银子并不是主要的流通物，主要还是用于出口贸易和赏赐，以及作为岁贡，便是官员的俸禄也不是用银子来发放的，更不用说普通百姓了。以范小鱼的身份来说，应该是没见过银子的。

“笨蛋，这是银子！”小正太骂道。

“银子是做什么用的？我不用银子，我要乐乐。”

范小鱼拿着银子就要上前去还给小正太。小正太机警地后退了一步，好像范小鱼要反过来抢他的东西一般，“笨蛋，银子可比铜钱值钱多了。你爹既然会抓狐狸，你让你爹再去抓几只不就行了？古玉，把你手里的钱也给她。来人，快备车！”

门口一个护卫立刻应声下去。

“还要给她钱？”古玉讶然地睁大了眼睛，姣好的面容上已经掩饰不住一肚子的怨气，看着范小鱼的眼神中已有一丝怨恨。都是因为这个小丫头，小公子才会对她叱来喝去的，哼。

“你是公子，还是我是公子？”小正太的脾气实在不是很好，两三句话就能撩拨得他跳脚。

古玉委屈地咬了一下嘴唇，楚楚可怜的模样端的是风情万种、惹人怜爱，只可惜才十岁左右的小正太哪里懂得欣赏她那少女的风情，见她越迟疑反而越瞪眼。古玉只好恨恨地把铜钱摔向范小鱼的脸。

范小鱼好像吓呆了似的躲也不躲，可是一旁的范通又怎会容许这两百多个铜钱砸在自己女儿身上，修长的手臂只一伸，已轻轻巧巧地夹住了两串钱，征询地看着范小鱼，“小鱼，你看？”

“算了，卖就卖吧！”范小鱼撇了撇嘴，“不过，我有个条件。”

好吧，看在这个小正太训斥这个假矜持的丫鬟的分上，就不跟他计较刚才的刁蛮了，不过她刚才既然已经给小狐狸取了名，又说它是自己的朋友，有些话得先让小正太保证。

“什么条件？”小正太瞪着她。

范小鱼把银子交给范通，从他手上接过另一只小狐狸，两只大眼睛认认真真地看着小正太，“你是真心地喜欢乐乐吗？”

小正太也撇了一下嘴，明显的言不由衷，“当然。”

“那你能保证一直喜欢它，照顾它，不让它受任何人的欺负吗？”范小鱼假装没看出他的敷衍。

“我……我保证。”小正太随口道。

“你是男子汉吗？”

“当然。”小正太愤怒地瞪眼。

“那好，那我们拉钩。”范小鱼伸出一根小手指，看着他那漂亮清澈的眼睛，“我爹说了，男子汉大丈夫，说话都是一言九鼎的。他还说，君子一言，驷马难追。你今天保证了要一辈子保护乐乐，那你就要说到做到，否则，我会鄙视你的。”

小正太本来根本没想过要一直带着小狐狸，可眼下被范小鱼这么一套，又不好当面反悔，再看到她那根细细的小手指，心里莫名其妙地反而更气堵了。他腾出一只手，一把拍掉范小鱼的手指，张开了巴掌，哼道：“男子汉大丈夫，当然说到做到！我才不要和你玩拉钩这么幼稚的东西，我们击掌为誓！”

“好。”范小鱼也爽快地张开了手掌。两人都十分用力地拍了一下，震得彼此的手掌隐隐火辣辣地疼，却都没有在面上表现出来。

“走了！”小正太哼了一声，绕过范小鱼走出包厢。

丫鬟古玉忙紧步跟上，却不忘趁小正太没看见狠狠地瞪了范小鱼一眼。

“大姐姐，别忘了好好照顾乐乐啊！乐乐现在还小，只能喝奶，不能给它吃别的东西！”范小鱼心情愉快地高声嘱咐，那古玉听了差点一个踉跄，又匆匆地跟上走得飞快的小正太。

酒楼掌柜张德宣见小正太下楼，顾不得讽刺范小鱼，连忙陪了下去。

“小二哥，麻烦你把这些打包。”范小鱼一边笑吟吟地指着没吃过的糕点和小包子，一边探出窗外去看小正太一行人匆匆地上了马车，心情那个舒畅啊！

“范通，你的女儿可真了不起啊！”出门时，张德宣皮笑肉不笑地道。

“大叔过奖了，大叔再见。”范小鱼抱着点心，嘻嘻笑着招呼站在一旁躲躲闪闪的范岱，“二叔，我们走了。”

“好，走。”范岱扛起米袋，一溜烟地跑到前面，眨眼就不见了踪影，居然都不问问刚才酒楼之中都发生了什么。

奇怪，他跑这么快干吗？范小鱼疑惑地看着范岱的背影，然后恍然大悟，哦，原来他是怕张德宣要债啊，哈哈哈！

嘿嘿，虽然今天是额外地赚了一笔，不过，那笔“巨债”还是得让范岱自己慢慢还的，省的让他继续游手好闲下去。

“爹，我们也走吧！”范小鱼突然很有一种蹦跳着走路的幼稚冲动，事实上她也已经身随意动了——多开心啊，才不过一日一夜的光景，她不但无债一身轻，而且从此也不用担心随时都会断粮了！哈，她和冬冬的两个小身板也该长长个了——当小孩子固然有当小孩子的乐趣，可这个小身板毕竟太不方便了。

看着女儿难得地显示出小孩子天真烂漫的心性，范通不禁又是骄傲又是感慨，忙跟了上去。

父女二人一前一后地走远，谁也不知道就在片刻之前，有一个穿红衣服的女人骑马从酒楼门前路过，而原本站在街边的范岱，那高大的身躯缩在了一个小贩后面。

事实证明，对于范氏兄弟来说，勤劳就代表丰盛的收获。当天下午，两兄弟带回了两只活生生的鹿和三只不断扑腾着的山鸡。到了晚上，范小鱼就着中午余下的鸡汤和蘑菇，做了一顿面疙瘩，吃得全家心满意足，两人又再次出门。

半夜光景，范小鱼和范白菜突然被一阵野兽的叫声惊醒，起来一看，却是兄弟俩又捉了几只动物回来。看着满屋子嗷嗷乱叫的动物，范小鱼忍不住开心地笑了起来。如果这两个双胞胎能隔三岔五地就这么勤劳一回，只怕用不了多久，他们家就能彻底地摆脱贫困的局面，真正过上正常的日子。

第二日，范通又早早地起来，用两只小野味换借了一辆驴车。有驴车代步，速度稍稍比步行快了一点，因此辰时未到他们就赶到了上官府。

管家亲自出来检验，看到他们果然如约地送来了大半活着的野味，十分满意，高兴之下，不但立刻大方地结了账，还十分客气地邀请他们明日来参加喜宴。据说上官府明日除了在正厅内大摆宴席外，还会在外院搭棚，摆上二十桌流水宴，以答谢四方乡邻。范通身为双全镇有名的善心人，正在邀请之列。

范岱一听有酒喝，不等范通谦虚，就一口答应了下来。上官管家笑着给了他们一个帖子，就自己忙活去了。

走出庄子后，范通埋怨范岱不该这么不客气，范岱翻了个白眼，范小鱼这一次却是站在了范岱一边。

连续两次的接触，她对这个上官管家倒是挺有好感的。一般而言，有什么样的

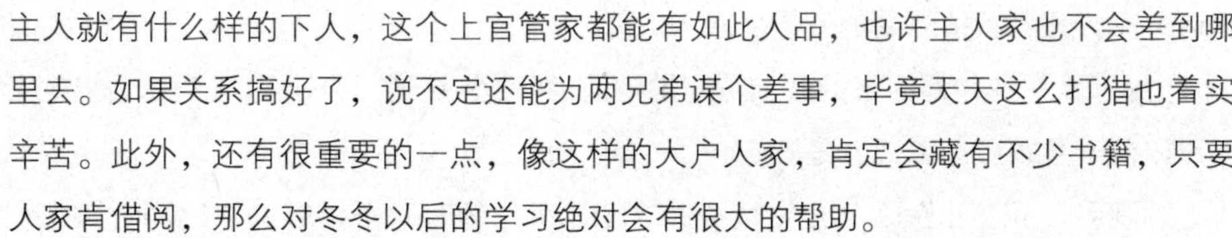

主人就有什么样的下人，这个上官管家都能有如此人品，也许主人家也不会差到哪里去。如果关系搞好了，说不定还能为两兄弟谋个差事，毕竟天天这么打猎也着实辛苦。此外，还有很重要的一点，像这样的大户人家，肯定会藏有不少书籍，只要人家肯借阅，那么对冬冬以后的学习绝对会有很大的帮助。

范小鱼怀抱着小狐狸贝贝，一边去镇上找吕大妈家的狗妈妈，一边寻思着，浑不觉自己一切都是在为家人考虑，几乎和家庭主妇无异，只除了她还只有九岁。

由于此次送的大部分都是活物，品种又较为丰富，上官家足足给了五百文。在镇上转了一圈后，花了一百多文。范小鱼考虑了一下，便只在身边留个几十文，余下的三百文找了个地方偷偷地储存了起来。

古代交易都用铜钱，又多又沉，实在太不方便，不过眼下纸币交子都还没诞生，她一个小女孩也无法像小说上的穿越者那么神通广大地改变历史，所以只能入乡随俗了。

饭后无事，范小鱼坐在屋前的石头上，托着腮注视着远方的群山。

范通还了驴车后一直心神不定，范小鱼猜测，他一定是因为在镇上的时候听说隔壁村的张大妈病倒了无力干活才暗自着急，便暗示他，只要不违背她制定的原则，其他的想干什么就去干什么。

范通听了大喜，匆匆地喝了几口冷水就出门去了。范小鱼望着他的背影摇了摇头。

她这两辈子，还没见过像这种把免费做好事当成捡天大便宜的人，真正是“极品”一个啊！

“小鱼啊，再过几天就是你的十岁生辰了，你想要什么样的生辰礼物?”范岱在她旁边坐下，大手大脚地舒展着，和她娇小的身躯形成鲜明的对比。

“我的生辰?”范小鱼偏着头看了一眼范岱，这才想起他问的是这具身体的生日，不由奇怪地反问，“我每年都过生辰吗?”

她记得古代的小孩子一般都只有满月酒和周岁庆，然后直到成年及笄才有生辰庆祝的，怎么这里十岁也过生日么?

“哦，对了，忘记你不记得以前的事了。”范岱挠了一下头，咧开了雪白的牙齿笑道，“我也不知道别人家里是怎么样的，不过每年生日那天你爹和我都会想办法让你和冬冬吃顿好的，或带你们去哪里玩玩。”

去哪里玩？这倒是个好注意。她来到这个世界也不短了，确实也该找个机会再

走远一点，去看看镇外面的世界。

“那等爹和冬冬都回来的时候再商量吧。”范小鱼笑道，“对了，二叔，你曾经说我以前一直跟着你练武，是吧？”

“是啊。”见范小鱼居然主动地提起这个，范岱顿时兴奋了起来，“你很小的时候，有一回我们遇到了无妙大师，大师为你摸了骨，说你骨骼清奇、天赋异禀，是难得的练武奇才。后来我和你爹教你练武功招式，你总是一学就会。若不是智力所限，无法理解内功心法，你现在早已是个武学神童了……”

范岱一说起武功来，就滔滔不绝，指手画脚地把范小鱼从三岁开始练武后的趣事一件件说了出来，中间还穿插着赞叹，诸如范小鱼曾经一个人打倒过几个男孩子，帮冬冬出气，又曾踢倒过一个想抱走冬冬的人贩子之类。范小鱼津津有味地听着，不时惊叹，没想到以前的范小鱼傻归傻，却是这般疼爱冬冬。

“可是，我现在连一招都想不起来了。”范小鱼叹息道。她要是也能像那个傻小鱼那么厉害就好了。这样就可以正大光明地为冬冬报仇，也不用顾忌这个顾忌那个了。

范岱猛地住了口，认认真真地看了看她，小心地试探，“想不起来没有关系，只要你愿意，二叔再从头教你。你虽然不记得以前的事了，不过这些年来你天天都坚持跟着我练武，身体已经熟悉了那些招式，想要重新学应该很容易的。”

范小鱼的眸光随即亮起，嘴角顿时上扬。是啊，她怎么就忘记了如今她就是范小鱼，范小鱼就是她了呀。既然这具身体以前能学得很好，她总不该连个傻妞都比不上吧？

“怎么样，你愿意吗？”范岱几乎屏住呼吸地盯着她，竟然紧张得好像第一次求婚似的。

“当然。”范小鱼扬眉，明亮地一笑。

虽然她根本就不想当什么豪情万丈、仗剑走江湖的侠女，不过武功就像是一门技术，学学总没坏处的。

“啊！太好了，太好了，这下我们范家后继有人了！”范岱先是愣了一下，然后突然大叫着蹦跳了起来，兴奋地在空中连翻了好几个滚，语无伦次地念叨，“我想想，我得好好想想怎么重新教你才最合适，想想，想想先……”

看着时不时跳跃到半空中的大小孩，范小鱼突然忍不住偷偷一笑——要是哪一天他们决定流浪江湖去，说不定也可以在街头卖卖艺，节目的名称就叫“耍大猴”。

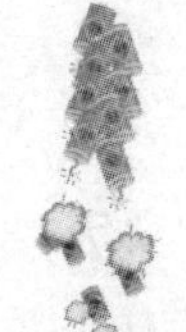

翌日傍晚，仍是粗布衣裳，不过面容收拾得整齐干净的一家人，一路嬉笑打闹地先绕道去了小镇，拜托吕大妈的狗妈妈照顾小狐狸贝贝，然后再前往上官府。

范小鱼现在是已经走惯了山路，二十多里路的来回也不在话下，但范白菜却是走了没多久就气喘吁吁了。早已从范岱处得知范白菜一直十分排斥练武的范小鱼，趁机给范白菜好好地讲了一番道理。

范白菜听说练武并不等于打架，也不是将来就一定要当大侠和范通一样被人利用，可以单纯只为强身健体，然后有更多的力气避开想欺负自己的人后，果然有了动摇，再经这个他佩服得不得了的姐姐一劝再劝，终于答应从明天开始也跟着学一点，要让自己快快地长大起来。

虽说一双儿女谁都没想过真的要继承两兄弟的衣钵，不过他们答应学武就已经是一大进步，范通心里着实欣慰，暗暗发誓一定要在范小鱼生辰之前为姐弟俩好好地做一套新衣服。

一家人来到上官府，将当礼物的野味交给管家后，正好听到来报说新郎官已迎亲归来，就在门外。

聚在园子里的众人一听，纷纷跟在主人家后面向门外跑去。

范小鱼和范白菜也忙跑出去看热闹，可他们俩人小个矮，被四方的乡邻一挡，几乎什么也看不见。一急之下，范小鱼使了些蛮劲，才安全地护着范白菜挤到前面，看见了迎亲队伍。

这一位新郎官看上去年龄甚小，应该才十五六岁的样子，长得倒是相当俊朗，只是他虽然身穿大红喜袍，骑着高头大马，脸色却很冷漠，对这门亲事的不满直接写在了脸上，引得周围的乡邻一阵窃窃私语。

可怜的孩子，才过了童年，刚步入少年时期就得娶媳妇生孩子，这是多么让人恐怖的万恶封建制度呀！

范小鱼同情地看了一眼那个上官新郎，不觉就想到了自己，忍不住打了个哆嗦——反正她是没法想象自己十五岁就嫁人的。

随着队伍的越发接近，管家一声唱和，鞭炮声顿时噼里啪啦地响了起来。乐手们鼓起腮帮子更加卖力地吹奏，孩子们一边捂着耳朵一边兴奋地大叫，大人们的脸上也是笑呵呵地满是光彩。

“范岱！”

震耳欲聋的声音中，范小鱼好像突然听到有个女人尖着嗓子在叫她二叔，下意识地朝着声音的方向望去，却见是一位站在上官夫人身边的二十出头的粉裳女子。她一双漂亮的丹凤眼中正露出强烈的惊喜，又交织着咬牙切齿的愤怒，神色复杂至极。

难道二叔又惹事了？范小鱼的第一个念头就是如此，忙回头看向范岱，却见范岱望着那个粉裳女子，也着实地愣了一愣。待看见那个女人不顾一切地向自己跑来，他脸上突然充满恐惧之色，大叫了一声，反身就跑。

“瑶儿！”看到粉裳女子突然扑向人群，用力挤开观礼的乡亲去追一个男人，上官夫人顿时傻了眼。

“表姐！”

紧接着第二个大声呼唤的居然是马上的少年新郎官。他呆了一下后，竟然做出了一个所有人都意想不到的举动：立刻掉转马头，竟打算丢下还没下马车的新娘子，从围观人群的边缘处绕过去追那个粉裳女子。

众人顿时哗然，乐手们也惊讶地不禁顿了一下，转回头正好看见这一幕的范小鱼更是吃惊地张开了嘴，差点掉了下巴。

不会吧！这算是怎么回事？

范岱一见这个叫做瑶儿的成熟美女，就像老鼠见了猫般唯恐逃之不及，而此时本该陪着新娘一起进大门的新郎官，却反而想要去追一个表姐？

汗啊，莫非这年头已经不流行“表哥表妹”，而是流行“表弟表姐”？

“轩儿！”

外表文质彬彬、厉喝起来却极有威势的上官老爷虽然也被这意外惊得变色，却当机立断地及时喝住了自己的儿子，同时立刻向左右使眼色。原本跟在新郎官旁边的两个家丁连忙拉住了马脖子上的套绳，不约而同地恭声道：“请公子下马！”

新郎官用力勒了一下缰绳，可那马被两个人同时拉住，没法听他的指挥，他急得一个劲地向范岱和粉裳女子追跑的方向望去。

“请新人下车，奏吉乐！”一旁的上官管家见情况不对，机智地高喊了一声。幸好鞭炮声一直在轰响着维持气氛，否则这场面可就越发尴尬了。

领队的乐手一哆嗦，才发现自己竟然停了下来，忙又举起唢呐，后面打锣敲鼓的也跟着醒悟，却是乱了两三拍才又重新和上。

上官管家高喊一声后，人也随之紧步跑到了新郎官面前，状似殷勤地去接缰

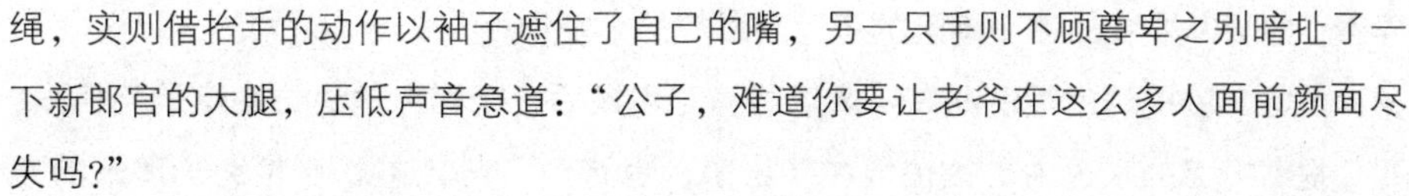

绳，实则借抬手的动作以袖子遮住了自己的嘴，另一只手则不顾尊卑之别暗扯了一下新郎官的大腿，压低声音急道："公子，难道你要让老爷在这么多人面前颜面尽失吗?"

新郎官紧抿着嘴唇僵了两三秒，猛然翻身下马，对着上官老爷和众人团团行了一礼，然后接过家丁送上来的一杆系了红绳的秤，挑开车门上的一块红布，就站到了一旁。

"小鱼，你们先进去，我去看看你二叔，等会儿再回来找你们。"范小鱼正带着古怪的心情看着那个犹如赶赴刑场的新郎官，范通不知什么时候挤到了她身后，焦急地道。

"等一下，我们也去找二叔。"范小鱼忙拉了范白菜钻出人群。

"你们去干什么？乖，你们先去喝喜酒，爹爹等会儿就回来。"范通说完，也不等范小鱼回答，迈开了长腿，飞快地向范岱消失的方向追去了。

"……"范小鱼张了张嘴，又摇了摇头，她这个爹怎么就这么呆啊!

刚才这件事，虽然严格地说来，不该怪到她家二叔头上，可是如果不是那叫什么瑶儿的美女看见了他，并且追了上去，那小新郎官可能也不会失态，小新郎官如果不失态，那上官老爷就不会变脸，上官府也不会在娶亲之日上演这一场"好戏"，失了面子。

现在不用说，人家上官府肯定已把他们划为不受欢迎的客人了。身为范岱的侄女，她哪里还好意思再假装什么都不知道地进去观礼呢？更不用说还能厚着脸皮蹭吃蹭喝了，还是赶紧识趣地先离开吧!

"冬冬，来!"趁着大家都围着新人涌向大门，范小鱼忙拉了范白菜偷偷地躲到了石狮子后面，心里郁闷得要死。

没想到前一刻她还欢天喜地地想要好好见见这古代的婚礼是什么样子的，而且为了多吃点好吃的，她还特地空了小肚子来，没想到新人还没进门就闹出这么一出，害得她不但看不成拜堂，见不了洞房，更是半点东西也吃不到。

"姐姐，为什么我们不跟着大家一起进去啊?"单纯的范白菜羡慕地看着人们一边说着贺喜的话，一边迫不及待地跨进大门，小脸上满是不理解。

范小鱼语塞，这个问题……对一个七岁的孩子可怎么解释啊!

"这个……我们等一等，等爹来了再一起进去。"

"哦。"范白菜老实地应了一声，也不吵闹，低下头看着满地的碎纸片，用脚拨

弄着，想要从中找出哪个幸运的还没有爆炸的小鞭炮。

方才热闹的门庭很快就变得清清静静。当最后一个客人也迈进高高的门槛后，四个提着灯笼的家丁匆匆忙忙地冲了出来，也跑向了两兄弟和粉裳女子离开的方向，想必是上官府派人寻找去了。

那个叫瑶儿的美女到底跟范岱什么关系呢？范岱为啥一见人家就要跑呢？她瞧这个瑶儿长得还是挺漂亮的嘛！不过，她虽然还梳着未婚姑娘的发式，这年龄看着却似乎也不小了。

难道她和范岱一直有婚约，却一直没有成亲，所以今天见了范岱才如此激动吗？要不，就是范岱做了什么招惹人家美女的事，难不成是偷看了人家洗澡？范小鱼在心里头转着一个又一个异想天开的念头，借以打发时间，可是在没找到范岱之前，任何猜想都只是“可能”而已，而且也解决不了任何的问题。

比如，现在她突然觉得肚子饿了！

第六章

这个家不能待了

“姐姐，姐姐，我饿了。我们能不能先进去吃啊?”

不愧是亲姐弟，范小鱼才感觉五脏开始抗议，范白菜的小肚子也传来咕噜噜的叫声。各类美味佳肴的诱人香气越过高墙，散发在空气中，钻入他们的鼻子，更令他们饥饿难耐。

“冬冬乖，再等等好吗?”范小鱼摸了摸冬冬的头。因为这户庄园的主人喜静，庄园占地面积又大，导致最近的农家也在两三里之外，她现在就是有钱也买不到吃食。

“嗯。”范白菜乖巧地点头，又弯腰去寻找小鞭炮。

范小鱼探头看看上官府的大门，又看了看那两只由于天色渐暗而越发显得红彤彤的大灯笼，再望望四周，觉得以范通那种脱线的脑子，恐怕两个人再等下去也不是个办法，倘若天色再继续暗下去，等会儿就连回家的路都看不清了。

想起自己那一下子走十里路也轻轻松松的体质，范小鱼决定回一趟小镇。

“冬冬，你乖乖在这里等着，姐姐去一趟镇上。要是爹回来了，你们就来镇上找我，不然的话，你就哪里也不要去，知道了吗?”

“知道了。”范白菜不解地看着小鱼，却仍点了点头。

“乖，姐姐一定尽快回来。”范小鱼嘱咐他一看见人就藏起来后，立刻迈开小腿向镇上跑去。

犹带着冷意的春风呼呼地吹拂着范小鱼宽大的衣裳，一时间，皮肤上寒栗尽

起。但奔跑了一会儿后，身体就慢慢开始发热起来，同时范小鱼突然有了一种奇怪的感觉。

她的身体似乎突然间变得轻盈了起来，每一步跑动，每一次摆手，都奇异地拥有了自我意识，脚尖只要轻轻点地就像能弹跳起来，连本该气喘的呼吸也仿佛融合到了扑面的疾风中，不觉得有什么困难，就像……就像她是一只原本就生活在空中的飞鸟，只要扇动双翅就可以自如地飞翔。

这种感觉，实在是说不出的惊奇，更带着一种无法言语的惬意和欢快，仿佛不管心底有多少不开心和烦恼，都可以抛到速度中，让风带走。

轻功……范小鱼的脑海里自动浮现出这一个词语，眼前仿佛出现出前世在电视电影上曾经看过的那些飘然若仙的动作。一时间，她心中充满了惊喜，连肚子里的空虚也不记得了，只顾全心地感受着、奔跑着，好像她就是风，风就是她！

就在范小鱼觉得自己才刚刚领略到一点真谛的时候，一大片点缀着点点灯光的房舍映入了眼帘。

范小鱼愕然地顿住了脚步，回头看看暮色四沉的来路，有些不敢相信自己竟然这么快就跑到了小镇，而且气息居然只是微粗而已！

啊！啊！啊！啊！她爱死这种飞一般的感觉了！

范小鱼站在原地，几乎想当场高呼一声，随即又漾起开心的笑容，直奔吕大妈家。

回程的时候，虽然抱着小狐狸贝贝，塞着吃食，还拎着一只灯笼，却丝毫没有影响范小鱼的速度。

现在天色虽暗，但大概还能看得清脚下的路，范小鱼并没有点起灯笼，免得在奔跑途中不小心把灯笼烧了。待跑到前后无人处，范小鱼终于忍不住对着山谷大叫了一声。清脆的带着童音的啸声在寂静的山路上回荡着，远处隐隐有回声传来，好像在说她并不孤单。

“小鱼？”

范小鱼刚喊了两声，前方就传来范通熟悉的叫声。几乎是眨眼的工夫，背着范白菜的范通就出现在她的视野里。人还没奔近，他就又惊又喜地道：“你居然有内力了？”

内力？范小鱼一怔，他说的内力是她理解的内力吗？

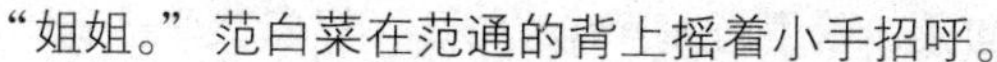

“姐姐。”范白菜在范通的背上摇着小手招呼。

“冬冬，姐姐给你带了馒头。”见到宝贝弟弟，范小鱼第一时间就想起他还饿着肚子，忙放下灯笼，将馒头递了过去。

范通却迫不及待地放下范白菜，一把抓住她的右手，手指准确地搭在她的脉搏之上，凝神了片刻，然后哈哈大笑道：“太好了！太好了！”

“什么太好了？”范小鱼挣脱了手，接过范白菜反递过来的馒头用力咬了一口，假装不懂地道，但心里头已经明亮亮外加喜滋滋了。

刚才范通按住她脉搏的时候，她分明感觉到有一股细细的热气钻入了她的血脉之中，而且神奇的是，她的身体里似乎也有一种令人暖洋洋的感觉在涌动。

“内力啊，宝贝女儿，是内力啊！”范通激动地一把将范小鱼搂入怀里。

“唔……”猝不及防的范小鱼差点被一口馒头噎住，忙拼命地抗拒。

男女授受不亲，虽然她这个身体是眼前这个男人的女儿，可是她心理上还是一个陌生的成熟女性好不好？当初她清醒时，被两个狂喜的大男人以检查的名义上下其手地乱摸了一通已经很让人囧了，现在才不要被他们再——非——礼！

“喂，你不要——动手——动脚的——”范小鱼使尽了吃奶的力气才推开了像发情似的范通，警戒地退了两步，狠狠地瞪着他，“说话就说话，抱什么抱？”

“嘻嘻……”旁边的范白菜一边咬着馒头，一边忍不住好玩地看着自己的爹和姐姐，不明白为什么爹爹只是抱一下姐姐，姐姐的反应就这么大。

“嘿嘿……”根本就不知道范小鱼差点把自己这个爹归为色狼一族的范通，毫不介意地摸了摸头，这才憨笑着解释道，“宝贝女儿，你不知道，我和你二叔盼这一天都已经盼了好多年了。”

“我才九岁。”范小鱼翻了个白眼，顺便狠狠地咬了一口馒头。

“我知道。爹的意思是说，宝贝女儿你以前练武，练的一直只是外功，因为……因为那个……”范通有些口吃地道。

“因为我以前傻。”范小鱼又白了一眼。

“嘿嘿，不是，宝贝女儿，你不是傻，你只是有些东西不能理解罢了。”范通慌忙解释。

“废话少说！那现在呢？我以前既然没法理解什么内功心法的，按理说我应该没练过，怎么突然就有了什么内力了？”

“这个内力并不是你自己练出来的，应该是那次我和你二叔为你打通任督二脉

时无意中留下来的。来，我们先回家，爹慢慢解释给你听。”提起武学理论，范通顿时一改往日的憨痴，讲得条条是道。

范小鱼耸了耸肩，好吧，武学理论第一课，开始了。

至于那个遇事只会逃的“饭袋”，懒得管他，哼！

回家的路上，范小鱼沉浸在刚刚发掘出这具身体一大优点的喜悦中，而且由于每次脚尖点地时间都很短，山路的崎岖程度无形中就减轻了许多，一路上跑得飞快。

“爹，二叔会不会有事啊？”回到家中，范岱并不在，范白菜不由担心起来。

“没事，你二叔什么时候想回来自然就回来了。”范通却并不在意，烧了热水让姐弟俩就此休息，好像很习惯范岱常常闯祸似的。

姐弟俩互望了一眼，偷偷地做了个鬼脸。

次日起来，天色阴沉沉的，山谷中白茫茫的一片，原来不知什么时候下起了小雨，濡湿了屋前的一片泥地。

早饭后，范通送冬冬下山读书，范小鱼则在屋里开始认真练马步。

欲建高楼必先打基础，而且自从昨天发掘出轻功之后，再回想起那天耳尖得都能听到小正太和他那丫鬟的悄悄话，她更是对这具身体充满了兴趣，现在正好借此更加深入地了解一下。其实，若不是因为下雨，她还真想出去好好地跑一圈，看看自己到底能一口气跑多长的路呢！

也不知道蹲了多久，就在范小鱼感觉快支撑不住的时候，屋外忽然有了动静。她才一起身，一个人影就冲了进来。

来人居然是上官家那个昨日刚刚成亲的酷酷的新郎官，而且还是单独一个人。

“表姐！”

少年新郎官脚步不停地长驱直入，没等范小鱼反应过来，已经风一样在屋中转了一圈，又跑到隔壁。这种堂而皇之登堂入室的霸道作风顿时让范小鱼生出了强烈的反感，可她还没来得及说什么，少年新郎官已经重新站在她的面前，瞪着眼睛问：“我表姐呢？”

表姐？一上来就搜屋子，又莫名其妙地问她表姐呢，奇怪了，她应该知道他表姐是谁吗？

范小鱼气得不怒反笑。真是个神经病，才新婚第一天，放着娇妻热被窝不理，

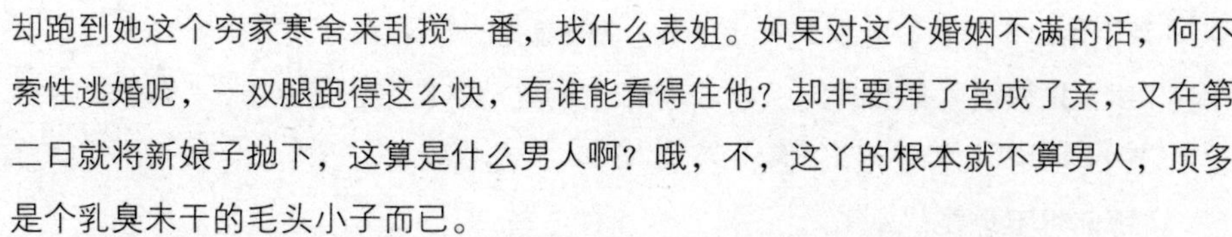

却跑到她这个穷家寒舍来乱搅一番，找什么表姐。如果对这个婚姻不满的话，何不索性逃婚呢，一双腿跑得这么快，有谁能看得住他？却非要拜了堂成了亲，又在第二日就将新娘子抛下，这算是什么男人啊？哦，不，这丫的根本就不算男人，顶多是个乳臭未干的毛头小子而已。

“原来是个傻子。”少年新郎官哪里知道范小鱼已经是满肚子的腹诽，见她不答却笑，眉头顿时一拧，自言自语地道，“奇怪，那个范岱的家明明就在这里。表姐一夜未归，还会去哪里呢？”

傻子？她不过是还没对这个疯子做出什么反应，他就给她冠以傻子的称号，很好，很好！她倒要看看这个疯子想对傻子做什么？

范小鱼索性沉默不语地站在窗前。现在她倒真有点好奇，那个美女追了一夜，到底是追上了范岱了，还是没追上？要是追上了……深更半夜、孤男寡女……唔……这个情况貌似有点暧昧，要是没追上……想到这里，范小鱼不由得又看了看外面的天气，不觉有点同情。

“喂，小丫头，你叔叔呢？”少年新郎官转了半天还是没发现任何线索，只好把希望寄托在范小鱼身上。

喂！还小丫头？怎么他们这些公子哥都是这么一副高高在上，好像她就比他们低好几等的自大小样？范小鱼心念一转，立刻也瞪眼道：“喂，小丫头，你叔叔呢？”

呃，少年新郎官呆了一下，眉头拧得更深，“原来真的是个傻子。”

范小鱼也学着皱眉，“原来真的是个傻子。”其实她真的好想好想把“傻”字改成“疯”字。

少年新郎官无语地张了张嘴，掉头就走。

范小鱼正准备以白眼相送，少年新郎官突然又转过身来，嘴角略向上弯，面容却僵硬至极，好像有只无形的手正在强扯着他脸上的肌肉，硬要组合出一个叫做“笑容”的表情来似的。

“小妹妹，你瞧，知道这是什么吗？”少年新郎官摸了摸胸口又摸了摸袖子，最后从腰间扯下一块莹润的白玉来，在范小鱼面前摇晃，自以为口气很和悦地道。

范小鱼眨了眨眼，藏住眼眸深处的一点狡黠，盯住了那块玉佩，从善如流地当起了傻子，乖乖回答，“白色的石头。”

呃……少年新郎官表情顿时更僵。

范小鱼心中暗笑，接着又补上一句，“很漂亮的石头。”

“对，是块很漂亮的石头。”少年新郎官明显地忍着气，诱惑道，“你喜欢吗？”

范小鱼歪着头想了想，“喜欢。”

“那你想不想要？”

“想。”这一句倒是真心话。上官府那么有钱，这个少年新郎官又是上官家的独子，身上所佩戴的不是好东西才怪。要是能把这块玉佩拿到手，少说也得值个几十两甚至几百两的银子吧？

“那好，如果你能乖乖地回答大哥哥几个问题，大哥哥就把这块漂亮的石头送给你。”

“真的？”

“当然是真的。”

范小鱼咬了一下手指头，装作考虑，然后出乎少年新郎官意料地摇了摇头，“我不要了。”

少年新郎官大急，“你怎么又不要了呢？”

范小鱼憨憨地道：“我爹爹说，不能随便要人家的东西。”

少年新郎官讶然，道：“你不要怕，这是大哥哥自愿给你的，你爹不会骂你的。”

范小鱼退了一步，害怕地摇了摇头，“上次李伯伯给了小鱼好吃的，爹爹说小鱼是偷的，打得小鱼屁屁好痛。”

上官家和那个纯属路过的小正太可不一样，人家那么一座大庄园就摆在那里，要是知道她设计赖了上官家大公子的珍贵玉佩，那麻烦可就大了。她贪财归贪财，但后路要先给自己安排好，虽说这样老是算计很累，但便宜哪有可能那么容易就捡得到的？就算是掉在地上的钱，也是要先弯腰去拾才能到手呢！

少年新郎官想必很不擅长和小孩子打交道，更不擅长和这样一个虽“傻”却又“傻”得一根筋的范小鱼打交道，俊眉紧皱下，看见一旁桌上范小鱼才为范白菜特意新添的笔墨纸砚，从桌上的茶壶中倒了一点茶水进去，刷刷刷地就磨了起来，然后在范小鱼“好奇”的目光下，大笔一挥写了几句话，又掏出一个印章，呵了口气砰地盖上。

比起表姐的下落，一块小小的玉佩他根本就不看在眼里。

“那，这个是大哥哥保证绝对不骗你的保证书，你爹回家看了就不会打你了。”

少年新郎官指着桌子道，“现在你可以回答问题了吧？”

“保证书？”范小鱼满是疑惑地左看右看上看下看，心底早已乐开了花。这个傻子，居然真的写了一份保证书，承诺将玉佩送给范小鱼，还说永不后悔。

“对，有了这个东西，你爹爹绝对不会打你，还会夸你能干呢！”

“嗯！”范小鱼眉开眼笑地用力点头。

“好了，现在告诉大哥哥，你知不知道你叔叔在哪里？”少年新郎官总算问出了第一个问题，却粗心地忽略了，其实后来范小鱼说话虽幼稚却已流畅了。

“我叔叔……”范小鱼这一回倒是真的在考虑该怎么回答好。

“说你知道。”正当范小鱼准备随便忽悠个地方让少年新郎官去找的时候，一个极细的声音突然钻入她的耳中。

范岱？范小鱼心中惊讶，但面上却迅速决断地点了点头，“嗯，我知道。”

“他在哪里？”少年新郎官惊喜地提高了声音。

“说我在梅家湾，再告诉他那个女人也在那里。”

范小鱼不急着回答，故意上前了一步，眼睛直勾勾地盯着他手中的玉佩，并技巧地挡在少年新郎官和写了保证书的桌子之间，然后怯怯地伸出了小手。

少年新郎官连考虑也没考虑就把玉佩放进她的小手中。

“早上的时候，叔叔带了一个很漂亮的大姐姐，说要去一个有好多好多梅花的地方。”范小鱼满意地缩回了手，十分乖巧地道，顺便胡诌，“小鱼也要去，可是叔叔他不让我去。”

“很多很多梅花的地方是什么地方？”少年新郎官急道，听说范岱是带着表姐一起走的，脸上的醋意明显地泛滥。

“就是有好多好多梅花的地方。”范小鱼装傻，不过还是好心地给他指点了一条明路，“村里的叔叔伯伯都知道。”

话音未落，那少年新郎官已转身猛地跑向门外，冲进了细雨之中。

他一离开，范小鱼立刻收起了那张签有落款盖有私章的保证书，再看着手中的玉佩，鼻子眼睛全笑得像是一朵花。

其实，她用的真的是拙劣得不能再拙劣的小伎俩了，不过事实证明，世界上就是有一种白痴的人，喜欢拱着手求着别人收下原本很垂涎的财物，那天那个小正太如是，今天这个小新郎官也是。不过，她的世界却正是因为这些白痴才美丽了起来。五两银子算什么，这块玉佩才是真正的巨款啊！

“嘿嘿，小鱼，今天这一笔大收入叔叔也该算一份吧？”范小鱼只觉刘海被一阵风拂起，范岱已经嬉笑着从前门大大方方地走了进来，满头满脸都是湿漉漉的雨水。

“那个什么瑶儿呢？”范小鱼将玉佩放入怀中，直入主题，“她到底是你的什么人？为什么一见你就追？你又为什么一见她就跑？她现在人又在哪里？”

“这个……”范岱准备打哈哈。

“我不要听故事，我要听实话。你害我们大家都没吃上一顿好的，不会以为敷衍两句就能过去吧？”

吃不到喜宴是小事，关键是孤男寡女，深更半夜，一夜未归，这个八卦是多么的令人热血沸腾啊……咳咳……

“我……我不知道从何说起。”范岱有些烦恼地抓了抓头发。

“那就从头到尾地说。”范小鱼想了想，道。

范岱怔了一会儿，叹了口气道：“我当时一见到她就跑，没想到她马上就追了上来，还威胁我说要是我再跑，她就拿簪子刺进自己的喉咙，我只好停下来了。”

“可是爹马上就追去了啊，他怎么没见到你们？”

范岱脸上闪过一抹可疑的红晕，“我们躲到一旁了，你爹没看见，径直往前追去了。”

“哦！那后来呢？”

范小鱼暧昧地拖长了音，脑海中立刻浮现出一幕画面：在某个小树林的树后，范岱站在美人儿身后，一手捂着她的小嘴，一手搂住她的腰身，满脸惶急和警戒地看着林外范通闪过，而他怀里的美人儿，却是一脸羞涩和春情，只恨不得能永远这样依靠在他的怀中……

“咳……后来我怕附近人多，要是被人瞧见了，对姑娘家的声誉不太好，就带她离开了。”

“这个我知道，我是问你们后来去了哪里？又做了些什么？”

“我们什么都没做!”范岱立时敏感地跳了起来。

“亲爱的叔叔，你们可是相处了整整一晚，足足超过了……我算算……足足六个多时辰，我就不信你们什么都没做。”范小鱼邪恶地笑道，“而且昨晚还下雨了，你们又是上哪里躲雨的呀？”

范岱的身上虽有些湿，却不是湿透，可见是之前一会儿才被小雨淋到的。

“小孩子家的，想什么呢？”范岱红着脸敲了一下范小鱼的头，粗声道，“我们除了聊天，什么事情都没有做。”

“好吧，那就算你们只是一直聊天好了。”范小鱼嘻嘻一笑，大度地没和他计较敲头的事，好奇地又问，“那后来呢？你快说啊，不要卖关子了。”

“我一直想劝她回去，可她……”回想起瑶儿的那些誓言，范岱的脸上不禁浮现出一丝迷惑和动容，“可她就是怎么说都不肯回去，也不让我离开，还说要是我狠得下心看着她死，那我就尽管走好了。我想点了她的穴道偷偷地把她送回去，可她却好像知道我要这么做似的，说一个人如果真的想死，有的是法子，今天死不成可以明天死，明天被人救了可以后天死，老天爷可以决定一个人生在什么样的人家，却无法决定一个大活人想要死在什么地方。”

没想到那个美女的性格竟是如此刚烈，范小鱼顿时对她肃然起敬。毕竟现在可不比前世的世界，女孩子就算再发疯地倒追男孩子都很正常，这可是封建时代。虽说北宋的女人们地位并不像后来朱熹所提倡的那么低，可那个美女毕竟是当着那么多人的面去追范岱，不说别的，光是这一点勇气还是值得佩服的。

“后来呢？”

“后来我就直接说，我们之间是不可能的，让她不要把心放在我身上。”范岱笑了笑，神情难得的有些正经，“她却说我们这次能遇见，就是老天爷给的缘分。她求我，最起码给她一个相处的机会，去好好认识她、发现她，真正地了解她是一个什么样的人，至少，也要听她说一说这几年来她是怎么过的。”

“你们认识好几年了吗？”

范岱点头，“四年了。”

范小鱼更是敬佩，“哇，好长时间！她居然一直都没有放弃？难道这四年她一直在找你吗？”

范岱摇头，“也不是。四年前，也就是我们认识一个月后，她爹去世了，她在家守孝守了三年。半年之前，她的孝期已满，才出来找我。”

“那也不错了。”范小鱼点头道，“她守孝三年后还没忘记你，并找了你半年，这份情也够深的了。”

“小姑娘家家的，哪里知道什么叫做情？”

范岱又摸了一下她的头，范小鱼连忙躲开，眼神里满是狡黠，“不要扯开话题，我就不信当时你听到这些的时候会没感觉。”

“小鱼，你知道叔叔今年多少岁了吗?”范岱忽然认真地问道。

“二十八呀!”范小鱼翻白眼，既然是穿越过来的，这就是基本常识好不好？当然得早早地就打听清楚啦!

“她才十九。”范岱苦笑。

“呃……我还以为她已经二十出头了呢!”范小鱼讶然。

范岱眼中闪过一丝怜惜，“所以我才一时之间没有注意到她，也许……她这段日子过得并不好吧!”

“当然好不了啦。人家好好一个娇滴滴的美女，却非要为了你这个大老粗在外奔波，风吹日晒的，皮肤好才怪呢!”范小鱼心中对那个瑶儿更是同情。

昨日虽只是匆匆一瞥，但瞧她的衣裳显然是好料子，而且她既然是小新郎官的表姐，上官府的贵客，肯定也是有身份地位的人家，却为了寻找意中人而不惜抛头露面、舍弃养尊处优的千金生活，实在难得。不过，没想到范岱和那个瑶儿之间居然相差了九岁。唔，这可是个不小的年龄差距啊，真不明白那个美人为什么会喜欢她这个整天只知道练武打架的二叔。

“二叔，那你到底喜不喜欢人家?”要说起来，爱情既然都可以没有国度界限、人种界限，当然更不该有年龄界限了。

“对了，差点忘了，小鱼，你赶紧收拾行李，等你爹回来我们马上就走。”范岱也不知道是突然想到了什么，还是故意扯开话题，猛地站了起来，打开床头当枕头的包袱就开始收拾起来。

“走？为什么要走？去哪儿?”范小鱼被他的举动弄得一愣。

“梅家湾离这里并不远，要是那个小伙子劝不动她，她找到这里来，就麻烦了。”

“不对，你刚才不是说，那个瑶儿说如果你走掉的话她就自杀，那你现在怎么又能回来了？如果你现在逃走了，她找不到你，又自杀怎么办?”

再说了，现在这里就是他们的家，他们的日子也开始渐渐好起来了，哪能说搬就搬?

范岱的手一顿，“我已经和她说清楚了，她不会再自杀的。”

“如果真说清楚了，你就不用再逃了。”范小鱼走上去拉开他的手，认真地看着他，“二叔，你老实告诉我，你到底喜不喜欢这位瑶儿姐姐?”

“喜欢不喜欢，又有什么用呢？我们反正是不可能的。”

范岱又想去收拾，范小鱼却一屁股跳上木板床，坐了上去，不依地道："为什么?"

范岱愣了一会儿，和她并肩而坐，低头用脚拨弄着地上一棵刚刚冒出头的小草，"你知道她姓什么吗?"

"什么?"

范岱转过身来，长长地叹了一口气，"她姓赵。"

"姓赵又怎么啦?"范小鱼不解。

"她是……算了，你还小，跟你说你也不会明白的。"范岱有些怅然地望向窗外，仿佛想透过那蒙蒙的雨丝找些什么。

范小鱼原本习惯性地想挖苦他几句，可看到范岱这难得的失落表情，心里不由一软，正想再追问下去，脑中突然闪过一道灵光，不由得突然愣住。

赵?北宋，赵匡胤?汗，不会吧?他们范家居然会和当今的皇族搭上关系吗?

"二弟，这到底是怎么一回事?"房内刚陷入短暂的静默，就被一个带着一丝雨气突然进来的人所冲破。

"大哥!"范岱叫了一声，站了起来，面色肃然，"我们搬家吧?"

"为什么?"范通蹙眉道，"二弟，我们在这里也住了一阵子了，一直都是平平安安的，现在冬冬好不容易才又读上书，你想要搬，总要有个原因吧?"

想起冬冬，范岱不由得一愣，沉默了一下，道："对不起，是我自私了，我一个人走就行了。"

"二弟，大哥不是说你自私，更不可能让你一个人走，大哥只是想知道原因。若是你真有万不得已要离开的理由，大哥一定支持你。"范通拍了拍他的肩头，诚恳地道，"是不是和昨天的那位姑娘有关?"

"爹，二叔说那位瑶儿姑娘姓赵，所以他不能喜欢。"范小鱼适时地插了一句。

"姓赵?"范通也是一下子没反应过来，"人家姑娘姓赵又怎么了?你怎么就因此……赵?难道她竟然是皇族的人吗?"

范岱点了点头。

"她是……公主?"范通着实吃惊不小。范小鱼的反应没他那么大，不过却是第一次十分认真地打量了一下范岱。

每日都是随随便便束起、总有不少散发露出的发髻，又灰又黑的十几天没换的外衣，虽然五官英俊，可外表绝对称得上邋遢，颌下还有一片黛青的胡楂……怎么

看都像是一个落魄的江湖客，那个金枝玉叶怎么就偏偏看上他了呢？

范小鱼从头到脚又审视了一遍范岱，怪了，她怎么就没看出范岱身上有那种少女必杀的魅力呢？

范岱苦笑，“她虽不是公主，却是郡主——太祖之孙英国公唯一的女儿，披霞郡主赵瑶。”

披霞郡主？历史上有这号人物吗？她怎么完全没有印象？不过就算她以前因为历史老师讲课风趣记住了不少宋朝的东西，但历史上人物那么多，她也不可能全都记得，想不起来也正常。

“我明白了。”范通镇定了一下，“那那位郡主现在人在哪里？”

“我把她安置在梅家湾，现在上官家的儿子应该已经找到她了。”

范通点了点头，“既然上官家的人已经找到她了，那我们也不会落个拐带之名，搬就搬吧。我现在就下山去接冬冬。你收拾好行李后，就带小鱼从侧山下来，到五里坡和我会合。刚才我找你的时候，发现上官家带了许多人往这边来，估计没一刻就会来我们家了。”

“大哥！谢谢你！”范岱动容地回握范通的双肩。

“爹，二叔，你们不会忘了现在这个家是谁当家了吧？”发现双胞胎几句话就议定搬家这么大的事，居然连问都不问她一下，范小鱼不由恼道。原来她这个当家人的位置只是随便敷衍而已，一到有事临头，立马临阵换将啊！

再说了，就算郡主再对范岱死缠烂打，大不了来个见招拆招就是了。现在却是昨天逃得不够，今天、明天还要继续逃，这算什么？鄙视！而且今天是下雨天哎，下雨天搬家，有病了！

“小鱼，”范通出乎意料地没有露出往日的畏惧之色，反而在范小鱼面前蹲了下来，握住她的双臂，好言好语地道，“爹知道我们家的小鱼是天底下最最聪明的姑娘，不过，你再聪明现在也才九岁，大人之间有很多恩怨你还不能明白。你要相信爹。爹和二叔之所以想搬家，正是为了你和冬冬。爹知道你一定不愿意冬冬刚入学堂又要离开，但是爹爹保证，少则十几天，多则一个月，只要我们一安顿下来，爹一定会给冬冬重新请一个好先生，绝对不会误了他的学业。现在时间紧迫，你就先听爹的话，我们先离开这里，好不好？”

范小鱼皱着眉头，看着眼中满是诚挚的范通，又看了看一脸歉意的范岱，虽然好奇心像猫抓似的想要了解为什么一个郡主倒追范岱，就能让一家子都怕成这样，不过……

算了算了……既然他们有不得不离开的理由，她总有一日会知道的，就暂时答应他们这一次吧！

“好吧，我就相信你一次，不过等我们离开后，你们要告诉我，为什么要因为那个郡主而搬家。”既然她是范家的女儿，还不得不踏上凄风苦雨的艰辛旅途，范家的秘密她当然就该有权知道。

两兄弟对视了一眼，都点了点头，马上分头行动了起来。

除了新买的一些米面外，一家人的行李着实少得可怜，半刻工夫就收拾好了，当然，最重要的银子是绝对不能忘记的。

由于外面一直飘着细雨，范小鱼格外小心地把冬冬的宣纸折好塞进薄被之中，和寥寥的几件旧衣服一起放好，然后另外打了个包袱放小盐罐和一部分米，一同用破蓑衣罩住，让范岱背着，自己则戴了斗笠抱着那只小狐狸。

绵绵无尽的春雨依然飘洒在天地之间，世界被一片苍茫笼罩。

在钻进林子之前，范小鱼特地回头看了一眼那两间作为她这一世第一处栖身之地、而今又猝不及防要遗弃的茅草屋，突然涌起一股十分复杂的情感——既有一种马上要背井离乡的惆怅和不舍，又有一种即将浪迹天涯的悲壮和豪迈，还有一种对未知旅途和前程的隐隐期待。

这个地方，她应该是不会回来了吧？

第七章

我们去浪迹天涯

事实证明，下雨天行路确实是件痛苦的事，尤其是在没有水泥路，还要避开稍微平坦一点的官路的时候。

范小鱼抱着小狐狸贝贝，深一脚浅一脚地踩在泥泞的地里，布质的鞋面终于满是湿泥，脚步沉重不说，脚底也因渗进了水而变得湿滑滑的十分难行。

NND，这两个家伙最好有一个不得不在这种坏天气里抛家别舍的好理由，否则她可饶不了他们，她现在鞋子早全湿了，衣服也半湿，被风一吹更是冷飕飕的，浑身都难受得要命。

“爹，冬冬可以自己走，爹爹背一会儿姐姐吧。”范通背上的范白菜见范小鱼又差点滑倒，忍不住再次乖巧地道。

“没事没事，”范小鱼忙扬起笑脸，擦了擦脸上的雨水，“这点路对姐姐来说还不成问题。”

要不是所有的行李都由范岱一个人扛了，她早就蹿到范岱的背上把他当牛马骑了，谁让他是罪魁祸首？俗话说苍蝇不叮无缝的蛋，看范岱那神情，明显也是对人家有点意思，所以那个郡主才会死缠烂打地非要嫁给他不可。否则的话，只要定力真，管它是粗铁棒还是细绣花针，都奈何不了铁石心肠，那个郡主也就自然而然会打消傻念头了。毕竟人家当时才不过十五岁，初恋固然可以很美好，但不一定非要一恋就是终身嘛！

再说凭人家郡主的身份，难道还愁嫁不出去吗？

“小鱼，你再试一试那天奔跑的感觉。只要调整好呼吸，放松身体，这路自然就会好走很多。”

范通轻松地走在她的旁边。同样是走在泥地里，还背着一个人，他的脚底却比范小鱼干净了很多。再看范岱，同样也是如此。四个人之中，除了背上的范白菜不算，就只有范小鱼一个人最为狼狈了。

“对啊，再试试，说不定这一次你就跑起来了。”范岱也撺掇着。

“哼，你说得简单，我看你是存心想看我出丑是吧?”范小鱼没好气地白了范岱一眼。

她不是没有试过那样好像脚尖点地就可以跑起来的惬意感觉，只是不知怎么的，那种潜藏在她体内的力量却飘忽不定，十分难捉摸，就像小说中那个大理王子蹩脚的六脉神剑般，时灵时不灵，好几次都差点摔倒，把怀里的贝贝吓得呜呜叫。

“姐姐，你就再试一次吧。”范白菜也使劲地给她鼓励，伸出了手，“我来帮你抱贝贝。”

“好吧，看在冬冬的面子上，我再试试。”范白菜一出面，范小鱼立时放软了声音，把小狐狸递给了他，然后走到一旁的草丛边，扯了一把青草用力地擦着鞋底，好让步子尽量地轻松些。

这一甩，差不多甩掉了半斤左右的泥泞，范小鱼又走了两步，在新的草丛里抹了抹脚底，然后深深地吸了一口气，努力地放松心神，告诉自己这风其实是春风，这细雨就是那无声地润泽万物的甘露，而脚下，则是一如昨晚那结实平坦的土地。

吸气，吐气，昂首，挺胸，睁开双眼，跑……

迎面而来的风突然猛烈了起来，雨丝也更细密地打在了范小鱼的身上，以一种外表柔弱实则强悍的姿态渗透她的衣服和躯体，可她不在乎，她真的一点儿都不在乎，只因那种飞奔的感觉又重新盈满了她的胸腔——她跑起来了，她又跑起来了。

不知道什么时候开始，范通和范岱也跟着跑了起来。两个高大的身影一左一右地陪伴着她在风雨中驰骋，如三匹野马般自由自在，逗得范白菜不住开怀大笑……此时此刻，若是有人无意中看见了这一幕，定会十分吃惊于他们一家如此和谐的速度和气氛。

风摧不了，雨打不湿，快乐就那样简简单单地飘飞在这条崎岖的山道上。

不过兴奋归兴奋，环境却不会因为她的心情而好转，何况再会轻功，终究还是

要用双脚来走路的，而且湿透的衣服还要烘干，人也需要休息吃饭。

当范小鱼看到眼前终于出现一座小院的时候，实在是感动得要命。浪迹天涯，以前她总觉得这四个字浪漫得不得了，努力工作的很大一部分原因，就是希望自己能有闲钱去各地旅游，不过那都是建立在交通便捷的前提下，像现在这样需要用双脚走路的……唉，还是能省就省吧！

好言好语求得借宿后，主人家慷慨地给了一些热水和吃食，以及供他们烤火的干柴。

忙活了半天，身体终于恢复了温度，可看着怀里一个劲颤抖的小狐狸贝贝，范小鱼又发愁了。今天出来得匆忙，贝贝还没喝过狗妈妈的奶水就跟着奔波了。路上虽然喂了它一些水，也找了一点软体菜虫，可是毕竟没有它最需要的奶水填肚子，饿得可怜的贝贝像小狗一样不住地呜咽。

“忍一忍吧。让它先喝点水，等明日一早我们就出发去找虫子。”范通也很无奈，这家的主人明白地要求不能打扰，能给他们这些陌生人一点吃的已经很善意了，哪能为了一只小狐狸再去麻烦人家？

“小狐狸，我们早点睡觉吧，睡着了就不会觉得饿了。”范白菜摸了摸贝贝尖尖的耳朵，很有经验地道，令大家不禁莞尔。

次日一早，众人又重新启程，重复着与昨天一样的艰难旅途。

山里人口不密集，他们又是往和双全镇不同的方向走的，沿路很少有村落。不过由于这一带山区有不少可以耕种的小山谷，还是有几户人家的。黄昏之前，一家人还算顺利地找了一家投宿。

由于范通憨厚诚恳，一开始就捧出了铜钱当住宿费，又言明自己有米可以和他们一起分享，主人家十分热情地招待了他们，连小狐狸贝贝也分到了一碗粥。

开始，范小鱼还担心狐狸不会喝粥——她以前从未养过狐狸，两兄弟对猎狐有心得对小狐狸却没有多少了解，只能以他们想得到的办法胡乱地喂养，但是这只小狐狸却不知道是不是跟了范家人几天，也学会了他们的吃苦精神，抑或实在是饿得发慌，几乎是给它什么就吃什么，也没有什么不良反应，让范小鱼着实地松了口气。

吃了晚饭后，范通向主人家讨了一些细麻绳，便开始编织一路上扯来的长草。范岱则开始教范小鱼和范白菜进行初步吐息，以减轻白日里赶路的疲劳，恢复体力，并为接下来的内力积蓄打基础。

一夜无话。次日范小鱼刚起身，就发现床边放了两套草衣，抖开一看，原来竟是两件蓑衣，心中顿时一暖。天下父母一般心，虽然这个老爹常常不称职，却不能否认他对他们姐弟俩的真心疼爱。

不知道是因为天气时好时坏的关系，还是因为上官家的人已经成功地劝服了那位赵瑶郡主，一家人走了三天也没有遇到半个前来寻找他们的人，顺顺利利地走出了这一片延绵的高山，步入较为平缓和开阔的平原地带。

第四天上午，阴雨天气终于转为多云，灿烂的阳光不时从云缝中大片倾洒下来，偶尔投射到身上，令人觉得说不出的温暖和舒服。站在最外围的山头往远处眺望，可以清晰地看见从足下的山脚开始，远山仿佛一下子退避三舍，让出了一大片开阔的山谷，平平地直铺向远方，大地之中，隐隐地可见点点的村落和乡镇，以及那四处纵横的阡陌。

想到离开这片高山区后，也许以后想吃野味就得花钱买了，范小鱼不禁开始怀念那些曾经嚼得上火的干肉，便提议今天暂时先不急着赶路，先去猎一些野味来。一来可以拿着这些野味去卖钱，二来自己也可以打打牙祭。

于是，一家人就在山脚下找了一处溪流，由范小鱼和范白菜负责寻找蘑菇、地衣和野菜，兄弟两则去打猎、捡柴火，一家人就着陶罐再次煮了一餐美味的野味。

小狐狸贝贝吃虫喝粥都不抗拒，但今天证明它最喜欢的还是喝肉汤，小鼻尖上沾满了肉汤，开心地一个劲哼哼，把全家人都逗得忍俊不禁。

短暂的休息后，一家人开始出发。两个时辰后，他们终于来到了一个叫做伊阳的小县城。

和双全镇不同，这是范小鱼所见的第一座正式的县城。城楼虽不高，与其说是为了防御，不如说只是一种象征，但好歹也算是城墙。城门口有两三个官兵在站岗，但很少盘查行人，一家人很顺利地跟随着来往的百姓进了城。

小县城虽不大，却很热闹，客栈、酒楼、茶馆、当铺、珠宝店都很齐全。范通拿几只野味换取了一晚的住宿和伙食费，全家人都美美地洗了个澡，舒舒服服地睡了一觉。

翌日一早，范岱就开始一个劲地怂恿范小鱼去把那玉佩当掉，范通在旁装作没听到。

他早在第一天就得知了得到玉佩的经过。虽说对小鱼这种法子并不认同，可那

个少年新郎官上官轩自己巴巴地要给，还主动立字据，他当然也不会指责自己的女儿行为狡诈。

“你以为在这个小地方，这块玉佩能当多少银子啊？”范小鱼白了一眼异想天开的范岱，“昨天我已经问过了，掌柜说这个县城里就一家店铺，如果要在这里当我们一点选择都没有，任由人家宰割。你长这么大了，不会连这点道理都不懂吧？”

“你才多大？又没当过东西，你怎么就知道了？去试试吧。就去试一试，又不一定要当了。”

范岱涎着脸磨着范小鱼。自从那日他砸了人家的酒楼，家里的一切收入从此只归范小鱼支配后，他已经有好多天没有喝酒解馋了。本来上官家办喜事，他可以借机大饱口福，没想到硬生生被一个郡主吓得连日离开龙尾村。这几天，天天背负着所有行李赶路，辛苦倒不要紧，最难过的就是被上官家勾起的酒虫一直不肯安静，实在馋得他浑身难受。他可是江湖人啊，不喝酒怎么能算江湖人呢？以前没钱只能憋着，现在有钱了总不能还委屈自己吧？

范小鱼似笑非笑，“那二叔你说这块玉佩能当多少钱？”

范岱随口道：“这块玉佩质地莹润，几近无瑕，雕工又如此精致，几十贯总有的。”

范小鱼笑道：“啧啧，想不到二叔竟然还懂得赏玉啊？”

范岱道：“那当然，你别看我和你爹现在落魄，以前也是见过世面的……算了，好汉不提当年勇，二叔敢保证，这块玉佩当个几十贯是绝对没问题的。”

范小鱼追问道：“二十几贯是几十贯，九十几贯也是几十贯，到底是多少贯？”

“这个……”范岱抓了抓头，“三十贯，三十贯一定有。”

三十贯，折合现在的银子就是四十八两。一块上好的玉佩难道就值这么一点吗？范小鱼有些疑惑地摸了摸那块玉，暗自思量。虽然她不觉得这个小县城能给出什么高价来，不过不妨去探探路，打听一下价格，下次去当也好更有数。

范小鱼无所谓道：“那我们就去问问吧。”

古代事物的价值不能用前世的价值观来看，一切都只能在实践中慢慢摸索，而且她也要找个钱庄把那锭银子折成铜钱，才能给家人换一身合体完整的新衣服，免得走到哪里都被人当做乞丐。

于是，一家四口还有一只小狐狸，浩浩荡荡地走出了客栈。

不过范小鱼并不急着进当铺，所谓佛靠金装人靠衣装，他们要是就这么进去，当铺的人一定首先就低看了他们一等，自然就会压价。

小县城里当铺只有一家，珠宝店倒是有两家。范小鱼对比了价格后，把五两银子换给了第一家，折合一千四百五十文，比预计少了五十文。不过这也在可以接受的范围内，虽然在拿出这锭未来可以升值三倍的银子时，范小鱼还是有点心疼，但只犹豫了一下就递出去了。

银子没了可以再赚，过于守财也就代表着发不了大财，就当投资吧。

从珠宝店里出来，第二站就是成衣店。范通虽然在花钱帮人的时候眼睛都不会眨一下，但平时却着实节省，坚持说自己和范岱的衣服还能穿，硬是不肯买，反要给范小鱼和冬冬再添一套衣服好换洗用。

范岱一脸无所谓——对他而言，衣服好不好根本不重要，重要的是等会儿能不能喝点儿小酒。他着急地催促姐弟俩赶紧换上新衣服去当铺。但他越急，范小鱼就越要故意逗他，磨蹭了半天才换了一件淡粉色圆领斜襟的裙子走了出来，还故意在店里那面模糊的铜镜前照了又照。

四人打包好了衣服，范小鱼又特地向店家买了针线好日后缝补，一家人这才奔向那唯一的一家“陈氏典当”。

迈过高高的门槛，一个瘦骨嶙峋的中年掌柜接过范通递过去的玉佩看来看去，最后伸出一只手，不阴不阳地竖起了一根手指头。

范通不解地看了看身边的范岱，又回头望了望站在远处踮着脚才勉强看到掌柜神情的范小鱼，不解问道：“请问掌柜的，您这个手指的意思到底是多少？十贯还是一百贯？”

“一百贯？怎么可能！”那掌柜斜着眼阴阳怪气地嗤笑，“就这么一块破玉佩还想值一百贯？告诉你，别说十贯，就是两贯我都嫌多了，顶多给你一贯。”

“一贯？”范岱先是震愕，而后勃然大怒，挤到高高的窗口前，伸出长臂，一把夺过掌柜手中的玉佩，怒声道，“你他妈的放屁，胡说八道！你干吗不直接说一文钱，啊？你这眼珠子是全黑了还是全白了，啊？如此好的一块美玉，你居然说是破玉，我瞧你这当铺也别开了。居然敢以为我们没见识好欺负，告诉你，爷爷我不当了。”

“算了二弟，既然人家出价不得体，我们不当便是了，何必和他争吵？”范通接过玉佩转身走向范小鱼，见范岱犹自气愤不已，又提醒道，“二弟，走吧。”

“不当？陈记典当是你们想进来就进来，想不当就不当的吗？哼！”出人意料

的，那掌柜非但没有任何心虚，反而重重拍了一下柜台站了起来，冷哼一声拉了一下旁边的绳子。只听里头稀里哗啦一阵声响，居然一下子冲出了三个大汉，同色的制服，腰配长刀，居然都是官兵。

“给我睁大眼睛看看清楚他们是谁！告诉你们，这当铺就是县尉大人的亲侄子开的。不要说是你们这等刁民，就是县令大人亲自来了，也要给几分面子。”那掌柜命令三个官兵抢先堵住门口，公然叫嚣道，“告诉你们，你们这块破玉本老爷还真看上了！你们要是识趣，就乖乖地把玉交出来，老老实实地签字押个死当，老爷还赏你们一百个铜板买馒头吃。要是敬酒不吃吃罚酒，哼哼，等会儿皮肉受苦可就来不及了！”

哈，就算电视上演的霸王当铺顶多也只有几个豢养的打手家奴，没见过用官兵来镇守铺子，强抓客人的，这家当铺也强势得太离谱了吧？这样的当铺还会有客人上门吗？

范小鱼惊讶地看着四周，一时倒忘记了自己的处境。或者说身边有两个高手在，她压根儿就没想过自己会有什么危险。难怪昨天她询问客栈老板的时候，老板有些古怪，看来是想提醒她又怕这家当铺报复啊。她就说呢，这个县城虽小，也不该只有一家当铺，原来还是家垄断的霸王黑店啊！

瞧这架势，估计这城里头的百姓们不到万不得已，谁都不愿意踏进这高门槛的。现在好不容易来了几只大肥羊，他们又怎么肯放过呢？

现在她总算知道为啥这家当铺的招牌虽然挂在门口，但大厅却是在院子里头，原来好关门收拾“不老实”的当客啊。

“怎么着？想打架呀？不知道爷爷打架最在行吗？”范岱一看，顿时转怒为喜，求之不得地嬉笑了起来。

“老二！”范通的神色却是相当凝肃，轻喝了兴奋的范岱一声，对那掌柜正色道，“所谓买卖不成仁义在，掌柜的既然开门做生意，就该是愿买愿卖方能兴隆，岂可做这等豪夺之事？”

“又来了。”范岱翻白眼，“你明知道跟他们讲道理是讲不通的，何必多费口舌？照我说，咱们还是手底下见真章吧！说你们呢，还愣着干什么？要打架就得趁早，婆婆妈妈的，打算绣花呢？”

“大胆刁民，居然敢和官爷们作对！”那三个官兵本来就是一身戾气，被范岱这么一撩拨，哪里还忍得住？长刀一挥就扑了上来。

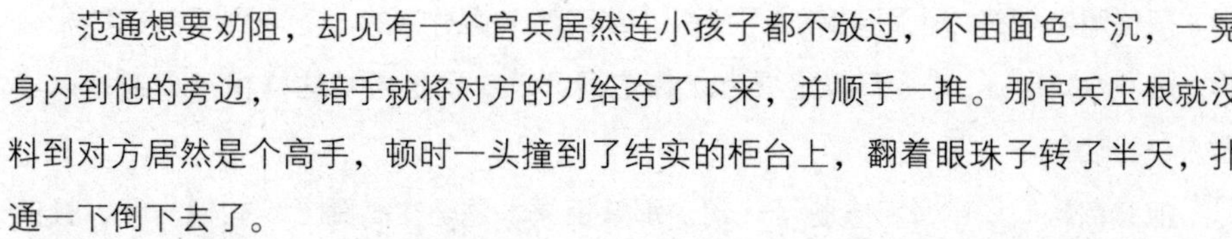

范通想要劝阻，却见有一个官兵居然连小孩子都不放过，不由面色一沉，一晃身闪到他的旁边，一错手就将对方的刀给夺了下来，并顺手一推。那官兵压根就没料到对方居然是个高手，顿时一头撞到了结实的柜台上，翻着眼珠子转了半天，扑通一下倒下去了。

另一边的范岱却不急着收拾两个官兵，哈哈大笑着这个身上拍一下，那把刀面上弹一下，顺便再踩只脚板，送上一记耳光，玩得不亦乐乎。两个官兵又气又惊又怒，却怎么也砍不到他半片衣襟。犹如猫戏老鼠的耍弄，逗得范小鱼和范白菜偷笑不已。

唔，范岱今天又教了她一堂课，有时候教训人不一定非把对方打得头破血流不可，有事没事这样耍耍坏蛋，貌似也不错啊！既有娱乐效果又有教育功能，很好，很好！

这一切发生的速度实在太快，站在高高柜台后的那掌柜，得意的神情还没放下来就已经僵在了面上。皱巴巴的面皮一阵阵地抽搐着，露出半边的黄牙，丑陋恶心至极。

“好了，老二，别玩了！”范通斜身一插，就要来拉范岱。

“好吧，真没意思。”范岱避开他的手，从两个人中间跳了出来，还不忘顺带在两个人的腰部动个手脚。

那两个官兵正怒气冲冲地打算追上来，却突然发现自己竟然不受控制地大笑了起来，手舞足蹈的，怎么也忍不住。可怜的两个人，还不如一开始就装昏的那个舒服呢！

范小鱼却是眼睛顿时一亮：点穴。

哇噻，这门技术好！她决定了，要学这个！

“老二，你……算了，走吧！”范通无奈地摇了摇头，一边一个揽着姐弟俩向院子走去。外头忽然急匆匆又冲进来一个官兵模样的人，只是服饰和另外三个官兵略有不同。

看见店内的情景，他顿时吃惊地张大了嘴。不过他更倒霉，什么都还没做，什么都还没说，只见迎面一个黑影，然后鼻子一阵剧痛，华丽丽地就倒了下去，连是谁揍的他都没看清。

见范岱不由分说就将来人打倒，范通不由蹙了一下眉。但人已昏倒，阻止也来不及了，他只好叹息着往外走。

范岱嘻嘻一笑，也跟着踏出了门槛，却突然又返身咻的一下冲到了高高的柜台前，瞪着眼珠子道：“今日算是便宜了你这厮，下次要是再敢这样横行霸道地欺压客人，我让你……”

他突然压低了声音，威胁了一句。那掌柜原本是坐在高凳上，被他一吓，顿时扑通一声往后倒去，不用说，也少不了多个大包。

范小鱼刚在往下迈台阶，差点也摔了一跤。拜特别灵敏的耳朵所赐，刚才范岱的低声威胁一字不差地落入了她的耳中。

“我让你屁眼上插个锥子！”

天哪，她这个二叔不会是有 BL 倾向吧？不然怎么威胁人都这么有创意？她以为范岱顶多说要阉了人家的。默……

且不说范小鱼囧得无语，他们这一动，外头虽然还站着几个奴仆，却无一例外地躲得远远的，只敢偷偷地看着这么久以来第一位笑眯眯而不是哭丧着脸走出当铺的客人。哦，不是第一位，而是一家人！

众人等到范氏一家走远了，才敢跑去救那两位昏倒的官爷，一面请大夫一面报信。

范家人都不知道，当最后一个进门的官兵幽幽醒来时，第一句话竟是：“快！快！有刁民劫牢，县尉大人让你们速速回去救援。”

当铺的伙计们看了一眼还在大笑不已的两个官兵，以及另一个瘫在椅子上显然还没晃过神来的，不由面面相觑：这样的兵，能去救援吗？

“老二，你也太莽撞了！俗话说，民不和官斗，你刚才怎么就这么沉不住气呢？”

一出门，范通就皱着眉头低声责备道。他并不知道范岱无形中已闯了大祸，不但殴打官兵，还误了人家的公务，以后的事情还有得麻烦。

“这可不是我沉不住气。刚才那几个兔崽子摆明了不让我们走，不出手难道乖乖地束手就擒，等着去吃牢饭啊？”范岱丝毫不以为意，反而不满地嘀咕，“太嫩了，太嫩了。这些小兔崽子根本就没啥能耐嘛，一点都不过瘾！”

“好了，你不要老是惦记着打架。我们还是赶紧回去收拾行李离开这里吧。”范通镇不住自己的弟弟，只好道。

这一回范岱倒也知趣地不再顶嘴。不管是什么样的理由，他们终究是打了官兵，官府不可能不追究。而且根据这种当铺都有官兵坐镇的情况来看，这个县城的

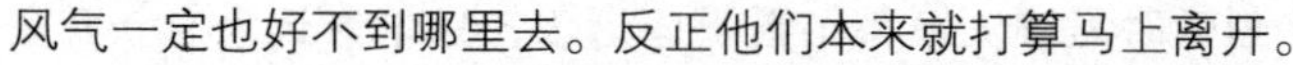

风气一定也好不到哪里去。反正他们本来就打算马上离开。

为了节省时间，一家人分成两路，范通和范小鱼去买干粮路上吃，范岱则回去收拾行李。四人匆匆会合，想去雇车，却发现就这么一会儿工夫，城中已一片骚乱，人们纷纷在交头接耳。

“听说县衙的牢房被劫了，里头关着的几个江洋大盗都逃走了。”

“可不是嘛，我还听说那帮劫匪很厉害，杀死了好几个牢卒和弓手呢。”

“县尉大人已下令关了城门，要征集民兵搜城呢。我看那些江洋大盗就是再厉害也逃不了了。”

各式各样的消息不断飘入耳中。一家人还没到城门口，果然看见前方围了一群要出城的人，正在徒劳地抗议着。

“爹，我们现在怎么办？”范小鱼神色自若地问。城门既关，就算他们能雇到车子也没用了。

范通看了看从城门往两边延伸出去、连一丈高度都不到的城墙，拉住他们姐弟的手，道：“这里人太多了，跟我来。”

说着他就沿着城墙小跑了起来，寻找人烟稀少之处。跑了一会儿，果然看见一段墙下没有人迹。范通四下看了看，一手一个，抱着姐弟俩一低身，咻的一下就跃上墙头，又轻轻松松地落在地上。身后的范岱几乎同步到达。

“没想到刚好有人劫牢，这下我们的祸闯大了。”安全地出了城，范通环顾着四周，忧心忡忡地道。

“什么祸闯大了？不就是随便教训了几个小兔崽子嘛！”范岱不以为然。

范小鱼翻白眼，“你以为人家会相信我们只是碰巧吗？那几个官兵会承认自己是帮当铺做打手吗？”

官为私用，这是历朝历代都十分忌讳的。那个县尉可以在伊阳城里一手遮天，但一旦事情捅出去，首先要问罪的反而就是他们自己。因此如果上头来查，那些官兵绝对会一口咬定，范氏兄弟就是劫狱匪徒的同党，推卸责任顺便报复。

“他们本来就是给当铺当打手啊！”范岱愣道。

“笨蛋，不和你浪费口水。”范小鱼不理这个木头，问范通道，“爹，接下来我们往那边走？”

范通沉吟了一下，道：“看来一时间我们不能走大路了。”

范岱插嘴，“不能走大路，我们就沿着那山脚走呗！”

又回到山里去？范小鱼顿时黑线。她看了看那些远山，只怕最近也有十几里吧。

“现在也只能这样了。我们沿着山脚走，若是有人追赶还可以进山躲一躲，而且也不用愁吃喝。”范通点了点头，指着东北面的群山，道，“我们沿着东北方向走，等到下一个县城再打听一下，要是安全了再进城雇车。”

“好吧。”范小鱼无所谓地耸了耸肩。

好在天晴了一天多，地面已干，走起来也顺利多了。

半个多时辰后，一家人来到山脚下，沿着一条小溪一直往东北方向而行。到了傍晚，因为离县城还是有些近，为了避免麻烦，一家人并没有像往日那般寻农家借宿，而是进山寻了个离山谷只有一里多的山洞过夜。

火堆燃起，干草床铺好，范小鱼打量着这个小山洞，感觉别有一股新鲜的味儿。

虽说他们在山里走了几天，但到了夜里却一直都是借宿在别人家的，像今晚这样真正的野营却还是第一次。其实山洞也不错嘛，虽然不够宽敞，却给人一种特别安全的感觉。给范白菜讲了两个小故事后，范小鱼很自然地慢慢沉入梦乡。

第八章

有麻烦找上门来了

不知睡了多少时候，范小鱼突然觉得洞外似乎有什么响动，一下子醒了过来。耳中果然传入了陌生人的声音。

“大哥，这就是江湖上赫赫有名的‘范氏双侠’。今日若不是他们在陈记当铺帮我们教训了那几个官兵，延迟了他们前去邻城报信，我们不能如此顺利地脱身。”一个声音瓮声瓮气地道。

范小鱼顿时一囧。不会吧，难道外面就是那些劫狱的人？他们怎么也会来这里？

“在下……咳咳……罗广……谢过……两位范大侠……咳咳……援手之恩！”

“几位大侠误会了，我们当时只不过是和当铺的掌柜发生了一点小矛盾……”范通诚恳地解释。他本来就是那种做了好事也不愿意张扬的人，不会因为人家几句恭维话就飘飘然，更不可能承认这份莫名其妙的“功劳”。

可是，不管他如何解释自己和范岱只是无意，对方就是认定了范氏兄弟是他们的恩人，感激涕零地说了一大筐子好话。那个声音浑厚的人还在恭维之中委婉地表示了进洞休息一下的请求。

她明白了！难怪一点小事就能被他们说成是天大的恩德，原来这些人是听说了范氏兄弟的名头，故意来拖他们下水的呀！

范小鱼心中雪亮，若是被人发现他们和这些劫狱的人搅在一起，那可就真的跳进黄河也洗不清了。

听见洞外的情况后，范小鱼第一个念头就是：不能让这些人和他们家扯在一起。

“爹！”转念间，范小鱼假装十分害怕地唤了一声。果然外面的交谈声一顿，一个人影急忙掠了进来，带着一股凉风停在她的身边。

“宝贝女儿，怎么啦？做噩梦了吗？”范通关切地摸了摸范小鱼的头。

“嗯。”范小鱼顺势依入他怀中，怯怯地道，“我梦见好多人拿着刀来抓我和冬冬。爹，你说那些人会不会追来啊？”

“不怕，爹不会让任何人抓走你们的。”范通轻拍着她的背，柔声安慰，傻傻地真以为范小鱼是被白天的所见骇着了。在他的心里，范小鱼虽然自苏醒后一直精明过人，机灵古怪，可毕竟还是个九岁的孩子，今天在当铺见那个官兵拿刀伤害她，后来又见城里乱成一片，心里害怕也是难免。

“对，小鱼，不要怕！有叔叔在，谁都动不了你一根毫毛！”

只听一阵脚步和奇怪的金属碰撞和拖拉声，三个人跟着范岱一起走了进来。

篝火照亮了他们的容貌，左边是一个身材高大的黑脸络腮胡子，一双眼睛在火光下闪闪发光，右边那个则是个样貌普通的青年。

不过范小鱼的注意力却不在他们身上，而是一下子就被两人合力支撑在中间的那个头发散乱地盖住大半部面容、身上裹着一件长袍的男人给吸引了过去。那男人的手上和脚上赫然是一副还未解开的镣铐，手足都不正常地拖着，显然已经伤残。从那因为手铐未开而无法穿戴整齐的衣襟下，清清楚楚可看见里头是一件布满斑斑血迹的污秽囚服。

“爹……”范小鱼这下真的吃了一惊。除了电视电影里的假象，她还从未真正见过被打得这么惨的人。

“别怕，这位伯伯不是坏人。”范通忙搂紧了她安慰，又转头对那几个人道，“请坐！”

络腮胡道了声谢，和青年小心地扶着犯人在原来范岱的位置上坐下。范小鱼这才瞧清，后面居然还有个小男孩。

那男孩看起来大概也就十岁出头，但眉宇间已隐隐有了一种大人的成熟，两道浓厚的眉毛如山峰般棱角分明，大眼睛中含着压抑的担忧之色，眉眼之间的距离较之常人贴近许多，五官相当俊挺，很有一种混血儿的感觉。

“这是我大哥唯一的儿子罗亶。亶儿，快见过两位范大侠。”络腮胡道。

“见过范大侠。”那亶儿对兄弟俩僵硬地鞠个躬，然后就掏出一块布蹲在那犯人面前，想撩开他的头发为他擦拭。

“亶儿……”那犯人避了一下，咳道，“别动，你阿爹现在面貌恐怖，不要吓坏了你的范家妹妹。”

谁是范家妹妹？范小鱼心中不以为然，但看对方如此凄惨，脸色还是缓和了一分。

“爹……怎么这么多人？”众人的对话和声响惊醒了睡眼惺忪的范白菜，和范小鱼的伪装不同，他是真的被吓了一大跳。

“冬冬别怕。”范小鱼忙挣出范通的怀抱，环住弟弟的小肩膀，“这些叔叔伯伯不是来抓我们的。他们只是进来烤烤火，天亮就会离开的。”

这句话一出，众人的表情顿时各有不同。

范通是有些尴尬，络腮胡却是有所领悟一般，而那个还在咳嗽的犯人，却始终瞧不见他的表情。

“哦。”范白菜贴着范小鱼，乖巧地应了一声，随即就将注意力放在那个亶儿身上，好奇地探头探脑，想看看这个是谁。

“咳咳……亶儿，你还没向范家妹妹和范家弟弟问好呢。”那犯人靠着络腮胡咳嗽着，乱发被震得一抖一抖，依稀可见里头两点闪动的光芒。

那亶儿依言转了过来，向范小鱼和范白菜点了点头，声音依旧硬邦邦的，“见过范家妹妹、范家弟弟。”

“小哥哥好。”相比起他的面无表情，范白菜的笑容可爱无比。范小鱼只是还以颔首，并不说话。

让她叫范氏兄弟老爹和二叔可以，这小鬼连她前世的一半年龄都不到，这声哥哥她可叫不出口，而且她也没有和陌生人拉关系的习惯。

三个小孩子打过招呼后，洞内一时陷入了沉默，随即，一阵咕噜声突然响了起来。

范小鱼第一反应就是看向范白菜，以为他饿了。范白菜却看向那个亶儿，而那个亶儿下意识地用手挡住肚子，好像这样就可以掩饰五脏的抗议似的。

“小哥哥，你饿了吗？我们有东西吃哦！”范白菜一骨碌地爬了起来，拿出了两个大馒头。

“对对，我们有吃的，陶罐里还有些热肉汤呢。”范通也站了起来，去解架在篝

火上的罐子，并拿了自己用过的陶碗递给那亶儿。

那亶儿犹豫了一下，接过了馒头和肉汤，自己却并不吃，而是送到那个犯人面前，低声道："阿爹，您吃点东西吧！"

那犯人慈爱地道："咳咳……爹吃不下……亶儿你吃吧……"

"你们都吃吧，还有很多呢。要是这些不够，我还可以去打两只野味来。"这边范通早已热情地把整个装馒头的油纸包都递了过去，唯恐他们饿着。

居然把整个油纸包都送给人家，他们一家明后天的分量全在那里了呢。范小鱼暗中翻了个白眼，却未出声阻止。

那个犯人罗广只好道了谢，和其他人一起默默地吃了起来。但他的胃口显然十分不佳，没喝上两口肉汤就又咳了起来，更无法吞咽馒头。

范通望着他，眼中泛起怜悯之色，忍不住好奇地问道："你们怎么不设法把罗大侠的铁镣取下呢？"

这一问，络腮胡脸色顿时黯然，"我们在刚逃出县城的时候就曾试过，可这个铁镣竟然是玄铁所铸，我们的兵器根本就奈何不得。"

"玄铁？"范岱首先失声呼道，眼中有些异样。

范小鱼皱着眉头看了他一眼，心中顿时寻思开了。这个罗广到底是什么人呢？若说他是重要人物，怎么会被关在小县城里，还如此轻易就被劫了出来？若说不是重要人物，为什么他戴的不是普通枷锁？但不管怎么样，这个人一定是个大麻烦，暂时收留对方一晚可以，提供食物也可以，但是绝对不能让范通和他们混在一道。

"当初英山他们来救我，我就告诉他们这镣铐打不开，让他们放弃，可是他们……"罗广连连咳嗽着苦笑，"我这样几乎是寸步难行，实在是大家的累赘呀！"

"大哥，你莫要这么说。弟兄们以前不知道大哥您在这里受苦也就罢了，好不容易得到大哥音讯，如何还能置身于外？您放心，您走不了，我们抬您。您等着，我们现在就去砍一些树木做副架子。亶儿，你好好照顾你爹。"络腮胡毅然站了起来，对范氏兄弟拱手道，"还请两位范大侠照看我大哥一会儿，我们去去就来。"

"何大侠放心。"范通诚挚地保证道。

人家放心，她不放心。等到两人出去，范小鱼起身披上衣服套上鞋子，对范通眨眼睛道："爹，你陪我出去一下吧，我想那个……"

"哦。"范通傻傻地以为她是真想出去方便，忙嘱咐了范岱照顾大家，拿了根火把跟着范小鱼走出山洞。

一出洞，范小鱼才发现原来洞口还站着两个负责警戒的男人。范小鱼看了他们一眼，就跟着范通往远处走去。等到无人处，她才直截了当地道：“爹，这个忙我们不能帮，我们会被连累的。”

范通怔道：“可是……宝贝女儿……”

范小鱼打断他，“除非你不管我和冬冬了，你知道他们是危险人物。”

“我……唉，可是罗大侠他是好人，现在他又这么惨，我怎么能见死不救呢？”范通为难地道。

“他已经被救出来了，而且他们还有四个年轻力壮的保镖。”范小鱼提醒他。

“爹知道。可是你看罗大侠这般情况，还带着个孩子。而且我瞧他们几个也多少受了些伤，如果追兵上来，怕是无法照应齐全……”范通担忧道。罗广虽然一直披着衣服，可从他上身垂下来的铁链分明显示，他的琵琶骨只怕早已经被穿透了。堂堂一个曾经叱咤风云的大侠，如今落到如此地步，怎么不教人欷歔？他若没遇上也就罢了，既然已经遇上了，若是置之不理，这一生他又如何能对得起自己的良心？

“他们都能逃出来，当然就能继续逃下去。”范小鱼撅嘴道。想到罗广的样子，她也有些同情，可随后心又一硬，为了全家，她不能答应。

范通摸着她的头，柔声道：“小鱼，爹明白你在怕什么，也知道你是为了我们全家人好，可是，小鱼，人活在世上，是不能光为了自己的，有时候也要多为别人想一想。要是今天不帮罗大侠的忙，爹这一辈子都会于心不安的。你看这样好不好？等天亮了，你就和二叔一起先走。爹送他们到了安全的地方，就马上回来找你们。”

“不好！”范小鱼一听到范通要离开自己和冬冬，没来由地感到一阵恐惧，反射性地抱住了范通的腰。

“宝贝女儿，乖，你不要为爹担心。爹向你保证，一定会很小心的。”范通蹲了下来，疼爱地抚摸着范小鱼的小脸，“你就相信爹爹一次，好吗？”

这就是江湖吗？这就是身为大侠所必须背负的义务吗？

望入范通那温柔却坚定的双眼中，范小鱼心里突然升起了一缕悲哀。她知道，如果她坚持，其实是可以强迫范通甩手不管的。只是，以范通那善良过度的个性，将来绝对会良心不安。要是那些人再有个三长两短，他真的会一辈子原谅不了自己，更不可能开心快乐。

自从她苏醒后，范通对她一直是小心翼翼、唯唯诺诺的，可今天他的眼神却是如此的坚定，丝毫也不考虑自身的安危……

“你是我们的爹，我不要你离开我们。”范小鱼咬着小嘴赌气，感觉自己的眼眶已经红了起来，忙别开脸企图掩饰。

“爹也不想离开你们，爹保证一定很快就来找你们。”见到女儿无意中流露出来的对自己的依恋，范通也不禁情感泛滥，忍不住搂她入怀，怜惜地厮磨着她的小脸，柔声道，“爹知道，小鱼是个非常懂事也是个非常善良的孩子……”

“我才不要狗屁善良，我只要我们一家人都能平平安安的。”范小鱼压住心头翻腾的郁结之气，一把推开他，跑向山洞，“你要去就去吧，不过要是你不平安回来，我一辈子都会恨你。”

人家为了侠义二字，连自己的亲生儿女都可以舍弃，何况她本来就不是对方的亲生女儿，只是一缕孤魂而已，有什么资格要求人家。

这孩子……范通的手顿在空中，叹息了一声，随即又一下子反应了过来，忙举着火把追了上去，“小鱼，别跑那么快，小心摔着了。”

他人高腿长，没走几步就拉住了范小鱼的小手。范小鱼却狠狠地挣脱开去，不让他碰自己。等回到山洞，她意外地发现范白菜和那个亶儿正聊得很开心，那个罗广则依在洞壁上，仍旧在不住地咳嗽，偶尔回答几句范岱的提问。

原来她不在，大家都挺热闹啊。范小鱼心中莫名地有些迁怒，冷着脸硬邦邦地走到铺盖旁，脱了鞋掀开被子，也不脱外衣，蒙头就睡。

“咦，小鱼这是怎么啦?”范岱奇怪地问道。那个亶儿和罗广顿时敏感地看向随后走进来的范通，范白菜的小脸上也充满了不解。

“没事，小鱼只是困了。”范通有些尴尬地笑了笑，走到小鱼旁边，一如往常地给她盖好被子，轻轻拍了两下，无声地叹了口气。

范小鱼的无声抗议最终也没有改变范通的主意。他默然在旁边坐了一会儿后，嘱咐范白菜也早点休息，就叫了范岱出去，想必是商议明日之事。

“姐姐，”兄弟俩离开后，范白菜伸出小手拉开范小鱼蒙着头的被子，担心地道，“你和爹吵架了吗?”

“没有……”范小鱼又把被子拉了回去，闷声道。

“可是，姐姐你在生气。姐姐……你怎么啦?”范白菜软软地唤道。

她是很生气，世上怎么会有这么傻的人？如果说他之所以要帮人家是因为人家实在可怜、苦苦哀求，无法拒绝才不得已而为之，那她还平衡一点。问题是这些人明显是早就盯上了他们，否则怎么会知道当铺里的事？又怎么可能这么多山头这么多山洞偏偏就找到他们所在的这一个？

范小鱼真的感到自己鼻子里呼出来的火气都可以把被子燃着了。算了，既然他总是把别人看得更重要，那就让他去吧。这样大公无私的爹，她配不上！可是……不行，她不能真由着范通的性子来！这次的事情可不仅仅是饿肚子这么简单，帮助官府逃犯可会引来大麻烦的，她可不想什么好日子都没过上，就先被牵扯，从此没完没了地逃跑。

想到可怕的未来，范小鱼猛地又坐了起来。

“姐姐？”范白菜被她的动作吓了一跳，“你要做什么？”

“咳咳……”对面的罗广一边咳一边从乱发下看着她，道，“对不起，小妹妹，是不是叔叔的样子把你吓着了？”

我胆子没那么小。

范小鱼很想讽刺这个罪魁祸首一句，可一想，就算对方目的不纯、来历不明，可人家身受重刑、境况悲惨却是事实，自己可以不支持范通，但若是冷言冷语却也未免太不人道了。因此她吞回了那句话，只淡淡地说了句“没有”，就对冬冬道：“来，冬冬，我们出去一下。”

说着，她拉起范白菜，也没看那对父子的表情，从墙上取下火把便去找人。

身后，那个罗广又重重地咳了起来。

“我说大哥，你这不是明摆着狗拿耗子多管闲事吗？”范小鱼找到两人的时候，范通刚刚向范岱表达完自己的意思，范岱正不以为然地道，“他们又没求你帮忙，你这算是哪门子的热心肠？”

“二叔！”听到范岱的反对声，范小鱼的脚步顿时轻松了起来，拉着范白菜走过去甜甜地叫了一声，特意夸道，“二叔，我今天突然发现你说话也很有道理呢！”

“嘿嘿，那是，叔叔说话当然有道理了。”看见姐弟俩，范岱顿时哈哈一笑，顺手揉了一下范白菜的头，笑道，“大哥，为了两个孩子，这事你就别瞎操心了。”

“二弟，他们几人之中，除了那一位英山兄弟外，其他几个的武功实在不怎么样。若是官兵追上来，他们又要顾老又要顾小，我实在担心他们逃不了多远啊。若是他们有个好歹，岂非变成我们兄弟俩见死不救？”范小鱼和范岱想的当然，范通

却自有一根筋。

范小鱼的脸顿时沉了下来。

“既然你执意要帮忙，那就我去吧。你留下保护小鱼和冬冬。”见改变不了大哥的想法，范岱无所谓地道。

“我就是怕你沉不住气，遇到官兵就打架，所以才想亲自去。”范通道，“你们放心，我不会离开很多天的。我已经想过了，从这里再往北走五十里就出了伊阳县，等到了相邻县城，他们想要追人没那么方便，罗大侠他们也会安全许多，到时候我再离开和你们会合。”

“说来说去，你就是要抛弃我们，反而去保护陌生人。”范小鱼刚散去的怒火又凝聚了起来，声音忍不住就大了起来，冷声道，“那你有没有想过，要是官兵先追上我们呢？我们两个人，叔叔就一个人，到时候你让叔叔先保护哪个?”

“小鱼，爹怎么会抛弃你们姐弟呢？爹只是想帮罗大侠一个忙……”

“反正在你的眼里，外人就是比我们重要。”范小鱼冷冷地看着他，“以前是，现在也是。在你的眼里，恐怕什么都比不上人家叫你一声大侠重要吧？现在人家自己有人保护，你都偏要多管闲事，要是将来有一天，有人威胁你在陌生人和我们的生命之间作出唯一的选择，你会怎么样？别告诉我，你肯定会先选我们!”

范小鱼这一次是真的愤怒了，小脸气得一片通红。范白菜吓着了地看着她，怯怯地一句话也不敢说。范岱张了张嘴，想要为范通分辩，但又觉得范小鱼说得也有点儿道理。以他这个双胞胎大哥的性子，说不定到了那么一天还真的会那么选择，不过他也相信，事后他大哥也一定不会独活。

“不是的……”受到亲生女儿如此的指责，范通脸上明显地露出了受伤的神色，“小鱼，你怎么会这么想呢？你和冬冬都是爹的宝贝……”

“可别人却是你的命根！命根和宝贝比起来，当然是命根更重要!”范小鱼激动地打断他的话，然后深深地吸了一口气，“我不要再听你解释，我今天只告诉你一句话，要是你还是决定抛下我和冬冬去多管闲事，那以后就别想我再认你这个爹！你要是不信，尽管试试!”

盛怒之下，范小鱼终于还是撂下了这两句原来根本就不想出口的威胁，冲动地拉着范白菜往回走，“冬冬，我们走。”

“小鱼……”

范小鱼已经走出了好几米，惊愕至极的范通才回过神来，忙呼唤着就要追上去再解释，却被范岱拉住。

“大哥，在你的眼中，到底是小鱼和冬冬重要，还是外人重要？”旁边同样震惊了好一会儿的范岱，望着越走越远的那两个小小的身影，突然若有所悟。

“当然是他们两个重要。”范通毫不思索地道。

“可是，”范岱看着那渐渐远去的火光，以及火光下那两个小小的身影，心中充满了狐疑，“为什么两个孩子都觉得在我们的心里，好像随便什么外人都比他们重要？”

刚才抗议的虽然只有范小鱼，范白菜并没有表态，可是他最后那个眼神却告诉他们，他选择了站在姐姐那一边。

“有吗？”范通愣愣地望着儿女的背影，神色恍惚，整个人不觉间失落了很多。

“唉，要是他们没这么想，小鱼怎么会生这么大的气呢？”范岱叹气道，“大哥，小鱼和白菜要是和我疏远一点，那还没关系，毕竟我只是他们的叔叔，可你不一样，你是他们的亲爹啊！现在我们自己也还在跑路之中，这个时候还去管人家的事，是不是真的太对不起这两个孩子了？”

范通顿在原地，茫然无语。

“好吧，我决定了，这件事你要是还想管，那你就去管，反正我是不掺和了。小鱼的生日好像没几天了吧？我那套剑法还没想完整呢，得赶紧在她生日前整理好。”范岱拍了拍他的肩头，身影一展，向山洞掠去，只留下范通一个人独自伫立在黑夜之中。

许久之后，他才叹了一口气，也走回山洞。

山洞中，熊熊篝火分开了两派人。范小鱼和范白菜双双侧身向里躺着，看似睡着了，呼吸却分明都有些紊乱。姐弟俩的旁边，范岱依着洞壁闭目养神，听范通进来也没有睁眼理他。只有那个罗广压低着声音跟他打了个招呼，可下一秒又剧烈地咳了起来，他的儿子亶儿则一直忧心忡忡地在一旁服侍着他。

范通犹豫了一下，走到姐弟俩身边习惯性地给他们掖被角，却被一只小手猛地挥开。

范通顿时黯然。这是他的亲生女儿啊，难道他真的在无意中伤她这么深了吗？

回想起自从死而复生后，范小鱼的种种言论，以及父女俩好不容易才修复的关系，范通痛苦地闭上了眼睛。他是真心地疼爱自己的儿女，也是真心地想要帮助任何需要帮助的人，可为什么侠义和感情总是不能两全呢？

时间在沉默中流逝。范白菜终究年纪还小，没坚持多久呼吸就均匀了。范小鱼虽然一直闭着眼睛，却怎么也无法了无心事地睡到天亮。

夜越寂静，一切的声音就越清晰。

篝火的燃烧声已退化成可以忽略的背景，罗广虽然一直尽力地压制着自己的咳嗽，仍是时不时地就来几声，犹如在她本就烦躁的心头又添了一把火，让她胸口堵满了无处宣泄的闷气。到了后来，也不知道是心理作用，还是真的存在，范小鱼总感觉鼻端有一股隐隐的怪味，就像是融合了腐朽和血腥的那种气息，越闻越让人难受。

一个刚从牢狱之中被救出来、连枷锁都打不开的刑犯，身上的味道能好到哪里去？其实想一想，他是可怜人。那个叫亶儿的孩子也可怜，看到自己的父亲被折磨成如此惨状，他的心灵一定免不了会留下阴影的。

可是，越是如此，她就越不希望范通搅和到这件案子里去。她无法想象将来有一天对面那个人换成双胞胎兄弟的样子。他们说那镣铐是什么玄铁特制的，应该为的就是专门防范这些江湖高手吧？所谓双拳难敌四手，一个人如果武功高强，固然可以借着古代通讯的落后躲躲藏藏几年、十几年，甚至一辈子都不让官府抓到，但那样的生活，还是正常的生活吗？

她能有机会重活一世，要的恰恰是一种普通的生活啊！

“咳咳咳……咳咳……咳咳咳……”

罗广又咳了起来，范小鱼在心中长叹了一声，伸手拉高薄被，略略盖住自己和范白菜的口鼻。希望罗广没有得那种会传染的肺病，否则光他这一晚上的咳嗽，他们姐弟俩就危险了，但总不能因此就把人家赶出去吧？

话说，为什么那几个人还不回来呢？他们不会料准了范通的性子，索性偷偷溜走了吧？

这个猜想顿时让范小鱼紧张了起来，可没过多久，事实就证明她的想法纯属小人心理。尽管进来的脚步已经放得很轻，说话声音也压得很低，但是范小鱼还是清清楚楚地听到那个络腮胡说担架已经做好了，罗广躺在上面睡也许会舒服一点。

他们，到底是什么人呢？

“范大侠，在下想求你一件事！”一阵木头竹子的吱呀声后，罗广忍住咳嗽低声道。

目的终于来了！范小鱼竖起了耳朵，不过这声“大侠”她听着就觉得刺耳，总感觉对方在叫“大傻”似的。

“罗大侠请讲。”范通也客客气气地送回了一个“大傻”。

“罗某被囚数载，原本以为此生再难见天日，却不料兄弟们竟始终惦记着我这个废物，还让我父子团聚，罗某今生已经知足……”罗广边咳边断断续续地感谢了那个络腮胡一通。络腮胡自是一番慷慨激昂地表示心甘情愿、热血无悔，听得范通不住地动容叹息，也听得范小鱼一个劲地暗翻白眼。

难道古往今来，那些所谓的英雄豪杰之间的生死情义都是这么“夸”出来的么？想起《水浒传》里那些好汉每次见到宋江时那口口声声的“哥哥”，范小鱼更觉满身都是鸡皮疙瘩。

说了一会儿，两人总算结束题外话，回归正题。原来，这个罗广还真不是来寻求范通保护自己的，而是另有一个非常重要的目的。

“什么，罗大侠想让令公子拜我为师?”

“拜师?”诧异地叫出声的是范岱。他本来一直懒懒地靠着，专心地想着剑法，先前几乎没听罗广说什么，但范通的最后一句却让他睁开了眼睛。

拜师？范小鱼的眉头也一下子蹙了起来。这个罗广原来竟是想托孤，让她爹来帮他带孩子！

“江湖之上，谁不知道范大侠不仅武功高强，更是德深品厚。天下高手虽多，可是真正让罗某从心眼里敬佩的，却只有范大侠一个。能让罗某一面都未见，就敢将身家性命依然托付的，也只有范大侠一个。”罗广诚恳地道。他咳嗽虽凶，说话断断续续，却仍坚持要自己亲述，不让欲插嘴的络腮胡代劳。

范小鱼暗中冷笑。果不其然，范通还真动容了，当下连忙谦让。

笨蛋！蠢蛋！白痴！范小鱼忍不住一下子坐了起来，小脸板得冷冷的，众人的话音顿止。

“二叔，我渴了。”范小鱼无视洞内的所有人，只对范岱道。

“啊，给。”范通忙拿过自己的葫芦，拔了塞子，递了过来，“慢点喝，小心别呛到了。”

范小鱼却看都不看他一眼。

“小鱼……”范通面色有些发红，低叫了她一声。络腮胡和罗广对视了一眼，

知趣地不再做声，亶儿的嘴巴则抿得更紧。

“大哥，你怎么忘了小鱼的习惯？小鱼和冬冬一向只用自己的葫芦。”范岱适时找了范小鱼的专属葫芦，过来解围。

“谢谢二叔。”范小鱼不慌不忙地接过喝了几口，然后放在一边，却不再躺下。她探头看了看洞外开始泛白的天色，打了个呵欠伸了个懒腰，抱过一旁的小狐狸，自顾自地轻轻抚摸起来。

被她这么一打岔，众人顿时不知该如何接下去的好。

“小鱼，现在还早，你要不要再睡一会儿？”范通看了看对面，赔起笑脸讨好地道。

“睡不着！”范小鱼不冷不热地回了一句，还是连眼角都不瞟他一眼。她之所以撕破假睡的伪装，就是要看看范通打算怎么处理这件事。

拜师，说好听点是希望得蒙教化，学习如何为人处世，将来行济天下百姓，说难听点，就是让她这个笨老爹养儿子，而且这一养，起码要养个十年左右，然后还要为这个“儿子”的未来负责。他那里只是动动嘴皮子，他们家却要为此付出一生。要是这个亶儿的品行好那还罢了，要是不好，那不是要倒一辈子霉了？再说了，他们家已经很穷了，拿什么多养一口人？

范通有些无措地看了看范岱。范岱微微地耸了一下肩，表示爱莫能助，你自己看着办。其实对于收徒一事，范岱并不热衷。在他看来，自己家有一个小鱼这样天赋惊人的武学奇才已经足够了，更何况对方求的师是范通又不是他范岱，他管个屁！

“咳咳……范大侠……咳咳……”还是罗广先打破了僵局，他透过乱发凝视着范通，叹息道，“你我萍水相逢，罗某自知这个要求实在过分。只是罗某囚身狱中多年，今日纵得自由，只怕也是来日无多了。我这个亶儿，自幼便与我分离，可怜他小小年纪就饱受流离之苦。若非我英山兄弟，只怕他早已被人贩子卖去，我们父子也许一生都难再见一面……范大侠，所谓一日为师，终身为父，罗某惭愧，此生怕已无法尽一个爹的责任，您若是愿意，以后就当他是您的儿子吧！”

说到最后一句，声音已是哽咽。

“爹……”亶儿原本眼睛就已通红，听到自己的父亲像是临死托孤一般，再也忍不住地滚下一滴泪来，却马上又抬手擦去，假装不曾流泪。

“亶儿……”

罗广也心酸地想去安慰他，才一动，手上的镣铐就发出叮当的声响，而且看他的力气，竟是连镣铐也举不起来。亶儿见状越发难过，想要扑上去抱住父亲，又怕触动罗广身上那遍布的伤口。父子之间的骨肉亲情，洋溢于表，着实赚人眼泪。旁边的络腮胡和其他几个人早已黯然地侧头到一边，不忍再看。

唉，自己是不是把人心想得太坏了？

古代人向来重视“不孝有三，无后为大”，若不是迫不得已，谁愿意将自己的亲生儿子送给别人呢？他们用心计，为的也不过是保护自己的孩子罢了。孩子总是无辜的，对于这个小男孩来说，他将来可是要寄人篱下的。

想到自己刚来到这个世界时的感觉，范小鱼不禁轻叹了一声，移开了视线。望向怀中的小狐狸，心神不由得又是一动，连一只小动物她都愿意给予很多时间和爱心去照顾，难道人反而还比不得动物吗？她家虽穷，却不缺劳动力，只要范通、范岱愿意，家里再多一张嘴其实也不是什么难事不是？

“罗大侠您这是哪里话。亶儿是你的儿子，便一生都是你的儿子，千万莫说以后当我儿子之类的话。至于拜师一事……”范通下意识地看了一眼小鱼，见她望着父子俩的眼神虽有一丝怜悯，但小脸却还板着，摸不清她到底怎么想的，犹豫了一下，终于道，“其实在下的资质也不过普通而已，不敢轻易为人之师，误人子弟。这样吧，既然罗大侠如今不方便，又如此信任范某，范某愿意暂时代为照顾亶儿，教他些强身健体之术。待到罗大侠康复，再将亶儿接回去，你看如何？”

“范大侠大恩，罗某感激不尽！”罗广顿时激动地推开亶儿，挣扎着就欲向范通行礼，“来，亶儿，快给恩师磕头！”

范通这话虽然看似没有答应收徒，但事实上却相当于收下了那个亶儿，而且还好心地推掉了白得一个儿子的便宜，这怎能不叫罗广大喜！

“罗大侠……”范通慌忙起身，越过篝火去扶他。亶儿拜倒在地，清清楚楚地叫了一声“恩师”，并重重地磕起头来。

恩师？唉，好大的一顶帽子啊！看来，范通这恩是施定了。

看着火光下的那三个人，欲动终究未动，欲言终究未言的范小鱼，最终只是在心里叹了口气。

自己这一时心软，到底是对了，还是错了呢？

第九章

人在旅途过生日

“亶儿，走吧。”看着一行人抬着罗广消失在树林后，范通揽着罗亶的肩头，柔声道。

“是。”罗亶收回依依不舍的目光，垂下红红的眼，转过了身。

“亶哥哥，你不要难过，我们都会对你好的。”范白菜最见不得别人难过，忙过去拉他的手，懂事地安慰。

“对，以后你可以和冬冬、小鱼一起做伴儿，你们三个都是好孩子，一定会合得来的。”范通见儿子这么主动，心里很是欣慰，可是目光转到一旁那一直冷冷淡淡、后来几乎再也没有开过腔的范小鱼身上，又情不自禁地有点心虚。他讨好地走了过去，想接过她身上的小包，“小鱼，爹来拿吧？”

范小鱼什么都没说，只冷冷地看了他一眼，就让范通的手顿在半空。

“二叔，汝州是往哪个方向去的？”范小鱼无视范通的存在，转头问范岱。

她没有反对留下罗亶并不代表她就认同范通，更不代表她原谅了范通。范通虽然终究还是没有离开他们姐弟，但他昨天的打算已经大大触犯了她的底线。她可以不在乎范通是否在意她这个“女儿”，但是她无法原谅范通想在逃难的时候抛下自己的亲生儿女去帮外人的念头。

这个爹，现在他没资格当。

“东面。不过现在我们离伊阳县还太近，得先往北走一段，然后再绕道去汝州。”范岱指了指方向。

“冬冬，我们走。”范小鱼抱起小狐狸，向范白菜伸出了手。

范白菜清脆地应了一声，拉着罗亶跑到范小鱼身边。罗亶抬头迅速看了一眼范小鱼，又低下了头。范通讷讷地跟在他们身后。

“亶哥哥，你多大啦?”走了一段路，范白菜很自然地问了一句。

“十二了。”罗亶低声回答。

“我七岁，”范白菜快乐地道，晃了晃范小鱼的手，“我姐姐九岁。咦，姐姐，亶哥哥比你大三岁哎。”

“是啊，是啊。小鱼，亶儿比你大，以后你也和冬冬一样叫亶儿哥哥吧?”范通自以为终于找到了插口的机会，忙道。

叫一个才十二岁的小鬼哥哥？范小鱼冷笑了一下，不予理睬地继续往前，范通顿时讨了个没趣。

“我看这样吧，亶儿虽然年纪比小鱼大，不过既然拜了大哥为师，那和小鱼就是师姐弟的关系，所谓入门不分年纪只分先后，不如亶儿叫小鱼一声小师姐吧。”范岱眼睛一瞟就瞧出范小鱼眼中的冷意，立刻打圆场，心里却道，年龄大又怎么样，要论练武的资质，这个亶儿和他的宝贝侄女还差得远呢。

“师叔说得是，亶儿谨尊师叔教诲。”罗亶垂头道，然后轻轻地抽出被范白菜握住的小手，走到范小鱼旁边，郑重地对她鞠了一躬，唤道，“师姐好。”

“好了，赶路吧。”这还算知趣，范小鱼缓了缓脸色，众人又开始前行。

“二叔，我们这是往哪里去?”次日中午，范小鱼望着出现在视野里的那座大概一两百户人口的小镇，狐疑地看向范岱。

这几天他们虽未翻山越岭，却一直沿着山脚前行，一遇到有可疑的行人就立刻进山躲避，就算经过村落，也只派了其中一两个人去购买生活必需品，今天怎么中午都还没到，就敢向镇里走了？而且范通自昨晚半夜开始就不见了踪影，神神秘秘地也不知道在搞什么鬼。

“往镇里去啊。”范岱嘿嘿地笑。

“不是说还要再避几天风头吗?”范小鱼越发不解了。伊阳县城的重犯被劫，这个案子可不小，现在才过了三四天，岂能就此作罢？这些天必定格外注意陌生人。就算人家不一定记得他们一家长什么样，可是范通、范岱两个人是双胞胎，却是一个十分好认的凭记啊。

“放心吧，没事。”范岱不知从哪里摸出一把黑色的胡子，往嘴巴上一捂，含含糊糊地道，“小姑娘，你瞧瞧我是谁呀?”

“大黑熊，呜呜……”范白菜在一旁咯咯地笑了起来，还张开了小手张牙舞爪。“哇哈哈，大黑熊来啦!”

范岱故意瞪起眼睛，弯下腰一晃一晃地一步步向范白菜走去。他身上背负着所有的行李，使得本就高大的身影更加庞大，此刻这么一摇晃，还真有点像笨熊的样子。范白菜被逗得开心不已，急忙地拉了罗亶的手，哈哈大笑着往前跑去。

“亶哥哥，快跑啊，大黑熊来啦!”三人一阵追逐，很快就把范小鱼抛到后边。

看着那两个小男孩，范小鱼心里不由得有点儿泛酸。

自从昨天早上带了罗亶一起上路后，冬冬几乎就没和他分开过。唔，虽然说也没和她分开过，可大部分时候范白菜都黏在罗亶身边却是事实，让她这个当姐姐的很有一种弟弟被人家抢走的感觉。不过看到前头的罗亶，范小鱼无奈的脸上又浮起了微笑。

虽说他们是被罗广设计才收下罗亶，但罗亶本身却是无辜的。从这两天的表现来看，虽然范通处处都格外地照顾他，他却从来不恃宠而骄，反而每次都抢着干活，又是找石头，又是捡柴火，直到无忙可帮才去陪冬冬玩。

她这个人恩怨分明，既然当初自己没有阻止范通收徒，现在也没有必要再去欺负一个小孩子，也不会特意地苛刻他。只要这个罗亶懂事，冬冬有的，他也会有，起码在物质上她不会亏待他。可要让她也像对待冬冬一样，打心眼里喜欢这个小师弟，那就要看他们之间的缘分了。

罢了，以后的事情以后再说吧!

“小狐狸，我们也去追大黑熊。”范小鱼轻笑着摸了摸怀里的小狐狸贝贝，熟练地提了一口气，展开身影追了上去。

范岱的易容虽然拙劣，但这个时代没有照片和复印，他们又只和当铺里的人打过一个照面，其实说起来应该不用这么担心。官府就算有凭据，也只是两个长得十分相像的双胞胎，还有一男一女两个小孩。现在多了一个罗亶，孩子变成三个，范岱又贴了胡子，也许人们真的不会怀疑到他们。

罢了，有两个高手在，就算碰到官兵，逃跑总不成问题的，她担心什么?何况在外夜宿了几天，什么都不方便，也该好好过一天正常生活，洗个澡换件衣裳了。

“小鱼，亶儿，冬冬，这边这边!”还没进镇，范小鱼老远就听见镇口有个人影在晃着手大叫，正是消失了好几个时辰的范通。

四人跟着范通进了镇，来到一家客栈。

“热水已经准备好了，小鱼，你们先洗个澡吧!”

范通又是兴奋又是讨好地笑道，丝毫不以范小鱼根本就懒得理他为意。他先带她到一个二楼的房间之中，然后说找到了一户家里有母山羊的人家，可以给小狐狸贝贝喂奶，把贝贝抱了过去，接着又让范白菜和罗亶跟着范岱去下面的澡堂里洗澡。

范小鱼懒得理他，径直关了门，转过屏风，发现里面摆了一整套完整的沐浴用品：皂角、胰子、毛巾、梳子等等，甚至还有一把修剪用的小剪刀，另外，旁边还放着一个包袱。

打开包袱一看，里面竟是一双新鞋和一套绿底桃花的裙子。

看到这套衣服，范小鱼不禁一怔。奇怪了，家中的经济大权都握在她的手里，范通什么时候有这么多钱买这些了？不过诧异归诧异，既然一切都已经准备好了，她不妨就先好好地享受一下。

洗好澡，换好衣服，穿着正合脚的鞋子，范小鱼一边擦着头发，一边打开了房间的门。

“小鱼，你洗好啦?”凭栏往下看，范通正在楼下和客栈的老板说着什么，听到门开的声响，顿时扬起大大的一个笑脸。

范小鱼哼了一声，当是回答。

范通腾腾腾地跑上来，很自然地接过了毛巾，站在范小鱼背后替她擦了起来，一边小心地赔笑道：“宝贝女儿，新衣服和鞋子还喜欢吗?”

“马马虎虎吧。”范小鱼冷淡地道，不过洗完澡后人有点懒洋洋的，便没有拒绝他的动作，“冬冬他们呢?”

“他们已经洗好了，正在换衣服。”见女儿终于肯让自己碰触，范通英俊的脸上顿时满是笑容。

“嗯。”范小鱼眯起眼睛，环顾了一下这间规模不小的客栈，想到之前的疑问，眉头不由一蹙，“你哪来这么多钱?”

“哦，对了，你不说我还差点忘了。”

范通停了手，把毛巾往肩上一搭，兴奋地从怀里掏出一个荷包，递给了范小鱼，“宝贝女儿，给你。”

“什么?”范小鱼接过，觉得入手甚重，打开一看，居然是三锭银子，不由更是愕然，忍不住看向范通，“这么多钱，你哪儿来的?”

要说住店买衣服的钱是打猎换来的，还合情合理，可是范通居然拿出十五两银子，这可绝对不是笔小数目。要知道当日上官家摆宴，他们两兄弟忙活了足足两天，也才赚了几百文而已，范通只不过出去了半夜加一个上午，怎么可能得到这么多?

“嘿嘿，宝贝女儿，你就先别问了，等会儿大家一起吃饭的时候，我一定告诉你们。”范通嘿嘿一笑，满脸骄傲地继续替范小鱼擦头发。

神神秘秘的！范小鱼撇了撇嘴不再理他，不过看着那三锭银子，嘴角不由得勾出一抹微笑。

她这个爹虽然是个迂腐的傻瓜大侠，性格却是纯良的，有违侠义之事绝对是打死他也不肯做，因此这钱的来路她倒无须担心，看在他今天终于像个当爹的样子上，就容许他卖一会儿关子吧。

“姐姐，闭上眼睛。”

一会儿，同样换了一身新衣的范白菜和罗亶进了小院叫范小鱼下楼。范小鱼随意梳了梳半干的头发，任细黄的发丝披在肩头，就走了下去。她刚踩下最后一阶楼梯，范白菜就垫着脚后跟从后面捂住了她的眼睛。

“做什么?”范小鱼笑道。

“嘻嘻，等会儿姐姐就知道了。亶哥哥，你拉着姐姐的手。”

“嗯，师姐，亶儿冒犯了。”随着一道恭敬中也带着一丝兴奋的声音，范小鱼只觉手上一暖，已被一只小手握住。

两个孩子嬉笑着，一边让范小鱼往前走，一边提醒着她跨门槛或转弯，范通则笑着跟在旁边照看。三人带着范小鱼来到饭堂，又引着她小心地上了二楼，范白菜这才松开了手，“姐姐，你看!”

一张摆满了各式糕点、果脯、凉菜的桌子，顿时跃入了范小鱼的视线中。

“姐姐，生辰快乐!”

“宝贝女儿，生辰快乐!”

“乖侄女，生辰快乐!”

“师姐，生辰快乐!”

“谢谢！”看着一张张或毫不掩饰、或带着讨好、或坦坦荡荡、或带点拘谨的笑脸，范小鱼也不禁微微一笑，清丽的容颜如春花绽开，无比动人。

原来今天是她的生日啊。这些天一直在奔波，她都忘记了范岱曾说过她的生日很近了。那天范岱似乎说以前每年他们姐弟俩过生日的时候，两兄弟都要想办法带他们吃顿好的，或去哪里玩，没想到这么快就到了，更没想到她这一生的第一个生日居然是在逃难中度过的。

不过，今天却不像是逃难的日子。

“姐姐，快坐下。爹说，今天姐姐是小寿星，要坐第一位。”范白菜欢快地把她推上首位，然后拉着罗亶笑嘻嘻地一左一右坐在她旁边。

“小鱼，这一次，叔叔给你准备了你绝对想不到的礼物！嘿嘿！”没等范小鱼发问，范岱自己就先得意地笑了起来。

“二叔还给我准备了礼物？”范小鱼有些讶异。

“那当然，叔叔不但给你准备了礼物，这个礼物还是专门为乖侄女你量身定做的。”范岱笑着一翻手，一把大约长两尺的无鞘木剑出现在范小鱼面前。剑身被打磨得十分光滑，纹理流畅清晰，在靠近蝴蝶型的剑柄处，还刻着一条栩栩如生，摇头摆尾的鱼儿。

“好漂亮的木剑，谢谢二叔！”

居然送她玩具剑？范小鱼忍不住笑着接了过来，握在手中挥了两下，发现这木剑并没有想象中那么轻巧，颇有点分量，显然材质不错。

“还有，”范岱骄傲地宣布，“乖侄女，除了这把木剑外，叔叔还专门为你设计了一套剑法。只要乖侄女你勤加练习，叔叔敢保证，以后江湖上能超出你的人不会超过十个。”

不出十个？范小鱼挑眉轻笑。这个二叔，他还真以为她的志向那么远大吗？她想要的只是一个平静安稳、健康富足的生活而已。

“我也有！我也有！”见被叔叔抢了先，范白菜忙从怀里掏出一个小布包，双手奉送给范小鱼，小脸上满是期待，“这也是冬冬自己亲手做的。姐姐快看看，喜欢不喜欢？”

“谢谢冬冬！”范小鱼接过小包，先不忙着打开，而是在他脸上亲了一下，这才当着大伙的面一层层地揭开，躺在里面的是一串光彩动人的亮红色珠链，“啊，冬冬你哪里找来这么多野果子？”

范小鱼眼睛顿时一亮。仔细一看，那一颗颗珠子竟不是真的珠子，而是一颗颗椭圆形的红豆，但这种红豆又与范小鱼认知中的普通红豆截然不同，光是色彩和饱满一项，就远比以前见过的那种所谓相思豆漂亮了不止十倍。更难得的是，这么长一串项链，竟是每颗都十分透亮可爱。

“喜欢，好喜欢！这个我更喜欢！”

范小鱼拿起这串用红线穿起的项链，心里真正充满了惊喜。所谓爱美之心人皆有之，她现在虽然只是个小女孩，也毫不例外。但是范家家境所致，她整日忙着改善家境已是来不及，哪里还敢奢望买首饰。没想到这一生的第一件饰品竟是冬冬亲手所做。

听到姐姐的夸奖，范白菜脸上顿时俱是满足和开心，笑得双颊都红扑扑的，诱得范小鱼忍不住又亲了他一口，“姐姐太喜欢这件礼物了，再谢谢冬冬。”

“嘻嘻……姐姐，我给你戴上好不好?”

“好啊好啊!”范小鱼把项链给范白菜，自觉地伸过头去。

范白菜开心地给她戴上，拿出她半湿的头发，轻轻地重新放回肩上，“姐姐戴上这个真好看!”

“多亏了冬冬，姐姐才变好看。”范小鱼亲昵地用额头顶了顶他的。

“师姐，我原来不知道今天是你的生辰，昨天听冬冬说了才知道，所以……”见范岱和范白菜拿出的礼物都很漂亮，罗亶的手不禁缩在袖子里，迟迟疑疑地道，“我的礼物很难看……和冬冬还有师叔的都没法比……”

“不管是什么礼物，师姐都喜欢，只要你有一片心就够了。”范小鱼心情大好，轻轻地揽过他的肩头抱了一下，丝毫没有意识到其实自己现在比人家还小。

罗亶被她这么一揽，只觉得这个小师姐身上有一股幽幽的清香渗入自己的鼻端，一张帅气的俊脸顿时绯红了起来，说话更是结结巴巴。他咬了咬唇，从袖子里滑出一个小布包，低着头递了过来。

范小鱼微笑着打开，却见里头是一只木雕的小狗，虽然雕工有些粗糙，却透出一股可爱的憨态，两只小耳朵磨得光光滑滑，还有条小尾巴。

“呵呵……”范小鱼惊讶地看着自己这一生的生肖属相，“这是你自己亲手做的吗?”

“嗯。”罗亶低着头点头，面色更红。

“真可爱，我很喜欢。”范小鱼衷心地道，“才一天时间，你就雕出了这么可爱的小狗，亶儿真厉害。”

“真的吗？师姐你喜欢？”罗亶惊喜地抬头。

范小鱼笑着摸了摸他的头，“当然喜欢。这是你送给我的礼物，我一定会好好珍藏着这只小狗的。”

“嘻嘻，我就说姐姐一定会喜欢的。”范白菜也笑眯眯地依偎了过来，使劲顶着范小鱼的头。范通和范岱在旁边看着，只觉心里一片温馨欢乐。

不过范通一想到自己准备的礼物，顿时又紧张了起来。

“大哥，你呢？你给小鱼准备了什么礼物？”怕什么来什么，范通正在考虑是不是赶紧去重新准备一份礼物，范岱已拍上了他的肩头。

他这一问，三个孩子的目光顿时都投向了范通。范白菜是充满了好奇，罗亶也流露着想看的意思，只有范小鱼嘴角似笑非笑，说不期待，眼睛却又看着他，说期待，但神色又浅浅淡淡，好像本来就没寄予什么希望。

“我……”范通伸手入怀，脸上满是惭愧之色，“你们的礼物都是亲手做的，我……我却是买的。”

“不管买的做的，你倒是拿出来呀！”范岱催道。

范通深吸了一口气，伸出手握了什么东西在手中，道：“宝贝女儿，这个小礼物你先收着，赶明儿爹一定也亲手做一件。”

说着，视死如归般把大手伸到范小鱼面前，张了开来。一朵点缀着几颗小珍珠的粉红色绢花静静地躺在宽大的手掌之中。

范小鱼定定地看着那朵不论珍珠的大小、光泽，以及做工都极其寻常的绢花，既不说喜欢也不说不喜欢。众人都望住了她，又看了看额头上已经沁出细汗的范通。

说真的，四个人的礼物之中，确实就数他的最拿不出手了。

“我说老大，你怎么选了这么一朵破花给小鱼啊？就算你要给小鱼买首饰，也得买漂亮一点嘛！”范岱眼珠子转了转，故意责怪道。

“宝贝女儿，爹爹错了。你告诉爹，你喜欢什么，爹重新做给你，好不好？”范通羞愧地道，手一缩，就要把那朵绢花收回去。

“给我戴起来吧。”范小鱼淡淡地道。

“什么？”范通愣道。

“绢花不是拿来戴的吗？”范小鱼白了他一眼，嘴角却露出了一丝笑容。这个爹

的礼物虽然看起来寒碜，可今天的一切却都是他特意提前来布置的，这份心已经大于一切了。

“你傻了？小鱼是说喜欢这朵花，现在就要戴。”范岱推了范通一下。

范通顿时傻笑着咧开了嘴，忙捏起绢花，可是看着范小鱼还披散着的长发，他又犯难了，这花该怎么戴上去呢？

“爹爹好笨，戴在姐姐的耳朵上啊！”范白菜毫不客气地取笑道。范通恍然大悟，忙小心地给范小鱼插上，然后看着她傻笑。

“宝贝女儿，你不怪爹的礼物太小吗？”

“我们身上的这些，不都是你今天送的礼物吗？”范小鱼受不了地再白了他一眼，“还傻站着干吗？你不坐下，我们大家怎么开饭？”

“哦，对对，开饭开饭！”范通忙走到自己的位置上，却又急忙站了起来，跑到楼梯口去喊，“伙计，上热菜了！”

“哦哦，开饭咯，开饭咯！姐姐，来，吃糕点。亶哥哥，你也吃……”见姐姐和老爹之间的僵冰终于开始融化，范白菜的小脸顿时笑得如同春阳般灿烂，拼命地给大家分点心果脯。一时间，包括脸上还残留着淡淡红晕的罗亶，每个人心头都是暖暖的。

这样，才真的像个家，不是吗？

“宝贝女儿，现在饭吃好了，你有没有什么想要玩的？”当三个小孩的脸上都露出十分满足的笑容时，范通乐呵呵地问道。

“先不忙，你先说说这些钱是从哪里来的。”范小鱼摸了摸许多天来第一次感到吃撑了的小肚子，懒洋洋地道。

“好好。”范通连忙点头，然后干咳了一声，把昨晚的遭遇说了出来。

原来，他昨晚出去打猎时碰上了几个同样半夜出来打猎的猎户，一问才知道，他们是专门进山寻找一头去年出现的金钱豹的。附近的乡民家中的牲畜没少遭殃，无奈之下，大伙只好重金聘请了最有名的几家猎户，请他们进山猎豹。可惜那只金钱豹十分狡猾，猎人们已经连续搜索了五天，有时候刚找到它的踪迹，还未来得及布上陷阱又被它逃了。这是大伙儿本次最后一晚的追猎，要是还不成功，只好先回家休养几天再重来了。

范通闻听，自然是义不容辞地加入行列帮忙。后来的事情就没有多大的悬念了，范通凭着灵敏的感官和仔细的观察，很快重新找到了金钱豹的踪迹，用手中一根木棍活活地敲晕了它，让猎户们用绳子捆了起来。

“爹爹好厉害!”虽然范通把事情说得很简单，可小孩子的想象力是无穷的，范白菜第一个拍手，充满崇拜地道。罗亶也兴奋得两眼发光，显然十分庆幸自己的师父如此厉害。

范小鱼笑了笑，道：“那后来呢?”

也许是前世那种夸张描述武林高手的电视、小说看多了，她心里的惊叹并没有那么浓厚，反而觉得范通要是连只野兽都制伏不了，那就太对不起高手这个称号了。

范通憨憨地笑了笑，“后来那些猎户都围着我，说天亮后就带我去镇上找乡长领取赏银，还要让乡长敲锣打鼓地带我游街。”

范岱哈哈大笑道：“哈，还游街啊？不错，不错！怪不得刚才进镇的时候看到地上有那么多炮仗灰呢。我说老大，你怎么也不等我们来了再游街啊，也好让冬冬小鱼他们热闹热闹。”

范通摇头道：“我没去游街。”

范小鱼若有所思地道：“是你把功劳让给他们了，还是那些猎户抢了你的功劳?”

范通又摇头道：“他们没抢，是我主动提议让他们说豹子是他们打的。现在还不能确定官府有没有派人在找我们，还是不要把事情闹大的好。所以，我就和他们商量，只要事后分给我一部分的赏银就好了。”

说到最后一句，范通的脸有些发红，显然是觉得自己居然也这么世俗地向人家索取报酬，实在难以启齿。

范小鱼微微一笑，点了点头，“我明白了。”

“那个……小鱼，你不怪爹爹吧?”范通搓手道。

“怪你什么?”

“因为……因为乡里悬赏的赏银本来有一百两银子的，可我……我只要了二十两。”范通小心翼翼地吞吞吐吐。

“什么，一百两银子?”范小鱼失声道。

范通飞快地看了她一眼，马上垂了眼，弱弱地点了点头。

范小鱼只觉得一口气哽在喉咙间，瞪着范通几乎说不出话来。范白菜见到她这熟悉的神情，不由得又担忧了起来，生怕姐姐等一下又要开始发飙。

“一百两，一百两啊！”范岱在一旁使劲摇头，也不知道他是否明白自己是在火上浇油。

罗亶僵坐在位置上，被这诡异的气氛压住，只余下一双黑漆漆的眼珠在微微转动。他感到难以理解，为什么那么厉害的师父竟然会这么怕小师姐，好像小师姐不是师父的女儿，反倒是他的严母似的。

时间犹如放慢了十倍般，半晌才过了几秒。

范小鱼首先长长地吐出了一口气，道：“算了，二十两也不少了。”

包厢内又是一阵寂静，又半晌后，范通才不可思议地抬头看她，小心地求证，“小鱼，你不生气?”

“难道我们一家人的安全还不值八十两银子吗?”范小鱼故意板着脸道。这一次范通虽然把几乎白送上手的钱财推之门外，但出发点却是为了一家人的安危考虑，她有什么不能原谅的?只要他的一片心都是为了家人，哪怕只有二两银子，她也很开心。不过，话又说回来，如果范通真的只拿了二两回家，她保不准还是要发飙的。

“哈哈哈哈……大哥，你还犯傻呢！小鱼这是说你做得对，她不怪你。”范岱猛然发出一阵朗笑。他这个侄女，自从重新苏醒后性格就大变了，喜怒常常不形于色——不对，应该说是，喜的时候看起来像在生气，真正生气的时候呢，却反而笑得不知多么甜美。

“嘿嘿……嘿嘿……我就知道我的宝贝女儿一定会理解爹爹的。”范通眼神一亮，顿觉浑身都轻松了起来，同时不忘再拍一个马屁。

“嘻嘻……”范白菜也放下了心，开心地笑了起来。对他来说，没有什么比姐姐不生气更让人心安了。

“你也别急着说理解，我只是原谅你这一次而已。要是下次我们走远了，还有这么好的事情送上门来，你再推出去我可就翻脸了。”范小鱼想继续板脸，却忍不住自己也笑了起来。

“一定一定，爹爹以后一定努力赚钱养家。”范通立时挺起身板，像军人一般信誓旦旦地道，那好像在接受大将军巡视般的认真劲儿，又逗得大家一阵发笑。

“嘴巴说说有什么用，实际行动才是真的。”范小鱼撇了撇嘴，从腰间解下装铜钱的荷包，扔给了他，“既然我们现在有钱了，你去看看能不能找辆驴车吧！”

现在还没离开伊阳县的辖区，为了安全，还是不要耽搁的好。这些天风餐露宿的逃难日子她已经过够了，希望能早日赶到汝州好安定下来。

抬起头，看着洒满阳光的窗外，一丝微笑又浮上范小鱼秀美的脸庞。有了这剩下的十五两银子，虽说他们还是买不起房子，租一个小院子想必是不成问题的。

这一次，她希望自己能真正地拥有一个家，一个安安稳稳的小家，然后让两兄弟赚钱，冬冬和罗亶去读书，而她，也可以正式开始自己的学业：进一步了解这个时代，以及学武。

毕竟，既然范岱说她的身体天生是练武的好料子，而她也的确从奔跑中体验出了拥有轻功的美妙，那么，这份天赋，总不该浪费了，不是吗？

未来，定会一天比一天好起来的！

第十章

田园生活好惬意

三年后。

又是一日的黄昏，四月的夕阳照在人身上，不冷不热，伴随着春末的清风，让人的心肺里充满着快乐的空气。

风穴山山脚，一湾源自深山的溪流，如一条美丽的白绸，贴着地面蜿蜒而出，经过峰林、山谷、村落、田野，一直绵延向东。

溪流时急时缓，时宽时窄，湍急处落差有一两米，白色的浪花不住飞腾；平缓处流水潺潺，游鱼水草清晰可见；若遇有特别宽敞所在，便隔两三里有一座拱桥，如彩虹般连接两岸；再窄一些，便搭上一两块长条石板，供行人或耕牛和推车行驶；至于更狭窄的地方，也许会架有一根独木，也许只在溪流中间沉上几块大石，踩在其上，便可欢乐地跳跃而过。

“亶哥哥，看，是姐姐！嘻嘻，我们来吓姐姐一跳。”

这日范白菜放学回来，远远地就看见在几块石头和石板桥中间，有个淡绿色的身影正蹲在溪边，低垂着一头黑亮的长发洗菜。他拉住罗亶，示意他猫下腰，悄悄地借着庄稼丛的掩护，从上头的石板桥上绕过去，顺便从地上捡起两颗小石头，并塞了一颗给罗亶。

罗亶好笑地抿住了嘴，跟在他的后面。两人偷偷地走上石桥，然后范白菜手一扬，那颗小石头不偏不倚地刚好投进离淡绿色的身影只有一米的水中，恰恰溅起几滴水珠落在她的身上。

不过石头只有一颗，虽然范白菜再三示意，罗亶仍把石头紧紧地握在手里。

“好啊，是你们两个小坏蛋。”那个淡绿色的身影正是范小鱼。她正哼着歌儿洗菜，突觉异动，下意识地伸手挡了一下脸，接着，一双明亮如春光的眸子从素白的手腕下露了出来，见到桥上的两个身影，不由起身笑骂道。

“哈哈哈……”范白菜直起身，一手压住斜挎的书包，撒腿跑了下来。他绕到范小鱼身后，一下扑上她的背，撒着娇问道，“姐姐，今晚我们吃什么呀?”

“吃什么？吃小白菜。”范小鱼用湿漉漉的手准确地捏住范白菜的小鼻子，微微用力地拉了拉，眼眸里满是笑意，“人家说越长大越懂事，你是越长大反而越调皮了。”

“我一直很懂事啊，村里的叔叔伯伯爷爷奶奶们都夸我是个乖孩子呢。嘻嘻，姐姐要吃白菜，那我也要吃鱼，香喷喷的炸小鱼。”范白菜嘻嘻笑着，一边把自己的鼻子拯救出来，一边不忘把手伸到范小鱼的腋下去搔痒。

这三年来，由于范小鱼用心经营，他们一家总算过上了有史以来最平静安稳的生活，虽说离范小鱼梦想的小康生活还远，但起码也是丰衣足食，不愁吃穿了。没有时常的饥饿威胁，不需要再颠沛流离，姐弟俩的身板就像那春天的小草，很快就茁壮地成长了起来，个头更是增高了很多，甚至比同龄人还要稍稍高出那么一点儿了。

生活条件好了，心情自然也顺畅了许多，白菜这个名字不再成为绝不能提的禁忌，有时候还会被姐弟俩拿来开开玩笑，就比如今天。

当然，如果某两个大家伙又“不小心”犯错的时候，这个名字还是绝对不能叫的，谁叫谁倒霉。

“想要吃小鱼，自己先去抓来。”范小鱼笑弯了腰，反过去呵他的痒，姐弟俩扭成一团。

“冬冬，小心点，师姐还站在水边呢。”一个粗嗄中含着一丝低沉的声音适时插了进来，正是才从儿童升级为少年，处于变声阶段的罗亶。

对一个十二岁的小男孩来说，三年的时光足以磨去他最初加入范家时的那份沉默和过于拘谨的小心，身段的发展和武艺方面的进步更使得他隐隐拥有了少年的沉稳和骄傲，那个头往上蹿的速度更是范小鱼兄妹俩羡慕不已的。

“好了好了，别闹了！等一下姐姐，姐姐马上就洗好菜了。”范小鱼轻易地捉住弟弟的两只手，亲昵地推了他一把，同时微笑着瞧向旁边的罗亶，“亶儿，你盯着冬冬一点，免得他又来偷袭我。这个小捣蛋，最近越来越调皮了。”

“好。”罗亶忍笑道。

“姐姐偏心，我才没有调皮呢。”范白菜嬉笑着在范小鱼身边蹲下，看她熟练地掰开青菜洗去根部的泥沙，反过来告状道，“亶哥哥真没意思，一次都不敢欺负姐姐。刚才我让他也扔小石头，可亶哥哥就是不敢，还偷偷地把石头扔了。嘻嘻……”

“家里有你一个小顽童已经够了，要是亶儿也像你一样，那还不闹翻天?”范小鱼笑着和他斗嘴，同时麻利地把洗好的青菜装入藤篮中。她站起来转过身，顺手将一缕青丝勾在耳后，笑道：“走，回家吧。”

“哦，走咯，回家咯!”范白菜蹦跳着跃上一块石头，又跳了下去。

虽然他到现在还是坚持不肯练武，只偶尔跟着范小鱼和罗亶耍两下，权当锻炼身体。不过他多少也学了些轻功，身手较普通孩子灵敏得多，加上他身边一直有罗亶保护，不曾再受欺负，久而久之，大家也就随他去了。

“师姐，我来拿吧。”罗亶粗着嗓子道，一只手已经伸过来握住了挎柄。

“好。”范小鱼也不跟他客气，顺势松手，微笑道，“亶儿，今天学堂里有什么好玩的事吗?”

“和平时一样，不过明天又是休沐日了，可以不用上学。”罗亶飞快地看了她一眼，马上目不斜视地看向前面，脸上却已微微地发热。

“对哦，明天是休沐日。这样吧，明天我们索性去风穴寺玩好了。”被罗亶一提醒，范小鱼这才想起明日又是中旬末了，便提议道。

“啊，好啊好啊!”前头的范白菜耳尖地听到，兴奋地返了回来，拉着她的手向不远处的村子跑去。

前面那最东边的、墙外就是一颗大槐树的小院子，就是他们的家。

夕阳的余晖斜斜地照射在姐弟俩的身上，犹如给他们镀上了一层金黄色的光环。淡绿色的衣裳在空中翻飞着，犹如一只美丽的蝴蝶，别样地吸引住人的目光。

这三年来，小师姐越变越好看，不说村子里，就是他们常去的镇上和城里，也从不曾见过第二个女孩像小师姐这么漂亮。可是，为什么，他现在反而越来越不敢正眼看她了呢?

罗亶痴痴地看着，不觉间竟忘了走路，直到范白菜回头招呼，才恍然应了一声，略带黝黑的俊脸上，早已起了一层淡淡的绯色。

“死狐狸，你别跑！让老娘抓住非扒了你的狐狸皮不可!”

三个人正快快乐乐地向家里跑去，村东突然传来一声高亢的尖叫声。三人才一愣，一个火红色的身影已闪电般从槐树后向他们扑来。

范小鱼眼明手快地一抬手，准确而轻柔地掐住了那团红影，把它抱入怀中，低声笑骂道："贝贝你要死啦？你明明知道那个白骨精不好惹，怎么又去招惹她？下次你再调皮，我就把你送给她，让她好好地收拾收拾你。"

"呜……呜……"红色的身影眨了眨无辜的眼睛，撒娇似的在范小鱼的怀里扭了扭，同时翘起尾巴盖住了自己的脸。

"藏起来也没有用，谁让你屡教不改，牵牛下海！"

居然拿尾巴遮脸，晕倒！真不知道它是从哪里学来的这个动作，范小鱼又好气又好笑，笑着捏了一下它那尖尖的耳朵。贝贝哼哼两声，越发地往她怀里钻。

这条小身影正是已经三岁的赤狐贝贝。现在的它早已不见婴儿时期毛色又短又杂的模样，不仅毛质柔软光滑，浑身上下除了腹部是白色之外，皆为一片艳丽的火红，就连尾巴和四肢也是如此，和寻常的色杂足黑的赤狐大为不同。就是见多识广的猎户见了也啧啧称奇，纷纷说以前别说是没见过这种纯色的品种，就连听也没听说过。

小狐狸贝贝似乎也知道自己的与众不同，因此很有一番性格，加之跟随范小鱼日久，不知怎么的，染上了和她一样的毛病，那就是既爱记恩也爱记仇。

它随着范小鱼一家初来这个村的时候，因为还未断奶，常常到村里那个瞎眼的阮婆婆家借山羊奶喝。后来它慢慢长大，还时不时地跑到田野里，和一起长大的山羊们玩耍。等到它自己出去猎食了，有时候还会给阮婆婆家叼一只小兔子什么的。村人因此还取笑贝贝应该取个别名叫小羊羔才对。

可是对待另一户，也就是和范小鱼家仅隔二三十米的姚家，就完全不一样了。

恩怨是从贝贝刚成年时，偷了姚家的一只小鸡开始的。虽然事后范小鱼狠狠地教训了贝贝一顿，又赔给了姚家两只山鸡、一只野兔，可是那长得像白骨精的姚家大婶却从此不依不饶，硬占着这件事是范家理亏不放，时不时就要范通给她家做这个做那个。

范小鱼虽然新来乍到，外表也豆芽般纤瘦，却不是一个能什么都忍气吞声的主。面对这种得寸进尺的女人，她立时先以甜美无害的笑容稳住了对方，然后在不知不觉中就将白骨精绕进了话圈子，糊里糊涂地答应只要范家赔一只小鸡了事。

于是，范小鱼很容易就从一向与她不和的妯娌姚二婶家买了一只小鸡赔给她，顺便还"十分小气计较"地把姚家还没来得及吃掉的野兔拿了回来，转手送给了姚二婶，以请她作证，从此以后范家再也不欠白骨精家。

这件事很快就被多嘴多舌的姚二婶在村子里传得沸沸扬扬，接着又传到邻村，没多久大家就都知道了范家有个聪明的女儿，再加上后来发生的几件事情，更让大家十分清楚，虽然范家老大极喜助人为乐，且老实可欺，但要想占范家便宜，却不是那么容易的。

原本那事也就这么过去了，毕竟小狐狸是牲畜不懂事，可之后白骨精却对范家怀恨在心，有一阵子甚至天天来听墙根，想挖出范家有什么秘密。在被范小鱼发现，将计就计地设了两个小陷阱，让她吃了点苦头后，这仇怨更是结大了。

范家兄弟虽然不会种田，平时只靠打猎和帮工为生，但还是租了块菜地，种了点平时吃的蔬菜。白骨精明着讨不了便宜，居然半夜溜到范家的菜地里，把他家的菜都连根拔起，扔得到处都是。

这一下，可把范小鱼彻底惹火了。

第二天晚上，到了就寝的时间，姚家突然传出惊天响的惨叫声。白骨精和她的丈夫只穿着内衣就冲出了家门，大呼家里都是蛇虫，破口大骂说范家捉弄他们，直惊动了所有的邻里。可等大家举着火把、拿着棍子到她家一看，却哪里有虫蛇的踪影？

虫蛇既然不见，姚家的指控自然也没了证据，可姚大婶非要坚持自己确实亲眼看见床上都是恶心的虫蛇，结果徒落得大家一通指责和嘲笑。谁也不知道，在范家的柴房里，范岱正开心地蹲在地上，摸着津津有味地吃着虫子的小狐狸贝贝。

从此以后，白骨精再不敢轻易来惹范家。不过小狐狸贝贝却不肯放过他们家，时不时偷偷溜进姚家，追着鸡鸭一通吓唬，却又不咬死它们，把姚家的院子整得鸡飞鸭叫，鸡毛鸭毛到处飞舞，又机灵地每次都不让白骨精抓住，让他们家拿不到证据。

今日的情景显然就是如此了。

“臭狐狸，小崽子，等老娘抓……呃……”

范小鱼刚刚笑骂了贝贝几句，就见白骨精手里拿着一根竹竿气急败坏地追了出来，满脸的气势汹汹。见范小鱼笑吟吟地望着自己，她下意识地把竹竿往身后一藏，可那么长的一根竿子，她又怎么藏得住？

“怎么，姚大婶，我家贝贝又哪里得罪您了？”

范小鱼笑眯眯地明知故问。这个白骨精天天追小狐狸追习惯了，倒是不知不觉锻炼出一副健康的好身体，一改原来惨白的僵尸样。所以，从某种程度上来讲，小狐狸也算是为她家做了一件大好事呢！

“哼，天杀的小畜生，总有一天……”白骨精没好气地翻了个白眼，假装没听见范小鱼的话，嘀咕几句扔了竹竿回头向自家院子走去。

这三年来，她早已学会了不跟范家这个小丫头斗嘴，因为，每一次斗到最后，她便会发现，所有的理好像都在小丫头片子那边。何况村里没有一户人家没受过范家的恩惠，就算她想要找人理论，至少表面上没人会站在她家那边的。

哼，等着吧，总有一天，她一定会连本带利地把这几年的新仇旧恨都报复回来的。

“贝贝，来!”范白菜把小狐狸抱了过去，顶着它的尖鼻子玩，嬉笑道，“贝贝，你真是好样的！一次都没被她抓到，真厉害!”

完了，她家这个善良的小正太现在也开始变得有点邪恶了，居然夸老是捉弄人家的小狐狸。不过，谁让那个白骨精从来不给他们家人好脸色看，时不时就在远处翻个白眼、吐个口水呢?

这个村里好人太多，生活太平静，要没有一两个小人搅和搅和，日子也怪无趣的，不是么?

望着白骨精悻悻的背影，范小鱼不自觉地勾起一抹微笑，揽着范白菜招呼了罗亶一声，绕过槐树走向院门。

次日，天刚蒙蒙亮，范小鱼就习惯性地起来了。穿好衣裳，束好袜靴，随便地将头发扎成马尾，她提着几年来一直在使用的那把木剑和一个小包袱，悄然无声地从窗户跃了出去。

“师姐。”院内照例已有一个高壮的身影在等候。他的手上也拿着一把武器，细看却是一把厚重的木刀。和范小鱼不同的是，他另外一只手拿的却不是包袱，而是一只竹篮。

“嗯，走吧。”范小鱼低声道。

两人展开身形，并肩而行地一起纵向后山。凌晨的风还带着一丝夜间的寒意，扑簌簌地吹在范小鱼的单衣身上，直侵肌肤。范小鱼却不躲不闭，正面迎了上去，让自己的身心完全地放松在这带着露珠和泥土芳香的气息中。

两人沉默地小跑了一阵，小村子很快就被甩到身后，眼前的山林慢慢清晰。进山后，两人熟练地找到一处峥嵘的岩石堆，各自把包袱和篮子往地上一放，跃上岩石顶。范小鱼轻喝了一声，率先发起攻击，两人就在石堆上你来我往地交起手来。

此刻山林未醒，鸟儿未起，极薄的烟岚在林中微微地飘荡着，模糊了下面的灌木和草地，却衬得那两个在石上时不时跳跃而起、再猛扑而下的人儿犹如仙界中人。

渐渐地，空气里似有一点清香升起，不知是早开的野花的芬芳，还是来自某人不住挥洒的香汗，隐隐的，淡淡的，却又仿佛无处不在般，钻入了罗亶的鼻中，犹如一只调皮的纤手，若有若无地拨弄着少年初开的情窦。而那一束飞扬的黑亮，更是不时随着主人的动作上下飞舞，犹如最欢快的舞蹈，恍恍惚惚地，罗亶仿佛又听到了那脆如百灵般的笑声。

咔……

刀剑相交，一股毫无保留的大力震得罗亶身影一晃，后退了一步，却忘了自己正在石头上，身体顿时失去平衡。

眼见他就要摔向底下的乱石堆，一只素手及时捏住了他的衣襟，微一使劲，罗亶往后仰的身体已被重新抓了回来。身体的失控，以及从脊背处泛起的冷汗，顿时让罗亶从迷幻中清醒了过来，一抬眼，一双近在咫尺、灿若星子却又发出逼人光芒的眼眸正在狠狠地盯着他。

“亶儿，你搞什么！连我这么一点力道都挡不住，你是存心让我吗？跟你说过多少遍了，练习的时候一定要全力以赴！”范小鱼毫不客气地骂道。幸好刚才刀剑相触时她就感觉罗亶的力气不对，及时地出手，否则这家伙今天要吃点苦头了。

咦，她怎么就没想到其实应该让他吃点苦头啊？免得他老在练武的时候放水。

“我……”罗亶俊面顿时大红，想要开口，鼻中却越发敏感地闻到那缕香气，透过已经汗湿的衣襟，更是可以清晰地感受到她抓着衣襟的手指关节抵着自己的胸膛。一股莫名的震颤顿时从他胸口急速荡开，浑身的血液犹如被号召般，瞬间沸腾了起来。

“我什么我！亶儿，你最近到底是怎么回事？怎么老在练武的时候分神？使出来的力气就像挠痒痒似的，连只蚊子也拍不死。你知不知道，若是刚才你面前站着的是真正的敌人，像你这么心不在焉的，早就被人家一剑刺死了。”范小鱼根本就没察觉到这个比自己还大三岁的小师弟的心思，继续劈头劈脑地训道，同时放开了抓着他衣服的手。

虽说学武并不是为了争强好胜，可既然学了武，就要好好地练，因为江湖中人可不管你分神不分神。你若不学武，有些人可能不屑欺凌你，但若是你已经习了武，便算是江湖中人，和人交手哪怕是输了性命，也只能说是技不如人。

可是站在我面前的不是敌人，而是你。

罗亶忍不住在心里驳了一句，但面上却止不住羞愧，垂眼道：“对不起，师姐，是我不好。”

“重新再来！要是再分神，我可不客气了。”范小鱼瞪眼道。她也不伸手去抹脸上的汗珠，像是后脑长了眼睛般往后一跃，以金鸡独立式立在另一块大石之上，调整了一下呼吸，就要重新发动进攻。

范岱平时对她疼爱归疼爱，教武功的时候却是丝毫也不留情。一次，两次，三次，范小鱼只要一分神，他那根教棍就会落在她身上。不管是手臂还是大腿，又或者是最不痛但最让人恼怒的小 PP，反正只要不小心，那根棍子就会像蛇一样灵活地施以惩戒。久而久之，范小鱼被迫养成一旦开始练武或喂招，就绝对全神贯注、全力以赴的好习惯。

“是。”范小鱼的连番训斥和凛然的表情，让罗亶心头刚荡起的一点旖旎立时如被寒风吹散。他深吸一口气，压下异动，凝力在手，随时准备承接范小鱼迅猛的攻势。

他这个小师姐年龄虽小，却像师父和师叔说的，真的是天生的练武奇才，而且有一股神力。他虽年长三岁又是男孩子，按理说力气该比她大很多，可是最近一年来，每次喂招，若不尽上全力，他还真有些吃不消她的力道。

这小子，才十五岁就想这些花花心思，难怪每次都打不过我的乖侄女。不过话又说回来，像我乖侄女这般玲珑心窍、一点即透，还能自行举一反三的人才，天底下哪里还能找出第二个呢！

不远处的一棵大树上，满面粗黑胡子的范岱跷着二郎腿坐在一根树杈之上，嘴里咬着一片叶子，得意地注视着岩石堆。只是看着看着，他突然想起了多年前第一次遇见某人的时候，某人似乎也才十五岁。

一晃又三年过去了，那个如今已经二十又二、早已不是小姑娘的女子嫁人了吗？她现在心里一定还恨着自己吧。不过也许人家早已淡忘了他。毕竟，作为皇家郡主，就是再怎么纵容她，也不可能这么大还不许人吧！

算了，想这些东西干啥！反正范家有了冬冬这根苗子，他范岱也无所谓成亲生子，就这样一辈子笑傲江湖吧！英雄么，总是一个人更有气概，一旦儿女情长气就短了。

“好了，今天还要去寺里玩，就先练到这里吧。”大概练了半个时辰，看看天色越发明亮，范小鱼便收起了剑，到老地方沐浴去。等她回到这里，罗亶的小竹篮里已经装满了新鲜的草菇。

“亶儿，你有心事，是不是？”回去的路上，范小鱼总感觉到罗亶的目光落在背

后，但一回头他又避开，不由诧异地问道。

“啊？哦，没有，没有。”罗亶不敢看她的眼睛。

“你说谎。”范小鱼直接陈述道，眼神炯炯地盯着他，“这些天你一直不对劲，一定有什么心事。亶儿，我是你师姐，我们是一家人，你有心事为什么不给我说呢？”

“我是你师姐……”这句话落在罗亶的心里，顿时翻起了个古怪的泡泡，但也同时让罗亶有些不在焉的心神冷静了一些下来。他定了定神，努力保持镇定的神色，道：“真的没有，我只是……只是在想这一套刀法我已经练得差不多了，接下来师父会教我什么，才能和师姐你对抗而已。”

“呵呵，你不会是觉得一直没赢我，很没面子吧？”范小鱼想起练功时他的走神，不禁抿嘴一笑，原来是因为这个啊！

“不是。”罗亶粗哑着声道，否决出口后才突然发现，自己似乎真有那么一丝不甘。

师叔说得没错，小鱼是个天生的练武奇才。她虽然练武时间不多，但每次练习时却非常勤奋，因此过了最开始打基础的一年后，她的进步几乎可以说是日新月异。虽然师父说他的资质也不错，可比起这个小师姐来，相差得却不是一点半点，至少有时候师父讲解招式时，他需要细细体会方能领悟，而她却已经开始尝试连贯了。听说她在开窍之前就已经习武多年，这样积年累月下来，到如今他已经跟得非常吃力，恐怕再过不久，就在武学上的成就来说，他真的只能当一个“小师弟”了。

“还说不是，明明就是。”范小鱼轻笑道。她抢上一步，拍了拍他的肩，开玩笑道：“安啦，小师弟，不要以为输给你师姐很没面子，你没听见二叔说么，我可是天生的练武奇才哦！到了将来，说不定会成为江湖第一高手呢！就算你输给了我，那也是输给未来的江湖第一高手，有什么好丢脸的？嘻嘻……别想了，快回家吧。做好了包子，我们还要上山玩呢！”

说着她轻啸了一声，轻盈地向前跃去。她最爱这种自由地和风相伴的感觉了，唔，早晨的空气真好啊！

不，他一定要更努力！他现在已经是堂堂的男子汉了，就算资质不如小鱼，也绝不能让两人之间的差距太远，也许，他应该再多花一些时间来练习。

熟能生巧，勤能补拙，师父一向是这么教育他的。他深信，只要自己勤加练习，总有一天，一定能比小鱼强的。不仅因为他比她大三岁，更因为他是男人，因为他想要保护她。倘若连武功都不如自己想要保护的人，那他还哪来的资格站在她身边？

所以，他一定要加倍努力！

想到自己的目标，罗亶不禁激情昂扬，忍不住放开喉咙，长啸了一声。

“傻子，喊这么响亮干什么！你以为是公鸡打鸣呀？小心被别人听到。”

寂静的清晨里，罗亶陡然一声震彻山林的长啸，不但没有引发某人的豪情，反而被半开玩笑地训斥。

罗亶的壮志顿时被一盆冷水浇灭，冷汗顿起，急忙闭口跟上。他怎么竟然忘了他们是在隐居呢！

晨曦透亮，大地苏醒。

充满清新气息的风穴山上，一条寻常的小径在林坡间时隐时现，斜地里不时有一两根枝丫伸出，或是爬满了点点片片的绿叶，或是点缀朵朵粉嫩的春花，让人瞧了，非但没有被挡路的懊恼，反而觉得这春日的山野之中无不充满别样的野趣。

“冬冬，快点！太阳马上就要出来了。”解了马尾重新梳成双髻的范小鱼，早就站在一座峰顶，大声催着落下了一大截的范白菜和罗亶。

在她身边窜来窜去的贝贝听到她的呼喊，也望着来路仰起头高亢地叫了两声，火红色的身影在绿色的灌木丛中格外的显眼。

“日出有什么好看的？还不是每天都一样？”一旁的范岱懒懒地靠着，就要去拔葫芦塞。

“二叔，早上空腹喝酒不好。”范小鱼眼尖手快地一把抢过他的酒葫芦，抢白道，“不是跟你说了，就算要喝也要先垫一下肚子吗？”

范岱无辜地看着她，“可我没垫肚子的东西吃。”

食盒在罗亶的手中，而罗亶又要陪着速度最慢的范白菜，结果吃亏的就是他了。

“冬冬上来不就有的吃了？”范小鱼又好气又好笑地瞪了他一眼，探头往更下面的来路望了望，问道，“二叔，我爹说他大概什么时候能回来？”

“今天这批货有点远，没有意外的话，大概半个时辰后吧。”范岱站起身，伸了个大大的懒腰，嘀咕道，“冬冬怎么就偏偏不肯学武呢，连爬个山路都这么慢，有

意思吗？”

他这种抱怨范小鱼也不知道听过多少次了，当下也懒得理他，正准备再鼓励范白菜加油，耳中突然似乎听到了一声微弱的声响，她不由一怔，“二叔，你听到了吗？”

“什么？”范岱随口道。他凝了一下神，然后几乎和范小鱼一起掠到悬崖边，向下探去。

“救命……”这一次，他们不仅清楚地再次听到求救声，同时也清清楚楚地瞧见，就在离崖顶一丈左右的地方，悬着一个背着竹篓、双手紧紧抓着一块岩石、双脚却悬空的灰色身影。

他的身下三四米处有一堆尖形锋利的乱石，若是不小心掉落下去，即便不摔个手折脚断，也一定会被石头刺穿躯体。悬崖下最招风，此刻晨风正呼呼地掠起他的衣袍，吹得他命悬一线，惊险至极。

呃……是个和尚？范小鱼一眼就瞧见了那个光秃秃的头颅。

“救命……”那个和尚感到上面有人，忙挣扎着仰起了真正灰头土脸的面容，虚弱地呼道。不过岩壁上丛生的一些小植物正好挡住了他的面容，一时间范小鱼倒也瞧不清他的样子和年岁。

“我去救人。”范岱一动，就要跳下去。

“等一下。”范小鱼忙拉住他，低声道，“二叔，你忘了，我们不能随便显露武功的。”

“可是不下去怎么救人？”范岱愣道。

“用树藤啊。既然他能在这里支撑这么久，一时间应该不会有事。我们马上找树藤下去，一样能救人。你守在这里以防万一，我去找树藤。”范小鱼白了他一眼，对着崖下喊道，“大师，你坚持一下，我们马上就来救你。”

说着立刻转身招呼罗亶上来。

“真是麻烦。”范岱摸了摸鼻子，暗地里却提起神来密切关注着那个和尚，打算一有不对立刻跳下去。

幸好这是在山上，寻些藤条倒挺简单的。众人很快就把多条树藤缠在一起，合并为一条长藤，然后把一端绑在树上，假装不会武功的范岱把树藤缠在腰际，慢慢下去，很快就把那个和尚给拉了上来。

“阿弥陀佛，多谢众位施主搭救，小僧空色感激不尽！”

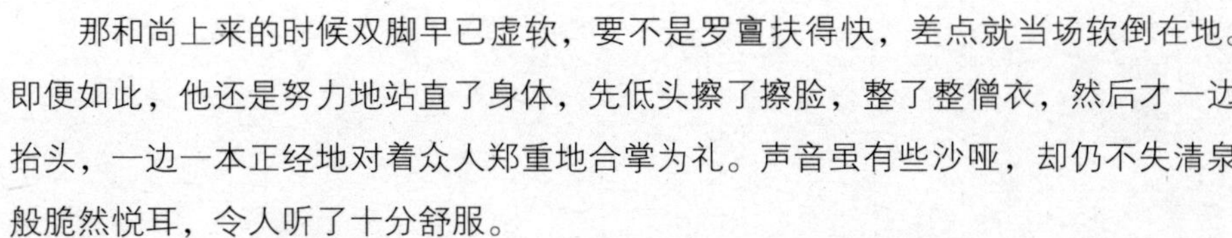

那和尚上来的时候双脚早已虚软，要不是罗亶扶得快，差点就当场软倒在地。即便如此，他还是努力地站直了身体，先低头擦了擦脸，整了整僧衣，然后才一边抬头，一边一本正经地对着众人郑重地合掌为礼。声音虽有些沙哑，却仍不失清泉般脆然悦耳，令人听了十分舒服。

“空色师父不用客气，我们只是举手之劳而已……”范小鱼也合掌还了一礼，目光很自然地落在他的脸上，这一瞧，她的眼睛一下子犹如被吸住一般。

哇噻，这个小和尚怎么长得这么俊美啊！

那张方才还沾满黄土的面容在被简单地擦拭以后，简直犹如一块埋没在土中多年的珍奇美玉被抹去污泥一般，一种沁人心脾的温润立时藏掩不住地释放开来。再仔细扫过他那完全呈现在初升阳光下的清秀眉眼和鼻唇……天哪，范小鱼忍不住从心里发出一声叹息，这样的美男子居然舍得当和尚？简直是暴殄天物啊！

“咦，小师父，你是这风穴寺里的和尚吗？我怎么从未见过你？”男人对男人的抵抗力毕竟强上百倍，尤其是对范岱来说，范小鱼还在惊叹，他却已极快地回过神来，不解地问道。

“小僧跟随师父云游四方，半月前才来寺中挂单。小僧略通医理，有时也会上山采药，不想却不小心失足了，幸好遇见各位施主，小僧不胜感激。”空色温文尔雅地合掌答道。他十分有礼，模样儿虽有些狼狈，气质却清新脱俗，还蕴涵着一股特有的超然，若不是见他穿着僧衣，范小鱼真以为他是哪家的名门公子。

“不用客气，小师父还是先坐下休息一下，喝点水吧！”范小鱼笑着，示意罗亶和范白菜搀扶着嘴唇已十分干涩的空色走到一旁。

空色礼貌地道了声谢，才接过罗亶的竹筒喝了起来，连入座喝水的动作也十分优雅从容。范白菜取了包子给他吃，空色先谨慎地问过是什么馅，知道是素的，才合掌念了声阿弥陀佛，从怀中取出一方白色的绢帕，接过包子斯文地吃了起来。

哈，和尚还带手绢？貌似还是第一次听说，哦，不，是第一次看见。他真的是和尚吗？怎么她觉得这个小和尚除了剃了光头穿了僧服外，浑身都找不出一丝和尚味儿呢？嘻嘻，要是出家人一个个都长得像他这般，寺庙里的香火保准儿火热个通天红。

想着众信女们都醉翁之意不在酒地围着这个小和尚的情景，范小鱼忍不住偷笑。

第十一章

风波乍起了

待空色休息了一会儿后，原本就要去风穴寺的众人理所当然地带着他一起下了山。

走了一段山路，又翻过下面一点的一个山坡，那一座被掩映在参天大树之中、依山就势而建、虽古朴简洁却不失严肃的庙宇，很快出现在眼前。自上而下望去，清晰可见正殿之前那只飘着缕缕香烟的大香炉，当然，更为引人注目的还是那一座巍然而立的七祖古宝塔。此刻山风徐徐，高耸的塔身之上，每层宝塔四角所悬的铃铎随之发出悦耳的叮当声，汇合着四处的百鸟鸣叫，犹如祥和的仙乐。

众人到了寺中，住持和空色的师父免不了又对范小鱼等人道了一番谢，然后才让人扶着空色去休息。

范小鱼原本以为能有空色这么一个出色的徒弟，师父也一定有点特别，但见了后却发现只是个年过花甲、眉毛花白的普通老和尚，容貌谈吐都没什么奇处，便让范白菜和罗亶各忙各的去，她自己则熟门熟路地来到一个最简陋的偏殿中盘坐下来，例行静心。

若在往日，她这一坐便能坐一个时辰左右，但今天才冥想了片刻，就感觉有人踏进了偏院，中间还伴随着谈笑之声，显然是有香客或游人进来了。

范小鱼起身自窗棂中望出去，只见来的都是锦衣华服的男人，不是看起来骄昂不可一世的，就是脑满肠肥之类，心中顿生厌恶。她略一思索，便快速蹿到佛像后隐蔽了起来。这寺是和尚寺，她一个豆蔻少女既不礼佛也不参拜地盘坐在一旁蒲垫之上，感觉总有些奇怪，何况这些人一看就讨厌，还是避一避好了。

“林大人，此处景致还算不错吧？”一个声音谄媚地道。

“嗯，还算可以。”随即响起的是一个官架子十足的声音，“只是这庙宇未免太简陋，这菩萨也太小了，远不如我道家门第。”

“那是当然，那是当然。”原来那个声音忙附和道，“这样的小庙哪里能容得下尊贵如大人您呢？大人，不如我们前去游一游那宝塔如何？”

“嗯。”

来人寥寥数语就重新还给了范小鱼一个清净。确定他们离去之后，范小鱼重新盘腿坐了下来。这些人虽然有些讨厌，不过和她没有关系，就像看到几只老鼠跑过，她总不能一定要追上去打个半死吧。

撇了撇嘴，范小鱼很快把此事抛在脑后，再次静坐了起来。可今日似乎注定不让她安稳似的，没过一会儿，外头又有脚步声响起，这一次大概来了三个人。

范小鱼翻了个白眼，只得再度起身躲避。

这下可不会有人来了吧？

三人走后，范小鱼再次从佛像后走出来，郁闷地看了看外头，欲待再坐下，想了想还是作罢。算了，今天游人这么多，谁知道等下还会不会被打扰呢，索性出去转转吧。

正走着，忽听有人叫她，范小鱼回头一看，却是寺中的一个小沙弥正疾步向她走来，说是住持有请。

“大师您太客气了，只是小事一桩嘛。大师，那我先去厨房看看有什么菜，若是不全，我再去准备一点。”听完住持为难的请求后，范小鱼笑道。她还以为有什么为难事呢，原来只是因为小厨师父生病了，请她帮忙烧几个菜而已。

“如此多谢小施主了。若是需要买什么，您交代智全就是了。”住持微笑着点头道。他顿了一顿，似是有些犹豫，终究还是无奈地补充了一句，“方才是县丞大人亲自来吩咐，说那位林大人尤喜精致的美食，这斋饭还请施主费心些。”

原来今天来的居然是那个庸才贪官县丞！不用说，这个吩咐一定差不多就是命令了。也许那个县丞还放下了招待不好那个林大人就要怎么怎么样的威胁，否则住持也不会特意地来请她烧菜了。

范小鱼心中厌恶，面上却丝毫没有表现出来。毕竟对她而言，这一餐的意义并

不是烧菜给狗官吃，而只是单纯地为风穴寺帮个忙而已。

和住持寒暄了两句，范小鱼便前往厨房。

当了几年的家，整治一桌素菜对范小鱼来说自然不在话下，顺便她也给自家人准备了一份。只是眼看都中午了，本来说好要一起来的范通还不见踪影，不用说，一定是又去帮谁了。范小鱼无奈地摇了摇头，便让范白菜和罗亶先吃，自己则径直去山上找范岱。

“二叔，二叔，你在哪儿？吃午饭啦！”

离开风穴寺后，范小鱼首先奔向寺东的大风穴洞。没喊上两声，一个人影突然从洞里蹿了出来，一只手迅速抓向她的手腕，“嘘，别喊，跟我来。”

“二叔，你不会又闯祸了吧？”那人伸手过来的时候，被猝不及防吓了一跳的范小鱼差点一拳挥出去，幸好她及时听出了他的声音，这才发现眼前披头散发的人就是范岱。看他这副样子，她本能地猜测。

“先别说话。”范岱肃然警告道。他回头看了一眼洞口，再四下一瞧，见前方有一株茂密的大树，立刻拉着范小鱼纵上去蹲了下来，“藏好不要乱动，屏住呼吸。”

范小鱼疑惑地皱了皱眉，欲待发问，可看他的神情又不像是在开玩笑，便依言屏住了呼吸，往下面看去。几乎就是六七秒的工夫，那个大风穴洞口处就疾快无比地冲出两个手持钢刀的身影来，如烟般从树下掠过，直冲向前方，其轻功竟和范氏兄弟不相上下。

“走。”他们二人一过，范岱就用极低的声音道，并立刻拉了范小鱼跳下树，往大风穴洞口奔去。他故意在洞口处踉跄了一下，踩了两个脚印，然后带着范小鱼拔地而起，跃到一丛灌木之后。

满头雾水的范小鱼才跟着蹲下，什么都还来不及询问，就见刚才那两个身影已返了回来，箭一般冲上了那棵大树，然后又同时跃下，站在树底互看了一眼。

“没有。”

“奇怪，前面也没有痕迹。”

两人各说了一句，突然默契地向洞口这边冲了回来，然后不约而同地在洞口一停，就掠了进去。

待他们进洞，范岱马上拉了范小鱼奔向风穴寺。

“二叔，到底怎么回事？”一口气跑出两三里后，范小鱼这才呼了口气，挣开了范岱的手。

“也没什么事，只是碰到了两个讨厌的家伙。”范岱回了一下头，确认对方应该没有跟来，脸上顿时又恢复了平日里那种满不在乎的神情。

“二叔，我不是傻子。”范小鱼顿住脚步，瞪着他，“你最好马上告诉我全部事实。”

“真的没什么。”范岱嘿嘿笑着，企图蒙混过关，“我只是无意中打扰到他们而已，谁想到他们就像疯狗一样追了我十几里。”

“哦，是吗？”范小鱼挑起一边左眉，素手一伸，手上已多了一块布条，冷冷一笑，“那二叔你可不可以告诉我，那两个到底是什么人，竟然不但让一向讲究光明磊落的你蒙脸，居然还能削掉你的发髻，让你落荒而逃？不要对我撒谎，你知道我能分辨出你有没有骗人。”

“什么落荒而逃，你二叔我是那样窝囊的人吗？那是你二叔我不想惹事好不好！我的发髻根本就不是被他们削掉的，是我自己解开的。你手里的布是我的头巾。”见范小鱼误会自己，还用了“落荒而逃”四个字，范岱顿时如受了奇耻大辱般跳脚道，还拉起头发让范小鱼检查。

头巾？范小鱼低头一看，呃……好像是自己给他做的头巾，不过现在已经撕成两半了。

“那好，那你告诉我，你怎么得罪人家了？你要真是无意中打扰到人家，为什么又要事先蒙着脸？”刚才这头巾可是就蒙在他脸上的，这可赖不掉。

“这个……这个……”范岱语塞，又回头瞧了瞧来路，忙抓回范小鱼手里的头巾，胡乱地把自己的散发拢了起来，道，“我们回家再说，回家再说。”

范小鱼眯了眯眼，“回家说也可以，但你必须要先告诉我，你有没有被人家认出来？”

“没有，保证没有。”范岱立刻发誓，“要不是不想和他们打照面，你叔叔我用得着跑吗？”

这点倒没错，以范岱的性子，就算身手不如人，只怕他宁可重伤也要大打一架才肯溜的。可是，到底是什么事情，居然让范岱不打反跑呢？

“乖侄女，你就先别问了。冬冬呢？我们最好先回家！”范岱见范小鱼一脸狐疑，忙又抓了范白菜来做挡箭牌。

“好吧。”一提到范白菜，范小鱼果然就先放了他一马，“我们回去再说。”

风穴寺离那个山洞的距离这么短，在事情没弄清楚之前，最好是先离开再说。

刚拿起筷子没多久的罗亶和范白菜虽然稀里糊涂地不知道发生了什么事，却从范小鱼的神情中知道事情一定有些严重，不约而同地选择了沉默遵从。

“亶儿，冬冬，你们去找一下爹。不管他在干什么，都让他立刻回家，找不到的话就先回来。”一回到家，范小鱼便立刻分派。

“我也去。”范岱话没说完，已一溜烟地跑远。

范小鱼想要把他拉回已是来不及，只得摇摇头，赶紧先去厨房做饭。正经事要谈，饭也要吃，越有事越需要冷静，她不能因为不知道发生了什么事就乱成一团，就算等会儿就要跑路，也得吃饱饭才有力气。

不多久范白菜和罗亶相继回来，都说没找到范通。

范小鱼冷静地粉饰了太平，招呼着两人一起先吃了午饭。反正跑得了和尚跑不了庙，范岱不可能在外头躲一辈子。

“姐姐，发生什么事了?”默默吃完了午饭，范白菜终于忍不住了。

“没什么，只是二叔在寺里看见了一个不想见的人，怕他们知道我们住在这里，所以让大家先回家避一避，免得招惹不必要的麻烦。”范小鱼定了定神，道。

“哦，原来是这样，所以叔叔才急着要去找爹，免得他也被人看见。”范白菜恍然大悟。

“对，谁让他们两个长得一模一样呢!”范小鱼笑了笑，把剩下的菜放回到锅中温着。她回头想收拾碗筷，见被罗亶抢先一步拿了过去，便对他微微一笑，也不和他抢着洗碗，揽着范白菜往厨房外走，“冬冬，你不是每天都要练字么?今天提早练吧。其他的事你不要担心。”

冬冬乖巧地应了，走向小书房。范小鱼站在院中思索着当时的情况，正打算出去看看，忽见一个火红色的身影正偷偷地爬上堆放在墙角的杂物，想翻墙溜出去。她不由得又是好气又是好笑，故意重重地咳了一声。

啊，被发现了，小狐狸贝贝的动作顿止，尖耳朵一下子耷拉下来。它呜了一声，乖乖地拖着尾巴跑到范小鱼的身边撒娇。

“贝贝，这几天外面有坏人，你安分点，不要出去玩。不然的话，被人家捉走扒皮我可不管。”火红色的身影提醒了范小鱼，这个时代本来就没什么人家会养狐狸当宠物，更别说是贝贝这样特殊的品种。它这一身亮眼的火红会吸引很多人的，尤其是在这种危险时刻。

野惯了的贝贝甩着大尾巴撒着娇，一双眼睛却滴溜溜地看向院外，明显没把范小鱼的话听进去，于是它头上结结实实地挨了一个爆炒栗子。

贝贝一下子老实下来，尾巴灵活地转到头前，遮住了眼睛。

饶是心情有些沉重，范小鱼还是忍不住笑了一下，正要再训它几句，外头已传来了熟悉的脚步声。

范岱和范通都回来了。

"那两个人，是一个名叫义帮的帮派的左右护法。他们之所以追我，是因为被我发现他们在风穴洞的另一头有一处巢穴。"这一次，范岱没有丝毫逃避，也没有隐瞒，将事情的经过一五一十地说了出来。

"那个义帮是什么样的帮派?"范小鱼疑惑地问道。

两兄弟交换了一下眼神，明显有些犹豫。

"怎么，你们觉得我没资格听故事?"范小鱼嘴角淡淡地一勾。

"说吧，大哥!"见范小鱼开始使出招牌的甜美笑容，范岱立刻识相地投降，鼓吹着范通赶紧老实交代。

"事情很复杂，要从几十年前说起。小鱼，你还记得以前我们跟你讲过的，为什么这些年来，江湖并不活跃的原因吗?"范通沉声道。

"当然记得。因为宋太祖赵匡胤不放心昔日跟随过他的那些草莽英雄，在招安不成后使用铁血政策大开杀戒，消除了武林的大半势力，而且从此重文抑武，严禁任何江湖帮派。历代皇帝也都奉行先祖的政策，一直压制武林人士。江湖中人生存困难，所以明面上很少活动，以免引起朝廷注意。"范小鱼简单地总结了一下。

虽说江湖人都有一身武功，按理说不应该被朝廷剿灭，但所谓双拳难敌四手，更何况是和统治整个国家的朝廷作对。就算他们当时能杀开血路，却阻止不了已叛变的鹰爪们的告密和追踪，更经不起连续几年甚至十几年的血雨腥风。最终，残存的高手们不得不接受了现实，这个日渐安定的世界已不再是他们纵横的时代。他们埋刀藏剑，改名换姓，再不谈干戈。民间也再不见那些标志各异的帮派教团，一时间，乾坤确实"清净"了不少，曾经澎湃汹涌的江湖浪潮平静了。

范通点头道："嗯，当年太祖皇帝打着各种各样的名头，大量剿杀武林豪客之后，江湖一下子沉静了许多。可这一切都是表面的，实际上，幸存的所有武林人都没有忘记为自己寻找继承人。他们的后代之中，有一些，像我和你二叔一样，虽然拥有一身武艺，却不愿意轻易显露武功，尽量争取过普通平静的生活。有些人则念

念不忘祖先的辉煌，想要重振祖先的威风，拉帮结派，暗中重建武林秩序。”

“还有些人，则满怀对朝廷的仇恨，想方设法地要推翻朝廷，为祖先报仇，也成全自己争霸天下的野心。”范岱接道，“这个义帮，就是最后一类的人。十几年前……”

这个故事一说就说了半个时辰，范小鱼总算明白了事情的大概经过。事情和之前所说的那一类有野心的江湖帮派有关。

那时候两兄弟刚入江湖。虽然朝廷对武人有很多限制，但经过数十年的休养生息，江湖中已自行又形成了一个小圈子和确定门派名望地位的潜规则。朝廷虽不知道两兄弟的名气，江湖人却很快知道了有这么一对双胞胎兄弟。

于是没多久就有人找上门来。最初的理由当然是冠冕堂皇而且是无害的，当时才十几岁的范氏兄弟单纯地以为不过是江湖中的正常相交而已，很自然地回报以诚意。后来在对方的再三邀请之下，两兄弟跟着他们去了永州，反正江湖人都是惯于流浪，四海为家的，到哪里都是一样。可到了哪里以后，他们才发现，这几个所谓的朋友竟然早已私下汇聚了很多人，举着义帮的大旗，却想要谋反，逼迫朝廷承认他们的地位，解除武禁。

范通当时就觉得这个方法不大妥当。在他看来，朝廷虽然对江湖中人实行了武禁，可是对百姓来说，却也是一定程度上实现了安宁。侠之义者，为的就是国与民，如今既然天下已经统一，百姓们正自休养生息，又怎能再度为了恢复“江湖”、恢复“武道”而牵连无辜百姓呢?

在范通的反复劝慰下，几乎已被煽动的范岱只好听从了兄长的建议，准备一起离开永州。可那些人当初找上门就是怀有目的，又好不容易才把他们骗到永州，怎么可能轻易地允许他们离开?

于是乎，在双方观点无法一致的情况下，一场争斗在所难免地发生了。两兄弟险胜，得到了通行权，同时也被要求当着众高手的面承诺绝不泄密。

两兄弟离开永州后不久，想来想去还是不敢相信他们的领导者，仓促地提前发动了“起义”，可是由于缺少向心力，而且那个领导者曾败给范氏兄弟，威望大减，这盘散沙几乎在一开始就注定了失败。

其后，有一部分武林中人幡然醒悟，从此远离江湖是非；有一部分人则不甘心，重整了残帮远遁。范岱今日所见的人，就是这后一部分：当年领导者的亲侄子高志达，以及当初发血誓追随他的左右护法西门康和邱联，也就是那两个一直追出洞的人。

“那我们要搬家吗？”

范小鱼叹了口气。说实在的，她真的很喜欢这个地方。山清水秀，民风淳朴，冬冬的新老师品德也十分不错，十分适合居住。不到万不得已，她是真的不想离开，而且不稳定的流浪生活，对冬冬的成长也很不利。

“二弟，你确定他们没有认出你吗？”提到搬家，多年来第一次有了正经房舍和平静生活的范通也有些不舍，皱眉先问道。

范岱仔细地回想了一下，道：“应该没有。当我无意中发现他们之后，立刻蒙了脸，而且我还披着头发，他们应该认不出来。”

范小鱼蹙眉道：“二叔，这种事情不能应该，要确定才行。”

范岱肯定地道：“我确定。虽说十几年前我和他们两人认识，但这么多年了，体型容貌都有变化，他们一时间一定想不到是我。”

“那你是否和他们交过手？”范小鱼再问。如果是，对方很有可能会因此认出范家的武功路数。

“没有，不然我也不会只一味地躲避了。”范岱摇头道，“你二叔平时虽鲁莽，这点分寸还是有的。”

“那就是说他们可能还不知道我们在这里。”范通点头道。

范小鱼汗了一下，道：“拜托，我们这里离风穴寺这么近，人家一查就可能查到了。只要他们听说了你们两个人的名字，你们觉得还能瞒下去吗？”

“瞒虽然瞒不下去，可是事情已经过去这么久了，他们一直没有在江湖中发布追杀令，这一次只要我们不碍他们的事，应该也不至于对我们下死手吧？”范通有些迟疑地道。

“大哥，你也把人家想得太好了。他们当年没追杀我们吗？别忘了我们离开九嶷山时遭到了几批人追杀。现在如果被他们发现，你觉得他们会放过我们吗？”范岱反驳道。

“二叔说得对，还是安全第一，离开吧！”范小鱼深思了一下，断然道。虽然她真的不想离开，可她更要考虑家人的安全，尤其是冬冬。他那一点功夫真的只是三脚猫，任何一个正经练过武的人都能轻易把他打倒，更别说对方可能是同范岱他们差不多等级的高手了。

就连她自己，也是一点把握都没有的，毕竟她正式学武才不过三年而已。若坚持留下，无疑是十分危险的。

“好吧，那我们走吧！”范通叹了口气。

“那什么时候动身？”范小鱼沉静地问道。

“明天一早吧。”范岱想了想，道，“这一会儿他们正派人四处寻访，刚才我在找大哥的时候就发现了两个陌生人，我们现在就离开说不定反而会撞到他们。明日镇上刚好是集市，村里有很多人前去赶集，我们和大伙一起走。他们既然这么隐秘，一定不想为人所知，要是在路上公开拦截，会把事情闹大得不偿失。所以，我们和大伙一起走反而会好一点。”

好吧，比起上次，这次总算还有一个晚上的准备时间。这两天天气也不错。

“那就这么定了吧。不过冬冬和亶儿那边，你们自己去解释。”

范小鱼自嘲地笑了笑，不急着收拾东西，而是走到院子里，环顾了一下四周，走到葡萄架下的秋千架下，坐了上去，透过藤叶仰望着蓝天，慢悠悠地荡了起来。

小狐狸贝贝跑出来在她面前看了好一会儿，突然一下子蹿上她的双腿。

“贝贝……其实你也不舍得离开这里，是不是？”范小鱼伸出一只手摸了摸它的耳朵，几不可闻的语声中带着一丝惆怅。

这三年来，她真的觉得能够重活一生，重新拥有一次得到亲情享受天伦的幸福，很难得，很难得！所以，流浪就流浪吧，总好过介入无休止的江湖恩怨中。那种刀口剑尖的生活，想想就厌恶。

生命是作为一个人最基本应尊重的，如果人命都可以如草芥，再多的大义都是虚伪的。

月色很明亮，从半敞的窗户中透进来，清清楚楚地映出了房中的摆设。隔壁传来冬冬微微的呼吸声，衬着外面低低的虫鸣，如这三年来的每个夜晚一样宁静。

只是这样的宁静却只是表面而已。范小鱼环顾着自己这个小房间，想起他们刚搬来这里的时候，那种拥有自己的院落的喜悦，而明天一早，他们就要离开这个花了无数心血布置的家。即便这个家只是租来的，心底依然有无法割舍的感情。

叹了口气，范小鱼强迫自己闭上眼睛休息。

“汪汪……”远远地，似乎隔壁村有狗在叫。这是每日都听惯了的声音，并没有惊动迷迷糊糊的范小鱼。可是很快地，就有一个不寻常的声音响了起来，或者说是两个混合的声音。

“范施主，范施主……”有人在急促地拍着院门，大概怕惊动别人，动作和声音都压得很低。

范小鱼一下子就睁开了眼睛，翻身下床。为了以防万一，今天一家人都是和衣而睡，随时准备对付前来探夜的那批绿林客。可是，为什么来人却是口口声声的“施主”？而且这声音怎么听起来这么熟悉？

“怎么是你？”范小鱼才出房门，就听到范岱的声音。范通则站在范白菜和罗亶房间的窗前警戒着，免得人家用调虎离山计。

“施主，救我，救我！”院门外的人扑通一声跪倒在地。

“空色小师父？”范小鱼讶然地低呼。

月光下，只见空色手上拿了个小包袱，神色异常慌张，且充满惊惧之色。

“是小僧，范施主，哦，不，是范大侠，是住持让我来找你们的。求范大侠大发慈悲，救我一命。”空色脸上早已没有当初从悬崖上死里逃生的镇定，一边恳求，一边不住地往四下看。

“先进来吧，到屋里再说。”看着被他拜得稀里糊涂的范岱，范小鱼蹙了一下眉，“二叔，你出去看一下。”

范岱应了一声，闪出了门外。空色忙爬了起来，匆匆地跨进院子。门槛明明不高，他却慌乱地差点摔跤，幸得范小鱼在旁边扶了他一下。他一站稳，就立刻赧然地缩了一下，避开范小鱼的手。

进了屋子，范小鱼想要点灯，空色忙阻止道：“不，不要点灯。”

“好吧，”范小鱼放下火折子，就着月光给空色倒了杯冷茶，坐在他对面，“发生什么事了？住持为什么会让你来我家？”

“我……”空色显然一路跑得急了，一口气将冷茶都喝了下去，才注意到屋中只有他和范小鱼两个人，忙又站起来惶恐地退到门口处，合掌稽首道，“请问女施主，范大侠在吗？”

“你都半夜三更地跑到我家来了，还顾虑什么男女之别？”范小鱼不悦道，“住持大师让你来我家，就没跟你说这个家是我当家做主的么？你有话，就坐下来好好说。”

现在是非常时期，在范岱没有检查回来之前，她是不会冒险让范通离开冬冬和罗亶的。

“可是……”空色还是顾虑重重地看着她，既不肯走进来也不肯说明来意。

“你还是不肯说，那我可就要送你出去了。我家虽然乐善好施，可也没有半夜留和尚过夜的习惯。”范小鱼故意拉下脸，心中却着实地抱了几分戒备。

即便此刻月光照耀在这个小和尚身上，越发显得他丰神如玉，犹如金童转世般不带一丝凡间之气，不像邪恶之人。可他毕竟是不久前才来风穴寺挂单的，她也没有确认过他的真实来历，万一他其实是和那山洞里的人是一伙的呢？那么他突然半夜三更地来这里，就不得不防了。

“空色师父，你就直说吧。我就在隔壁，只是不便走过来。”空色正自为难，隔壁的范通适时地发声，给他解了围。

“是，是。”知道范通就在隔壁，空色心中大定，又见范小鱼不悦，忙走了进来，端端正正地坐下。

可他虽坐下，嘴巴也张开了，却开开合合了好几下，似乎还是难以对范小鱼启齿。

“真是受不了你！”范小鱼腾地一下站了起来，走到了隔壁，对范通道，“你去问。”

范通看了看已经醒觉的罗亶和还在沉睡的范白菜，点了点头，低声地说了一句，“小心。”然后，就走到隔壁去了。

以自己女儿和徒弟的身手，就算有人突然闯入房间，也能暂时拦一拦，他从隔壁马上过来还是来得及的。

“师姐，怎么了？”罗亶压低了声音问道。

“我也不知道，先听听。”范小鱼对他做了个噤声的手势，凝耳注意隔壁。她的听力一向过人，习武三年后，更是灵。虽然空色怕人听见，说得十分轻，中间还含含糊糊、别别扭扭地吞吐了一段，可她还是把那一头的对话听得清清楚楚，并立刻将事情分析了出来。

这一分析之下，顿时感觉大囧。

晕啊，空色小和尚半夜三更跑到他家里来，竟然是因为这副皮囊惹的祸。谁说红颜祸水来着？依她看来，这男色的祸水也着实不小嘛。就连当了和尚，还是被人家一眼就认了出来，要把他给敬献回去。阿弥陀佛，佛祖若有知，发现自己的弟子居然要被人家强行纳为男宠，恐怕也要气死吧？

她就说呢，白天的时候她就瞧着这和尚漂亮得不像是当和尚的，原来他是把佛门当避难所了。

只是……一个林大人就已经让那个县丞像哈巴狗似的前后殷勤了，那个念念不忘小和尚的夏竦……汗，不会是眼下正在朝中当大官的夏竦吧？

这下可好，他们不仅惹了黑道，恐怕连白道也要得罪了！听到范通义愤填膺地低骂那个道貌岸然的夏竦，极力安慰空色，表示一定会保护他免遭毒手的时候，范小鱼忍不住呻吟了一声。

要是她记得没错，这个夏竦在历史上可是大大的有名啊。更重要的是，这个家伙，目前好像真正的身居高位，是堂堂的枢密副使、参政知事啊！这个官品是什么概念？那是身兼行政和军政、几人之下万人之上的副宰相啊！

他们家要是把这事给揽下来，可就等于揽下天大的麻烦了。这情况，可比几个绿林豪客什么帮派危险多了。

第十二章

大祸降临

“爹，你过来一下。”就在范通准备许下绝对会保护空色到底的承诺时，范小鱼适时地叫了一声。

范通依言走了过来，留下空色惴惴不安地独自坐在没有灯光的房间里。

“爹，如果我们收留下了他，会有大麻烦的，而且我们自己明天也要……”范小鱼拉着范通走到房间的另一头，极低地劝道。

见他们父女要谈话，自知没有插嘴余地的罗亶很自觉地走到隔壁，避开他们的谈话。他走到一半缩在阴影中，一半被皎洁的月色照耀着的空色面前，默默地坐了下来。

空色有些赧然地向他行了一礼，双掌虽合在胸前，脸上却是一副全然无主的惴惴不安。

罗亶看了他一眼，默不做声地自己倒了杯茶慢慢地喝着，自顾自地想着心事。

今天空色的求救让他突然想起了深刻在记忆之中的那个不眠的夜晚。三年，原来转眼间他被父亲托付给师父已经三年了。

三年了，他低头看着握着茶杯的宽大手掌，这双手提醒着他，如今的他早已不是当年那个外表倔犟内心却很无助的小男孩了。他左右不了师父和小鱼的决定，但是他可以尽可能地去支持他们、帮助他们，正如他们以前曾冒着叛逆罪的危险收留他一般。

隔壁房间内。

“可是，小鱼，就是因为谁都帮不了他，所以他才连夜地来找我们的。我们是他唯一的希望，怎么能见死不救呢？”范通不赞同地道。

范小鱼并不反驳，而是直指问题中心，“我当然也不赞成见死不救。可是老爹，我问你，如果我们带着他一起走，却被那个林大人发现了，派官兵来追我们，你和二叔能在不伤害官兵的前提下，保护这么多人吗？先不说我和亶儿才学了三年，冬冬和那个和尚可是一点功夫都没有的，到时候人家带了弓弩手来，你怎么办？”

如果范通像小说中那种杀人不眨眼的武林豪客一般，也就算了，因为宋朝为了防止地方拥兵自重，绝大部分兵权都收归中央，地方兵力向来孱弱，加上调集兵力围剿的程序又相当复杂，一时间肯定只能派来一些寻常的兵卒。范氏两兄弟若能下狠心来对付这些人，那绝对是来一个死一个，他们一家根本就不愁安然而退。问题在于，范通性格善良得根本就不像个江湖人。他和范岱虽然身怀绝技，可出道这么多年，连一个人都不曾杀过。就算是对方十恶不赦，也只是严惩而已，绝对不会夺其生命，更不用说去对付官府的人了。

“我……那你说怎么办，我们总不能不管他。”范通一时果然没想那么多，苦恼地皱了皱眉，还是坚持道，“这样吧，小鱼，反正我们明天一早就离开了，不如先带着他上路。只要我们速度快，也许那个林大人还没发现他失踪，我们就已经带他安全地离开了。等走远一点，我们再让他自己走也就是了。”

“凡事不怕一万，只怕万一啊，老爹！现在我们自己也有危险，不能什么事都抱着侥幸心理。再说，如果那个林大人还没追来，我们却先撞见了山洞里那些人了呢？那不是反而连累了人家？”范小鱼在心中叹了口气，这确实也是她的一个顾虑，不得不先考虑在先。

“二弟只是不小心瞧见了他们而已，既没打算破坏他们的事，也没打算要向官府告密，我想只要好好地跟人家解释，事情不一定会那么糟……”

“老爹，你怎么年龄越大越天真啊！”范小鱼忍不住提高了声音。她这个老爹总是什么都往好处想，有时候真让她怀疑，是不是就是因为这个爹的遗传，所以以前的范小鱼才是个傻的。

范通脸顿时涨得通红，正咕哝着想要争辩，却见范小鱼的脸色突然变得苍白，顿时吓了一跳，忙问：“小鱼，你怎么啦？”

“爹，二叔出去多久了？”范小鱼定了定神，问道。

刚才空色来的时候，范岱就出去查看有没有人跟踪，后来范通和空色谈了半天，她又和范通争了一会儿，按理说范岱早就应该回来了才是，可是他却一直没有回来。

“叫醒冬冬，你们都守在屋子里，不要出去。”经范小鱼这么一提醒，范通也陡然变色，立刻紧张了起来。

“师父？”他们最后这句话说得不轻，隔壁的罗亶听到也忙走了过来。

“你让空色师父到这边来。”范通匆匆地对他说了一句，看向范小鱼道，“我出去看看。”

“爹，不要离开院子，免得他们调虎离山、各个击破。”形势仿佛顷刻间紧张了起来，范小鱼只觉得浑身的警戒都自动地打开，可声音却仍是沉静的。她和罗亶的能力还不足以同时保护冬冬和空色，若是范岱已经落入他们的圈套，现在更需要保持实力。

“嗯，我去屋顶守着。”范通说着，一个箭步翻到窗外。

范小鱼忙叫醒范白菜，拉着他一起回到自己的房中，拿起那个早已准备好的包袱，又抱起小狐狸贝贝，和罗亶、空色一起聚在房间内，并顺手塞给罗亶和冬冬各一个可以藏在袖子里的小包。

“啾啾……啾……”

屋顶的范通仍在模仿着鸟鸣声呼唤范岱，然而四下的小院却悄无声息，甚至，整个村落都安静得没有丝毫人气，唯一的狗吠声也是来自几里外的其他村落。

太诡异了。按理说如果隔壁村有狗叫，村里的狗多少也会有几声回应啊，而且最重要的是，范岱哪里去了？

“嗷噢……”无比的寂静中，小狐狸贝贝突然冷不防抬头长长地尖叫了一声，浑身都戒备了起来，屋顶范通的鸟鸣声也瞬间停止，显然是看到了什么。

“小鱼，亶儿，有人来了，你们小心。”

“姐姐！”范白菜下意识往范小鱼怀里头一缩。

“不要怕，有姐姐在。”

范小鱼搂住他，手里握着那把木剑，和罗亶背靠着背，眼睛紧紧地盯着窗外，感觉心跳的声音突然响亮了起来，怦怦怦如鼓声擂动——她突然看见了火光。

就在小院外头的田野之上，大概离他们的院子只有两三百米处，隔一段距离就有一支火把亮起，火把下是一个个刚刚站起来的身影。火光清清楚楚地照着他们的装束，一律都身着黑衣，面蒙黑巾，以一种缓慢而谨慎的姿态，像幽灵般团团向小院包围过来。

一个、两个、三个……仅仅从这个窗口望出去的一小片视野之中，就足足有三个身影，更不用说其他方向了。

他们家，显然已经被包围了，而他们，却还不知道周围的这些是什么人。

不过，相信他们很快就会知道了，只因，黑衣人们已越来越近，包围圈也越来越小。

"他……他们是不是来抓我的？"窗户是半敞开的，范小鱼看见外头火光的时候，空色也自然看见了，当场就软了腿，若不是撑着墙壁，只怕早已滑到在地，"不，我不要被他们抓回去，我宁死都不要回去……"

"闭嘴！"范小鱼眉头一皱，木剑已点在空色的喉咙间，低声叱道，"你要是敢再发出一点声音，我就先把你给扔出去。"

他们这个院子虽小，却也有五间屋子，若一开始就被敌人发现他们都藏在这里，绝对是大大的不利。她现在可没空跟这个和尚客气。

空色立时闭住了嘴巴，不可思议地睁大眼睛望着她。他压根儿就没想到这个身姿娇弱的少女竟然会拿着剑威胁他，不过这么一惊，他倒真的闭上了嘴。

范小鱼低哼了一声，利落地把剑插在背上，拿起挂在墙上的弓箭，同时也扔给罗亶一把，并搭上一支箭，随时准备射出。虽然这两把弓箭都是平时打猎用的，箭镞并不是铁器而是尖石，威力远不如正规的弓箭，不过同样也可以伤人，可以在危急时刻缓一缓。

"范兄弟，多年不见，别来无恙否？"

院外，一片令人屏息的静谧之中，一个淡淡的声音清晰地响了起来。范小鱼立时听出，声音在院子的正前方，忙和罗亶换了个位置，向院子那边望去，却见院门紧闭，来人还不曾进来。

"你是？"范通不知何时已下了屋顶，站在房门口，声音疑惑，并没有立刻听出对方的来历。

"永州一别，十数载时光已然匆匆而过，范兄弟仍是风采依旧，景某却已华发丛生了。"那个淡淡的声音抑扬顿挫地叹道，语气犹如一个历经风霜的饱学之士正

面对夕阳伤逝感怀，而不是半夜三更带了一批蒙面黑衣人来包围他人房舍。

“景前辈！”对方一提示，范通终于恍然大悟。

“呵呵，范兄弟原来还记得景某，不知道范兄弟是否介意景某不请自入啊？”那人哂然一笑，听声音人就站在院门口。

“景前辈若是来做客，在下自然欢迎之至。可是不知在下何处得罪了前辈，竟劳动前辈半夜三更带了这么多人前来包围寒舍？”范通沉声道，身影一动未动。

“呵呵呵，范兄弟误会了。我等并无恶意，只是听说‘范氏双侠’在此处隐居，特地前来拜访！至于这些兄弟，只是为了确保景某此行的隐蔽，以免被外人所知造成不必要的麻烦而已。”那个声音居然还是笑，话音未落，一条修长的身影已跃上了院墙。

银水流泻似的月色下，一身黛色的宽大衣袍随风而舞，即使不是白天，也能确定此人必有一张冠玉般的白面。若不是颌下有一把修整得十分整齐的长髯显露出他的年龄，就凭他此刻一只手别在背后，另一只手轻拂美髯、长身而立的模样看来，这造型还真有些丰神俊朗、翩然如仙的风度。

只可惜，此时范小鱼的心中只浮出了一个名字：岳不群！

他这一上墙，旁边也立时嗖嗖嗖地跃上四条身着紧身黑衣的人影，分别站在他的两侧，然后又齐齐地跳落下来。几人都是右手负在背后，肩上寒光闪现，看起来颇有架势——至少这架势确实让屋里的数人都紧张了起来，包括范小鱼。

虽然类似的场景她以前常在电视里看到，可那些毕竟都是虚构的，而现在，她面对的却是货真价实的威胁，更别说这院子的周围还有很多手持武器之人了。

“前辈把村里的乡亲们怎么样了？”

关键时刻，范通这个爹的大侠素质还是不负众望地体现了出来。尽管来者不善，可他却丝毫没有懦弱的表现，只微微地分开了双脚，双手垂在身侧，随时提防对方突袭。

屋中的范小鱼也越发警戒。她看了一眼就放在旁边的菜刀和柴刀，空出一只手握住了柴刀，打算随时掷给徒手的范通。

人不犯我我不犯人，人家都明着拿着亮晃晃的武器上门来了，自己总不能还是双手空空吧？要是对方真的发狠要杀人，她也不必客气，就算她从未想过要杀人，起码也得讨回一些公道。

范小鱼的眉宇间不觉已浮上了一丝杀气。

这一刻，她突然觉得自己还真有点当武林中人的天赋，只因她现在虽然紧张，却又异样地沉着，甚至在见到敌人的第一刻，她就想到了拿弓箭，想要通过伤害来人的办法保护自己的家人，甚至不惜为此搏命。难怪范岱常常夸她有狠劲，难怪罗亶常常被她逼得后退，原来她骨子里确实也有暴力因子的。

只是，眼前的一切却不容许范小鱼再开小差，因此她心神只略微一松便又重新凝聚。

“呵呵呵，范兄弟放心。景某像是那种打家劫舍之人么？我们只不过怕惊扰了乡亲们，所以索性让乡亲们都睡着了而已。等到天明，他们自然会和往常一般苏醒。”景氏“岳不群”朗笑道。

“那我二弟呢？”范通此时也无暇去验证他的话是真是假。

“范二侠么，呵呵……”

“大哥，我在这里！”景氏“岳不群”正待说话，不远处突然传来一声呼叫。说话间，只听几声叮当铿锵之声，一条身影已如流星般坠入院角，同时挑起了一根木棍掷向范通，转眼间，已和范通并立，咒骂道：“他娘的，差点被他们骗了，幸好我回来得快。”

“是二叔。”

范白菜失控地欢呼了一声。范小鱼双手都有武器，想要捂住范白菜的嘴却已迟了。她只好苦笑，算了，对方既然能找到这里来，自然早已打听清楚了。真要打起来，一个半点机关都没有的小院子根本没法藏人，而且现在范岱既然回来了，他们又多了一道保护，那就索性正面相对吧，反正现在是躲也没处躲了。

“景道山，我以前还敬你是个君子，没想到你也只是个道貌岸然的小人，气量忒小。我不就是无意中看了你们一眼么？老子已经自动地退避三舍了，你还想怎么样？大哥，你保护他们，这些人让我来收拾。老虎不发威，当我们是病猫好欺负啊！真是岂有此理！”

看见弟弟回来，当范通一句话都还没来得及说，范岱已经噼里啪啦地骂开了。他手上握着一把钢刀，应该是方才的交手过程中夺来的。

“范二侠真的误会了。我等之所以半夜来此，真的只是不想引起外人注意而已，不是前来寻事的。”岳不群牌的景道山一副谦谦君子般的好脾气，纵被范岱恶骂，脸上依然不见丝毫怒容。

“不是为了那事，那你带这么多人围住我家干吗？”范岱却不吃他这套，毫不客

气地指着周边的火把道。

“前辈，我兄弟二人退隐已久，这些年来从不插手江湖纷争，这些你们应该很清楚。如今我已有儿有女，只想过平平静静的生活。只要前辈信得过我们的人品，今日之事，我们会当做什么也没发生，也会约束我的家人，绝对不会告诉官府或第三者。不知前辈意下如何?”范通摆手止住范岱的嗤笑，仍是客气地拱手道。

“只怕现在屋中已有第三者了吧?”景道山旁边的一个黑衣人突然冷笑着开口，虽然立刻就被景道山以目光制止，但他的言下之意，已很明显。

房间内的空色闻听，本就酥软的双脚再也支持不住，扑通一下滑到在地，惊恐地看看门外，又看看范小鱼等人。范小鱼却没空理会他。不用说，这些人定是早在空色来临之前就已经潜伏在村中，空色不过是个不想放过他们家的借口罢了。

而且空色若不是头发光光而是乌发文巾，凭他的言谈举止，谁都能看出他不过是个文弱书生而已，和这些黑衣人应当不是一伙的。不过应当归应当，范小鱼还是半斜了身子，用眼角余光注意着空色，毕竟现在是非常时期。

“里面这位小师父来找在下是另有要事帮忙，对此并不知情，请前辈尽管放心。”范通诚恳地道。

“你说放心就放心，你以为你一句空话我们就会相信你吗?”四个黑衣人中又有人冷冷地道。

“那你们还想怎么样？来来来，我们索性废话少说，要打就打。”范岱上前一步，刀尖一挑。

“二弟。”范通拉了一下范岱，挡在他身前，拱手道，“景前辈难道真的信不过我们兄弟二人吗?”

“这……”景道山状似为难地沉吟道，“也不是景某信不过范兄弟，只是范兄弟也知道，此事事关重大，而且昔年……范兄弟你应知道，景某虽然深信当年之事范兄弟不曾向官府泄密，不过我的这些兄弟却大部分是新募进来的，加之范兄弟隐居已久，难免有些人不知道范兄弟的侠名。”

“那你爽快说一句，到底怎么样才能相信我们懒得管你们那点破事?”范岱埋藏多年的血性早已被这些人激起，此刻哪里还能平静下来。若不是考虑到屋里头还有几个小辈需要保护，依他的性子，早就先冲上前去痛痛快快地厮杀一场了。

“除非你为我们做事……”又一个人及时“心直口快”道。

这话一出，范氏兄弟和范小鱼心中同时一凛，原来这些人的目的果然还是想拉他们入伙。

“青坛主，不许对两位范大侠无礼！”景道山似是被左右再三的插口激怒了，面色终于拉了下来，冷冷地扫了一眼左右，“你们若是再要插口，就自行先回去。”

那个黑衣人轻哼了一声，将头扭到一边。

景道山深吸了一口气，又换上笑脸面对范通等人，“范兄弟，让你见笑了，还望你不要介意。其实景某今日是诚心诚意前来邀请范兄弟与我等共谋大事的，至于四下安排了这些兄弟，只是我帮中的新规矩而已。为表诚意，景某愿意就此发誓，如果范兄弟听完景某的诉说之后，还是不相信景某，景某也绝不强求，更不会伤害范兄弟的家人。”

说着，还真就双指并拢，指天盟誓，朗朗有声。

这个人的葫芦里到底卖的是什么药？范小鱼顿时糊涂了。不过，所谓反常即为妖，这句话虽不绝对，但眼前这个景道山肯定有问题。

“范兄弟隐居此地已三年，想必对外头之事知之甚少吧？”景道山长叹了一声，开始了他的长篇演说，语声时而愤慨激昂，时而欷歔感伤，时而痛心疾首，叙述得着实声情并茂。

他的演讲虽然华丽，痛诉时下官员腐败、百姓受尽剥削、灾情没有得以及时控制、民膏尽被贪官搜刮的陈弊，几乎字字句句都是为国为民，可听在范小鱼的耳中，却总觉得这不过是一篇华美的煽动演说，并没有感觉到他那所谓发自肺腑的忧国忧民之心。

接着，景道山又赞扬了一通范氏兄弟十数载如一日处处助人为乐的侠义，同时巧妙地指出，他们虽然所做的都是好事，可对于百姓来说，却只不过是无足轻重的小事，若是真想让天下百姓都得以安乐，就该从大处着手，彻底消除时下的弊端，还政治一个清明，还百姓一个公平，给天下一片公正……

囧了，他不会是想造反吧？

范小鱼几次涌起打断那滔滔不绝的冲动，可还是忍了下来，她相信在这种原则问题上范通不会糊涂的。

果然，等景道山的洗脑终于告一段落的时候，范岱率先拒绝。范通的语气虽然比范岱客气了许多倍，意思却也很明显，总结起来就两句话：他很感谢景道山的赏识，但自己胸无大志，只要能继续像现在这样生活，为百姓尽一份绵薄之力就满足了。

“你……”两兄弟的拒绝顿时再度引起了那四个黑衣人的怒气。他们不约而同地上前了一步，逼迫之意十分明显。

“景某刚刚才发了誓，几位难道不曾听见么?”就在范小鱼以为景道山最终要翻脸的时候，出乎意料地，景道山竟然没有恼羞成怒，反而及时地摊手拦住了四人。

四人均蒙着脸，看不见神情，但从黑巾之上所露出的八道目光看来，显然对景道山的阻拦十分不满。

景道山却视而不见地对范通抱了抱拳，长叹一声，苦笑道：“唉，范大侠的拒绝实在让景某伤心，不过景某等人一开始就失礼在先，范大侠心有不悦也是常理。这样吧，此事事关天下苍生，还望范大侠再仔细考虑考虑，景某天明再来问候，告辞!”

说着，他苦笑了一下，挥一下手，转身向院门走去，语声无限失望，“我们走吧!”

四个黑衣人互望了一眼，都反身跟在他身后，打开院门鱼贯而出。不到片刻，周围那些火把也都逐渐远去。

这一下，轮到范家人面面相觑了。这些人深更半夜来得如此气势汹汹，除了范岱冲进包围时稍稍动了一下刀剑外，竟是一丝干戈也不曾动，连空色的存在也没再多问一句，就这么回去了。

一场眼见一触即发的祸事转眼消于无形，诡异，不得不令人深感诡异!

“今儿个真是活见鬼了!这些人是怎么突然冒出来的?大哥，我们今天下午可是一直在留意着，没见村里有什么异常啊?如果是夜里才来的，就凭那些人的身手，我们也不可能一点都没发觉吧?”昏暗的灯光下，范岱抓了抓头，感觉一肚子的闷气加疑惑，偏偏又百思不得其解。

范小鱼揽着范白菜坐在左边秀眉紧蹙。罗亶和好不容易恍过神来的空色坐在右边，一个沉思一个还沉浸在余悸之中。坐在范小鱼对面的范通盯着桌子中间的油灯，也在苦苦思索。

“我也觉得奇怪，按理说他们确实不可能突然之间出现在村子里的。可我在屋顶上时，清清楚楚地看到，突然间四处都有火把亮起，东南西北的都有。”范通点头附和自己弟弟的话。

对于武学一道，他们兄弟俩确实有值得自信的本钱。何况从得知范岱无意中看见了绿林据点开始，他们就开始警备村中的情况了，晚上更是加倍打起精神，以免被偷袭。正是因为如此，这些人的突然冒出才显得越发的不可思议。

他们两个高手都不知道这些人怎么来的，才正正经经学了三年的范小鱼就更加不知道了。

一时间，谁也没有开口，只因谁也给不出可能的答案。

“二叔，你详细说说，刚才空色师父来了以后，你是怎么发现他们的?”好一会儿后，范小鱼才想起应该分析每一个细节。

“好吧。”范岱道，“我先是在院子周围转了一圈，然后跑到树上四下观察了一下，都不曾发现什么人，正准备去村子里瞧瞧，突然身后的庄稼地里似乎有什么动静，我就跑了过去，发现一个人影站起来就跑。我还以为他是跟踪空色师父的人，就追了上去。没想到那个人的轻功很不错，我一直追到山里头才追上了他。可还没等我抓到他，林子里突然多了好几个人，将我围了起来。我感觉不对，正想给你们示警，那些人突然撒出一团什么东西，我怕是迷药或毒药，就屏住了呼吸，结果他娘的，那些兔崽子居然一面缠着我，一面一把接一把地拿着一只口袋一直撒，更气人的是，过了半天我才发现他们用的只是草灰，气得我狠狠地揍了他们一顿。后来我就回来了。”

大家这才注意到，他的衣服上真的沾了不少草灰，顿时都有些哭笑不得的感觉。对方显然是在故意拖延他的时间，而且在无法蒙上范岱嘴巴的时候，用草灰当毒粉确实是个很聪明的办法。

“对了，那些乡亲们……”范通突然变色地站了起来，“老二，你守在家里，我去瞧瞧他们怎么样了。”

说着急匆匆地出门而去。

范小鱼也心中一跳。那个景道山嘴巴上是说没把村里的人怎么样，可事实上谁知道，确实还是去看看比较好。想起景道山，范小鱼又觉得满脑子都是糨糊，愣是无法想象这个家伙到底想要干吗。

范通没过多久就回来了，说是除了他们一家，全村人不是中了迷香就是被点了睡穴，不过都无生命危险，应该真的是睡一觉就会醒来。

景道山加害乡民的可能似乎也被排除了，可他的意图还是猜不出来，反而更显神秘了。

“算了，先不要想了。离天亮还有一段时间，小鱼，你们先睡一会儿。有爹和二叔守着，不会有事的。”沉默了一会儿后，范通起身道，“至于空色师父，你就和

冬冬、亶儿挤一挤吧！”

“多谢范大侠，小僧没有睡意，坐坐就好。”空色忙站起来行礼。

“既然小师父不想睡，那我们就去院子里聊聊吧。”范小鱼不冷不热地道。今晚的事情太诡秘，他们虽猜不到对方的意图，却不能排除任何可能，就比如空色这个美和尚，来得实在巧了点。如果他真的另有所图，总会露出一些破绽。

然而，范小鱼却失望了。

接下来的一段时间内，在她隐含的威逼之下，空色几乎把祖宗十八代都说出来了，可还是没有半丝可疑之处。无奈之下，范小鱼只能暂时放弃询问，此时，天色也渐渐地透出一种极浅的青色来。

“把冬冬和亶儿叫起来吧！”范通的声音从柴房中传了出来。范小鱼问话期间，他一直独自待在柴房中，不住地传出窸窸窣窣的声音，也不知道他在做些什么。

范小鱼走进屋中，罗亶已坐起来，正在轻唤冬冬，想必也是一直没睡。范小鱼给他们打来水醒了醒神，这一次他们索性一直亮着油灯等待。

“来了，还是刚才那批人。”没等一小会儿，屋顶的范岱就道。

“二弟，下来吧！”范通沉稳地走出去打开院门，然后后退几步站在院中。

“我还是不相信，就凭他们居然能避开我们的耳目。”范岱跳下来走进屋里，咕哝道，脸上却现出一丝兴奋之色。

“二叔，别忘了你的责任是保护我们，不是打架！”看到他的神态，范小鱼不禁囧了一下，下意识地抓紧了手中的弓箭。

“放心，二叔绝对不会让那些兔崽子欺负你们的。”

“范兄弟，不知你考虑得如何了？”景道山十分准时地出现，这一次却不走进来，站在门外微笑道。

“感谢前辈的垂青，不过在下这一生只想好好地抚养儿女长大成人，当一个普通的百姓。”范通淡淡地道。

“范兄弟难道就不肯再考虑考虑？”

“十几年前我们不曾加入，现在更加不可能。”范岱在屋中扬声接了一句。这景道山如果是个酸不拉几的书生秀才，那穿着儒衫也就算了，可他明明是个野心勃勃的武林中人却还要装这种样子，他就是看不惯。

“范大侠可曾想过你若拒绝会有什么后果么?”景道山仿佛没听见范岱的话似的，只是直视着范通，“范兄弟应该知道，十几年前，那场永州之役，还有许多兄弟耿耿于怀……”

他话说了半截，就停了下来，却带着浓浓的威胁。

他不说这话，范通脸上还带着一丝客气，这一威胁，范通的脸顿时沉了下来，“在下素来敬重景前辈的品德，没想到景前辈竟然会说出这等话来，实在让晚辈心寒。”

“唉，既然如此，那景某也无能为力了。”景道山长叹了一声。随着他话音的降落，小院两边齐刷刷地探出十几个头颅，以及十几把火箭。

“果然是个卑鄙无耻的伪君子，居然使用这么下流的招。有本事进来跟爷爷过过招，不要在墙外当个缩头乌龟。”几乎同一时间，没有院墙的后窗这边也出现了数支火箭，范岱顿时气得跳脚。门口的景道山却已转身向前走去，仿佛再也不关他的事。

“射!”随着一声粗嘎的命令，几十支火箭顿时破空而来。

第十三章

突围逃亡

“快到厨房去，找湿布蒙住口鼻。”

范岱挡在范小鱼等人身前喝道，随手削掉几支射进窗中来的箭矢。虽然这些熊熊燃烧的箭头落在地上，没有引起火灾，但他却无法阻止更多的火箭射在墙上、屋顶和隔壁房间。

这个院子的房屋大多是木质结构，又陈年老旧，被这些浸了桐油的火箭一触，火势立时蔓延了开来，将屋中映得通红。

范小鱼感觉心脏剧烈跳动着，身体却有自我意识般拉着范白菜的手，随手扯了两件衣服，弯着腰跑向厨房。罗亶紧紧地拉着空色跟在后面。

用力撕开衣服，快速在水缸中浸湿，范小鱼先是帮明显恐惧却一声不吭的范白菜蒙好了口鼻，才给自己也扎上。一旁的罗亶也迅速地保护好自己和早已吓得牙齿打架的空色。

“大哥，怎么办？是我们找个方向冲出去还是让我去把那个王八蛋抓过来?”

在这种形势下，前后防守的战略已不使用，范氏兄弟都在第一时间守在三个大小孩的身边。

“他们人多势众，我们不能硬碰硬。这样，小鱼带着冬冬，亶儿带上空色小师父，你在前头，我断后，先想办法冲出去再说。”紧急关头，范通浑然不见平时的迂腐和优柔，塞给范岱一个革囊，“这些木箭威力有限，等靠近了再发。”

“不，我来断后。”

“都什么时候了还和我争！”范通叱道，同时一掌拍下了门板，掷给范岱，又特别望向已吓得没法反应的空色，肃然道，“空色师父，今晚的事情你都看到了，你若想活命，等会儿一定要尽力奔跑。”

空色喘着粗气，哪里还说得出半句话，只能拼命地点头。

“冬冬，你拿着这个挡住身体。”范小鱼虽然很怀疑空色的承诺，但此刻也无暇顾及，立刻拿起锅盖，塞给范白菜，自己则选择了柴刀，罗亶也机灵地跟着拿起了水缸盖。

“朝西，走！”

随着范通的一声低喝，范岱挥舞着门板第一个跃上墙头又跳下，同时不住地上蹿下跳，阻拦前方射来的火箭。范小鱼招呼了一下小狐狸，抱住范白菜的腰猛然提气，也跟了上去。罗亶轻功一向不如范小鱼，带了个身软体重的空色就相当吃力，幸得范通在后面助了一臂之力，也跳上了墙。

就这一会儿的工夫，屋顶、墙壁、柴房等四处燃烧的烈焰已把小院映得通红，他们的行动同时也清晰地落入了景道山眼中，只听一声呼啸，四方的黑衣人立刻急速向这边涌了过来。

“跑，不管发生什么事，都不能停下来！”背后插着范岱抢来的钢刀，范通再次大喝，同时手持弓箭，一边倒着后退一边快速地拔箭、发射，再拔箭，再发射，几乎每一箭都能换来一声惨叫，而从后方追来的火箭却都被弓及时地拨开。

范小鱼没法思考在这样的情况下自己该怎么反击，也没想过自己原本一个普普通通的女孩，怎么会来到这么血腥的江湖，更不曾担心过自己会不会被流箭射中……这一刻，她的脑子奇异地混沌着，又奇异地清楚着。她的左手始终牢牢地握着范白菜的手，紧紧跟随在范岱的身后，直冲向前头的包围圈，同时眼睛和耳朵也仿佛越发灵敏，丝毫不敢忽略周围火箭的呼啸声和袭击来的方向。

包围圈很小，离院子只有几十米而已，他们以门板为盾的一冲后，几乎立刻就和第一波黑衣人短兵相接。

就在离对方还有一两米的时候，范岱一声大喊，猛地抛出门板，一下子就撞倒了离得最近的两个黑衣人。不等他们弃弓挥刀，他手上不知抓了一把什么撒了出去，顿时又有三个黑衣人捂着身体的某处惨叫了一声。

范岱双手不停，接连抓向囊中，暗器激射，立刻硬生生地冲出一个豁口来。同时他足尖一挑，踢中一名黑衣人的手腕，震得那人的钢刀失控地抛向空中。范岱以

几不可见的速度立时接下，反插在背后，顺势双手一伸，往后握住了范小鱼和罗亶的胳膊，运力把他们往前一送。

“想走，怕没这么简单吧！”

四个大小孩才借着范岱的力量跑了十米，景道山的声音已如影随形般在前方响起。在混合着月色和火光的诡异光线下，一条身影如夜叉般向冲在最前头的范小鱼伸出了鬼手。

范小鱼只觉得全身急行的血液仿佛骤然间停顿了一下，她根本无暇思索，随手一柴刀劈了过去。

“咦！”景道山立刻急退，没等他发出第二个音节，几道细细的破空之声已刺向他的身体。景道山也实在了得，竟能突然再度硬生生地侧了一下身。而就是这一侧身，范小鱼已斜踏一步，拉开和他的距离。

“竟然对孩子下手，前辈你不觉得对不起一世侠名吗？”及时赶上来相救的范通怒声道。他终于舍弓而拔刀，如猛虎发威，瞬间就把景道山逼在范小鱼等四人的安全距离外。

“屁个前辈，居然卑劣到连小孩子都要欺负，他压根儿连只畜生都不如！”因刚发完力而稍稍落后半拍的范岱又是一把暗器撒出，见那些黑衣人被他的暗器震慑，一时间都不敢上来，忙趁机又拉住范小鱼和罗亶的手，喊道：“大哥，我先带他们走了。”

“好！快走！”范通也大喊道，手中寒光如闪电般攻向景道山。

范小鱼只是在眼角的余光中看见范通缠住了景道山，还来不及为范通担心，已被范岱拉走，没头没脑地跑向了阴暗的山林，连再回头看一眼孤军奋战的范通的时间都没有。

想到范通很快就会被那些黑衣人一起围住，一种悲壮感突然自她原本就已复杂得难以言诉的感觉中冲起，让范小鱼紧紧地咬住了自己的嘴唇。可是她知道，在这关键的时刻，任何的犹豫、任何的关切、任何的呼喊，都是徒劳而且累赘的，想要帮助她和冬冬的爹爹，唯一的办法就是继续奔跑，跑得越远越安全越好。

所幸的是，一直和她紧握在一起的范白菜虽然不曾习武，却也粗学了一点轻功，现下被今晚的突变激发了潜能，在她的全力带动下，一时间竟然没有拖她的后腿。可是范白菜能跑，却不代表那个想来求救却反而让自己提早陷入生死危难的空色也能跑。

对于空色而言，白日里被识破身份后的惊恐和躲藏，已经耗去了他不少精力，后来半夜摸索到范小鱼家又消耗了一些体力，更莫说再其后又被卷入这场恩怨所带来的惊惧了。此刻他虽被罗亶紧握手臂，双脚的移动却几乎全靠本能的求生欲望在支持，哪里还能像异常懂事的范白菜般超常发挥？几乎一跑出包围圈就突然一个踉跄，不但自己摔倒在地，还害得罗亶也几乎被他拉倒。

"真是个麻烦精！冬冬，把锅盖扔掉！亶儿，你和小鱼一起拉着冬冬！"范岱咒骂了一声，一把扯起空色甩到自己的背上，又瞪向因这一停顿而回头张望的小鱼，"发什么呆，还不快跑!"

范小鱼一咬牙，待罗亶抓住了范白菜的另一只手，足下再不停顿，鼻尖却已一片酸涩。

老爹，你一定要平安地来找我们。

"姐姐，爹什么时候才能来找我们?"

相对于已经大亮的山林，十多里外某处隐蔽的山洞中还是一片昏暗模糊，加之洞穴深处不住传来水滴坠入坑洼之中的声音，更使得洞中充满一种令人心慌的不安和空洞。

"快了，快了。再过一会儿，爹一定会来的。"范小鱼抱紧了怀里颤声的范白菜，温柔而坚定地安慰道。

"师姐，让我出去看看吧?"罗亶虽然声音还算稳定，却也开始沉不住气，站了起来。

"不，现在已经天亮，你出去容易被人发现，而且外面有二叔就够了。我们要做的就是保存体力，等爹安全回来后再赶紧上路。"范小鱼斩钉截铁地肯定道。她拒绝去猜疑任何悲观面，尽量转移自己的心神，去思考昨晚所发生的一切。

事情太不对劲。

首先，这些人为什么会提前埋伏在村中？是不是就算中午范岱没有发现他们的巢穴，他们也正打算对付他们一家?

如果是早就发现了他们隐居在此，那么以这些人的卑鄙手段，不会不采取更好的威胁办法，比如趁冬冬和罗亶去上学的时候，各个击破抓住他们，或者抓住常常一个人在家的自己，然后利用他们再来逼迫两兄弟。但事实上他们却没有。因此，很有可能他们也是今天才得到他们在此的消息，所以才在他们出门的时候潜伏到村

中。范岱中午的发现也许只不过是巧合而已。

其次，他们既然已经提早埋伏在村里，为什么不趁晚上发动攻击，却偏要等到快天明了才动手？纵然村里的人都被迷昏，一时醒不过来，可是房子烧起来后，隔壁村肯定也有人会发现，他们难道就不怕引起人们的注意吗？从空色前来投奔，到后面他们的出现、离开、再回来这段时间内，究竟是什么让他们必须腾出这段最佳的杀人放火时机？

这些人隐忍这么多年，又秘密地藏身在山洞之中，为的就是有一天突然发动叛乱，平时肯定保密都还来不及，而且就算要起事也绝对会选择一个轰轰烈烈的地方——比如州衙什么的，又怎么会先来他们家呢？就算他们想拉老爹和二叔入伙，也大可不必如此性急啊！

一定还有什么她不知道的大阴谋！

这个念头突然一下子跳出来，范小鱼几乎马上就盯向了坐在对面、和他们距离仅两三米的空色。

空色原本正双手合掌、嘴唇无声地颤动着，也不知是在念经还是在祈祷，突然感到异样，睁眼一看，正遇上范小鱼冰冷的视线，不由得吓了一跳，身体本能地往后一仰。

“施……施……施主……你为何这么看……看小僧?”

“我怀疑你是奸细。”范小鱼冷冷地道。

“姐姐?”范白菜惊讶地一下子睁大了眼睛。罗亶也立刻僵直了身体，抓住了柴刀。

“不不不……小僧怎么会是奸细？小僧真的不知道……”空色惊道。

“如果不是因为你拖了后腿，我们一家早就都逃了出来了，你不是奸细又是什么?”范小鱼恶狠狠地道，并没有注意到当她说了“拖后腿”几个字后，身边的罗亶突然变了脸色。

“小僧……小僧……小僧真的不知道……没想到……小僧冤枉啊!”空色慌忙又是摆手，又是摇头，语无伦次地辩解。他原本清澈的一双美目，此刻几乎瞧得出血丝，哪里还有半分明亮的神采!

“师姐，他真的是奸细吗？若是，就让我一刀结果了他。”罗亶豁然而起。

“不……不要杀我，我真的……不是奸细啊!”空色挣扎着想要爬起来逃跑，可才站起来就因为双腿酸软而再次倒了下去。他下意识地抬起一只手护住自己的头，

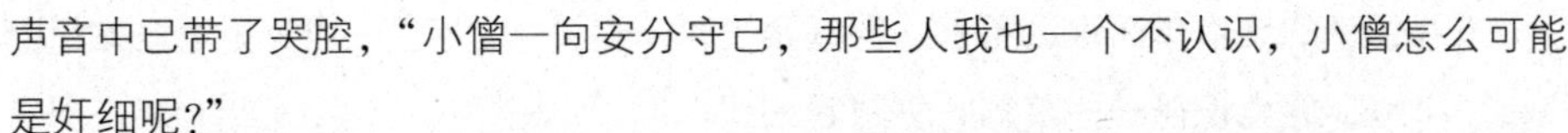

声音中已带了哭腔，“小僧一向安分守己，那些人我也一个不认识，小僧怎么可能是奸细呢？”

“既然你说自己不是奸细，那你把事情从头到尾再说一遍，包括你如何被那个夏竦看上的过程，全都一五一十地说来。若是有半句隐瞒，就别怪我们不客气。”

范小鱼面罩寒霜。一个人若是说谎，在两次三番的重复逼问之下，前后必有一些自相矛盾的地方。

“是是……小僧一定不敢隐瞒。”空色蜷着手脚，缩成一团，仿佛这样就可以保护自己。

“亶儿。”范小鱼轻唤了一声，意思罗亶先放下柴刀。

“范施主，小僧真的不曾撒谎骗人……”

罗亶一退，空色稍微放下一点心，寻回了一丝勇气，真的就老老实实从头说来，比告诉范通的还要详细。但和前两次的交代比较起来，确实前后一致，甚至连范小鱼询问一些小细节都没什么不同。

这么说，空色的出现真的只是偶然？为什么她总觉得这事和空色也脱不了关系呢？

“小鱼，快出来！你爹回来了！”范小鱼正皱眉思索，外头突然响起范岱的呼声。

众人顿时精神一阵，齐齐地沿洞口的岩石爬了上去。范小鱼身体最为轻敏，第一个拨开了树藤，一眼就瞧见几十米外，范岱正扶着一个血人向上走来。

“爹！”范小鱼一直勉强维持着的冷静，在看到浑身是血的范通时，刹那间全部崩溃，差点没踩住那长满青苔的石块又滑回去。

“师姐小心！”紧跟着她还没来得及探头的罗亶及时扶在她的腰上，心里一阵惊跳。要不是范小鱼还在前面，他马上就冲上去了。

“姐姐，爹怎么啦？”还在罗亶后面的范白菜急得差点哭出来。

范小鱼咬住牙，第一次没有回答范白菜的话。她吸了口气，一把抓住树藤跃上洞口，冲到范岱身边扶住了昏迷的范通。

“他昏过去了。”范岱扶着范通来到洞口，让范小鱼和罗亶拉开洞口的树藤，免得钩到范通，小心地抱起他下洞。

范小鱼小心地托着范通的头部侧着滑下，感觉心中从未像这一刻这么慌张，旁边什么忙都帮不上的范白菜更是忍不住哭出了声。

“我们带的这点草药远远不够，得赶紧去采一些来。”范岱一放下范通就站了起来，“小鱼，你也识得一些草药，你跟我来。”

“让我去吧。”空色出乎意料地挣扎着站了起来。他的脸上还残留着恐惧，声音中却有一丝强行的镇定，“我知道有一种草药止血特别快。”

“好，那你跟我来。”范小鱼还来不及发表意见，范岱就一把拉住他，跃上了洞口。

“亶儿，你也去，多注意他一点。”范小鱼抿了一下唇，立刻吩咐罗亶。

“好。”罗亶马上就走。

“等一下。”

“……”罗亶回头。

“你要多加小心。”范小鱼的眼中有着无奈的歉意。在这种时候，她不想让任何人去冒险，可是范岱来去匆忙，她也没空和他讨论心中的疑惑，只能让罗亶先盯着一点了。

罗亶抿了一下唇，重重地点了点头，灵活地攀出洞口。

“姐姐?”范白菜颤抖着，紧贴着范小鱼跪坐在范通的身边，“冬冬害怕……”

“不要怕，爹不会有事的，一定不会。”范小鱼搂紧了范白菜，随即又狠下心一把把他推开，“来，冬冬，我们不能坐在这里干等，快找件干净的衣服来，还有剪刀，先给爹擦一下。”

范白菜哽咽着点头，和范小鱼一起去翻包袱。两人很快就拿了剪刀和衣服回到范通身边，一个轻轻为范通擦脸，一个则小心地剪开伤口四周的衣服，一处，两处，三处……

看着那一团团深深的血迹，范小鱼不住地告诉自己，手要稳，心要镇定，可是这三年多来的生活和记忆，范通的每一份疼爱和关怀，却都如同那还在往外沁出的鲜血般，以一种鲜艳至极的姿态刺激着她的神经，告诉她，眼前这个生死未卜的男人是她的爹，是她的亲爹。

也只有这一刻，她的心中才突然有一种恍然般的彻悟。原来，不管她曾多么抗拒这个比自己前世没大多少的男人当爹，不管她曾多少次讥讽他的烂好人性格，刻意地无视他骨子里那种真正乐心助人的善良本质，都无法掩饰一个事实：她和他之间的亲情，早已从血脉到灵魂都相融在一处。

范小鱼抬头忍下眼眶中的湿热，狠狠地瞪大眼睛，继续着手上的工作。

老爹，你不是一直都是个压榨不完的劳动力吗？你不是一直都不知道什么叫疲倦和累吗？那你现在也应该生龙活虎地继续到处乱帮人才对啊，为什么这么安静地躺在这里？我警告你啊，你要是敢不醒来，敢不好过来，敢不睁开眼睛看一看我和冬冬，我发誓我真的一定会不承认你是我爹的！更别想让我为你流泪！

你听见了没有？你不要不相信，我真的会发誓的！

山洞中无热水，为避免引起那批绿林客的注意，他们又不好生火，幸好因为昨天就准备离开，范岱特地给自己准备了一葫芦酒，现在被范小鱼用来清洗伤口。

空色被外出寻草药一分心，回来时情绪倒添了几分镇定，面对血肉模糊的骇人伤口，也没流露出先前的害怕。他的手法确实有几分郎中的样子，算得上熟练，偶尔的几分紧张颤抖，也多半是因为范小鱼眼睛一眨也不眨地紧盯着他的缘故。

“我爹怎么样了？”直到最后一个布结打好，空色抬袖擦去额头上的汗，范小鱼才感觉到自己的身体仿佛被冰冻似的僵硬。

“范大侠的外伤虽然严重，但只要好好调理，没有大碍，可是……”

“可是什么？”

范小鱼握紧垂着的手，若不是刚刚就是这个和尚寻来的特效草药止住了范通的流血，又帮范通包扎妥当，就他这副吞吞吐吐急死人的磨叽样，她早就一把抓住他的衣襟逼问了。

“可是他的五脏六腑都受了伤，小僧医术浅薄，无法做确切的诊断。”空色被范小鱼的凌厉态度一吓，忙一口气说道。

“什么叫无法做确切的诊断？”在包扎的时候就烦躁得不住左右走动的范岱大怒，一把拎起空色的后领。

“呃呃……”空色被领子卡住喉咙，直吓得两眼翻白。

“二叔，你干吗？你不能伤害空色师父，他刚刚才救了爹啊！”离范岱最近的范白菜忙扑了过去。

“你给我说清楚。”范岱虽然放下了空色，声音却更严厉了，就连范小鱼也是头一次听他用这种语气说话。

“小僧不敢说……”

“你若是不说，我们就把你交给那个林大人。”范小鱼寒着脸道。

先前她还很相信，以范通的身手，就算敌人再多也能安然脱险，谁知道他们等

回来的却是……之前她为了恐吓空色，故意说他拖累了自己一家人，没想到竟然真的一语成谶，就算他刚帮了忙，她也没法这么快就释怀。

“我说……我说……”空色惊骇之下，连自称都改了。他连连后退好几步，避开了感觉比虎狮还要恐怖的范岱，才咬了咬牙，豁出去似的道：“小僧估计，如果今日日落之前再不送范大侠到医馆救治，恐怕会危及生命。”

轰！在场的四人都觉得如有滚雷炸开，僵硬若石。

“你说什么！”范岱率先反应了过来，一步一步地走过去，周身都散发着惊人的气势。

“我……我……”空色好不容易缓和的情绪，被范岱这一强压，几乎再度全面瓦解，幸好他还勉强地抓住一丝清明，急促地补充道，“只要有齐全的药材，我能救他。”

范岱的脚步顿止。

“二叔，我们马上下山。”范小鱼毅然道，立即开始收拾东西。

凡是会武之人，大都对医术略懂皮毛，纵使不能像郎中一般专业，也判断不出对方得了什么病、哪里受的伤，却可以感觉出伤势的轻重。之前她见范岱偷偷地把过范通的脉却又立刻缩了回去，心中就有了隐隐的不安，如今范岱的反常态度更加证实了这一点。所以，她已无路可走，不管外面有什么，都必须冒险。

“好，下山，不过先让我给他输点真气。”

手足情深，双胞胎连心，范岱也顾不了许多，立刻就地盘坐在范通的身后，手掌抵上脊背。大概过了两刻左右，他才收掌喘了口气，转而蹲到范通面前，“来，扶到我背上来。”

罗亶和范小鱼忙小心地架起昏迷的范通。

“我先去探路。”范岱一背好人，罗亶立刻跑向洞口，两三下就爬了出去。他先观察了一下情况，才回来拂开树枝。

范岱背着范通一跃而上，范小鱼让空色随后，自己则拉着范白菜最后离开。

响亮的鸟鸣声中，蓬勃的朝阳已一如往常般洒在山林之中，绿树红花显得生机盎然。可众人谁都没有欣赏的心情，反而犹如在四面埋伏的陷阱之中一般，走走停停，十分小心。

为了隐蔽，山间虽有樵夫长年累月打柴所走出来的小路，但众人都尽量避开。所幸这三年来范岱常在方圆几十里的山林中打猎，对地形甚熟，一行人顺利地走了半个时辰，来到一个可以居高临下俯视三面的山头。

众人正打算判断一下该从哪边走，范岱突然转身，双目如炬般瞪向来路。众人被吓了一跳，下意识地都回头张望。

果然见不远处密林的灌木在异常地摇动，而且那动静如一条线般，直接向这边延伸而来，速度十分迅捷。

“扶住你师父。”范岱立刻把范通交给罗亶和范小鱼，横着刀踏前了一步。

“呜……”

正当神经绷到极点的众人们打算一有不对就出击的时候，那灌木底下的东西发出了一声他们熟悉得不能再熟悉的呜咽，同时一条火红色的尾巴高高地竖了起来，露在灌木丛外。

“贝贝?”范小鱼失声呼道。直到这时她才想起，自从被景道山拦住、十分惊险地脱围后，自己居然一直都没想过这只跟了她三年的小狐狸的去向，心中顿时充满了愧疚。

“呜呜……”小狐狸贝贝应声跃出，一下子蹿到众人的跟前，不住地围着他们打圈，又在范小鱼的腿上厮磨着。范小鱼想要弯腰抱它，可手上还和罗亶一起扶着范通，腾不出空来。

“贝贝，贝贝……”

感动间，范白菜已张开双臂抱住失而复得的小狐狸，在它的头顶厮磨着，“贝贝，我还以为见不到你了。”

“呜呜……”贝贝窝在范白菜怀中，不住地舔着他的脸，同时不知是激动还是害怕，颤抖个不停。

“给我吧!”范岱收起刀，接过范通重新背负起来。

“对不起，贝贝，对不起！我们不是故意丢下你，不是故意不想你的。”

小狐狸贝贝虽然也喜欢范白菜，可三年来洗澡吃饭都是范小鱼在照顾，自然更黏范小鱼，几乎范小鱼一得空就挣扎着要蹿过来。范小鱼索性把它和范白菜一起搂入怀里。看见范通重伤时勉强压抑着的热泪，在这一刻被轻易地勾了出来，坠入贝贝那显得凌乱的皮毛之中。

贝贝虽然是只狐狸，可是它几乎在自己刚到这个世界的时候就陪伴在身边，也算是一个亲密的家人，她怎么能把它给忘了呢?

“好了，既然现在我们一家都团聚了，就赶紧下山吧!”范岱及时打断了范小鱼

的自责，提醒道。

范小鱼点了点头，还未抬手偷擦眼角的湿润，就已被贝贝体贴地舔掉。她心中顿时一阵温馨，抬头看看已经走在前头的范岱和背上的范通，再望望身边的罗亶，一种叫做勇气的情绪立时盈满了全身。

“走吧！”范小鱼深吸了一口气，揽着范白菜坚定地迈向山下。虽然他们现在已经无家可归，但是，只要她所挚爱的家人们都在身旁，希望就永远都不会灭绝。家，一定会再有的。

“老二……”无声的行进中，范小鱼突然耳尖地听到一声低唤。

“爹！”范小鱼立刻撒手让贝贝跳了下去，抢先一步赶到范岱身边。

众人找了块平坦处，小心翼翼地把范通放下来，让他躺在范岱的腿上。

“你们都没事吧？”范通虚弱地喘气，目光逐一掠过范小鱼、范白菜、罗亶和范岱，然后看向空色，正微笑着想说什么，可嘴巴才一张，一股鲜红的颜色就染红了他原本苍白的嘴唇。

第十四章

被陷害了

“爹？”

看见范通呕血，范小鱼的心顿时像被人猛抓了一把，又像是一脚踏空摔向悬崖，浑身紧绷了起来。众人也再度异口同声地惊呼。

“我没事……只是受了点内伤而已……”范通抬手想掩饰，却被范小鱼握住了手。

“爹，你别说话，我们这就带你去找大夫。”范小鱼说一句就咬一下唇，一边拿出手帕擦去范通唇边的血迹，一边示意范岱再背起范通，“二叔？”

“不……不能去找大夫……”范通挣扎了一下，“小鱼……你们先听我说……”

“好好好，我们听你说，你不要乱动。”范小鱼被范通的动作吓得连忙点头，第一次展露出身为女儿所应有的乖巧一面，唯恐他再动一动就会加剧伤势。

“大哥，先喝口水。”范岱沉着脸递过葫芦。范小鱼小心地喂范通喝了两口。

“小师父……”范通咽下冰凉的水，平了平气，看的却是站在圈外的空色。众人的目光顿时诧异地转向。

“啊？”空色正自一副茫然之色，范通一叫才回过一点神来。

“你昨晚说，想要抓你回去的是一个从京里来的林大人，是吧？”范通靠在范岱身上，脸色苍白得仿佛随时都会再次呕血，可神情却很肃然。

“是，他是副相夏竦的妾舅。”空色脸一白，咬唇点头。

“他死了。”范通叹气道。

“死……死了?”空色又是震惊又是懵懂。

“大哥，那个林大人死了和我们有什么关系?”范岱皱眉道。

范小鱼却已白了脸，感觉心头的那片混沌似乎霎时清明了很多，“爹，是不是和昨晚的那些人有关?”

“嗯。”这么多年，范通早已习惯了范小鱼与众不同的智力和反应，说出了原因，“他们想逼我加入他们，就去杀了林大人，嫁祸于我们和空色小师父。现在官府只怕已经在通缉我们了。”

“什么?”要不是因为范通还靠在自己身上，范岱老早就蹦跳起来了，“明明是他们烧了我们的房子还追杀我们，却说我们杀了人?”

“具体的一下子也解释不清楚，总之我们是落入人家的陷阱了。”范通叹了口气，先是看了小心地托着自己手臂的罗亶一眼，随即又看向面如金纸的空色，“所以，小师父，你恐怕一时之间不能再回风穴寺了，不知道你还有什么安全点的去处?”

“安全点的去处?”空色自昨晚起就连遭打击，神经就像被拉到极限的牛皮筋一般，被人拨了又拨，颤了又颤，此刻终于无法承受，整个人都恍惚了起来。他眼神中一片茫然麻木，自言自语似的喃喃笑道：“我为了保护自己的尊严和骄傲，不惜舍弃大好前程削发为僧，可为什么就连这样也躲不了？如今又惹上一身杀身之祸。安全去处？安全去处？呵呵……你们说，民无王法，国有龌龊，天下之大，还有什么地方是安全的?”

看着空色失魂落魄的模样，范小鱼心头不由泛起一股悲哀的同情和无奈。现在她明白景道山当时为什么不动手反而要等到天明左右了。他们想利用那段时间去刺杀那个林大人，然后故意布置假线索，引导官兵到他们家。这是他们自知对付不了她爹和二叔，所以早就准备好“得不到就要毁掉”的借刀杀人计啊!

想一想，这件案子要是传到了朝廷，今后他们一家将永无宁日，追杀他们的将是整个朝廷的力量!

这个景道山，真的好毒啊!

“这口气，我咽不下。”范岱咬牙切齿地道，“老子之前还念在武林同道的分上，想替他们隐瞒，现在他们居然这么阴人，老子今天就把洞穴里的秘密捅出去!”

“二弟，你以为他们既然敢嫁祸给我们，就没想到这一点吗?”范通喘了两口气，苦笑道，“当时在永州，我们和景道山私交甚好，他甚至还跟我说过，他也不赞成以武犯禁，没想到十几年后，他竟……咳咳……”

“爹，我们先不要说这些了，你伤得不轻，我们先找个地方养好伤再说。”见范通唇边又有血迹渗出，正自咬牙切齿、第一次有杀人冲动的范小鱼顿时一个机灵，理智地想到眼下最重要的问题。

“我的伤不碍事……”说了这么一会儿话，范通的精神明显又差了许多，却还是硬撑着叮嘱道，“千万不要下山去找大夫，这方圆几十里内，他们一定会有埋伏的……”

说着，他的目光再次扫过旁边一直插不进话、却红着眼眶的罗亶，微微地扯了一下嘴角安慰他，却不知这个动作再次落入了范小鱼眼中。

“可是大哥……”范岱急道，但才说了四个字就被范小鱼打断，“爹，你放心，我们听你的。”

“小鱼……”范岱正要抗议，却见范小鱼使了个眼色，当下只好暂时忍住。

“二叔，你想一下这附近有什么地方比较安全?”

爹为什么会在这个时候特别注意罗亶？如果是担心小辈，他不是更应该担心冬冬吗?

尽管心中塞满了苦涩、担忧，以及被强行压抑的恐惧和不安，范小鱼还是敏感地捕捉到了一丝异样。

“跟我来。”范岱跺了一下脚，背起范通。罗亶和范白菜忙跟上，随时准备扶着范通。

“走吧!”范小鱼走了十几步，回头望向犹自怔在原地的空色，冷声道，“你还不走，等着他们来抓吗?”

事情到了这个地步，这个懂得医术的和尚她是必须要带走的了。

“走和不走，有什么区别？抓和不抓，又有什么区别?”空色痴痴地看着眼前绵延的山林，一动不动，仿佛已彻底心灰意冷。

“这么说，你已经无所谓当不当男宠了?”范小鱼放开范白菜的手，让他等在原地，自己冷着脸走到空色的面前，毫不客气地道。

“不……”听到“男宠”两个字，空色空洞的眼睛里泛起了一抹厌恶和恐惧，忍不住退了一步。

“如果你不跟我们走，那就等着被那个夏大人蹂躏吧。你这么细皮嫩肉的，那

个夏大人一定会爱死你的。”范小鱼的声音清脆而又冷酷，粉刷一般将空色的面色再度刷得雪白。

“你……你怎么能……”空色怎么也没想到一个十三岁的小姑娘竟然会说出如此露骨邪恶的话来，原本苍白的面容一下子羞怒地带上了绯红。

“我只是说出事实而已。”范小鱼转身，抛下最后一句话，“跟着我们走，治好我爹，我发誓，总有一日我会让你堂堂正正、光明正大地重新当一个正常的男人，而不是一辈子都躲在和尚庙里。”

“你不过是个小姑娘，凭什么发誓?”空色震动了一下，追着她的背影喊道。

范小鱼顿住脚，背脊挺得笔直，“就凭我相信我自己!”

众人渐行渐远，空色最终还是追了上去。

小半个时辰后，范岱带着大家来到一条顶多三尺宽的狭缝之中，搬开一块乱石，一个一米多高的洞穴露了出来。

“亶儿，冬冬，你们俩好好照顾爹。我和二叔、空色师父去采药。”待到范通睡下后，范小鱼摸了摸范白菜的头，抿了一下干涩的嘴唇。

“师姐，还是我去吧。你留在洞里照顾师父。”罗亶看着她憔悴的神情，心里一阵发疼。

“不，你照顾好我爹和冬冬就行。”范小鱼深深地吸了一口气，强迫自己不要流露出其他神色，然后收回抚摸范白菜的手，反身就走。

三人出了洞，掩饰好洞口，彼此无言地走了一段路，范小鱼突然地顿住了脚步，转身看向空色，“空色师父，如果我能买到所有的药，你是不是有把握一定把我爹治好?”

“如果有足够的药材，就算我不能马上治好范大侠，可至少我能保住他的性命。”短短半个时辰，空色的脸上仿佛有了一种全新的蜕变，偏向柔美的漂亮面庞上第一次现出了坚定和自信，仿佛大雨过后的清晨一般。

“那好，你把具体的方子告诉我，我现在就去买。”范小鱼毅然道。

“要去也是我去。”范岱忙道。

“不行，现在爹伤势严重，绝对不能离开你。要是有人来了，你还得保护大家，”范小鱼断然否决，“何况现在他们重点要抓的是你和爹，我是个女孩子，他们一时之间还不会注意到我。”

“可大家都知道你是范通的女儿，要是有人告密就麻烦了。”范岱急道。

“我会小心的。而且我记忆力强，绝对不会记错药名和分量，脚程也快，是最适合去的人。”范小鱼冷静地道，同时伸手扯下自己的发髻，把头发弄乱半遮住脸，又抓了两把泥土抹脏了脸，再随手用树枝在衣服上划出两道口子，“现在你还能一下子认出我来吗？”

空色望着她，眼中不由得浮现敬佩之色。

范岱却还是顿足道：“你去买药，总会引起别人注意的，万一……”

“二叔，你的侄女不是笨蛋。现在离我们家起码已经有二十几里，小镇上不一定有人认识我。”范小鱼不想再和范岱解释，转向空色，“说吧，要抓哪些药？”

默念着空色给的方子，范小鱼一路急奔向最近的小镇。谨慎起见，入镇前她特地在地上滚了滚，把自己弄得更脏，还捡了根小竹竿当成打狗棒，这才堂而皇之地走进小镇，

像这种镇子，一般都只有一条主街，范小鱼很快就找到了药堂，可同时她也看到对面小茶馆里有两个不时望向药堂的男人。

果然有盯梢，范小鱼心中一凛。怎么办？如果她现在直接走到店里买药，那两个人一定会注意的，更何况她要买的都是伤药而且分量不小，太容易引起怀疑了。

范小鱼转了一会儿念，很快就有了主意。片刻后，她拐入药堂旁边的一条小巷，绕到了药堂后面，确定无人后迅速攀上墙头，偷偷地看向里头。

院子里晾满了药材，一个口中嘀咕不绝的伙计正在翻晒一筛筛的药材，此外别无其他人的动静。

听了一会儿牢骚，范小鱼心中立时有了计议，又悄然地滑了下来。绕着偏巷转了一圈，很快她就套了一身老妇的衣裳回来，头发则依然披散着遮住面孔。她再度翻进院中，悄悄走到那伙计身后，在他还没意识到背后有人时，把一支削得尖尖的木箭抵在他喉咙上。

“不许叫，不许回头，否则我杀了你。”范小鱼故意压低了嗓音。那伙计骇得想要点头又怕喉咙被刺穿，只好发出呜呜的含糊声。

“看见这个没有，只要你帮我做一件事，这一百文钱就都是你的。”范小鱼微微松开木箭，掏出一串钱在他眼前晃动，同时从侧面直盯着他的眼睛。

那伙计眼中果然显出贪婪之色，随即又面露惧色，道："你……你要我做什么?"

"很简单，只要你支开前面那个打瞌睡的人，然后帮我抓几副药就行了。"范小鱼道。

"你要抓药为什么不从前面进?"伙计害怕地道。

"这不是你应该问的。你只要知道如果不听我的话，那么我会刺穿你的喉咙就行了。"范小鱼冷冷地道，适当地加重了力道。

"好好好……我不问，我不问……"伙计吓得半死，却又不敢点头。

"你也别太害怕，只要你乖乖听话，除了这一百赏钱，药钱我也会如实付的。"范小鱼再度警告道，尽量让自己的声音听起来阴森恐怖，"别跟我耍滑头。我辣手毒娘纵横江湖三十几年，手下人命无数，不在乎再加你一个。"

"是是是……"

"好，现在你先想个法子把前面那人支开，然后我让你抓什么药你就抓什么药。"范小鱼推着伙计向药堂走去。

那伙计强自镇定地走到柜台，推醒了那个打瞌睡的掌柜，讨好地请掌柜去睡一会儿，他来看柜台。那掌柜瞌睡正浓，倒也没想那么多，顺手锁了装钱的抽屉，带着钥匙打着呵欠，真的就回后院睡觉去了。

见事情进行得顺利，范小鱼心中不由得叫了声阿弥陀佛。她一边留神对面茶馆的动静，一边借高大的药柜遮掩自己的身形，不让伙计发现自己的真面目，低声念出所要的药名和所需的分量。

那伙计战战兢兢一边同样低声重复着药名，一边小心地抓药称重分包，不敢稍有差池。对面茶馆里的两个男人虽然还是不时向这边望来，也看见了伙计在抓药，不过平时药店也经常有打包好的寻常中药卖，只要没人进店买药他们就不在乎，依然喝着茶聊着天。

伙计的动作还算伶俐，不多时，已经将范小鱼所需的药包好，并借着柜台的遮掩递给了范小鱼。

范小鱼用布把所有的药包好，连带院内的两个药罐也一起装了，然后如实地付了药钱，并给了赏钱。同时她又恩威并施了一番，告诉他如果能保密的话，那么下次再来抓药的时候还有重赏，要是不能保密，那他就提早给自己准备好后事。

搞定了伙计，范小鱼又翻墙离开院子，并迅速地脱掉衣服还了回去。随后她先在隐蔽处藏好药包，再用最快的速度买了一些干粮杂物，然后一路谨慎地离开了小镇。

太阳已偏移了正空，微微倾斜地照射着莽莽绿林。四周山峦绵绵，飞鸟不时从林间掠起又飞向另一处，清脆的鸣叫声令整片山林显得更加幽静。

阳光下，山头上，范小鱼手搭一根横枝，稳稳地站在高高的树杈上。她红唇紧抿，容颜疲惫却不掩清丽，从一双明眸之中射出来的光芒更是锐利而冷静。

斩草必除根，这两天明里暗里都必定会有大批人前来搜山。他们既然一时之间走不了，就只有加倍地警戒，才能保证自己的安全。在这种非常时刻，他们谁都没有时间去愤怒、去埋怨、去悲伤，就算心中有再多的彷徨，也必须坚强地武装起来。

何况……范小鱼冷笑了一下，就算那些人会就此罢手，她也不肯。范氏兄弟一生良善，他们姐弟更是年幼无辜，没理由这样遭人暗算、差点灭门，还心平气和地宽大不计。只不过君子报仇十年不晚，总有一天，她会亲手讨回这个公道。那个卑劣的景道山最好能活到那一天！

带着一丝杀气，再次确定周围的山头没有什么异样后，范小鱼才把视线投向乱石堆，眼神也略略柔和下来。

从她这个角度，若仔细看去，还是能看出有一股白色烟雾不住从下面的石穴中冒出来的，不过，由于这个石穴生得巧妙，这些烟雾一冒出就被穿过狭窄岩缝的山风吹得干干净净，了无痕迹地融入空中。这样一来，生火这个重要的问题算是解决了。

有了火，就可以熬药治伤，可以烧烤野味充饥。依照空色估计，老爹的伤势虽重，但只要服完她带回来的十几贴中药，就可以初步稳定，能承受一段跋涉而不会引起恶化。

三天，只要他们能顺利地在这里躲上三天，就可以带着老爹离开这一片危险地区。

天黑了，又亮了，虽然这中间的过程对所有的人来说都不是那么容易熬过的，但至少第二天范小鱼睁开眼睛的时候，大家都还平安地待在洞里。其后罗亶出去，

也顺利地把警戒了一整夜的范岱换了下来。

“一个好消息，一个坏消息，要先听哪一个？”范岱一进洞，就严肃地对范小鱼道。范通、空色和范白菜立时都紧张了起来。

“好消息。”范小鱼看着范岱那过分严肃的神情，嘴角忍不住勾起。在吊人胃口和故弄玄虚这方面，她这个二叔可不擅长。他这么一问，她心底倒已经猜到了七八分。

范岱张大了嘴，又挫败地合上，咕噜噜地喝了几口水才道：“好消息是，昨夜有些王八蛋来搜过山了，但他们什么也没发现，短时间内应该不会再来第二次了。”

感谢头上那股终日不断的山风，不但吹散了烟雾，也吹散了药味。否则以他们一天熬几次药的情况来看，光是这个味道也能把人引过来。这是令大家在紧张之余最感安心的一点凭据。

“那坏消息是不是那些王八蛋昨晚来搜山了？”范小鱼抿嘴偷笑。一夜无事，令她心情大好。

“不，坏消息是我饿了！”范岱瞪眼道。这一下洞里所有的人都笑了起来。

“二弟，虽说他们昨晚才来过，不过你们还是小心谨慎些才好。”笑完后，范通蹙起了眉。经过一天一夜的连续休息，又连服了四贴药，再经过范岱的疗伤，他的精神已经好了很多，能坐着和大家说一会儿话了。要不是范小鱼坚持，生性操劳的他还想亲自去外面看看。

“嗯，大哥放心，我会小心提防的。”范岱正色地点了点头。到现在为止才过了一天，他们还起码要严密防备两天。

趁着昨夜刚来过人，短时间内应该不会有第二拨，范小鱼和一夜未眠的范岱便出去寻找食物，一个采集蘑菇、野菜，一个则去猎些小动物，尽可能地多准备几天的食物。

吃过午饭后，范小鱼去换了罗亶。小狐狸自从失而复得之后，就一直紧黏着她，不管她去哪里都要跟随，就算范小鱼半夜惊醒，忍不住出去看看，它也会贴心而乖巧地跟在左右。

放哨的时间漫长而又紧张，但为了众人的安全，没有一个人敢掉以轻心。不过只要有心，还是可以在其中找到一些乐趣的，比如，在枝丫横斜交叉的树杈上练轻功。

此外，除了警戒之外，范岱还带着罗亶和范白菜制作简易的大小箭镞，以御来敌。大树上也一直准备着一张弓和一袋箭。幸运的是，尽管大家都提着心，可直到夜幕降临，这条十分狭窄的山缝周围依然很平静。这代表着最重要的三天已经过去了一半。

第二个夜晚，大家睡得比前一夜安稳。当范小鱼来到树下，看见范岱冲自己笑的时候，一颗心又安定了许多。

不过，事实证明两人都笑得太早了，就在范岱刚跳下来，范小鱼还未在树杈之上找到一个好位置的时候，她猛然一惊。

“二叔！”范小鱼立时一声低呼，正准备好好伸个懒腰的范岱动作顿止，一屈身又跃了上来，朝着她所指的方向望过去。

两座山头外的一处低谷中，突然出现了一队人，不，应该是一支队伍。

不错，正是队伍。范小鱼和范岱的视力都不弱，此刻虽然距离还远，但是那统一的官兵服饰和旗号，他们是绝不可能认错的，那是州衙里的民兵以及弓弩手。

“别慌。”范岱沉着地道。他一边扭头再次打量四周的地形，一边回头望望石穴处，对范小鱼道：“一切按计划行事。”

范小鱼抿了抿唇，立即下树安排。众人原本第一日就准备好面对这一刻，现在听说真有官兵来搜山，紧张归紧张，处理起来却井井有条，很快就把篝火熄灭，合好药罐，埋了药渣，收拾好了行李。

“小鱼，跟你二叔说，我已经没有大碍，我们还是马上离开，不要冒险留下了。”范通挣扎着要站起来。

“爹，你要对我们有信心！”范小鱼坚定地道。

“可是……”

“不会有可是的。”范小鱼让范白菜把范通拉坐下，又特别地嘱咐了罗亶几句，自己则携着两捆套上衣服的干柴，悄然回到树上，却见那支队伍并没有直冲这边，而是已成横队，开始仔细搜索，看情况，不到半个时辰就会搜到这边来。

“这些官兵平时虽然都是软脚虾，可不能杀，还真有点麻烦。”范小鱼皱眉道。

“要是实在不行，那我们就只有大开杀戒了。大不了之后我们就向西走，永不回中原。”范岱毫不犹豫地道。

向西，那可是吐鲁番或西夏啊！

“行了，东西放这里，你回去吧。对了，那个空色胆太小，等会儿先让他蒙住

嘴，免得他叫出声来。”范岱把假人放在枝丫间，就催促着范小鱼回洞，“你们把洞口收拾好，然后准备好弓箭。要真是两个法子都行不通，那杀就杀吧，反正这些人也没少对老百姓造孽。”

“若是逼不得已也只好那样了。二叔，你一定要小心！”范小鱼点头下树，不放心地叮嘱道。

老爹功夫那么好，现在依然不得不躺着养伤，连路都走不了，要是范岱再出什么事，他们一家就更没活路了。

“放心！我说的只是以防万一而已，又不是说一定要杀人。”范岱嘿嘿一笑，“你们尽管把洞口堵好，只要不让他们看出来，就是这两个假人我们也不一定用得上。”

“但愿一切顺利。”范小鱼又看了一眼远处的人群，长吸了口气回到洞中，却见范通正坚持着要从甘草榻上起来。范白菜和空色拼命地按着他，不让他乱动，刚才听到的声音正是下面的干草所发出的。

“小鱼，我们赶紧先离开避一避，绝不能和他们硬碰硬。这些官兵都是被利用的，要是真动手伤了人，以后我们可真就成了朝廷的钦犯了。”范通着急地道。不知道是不是兄弟连心，他一下子就猜中了范岱的最坏打算。

“爹，二叔就是没打算和他们拼命，所以才让我们扎了两个假人到时候引开他们。你应该相信二叔的轻功。这些官兵不是那天晚上的武林众人，二叔不会有事的。”范小鱼镇定地走过去，双手按住范通的肩头，微微一使劲，就把他按回临时的草榻上。

三天的时间，如今已过去了两天多，只要不是逼不得已，她绝对不让空色的疗程功亏一篑，更不能让老爹留下痛苦一生的后遗症。

说完，范小鱼招呼罗亶一起布置洞口。

他们先用早已准备好的几根大树枝交叉着横在洞口，又搬过几块大石头，一些放在洞口，掩住洞穴的绝大部分，一些则压在粗树枝上面。让身材已相当高大的罗亶先下去，范小鱼自己则随后再缩小空隙，直至她只能勉强进入，才小心地滑进光线愈发昏暗的洞中，伸出手托起放在边上的石头，恰好封好最后一个空隙。

做完了这些力气活，范小鱼只略略平缓了一下呼吸，就和罗亶守在两边特意留出来的空隙中，谨慎地观察外头的动静。尽管他们视力所及十分有限，但只要能看到一丝外界的情况，心中就多了一份安定。

范通脸上原本尽是担忧之色，但看着女儿和徒弟有条不紊地忙碌，行事竟远比自己还要镇定，无声地叹了一口气，不再言语，索性专心地闭上眼睛开始调息。

罢了罢了，既然大家都不肯走，那就冒一次险吧。若是到最后这个洞穴仍被搜到，他就是拼着不要性命，也要保护他的儿女安然脱险。

第十五章

真正的祸因

等待的时间似短又长，看不到日头，范小鱼也不知道到底是过去了几刻，还是半个时辰，唯有凝起全部心神去倾耳细听。初时，她听到的尽是风声，渐渐地，其他的声音也加入进来，偶尔能听得一两个字的人声，再不久，人声便清楚起来，中间好似还有树枝被砍伐的杂音，偶尔回头看看洞里，光线虽淡，却仍能清楚地瞧见自己的弟弟和空色那惶恐的神色。

再看侧旁的罗亶，棱角分明的俊脸上神色虽凝重，炯炯有神的目光中却透着刚毅和坚定，只一眼便看出他要保护大家的决心。范小鱼不禁微微一笑，注意力又转到外头。

又隔了一会儿，声音渐渐地近了，显示着山谷中的人明显地多了起来。就在洞里头的众人祈祷着这些人赶紧离开山谷继续往前的时候，队伍突然停下来了，此起彼伏地传来暂时休息的号令。

这些人居然就停在这里休息！

这一下，不光是范白菜和空色，就连范小鱼和罗亶的心也提了起来。要知道假的东西终归是假的，他们这个洞口虽布置得巧妙，毕竟还是临时移动了一些石头，难免会留下一些细微的痕迹，偏偏这些人就在这山谷中休息，若是有人无意中发现，那事情就险了。

“格老子的，累死累活地都搜了快三天了，还是半个人影都没有。老四，你说，这范家人真的藏在山里头吗？要是换成老子，早一溜烟跑到别县去了。”

还真是怕什么来什么，范小鱼才皱起眉头，已有沉重的脚步声和着喘着粗气的牢骚向洞穴这边而来。范小鱼马上回头向洞中做了个手势，示意大家都把呼吸再放轻些。

“听说那范家老大受了重伤，估计是跑不远的。而且他们又善于打猎，潜伏在山中确实大有可能。我们也只剩这片山头没搜了，大人，您就忍一忍吧，要是搜到了，那可是大功一件啊！您现在先坐一下，休息休息……您喝水?”咒骂声中，旁边那似乎有些智谋的随从边开解边献媚道，似乎还顺手擦了擦石头。

范小鱼尽力望去，正好瞧见一个宽大的背影重重地坐了下来。不过从她这个角度，只见其背，却看不见他的头部，也瞧不见那个随从。

这一瞬间，她背脊上还真出了一点冷汗。

一米，只差一米，那个“格老子”可就坐到他们的洞口之上了。单凭那背部的厚度和刚才的脚步声，就可断定这是个壮实的家伙，万一那时石头承载不了他的重量，只略略地向下沉一点，就足以引起对方的怀疑了。

“大功个头！林大人在我们的地盘被几个江湖毛贼给杀了，朝廷不治我们大罪就是天恩了，还敢妄想功劳？哼！”那“格老子”咕噜噜地喝了几口水，觉得喉咙舒爽了一些，声音也压低了，“说吧，你把老子特意拉到这边，想说什么?”

“大人，我说的大功可是真正的大功啊！”那随从神秘地道，“那个林大人虽是京里来的，可是真正说起来，充其量也不过是夏大人一个小妾的兄弟。那夏大人素爱美色，若是我们能给他网罗几个美女上去，事情不见得就是通天大。何况我们上头还有县丞大人和知州大人，他们可比我们更看中头顶的乌纱帽，自然会想办法，大人不必忧虑。”

“格老子的，这话你怎么不早说？早说了，老子也不用累死累活地来钻林子了。”那个“格老子”甩手就是一个响亮的巴掌，“既然那个姓林的不是什么大不了的人物，那我们还在这里折腾个屁！传令下去，收队回衙。”

“大人，您先听小人说完啊！”随从委屈地道。

“有屁快放！”

“小人之所以让大人仔细地搜这片山林，好找出蛛丝马迹，抓到范家人，可不是为了那双胞胎的‘范氏双侠’，而是为了他们的徒弟。”

这话一出，洞内众人皆惊。范小鱼下意识地侧头望向罗亶，只见他的脸上也是一片震惊，想是绝对没想到这些人要抓的竟然是自己。

“他们的徒弟？范家兄弟杀人和他们的徒弟有什么关系?”众人还未回神，上面的“格老子”已不耐地道。

“大人不知，他们的徒弟姓罗。”随从神秘地道。

“格老子的，你再给老子卖关子，老子再赏你几个大巴掌吃。”

“是是是，那小人就直说了吧。事情还得从三年前说起。大人可还记得三年前，伊阳县曾丢失过一个犯人，要我们协助搜捕的？当时伊阳县的人只含糊地跟我们说那是个江洋大盗，犯了不少人命案子。可大人有所不知的是，那个江洋大盗可不是普通的大盗，而是江湖之中赫赫有名的人物，人称罗半山的罗广啊!”

“什么罗广罗短的，没听说过。”

“罗广没听说过，几年前蜀地那批贵重贡品被劫一案大人总该知道吧？这个罗广，就是当时的匪首。”那随从又轻飘飘地扔下一个重磅炸弹，炸得洞里洞外的人都一阵心跳。

范小鱼的目光再度极快地扫了一眼罗亶，只见他的面色一片煞白。

早知道罗广犯的不是小案，可范小鱼没想到竟然是这么大的案子。既然是这么大的案子，为什么他却没有被囚在京城，而是关在了伊阳这个小县城呢?

“当年的匪首不是还好好地关在天牢里吗？怎么又变成这个罗广了?”

外头的那个“格老子”听起来人虽粗俗，却也不是傻子，马上就想到这个问题，代替范小鱼问了出来。

“大人有所不知，当年打劫的匪首一共有两个，一个是当年就被朝廷抓获，可至今依然不肯开口招供的诸葛荀，另一个就是诸葛荀最信任的左膀右臂罗广。只是这个罗广为人低调，而且很多人都以为他已经死了……”

两人一来一往地问答之间，洞里头的范小鱼也慢慢明白了事情的真相。

这个贡品被劫的案子发生在八年前的蜀地。由于案情重大，当时朝廷立刻派出了最为精明能干的禁军亲自抓贼，周围几个县府同时行动，还真就在两个月后抓获了匪首诸葛荀。可是由于事情已经发生了一段时间，那狡猾的诸葛荀竟然早已把贡品藏到了一个秘密的地方。朝廷的军队连续搜索了一个多月都没有找到，只好先把诸葛荀带回京中审问，可是不管怎么严刑拷打，诸葛荀就是不肯招供，这案子也就不得不拖了下来。

贡品找不到，真宗龙颜大怒之下，狠狠地处罚了当年负责押送贡品的官员，其中一个就是这个随从的上司，都钤辖王义。

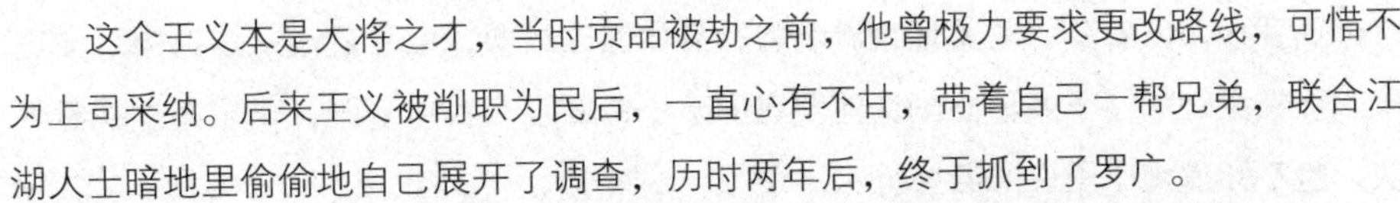

这个王义本是大将之才，当时贡品被劫之前，他曾极力要求更改路线，可惜不为上司采纳。后来王义被削职为民后，一直心有不甘，带着自己一帮兄弟，联合江湖人士暗地里偷偷地自己展开了调查，历时两年后，终于抓到了罗广。

王义原想先撬开罗广的嘴，找到贡品后再上报朝廷。他一直和伊阳县的县尉交好，就把罗广以江湖大盗的名义囚在了县衙里。没想到罗广也是个硬壳子，硬是跟王义耗了三年也不开口，反被罗广的同党最终探听到罗广在县衙里，设计救走了。

“这么重要的事，你怎么单单就告诉我一个人?”听完了随从的诉说，“格老子”半信半疑地道。

“不敢瞒大人，都钤辖王义正是小人的恩师。小人对大人的这番肺腑之言，也正是恩师的授意，大人此番若是能帮我恩师……”那个随从的语声突然不卑不亢起来，侃侃而谈，既巧妙地恭维了“格老子”，又很好地保存了那个早已失去官职多年的“王大人”的尊严，同时又抛下了抓钦犯找贡品立大功的这个重磅诱饵。

他的口才甚好，滔滔不绝之下，那个“格老子”明显动心了，不过他仍有疑虑，“可那个罗广三年都不肯开口，就算我们能抓到他，若还是得不到贡品的下落，不是白忙一场吗?”

“所以，我们才要尽快找到罗广的儿子罗亶。”随从胸有成竹地道，“据小人所知，这个罗亶是罗广的独生子。那罗广在狱中数年，早已是个废人，就是给他十个八个大姑娘，也是看得到吃不着，这辈子都甭想再生个一儿半女出来了。如果我们抓到他的独苗，掐着他家的香火，还怕他不自投罗网吗?”

“格老子的，妙啊！好，就这么办，不要休息了，立刻搜山，老子非翻出这个小兔崽子不可。”

“格老子”兴奋地一拍大腿站了起来，立刻大步向前走去，一边走一边大声地吆喝手下立刻起来继续搜查。

“狗屁大将之才！四肢发达，头脑简单，若不是为了利用你，老子宁可去吃狗屎也羞于拍你的马屁!”那个随从却没有马上离去，而是狠狠地给自己灌了口水，低声骂了一句，才调整情绪急步跟了上去。

一阵嘈杂的人声之后，山谷又恢复了宁静，可直到再也听不到半点人声，洞里面还是一片悄然无声。

范白菜和空色是范小鱼没发话，还不敢把嘴上的布条拿开，范通却在看洞口的范小鱼和罗亶。

而罗亶，低着头，紧紧地咬着嘴唇，身体微微战栗，似乎还没从震撼中反应过来。而按平时的性子本该立刻询问罗亶的范小鱼却没有看他一眼，仍一直注视着外头，也不知道她心里在想着些什么。

"咳咳……小鱼，外头的人都走了吧？"良久之后，范通终于第一个先开口。

小鱼还没答话，罗亶已跳了下去，大步走到范通面前，咚咚咚地就猛磕起了头，"师父，徒儿不孝，是徒儿连累了师父一家。"

"亶儿，你这是做什么？"范通大急，挣扎着想去拉罗亶，范白菜和空色忙扶住他。

"亶儿，你起来。"一直望向外头的范小鱼终于开腔，声音淡淡的，无喜无怒，却仿佛有一股特别的力量般，令罗亶再也磕不下去，只好默默地站了起来。

"来帮我一下，二叔回来了。"范小鱼若无其事地顶开上面的一块石头。罗亶怔了怔，疾步走了过去，与她合力打开一个缺口，让范岱进入。

"好了好了，那帮王八蛋总算走了。"范岱一进来就开心地笑，可还没笑完，却见洞内众人的神色似乎都有些不对劲，不由奇怪道，"你们这是怎么了？"

他这一问，罗亶顿时直挺挺地又跪了下来。

"好好的，你干什么？"范岱被他吓了一跳。

"亶儿，男子膝下有黄金，不能动不动就屈膝下跪，何况这事也怨不得你。来，你到这边来，小鱼也过来。"范通叹了口气，对众人招了招手。

范小鱼应了声，先和范岱把洞口重新掩饰好，才一起走到范通面前。她帮范白菜取下了布条，也示意空色可以拿下了。

罗亶默默地起身，走到范通面前，眉目却一直低垂着，谁的眼神都不敢接触。极度的羞愧和自责不住地在他寒铁般的俊脸上来回变幻。

范小鱼心里头也同样复杂。当年范通收留罗亶的时候，她本就不是很乐意，可是后来三年的朝夕相处，早已让她消除了对罗亶仅有的一丝成见，后来更是视他如自己的亲弟一般。现在她当然不会再随意地怪罪罗亶，只是一想起他那个心机深沉，居然给他们家带来这么大麻烦的爹，心里就有疙瘩。

当年当铺无奈出手教训了几个官兵那是小事，躲一躲也就过了，可如今却摆明是宗大案子，他们一家一旦卷入，再想要脱身是极难的。她就是气量再大，一想到自家一生都将因此而偷偷摸摸地生活，这口气也是一时平不下来的。

不过……目光转到罗亶那无地自容的神情上，范小鱼又在心中叹了口气。唉，

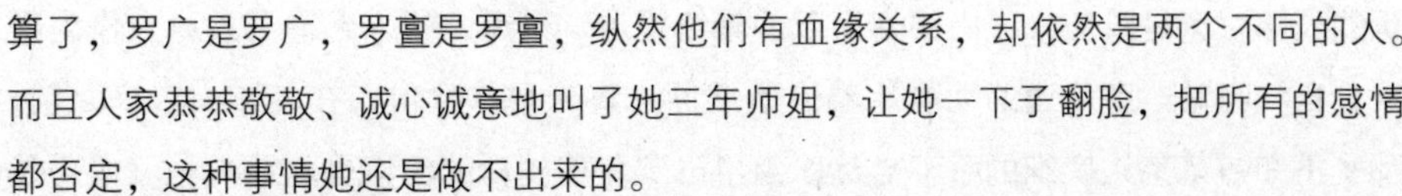

算了，罗广是罗广，罗亶是罗亶，纵然他们有血缘关系，却依然是两个不同的人。而且人家恭恭敬敬、诚心诚意地叫了她三年师姐，让她一下子翻脸，把所有的感情都否定，这种事情她还是做不出来的。

“难怪那天景道山和我交手时，拐弯抹角地要我交出什么宝藏，又说一定要找到你，原来他说的竟然是那批贡品。”范通又叹了一声，脸上的神态却是一如往日般祥和，“亶儿，你跟师父说一句老实话，你知不知道你爹当年劫持贡品的事？”

“贡品？什么劫持贡品？”范岱一头雾水地插话，却没有人有空回答他，都将目光投在了罗亶身上。

罗亶咬着牙，摇了摇头。

“既然不知道，那你根本就没必要自责自己，更谈不上连累师门。”范通微笑了一下，“你爹是你爹，你是你，不管你爹曾经做过什么样的事情，师父都知道你是个好孩子。父辈的恩怨本来就不该牵扯到下一代。以前我们不知道他们是在找你，现在既然知道，那我们以后加倍小心些也就是了。”

“师父！”此话一出，罗亶的眼眶顿时迅速通红，再也忍不住喉中的哽咽之声，第三度重重地跪了下来。山洞里的地面本就崎岖不平，多是锐石，他连续三跪，膝盖处顿时有鲜血渗了出来。

“爹刚刚才说男儿膝下有黄金，让你不要跪，你怎么一转头就忘了。”范小鱼叹了口气，亲自把他拉了起来，责备道，“以后的路还远着呢，冬冬和空色师父少不得要你多照顾，你要是受伤，我们的行程不就又耽搁了吗？真不听话！”

范小鱼边说边把罗亶推到一旁的石头上坐下，然后转头对空色道：“空色师父，麻烦你来帮他处理一下。”

空色忙应了一声，走了过来。

“师姐……我……”她这一叱一拉一推，罗亶眼中的热泪顿时忍不住坠落了一滴，立时又低下头去。

“我什么我？我既然是你的师姐，难道自家人还要窝里斗不成？”范小鱼叱道。

“你们倒是告诉我，这到底是怎么回事啊？”范岱终于忍不住瞪眼道。

“我来说吧！”范通道，“事情还得从景道山偷袭我们那一日说起……”

听完了范通的前后叙述，结合前因后果，范小鱼这才恍然大悟，不得不感叹命运的神秘。

果然福无双至，祸不单行！没想到那天清晨她和罗亶练武回家路上的一声无意

识的长啸，竟是致使景道山循音而至的最终根源。景道山的人选择了大风穴作为巢穴，自然经常留意周边的动静。若是他们俩一直未暴露身份，在景道山未来之前，那些不知道范家人底细的手下自然以为早已定居槐树村的他们是本地人。可偏巧是在景道山来的时候，却听见了罗亶那一声长啸，然后一打听名字，就什么都知道了。

“原来这祸端还是因我而起。”比起范小鱼的无限感慨，罗亶却更是麻木怔滞，脸上仅有的一丝血色已褪得干干净净。

“你胡思乱想些什么！要这么说，那算起来该是我先惹了祸才对。”范小鱼见他神色不对，眉头一皱，走过去用力地拍了一下他的肩头。那天是她先一时意起喊了一嗓子，罗亶才跟着长啸的，要不是她……唉……NND，这世上的事情怎么就是这么巧呢？

“算了，你们都不要再争了，常言道是福不是祸，是祸躲不过，也许是老天早已注定要让我们一家受一次磨难。好在大家都没事，这事儿就让它过去吧，以后都不要再提了……”范通咳了一声，对范岱道，“老二，你再去瞧瞧他们走远了没有？此地不可久留，我们还是尽早离开的好。”

范岱点点头，转身就出洞而去。

“爹，你说了这么多，也累了，先躺下休息一下吧，其他的事情等二叔回来再说。”见范通神色倦怠，范小鱼忙和范白菜扶他躺下，并特意让罗亶赶紧生火熬药，借以分散他的注意力，自己则还是出去放哨。

不久之后，范岱平安地回来，带了一个好消息，说所有的人都朝着昨日他特意开辟出来的“逃亡之路”追踪而去，估计不会再回到山谷了。

大家好奇地追问什么是逃亡之路，范岱先是故弄玄虚，后来被范白菜再三地要求，又经范小鱼的磨刀霍霍，才终于嘿嘿笑着，说那是前天他为了以防万一，灵机一动之下，特地抓了一只兔子，洒了一路的血，又伪造了一番，所以，今天那些人一翻过了这座山峰，就朝着那头奔去了。

众人顿时哈哈大笑，连赞范岱聪明，洞里头的气氛顿时活跃了起来，之前的凝重再也不存一丝。就连罗亶也不禁露出了一丝笑容，好像也释怀了，可是这个笑话究竟是不是真的可以粉饰一切，却只有他自己心里最清楚了。

纵然范家人都不责备，不介意，可难道事情就真的这么过了吗？

就算今日过了，那未来呢？

景道山要找他，那个抓了他的亲爹又折磨了他亲爹三年的王义要找他，如今又增加了正式的官府中人，以后的路，他们又该怎么走，才能保证所有人的安全呢？

这一夜，罗亶无眠了。

轰隆隆……

时值正午，本该是一天中光线最为明亮的时刻，可今日却因头顶密集的乌云而显得格外昏暗，阴沉得犹如傍晚。嵩山脚下的官道之上，因狂风大作而四处黄尘飞扬，迷人眼睛。随着雷声的越发加剧，豆大的雨滴很快打湿了干尘。不到片刻，一场如注的暴雨已覆盖住整片地区，尽显天地之威。

雨雾溟濛的官道上，早已不见一个行人。虽说天气已暖，可若被这大雨淋上一场，却也不是小事，体质差一点的一场风寒可就难免了。因此早在天气初变的时候，大家就纷纷地去寻避雨之所，可是那几名从几日前就奉命在官道上设卡的官兵就没有那么幸运了。

卡哨旁虽有个临时搭建的草棚可以避雨，可这棚子总共也不过巴掌大，加之没有四壁，这暴雨一下，饶是众人已经尽量地往中间挤，衣服还是被淋湿了一大半，官兵们顿时咒骂连天。

“妈的，那几个兔崽子都是瞎子吗？没看见这鬼老天变脸，居然连蓑衣也不给我们送一件来！”

“他们嫉妒咱哥们还来不及呢，会给我们送雨具才怪！昨儿个夜里，那个猪二还酸里酸气地来问我们捞了多少油水？”

“呸，屁个油水！这大雨一下，哪个傻子还赶路啊？”

“嘿，李哥儿，你还别说，真的有傻子，看！”

一个官兵眼尖地喊道。众人忙顺来路望去，只见白茫茫的一片大雨之中，果然有一辆车子正摇摇晃晃地向卡哨驶来，风雨中不时地传来“驾……驾……”的吆喝声。

“本哥，你去。”

“啊，我去啊？这么大的雨……”一个胖乎乎的官兵愣道。

“让你去就去，啰唆个屁！”李哥儿一把将还在犹豫的本哥推了出去，“办事利索点，要少了，回来老子抽你！”

本哥被推出了草棚，顿时被大雨淋了个满头满脸，可想要缩回去已是不可能，

只好抹了一把脸，赶上两步跑到道中央，对着驶近的驴车大声吆喝："停下停下!"

"哟，原来是位官爷啊！官爷，不知您叫住小人有何吩咐?"赶车的是个脸色黝黑的汉子，头上虽戴了个斗笠，却早已一身湿漉，脸上斜斜地蒙着一条黑布，却是一个独眼龙。

"本官爷奉命搜查朝廷钦犯，来往车辆一律要详细检查，快把车门打开!"本哥端起官架子大声道，顺手抹了一把脸上的雨水，想速战速决。

"钦犯?"独眼龙愣了一下，声音粗噶，"官爷，这车里头是我家老爷夫人，没有钦犯啊!"

"他妈的，你是官爷还是老子是官爷？你说没有就没有啊？下来!"本哥心情本来就差，见独眼龙居然没有马上听话，顿时感觉自己被大大地冒犯了，就要一把扯下独眼龙。

"武大，外面是怎么回事啊?"本哥的手还没碰到独眼龙，里头就突然传出了一个威严的男音。

"回大老爷，是位官爷，说要搜查钦犯!"独眼龙躬身答道。

"钦犯？笑话，难道我们堂堂通判之家，还会藏什么钦犯不成?"里头的男声怒喝道。

通判？本哥心里立时一激灵，那手再也不敢向前一寸。

"老爷，叔叔虽说是朝廷命官，可人家官爷也是奉命行事，您就不要生气了。这车里头就这么一点大，有没有钦犯一眼就看明白了。这大雨天的，人家也不容易，我们就打开车门让官爷瞧一瞧，也好早点赶路。"本哥的心头还没转弯弯，里头已响起一个温温婉婉的妇人声。

"哼，罢了，武大，把车门打开，让他们瞧瞧!"男人余怒未平地道。

独眼龙忙应了一声是，跳下车辕打开了车门，一阵风雨趁机猛地灌了进去。

"哎呀，雨好大呀，夫人小心啊!"门一打开，一个娇脆脆的声音就叫了起来。本哥才大概看到里头坐了一位怒容满面的山羊胡老爷、一位妇人、一位小千金和一个脸上有胎记的丫鬟，那个丫鬟就大惊小怪地惊呼了起来，扯开一方手绢遮挡斜雨，正好遮住了那个夫人的脸。

"看够了没有?"本哥刚想再抹一把脸上的雨水瞧个仔细，那老爷又发起怒来，"哼，早知道我就让二弟派人来接了，也免得人家查钦犯查到我头上来，受这等闲气！武大，快关门!"

独眼龙慌忙快手快脚地带上车门，不待目瞪口呆的本哥说话，已往他手中塞了一小串钱，偷偷对他道："官爷，我们家老爷脾气急，您别生气。不过您也看见了，车里头只有我们家老爷和家眷，可没有什么钦犯。这大雨天的，我们还急着去找家客栈，还请官爷行个方便。"

"这……"

铜钱一入手，本哥本能地就想拿乔，嫌弃油水太少，可一想到自己才开腔，车里头的那位大脾气的老爷就一通气势威严的数落，心中不由得有些顾忌。

"武大，你还磨蹭什么呢？"不等本哥再想，里头的老爷又开骂了。

"官爷，我们老爷要是再发怒事情就不好办了！"独眼龙忙跳到车辕上，用剩下的那只眼拼命地对本哥挤眼睛。

"哦……"本哥稀里糊涂地让到一边，心里头甭提有多郁闷了。

这几天他们奉命在这里设卡盘查来往的行人，刁难勒索了不少人，不管有钱的没钱的，哪一个不是低声下气地花钱求他们放行的？哪里遇到过这种根本不把他们放在眼里的？偏偏他还没资格发火。望着渐渐远去的驴车，本哥又掂量了一下手中的铜钱，叹了口气。算了，虽然这个老爷很吝啬，但有总比没有好一点。只是，这位老爷的二弟到底是哪里的通判大人呢？

哎呀，他居然连这个问题都没问！看着渐远的马车，本哥一下子跳了起来，随即又苦笑着赶紧冲向草棚。算了，依那位老爷的脾气，他要是再阻拦，恐怕自己先吃不了兜着走了，再说车里头可是有三位女眷的，怎么也不可能是钦犯，他还是别没事给自己找头疼了。

不提那个本哥回到草棚被众人怎么盘问，却说这辆驴车继续摇摇晃晃地在雨中行了一段路，确定那几个官兵没有追上来后，车内外的人不由得都吐了一口气。

"真是好险啊，刚才我捏着嗓子说话，真怕被人听出我是个男人。"车中传出两声干咳后，响起一个男人后怕的声音。

"不单是你，我也提着心。"那个山羊胡老爷也笑道，"我范通这辈子还没当过有钱的老爷，要不是小鱼教我，这些话我是无论如何也说不出来的。"

范通？原来这车里头还真的全是钦犯啊！

"空色师父好厉害，爹也好厉害，亶哥哥也是，不过姐姐更厉害！"扮作小千金的范白菜嘻嘻笑道。

“是啊，多亏师姐想出了这个妙计，才没引起官府的怀疑。”赶车的独眼龙也笑了起来，居然不是范岱而是罗亶。

只是这车内外一共只有五人，那范岱又去哪里了？

“幸好这雨下得及时，大家配合得也都很好，让那个官兵没时间细瞧，否则这一关还真不一定能过。”扮作丫鬟的范小鱼笑道，心里也大大地松了一口气，看着空色开玩笑道，“怎么样，空色师父，虽然委屈了你当一回女人，可这个屈尊还是值得的吧？”

那天官兵搜山之后，他们虽然获得了暂时的安全，要想顺利地离开汝州却不是件容易的事。次日范岱偷偷下山探听风声，却发现他们全家都已被画了画像通缉，而且这一次的画像居然画出了两兄弟七八分容貌。

该怎么才能在画像已经遍地贴出的情况下，顺利地避开官府和景道山的耳目呢？

一番苦思之后，范小鱼率先想到了前世常在电视小说中看到的易容化装之术。于是，次日范小鱼先给自己梳了个妇人的发式，并用和上次相同的方法“借”了一件妇女的衣服混进入镇里，悄悄地购买了相关物事。回到山洞一装扮，大家还真的一时认不出那个千娇百媚的妇人是空色。

为了谨慎起见，确定逃亡方法后，他们并没有马上下山，而是足足花了两天时间研究如何把各自的角色扮演得更像，同时也让范小鱼的化装技术更为熟练，更不容易露出破绽。然后才让身为“夫人”的空色带着女儿、丫鬟和独眼龙家丁去买了一辆驴车，再在三十里之外，到约定地点把“老爷”接上了车。

至于范岱，则带着有一身显眼皮毛的小狐狸贝贝，一直隐蔽在暗处跟随保护。他武功本高，一人独行之下，想要避开那些官兵自然是小事一桩。这一会儿，肯定已经在前头那个隐蔽的转弯处等着众人了。

“阿弥陀佛！”

见范小鱼调侃自己，一身妇人打扮、脸上还描眉涂脂的空色忙低下头合掌宣了声佛号，耳根子飞快地红了起来，不敢置一语，却不知道自己这一羞涩，倒更符合了“美人”这个名头。

一般来得急的暴雨去得也快，下了小半个时辰之后，天色像是陡然被揭去一层暗涩的旧皮肤般，露出真正澄澈清亮的蔚蓝。阳光下，一颗颗露珠悬在一张张叶尖

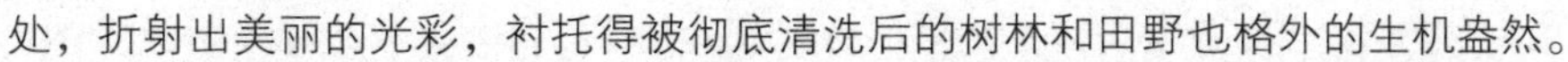

处，折射出美丽的光彩，衬托得被彻底清洗后的树林和田野也格外的生机盎然。

“啊，姐姐快看啊，彩虹！”小山包上，范白菜兴奋地拉着范小鱼的袖子，惊叹地睁大了眼睛看着天边那一道美丽的弧形。

“嗯，看见了，好漂亮的彩虹。”

范小鱼怀抱小狐狸贝贝，含笑凝望着。她深深地呼吸了一大口清新的空气，心头突然不期然地浮现出一首已经很久违了的歌曲：阳光总在风雨后，请相信有彩虹，风风雨雨都接受，我一直会在你的左右……

此刻，站在阳光中，站在彩虹下，那一夜的惊魂和不安仿佛都已如同之前的暴雨一般，融入脚下的泥土之中，深深地渗入了地底。而他们的未来，虽然暂时还会像这些泥泞的道路般有些难行，可是再泥泞的路，总有干燥的一天，再艰难的日子，也会慢慢过去。只要一家人还在一起，那么，希望就永远都会如同这道彩虹般美丽。

第十六章

人生何处不相逢

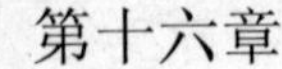

“真的是彩虹啊，我好像已经有很多年没见过了。”范通走上前，同时揽住姐弟俩的肩头，感慨地道，“这一次大家都能顺利地逃出来，真不容易啊。只是可惜了那房子……对了，小鱼！”

“嗯。”范小鱼发出了一声鼻音。

“我们……还有多少钱？”范通犹豫了一下，还是问道。

什么意思？范小鱼一时不解，回头看他。

“我们连累了人家房子被烧，总不好就这样一走了之吧？”范通叹了口气，道。

小鱼这才醒悟过来，愕然道：“老爹，你不会到这个时候还想着要赔人家钱吧？”

看着范通愧疚的眼神，范小鱼叹了口气，把荷包取出让他自己掂量，“我知道你的意思，但先不说我们接下来处处都要用钱，就是不吃不喝，把这里所有的铜钱都拿去赔给人家也是不够的。”

这三年来，全家人基本只靠两兄弟打猎为生，期间要养家，要给冬冬交学费，房租、伙食、添衣、日常开销，节省下来的也不过几十贯钱。这次匆忙逃亡，为了顺利避人耳目假扮有钱人，少不得又要装点门面，所剩更是无几了。

范通看着手中的荷包，怔了怔，有些犹豫地看着范小鱼，吞吞吐吐地道：“小鱼，爹记得……三年前……那个上官公子……好像……”

“这玉佩是用来救急的，要是当掉，我们以后吃什么用什么？”听他提到上官，

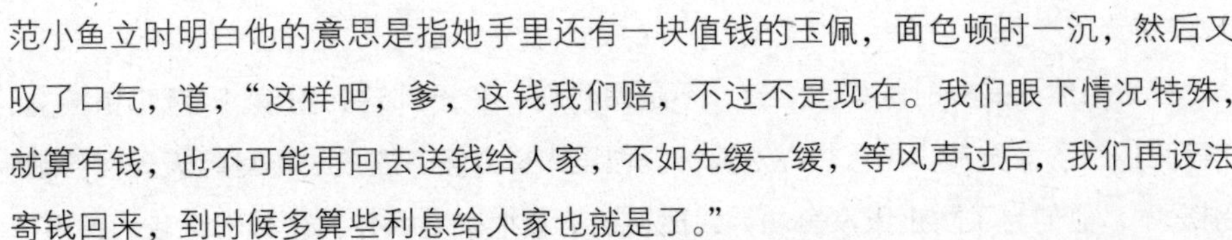

范小鱼立时明白他的意思是指她手里还有一块值钱的玉佩，面色顿时一沉，然后又叹了口气，道，“这样吧，爹，这钱我们赔，不过不是现在。我们眼下情况特殊，就算有钱，也不可能再回去送钱给人家，不如先缓一缓，等风声过后，我们再设法寄钱回来，到时候多算些利息给人家也就是了。”

范通怔了怔，才要说话，已换好衣服的范岱大步地走了过来，“我觉得小鱼说得对。大哥，我们现在就算有钱也没法给人家。我要保护大家，你有伤在身，更加不可能偷偷地回去。谁知道那些兔崽子还有什么阴谋诡计，我们还是尽快先离开汝州才行。”

“是啊，爹，房子虽说烧了，可幸好他们还有其他房子，不缺地方住，你就不要想太多了。”范小鱼点头道，“眼下当务之急应该是我们接下来该怎么走、往哪里走。”

“好吧，也只有如此了。”考虑到实际情况，范通也只得妥协，随即他又振作起精神，“既然空色师父已经决定和我们一起走，那我觉得，我们最好还是往南走吧！俗话说天高皇帝远，我们离朝廷越远，也就越安全。等过了长江，我们再重新找个偏僻的山明水秀之处隐居，大家以后平平安安地过日子，你们觉得怎么样？”

还要往山里头钻啊？范小鱼本能地觉得不妥，可还没反对，范岱却已先开了口。

“大哥，你不要老想着山里头最安全。依我看，只要有景道山那帮兔崽子在，恐怕你觉得越隐蔽的地方反而越危险。要是上次我们是住在镇里头的，他们敢这么放肆地杀人烧房子吗？”范岱不以为然地道，“事情都已经过去十几年了，可他们还没死心，那些深山老林里，还不知道藏了他们多少窝点呢，不好，不好！”

“我也觉得不好。”范小鱼一边思忖一边慢慢地道，“二叔说得对，山里头确实不一定安全。俗话说，小隐隐于野，大隐隐于市，我倒觉得越是热闹的大城市越安全。”

“大城市？”范通瞠目结舌，“可是小鱼，我们现在是官府的通缉犯啊？”

“就是因为我们是通缉犯，所以不管是官府还是景道山，才更想不到我们会去城里。”范小鱼越说，越觉得思路明晰，“画像的问题我们不用太担心，官府通缉的是两个一模一样的男人带着两个男孩子、一个女孩子和一个和尚，可现在二叔隐藏在暗处，我们又乔装打扮，只要我们低调些、谨慎些，他们很难认出我们。”

“可是我们总不能一直这样乔装吧？”范通皱着眉看了一眼马车，那里头还坐着

一位“夫人”呢！

“这当然只是一时的权宜之计，不是说我们一辈子都这么扮演。”范小鱼笑道，“等我们到了大城市，再另想办法掩饰。城里人口众多，官府总不可能天天搜查吧？别忘了，他们为了防止人家争功劳，现在还不敢把事情捅开，这等于给我们提供了机会。”

“话虽如此，可我们除了打猎也不会别的营生，而且城里不比乡下，什么都贵，开销一定很大，我们怎么生活啊？”范通又是沮丧又是无奈。

“船到桥头自然直，总会有办法的。”范小鱼却一身轻松，根本就不考虑这个问题。宋代的经济如此发达，一定遍地都是就业机会，还怕找不到工作吗？就算没有合适的工作，她也可以设法做点小生意啊！

驴车悠悠地在官道上行走着，虽然一路上除了颠簸还是颠簸，颠得人腰酸背疼，而且速度奇慢，但总算未引起任何人的怀疑，平平安安地过了好几天。

当然，这并不是说一直没有人追捕他们。事实上，他们有好几次和官兵或者是装作普通人的江湖人擦肩而过。有一回在一个茶馆里歇脚时，他们甚至清清楚楚地听到几个江湖人在盘问茶馆里的老板，可曾见过一对双胞胎兄弟带着三个男孩、一个女孩路过？惊得众人都不禁浑身戒备、心跳如擂鼓，可没想到那些江湖人却只无意地瞟了他们一眼就失望地扬长而去了，让大家虚惊一场，不过，在此之后，却也更为放心了。

至于最终的去向，在一通讨论之后，大家都觉得既然想要大隐隐于市，不如索性上京都去。

最危险的地方也是最安全的地方，就算景道山再了解范氏兄弟的为人，也万万料不到如今他们一家的大方向竟然是由范小鱼一个女孩子来做决策。

对于这个决定，空色起先还十分担忧，只因窥觊他美色的夏竦就在京城中任副相，若是被他碰上岂不是自投罗网？可他转念一想，京城之中人口繁杂，没有上百万也有几十万，只要自己深居简出，哪能那么容易碰上？更何况眼下他全靠范家人庇护，若是单独离开，天下虽大，他一个弱书生又如何能保护自己？

左思右想之下，面对范小鱼的征询，空色还是无奈地表示了同意。从不主动发表意见的罗亶更是没有异议，事实上，就算他有别的想法，他也不会说的。

因为，他没有资格，从三年前他被生父突兀地托付给师父的时候，他就没有资格，更莫论如今。

他已连累师父一家太多，真希望，上天能赐给他一个补偿报答的机会。

“你说，你还是个举人?”车厢中，几天来，范小鱼第一次用一种全新的眼光重新打量空色。

今日空色心血来潮，望着道旁满野的春色，忍不住做了一首诗，虽非绝世佳作，却是朗朗上口，别致清新，足以勾起一贯好学的范白菜的兴趣，当下便向他讨教起来。两人一问一答之下，范小鱼这才发现这个年纪轻轻的漂亮和尚不但医术匪浅，竟然还曾经参加过解试，是一位货真价实的举人，不由大感诧异。

“嗯。”空色有些赧然地点了点头，随即又失意地垂下眼，低声道，“小僧还曾立志要金榜题名、光宗耀祖……没想到……唉……”

空色苦笑了一下，住口不语。

“那你的本名叫什么?”范小鱼问道。

“小僧本姓岳，单名一个瑜字。”

岳瑜，越狱？汗，难怪老惹上官司是非？范小鱼差点一脸黑线，正想干咳一声掩饰一下，范通忽然啊了一声，张着嘴看着空色，面现喜色。

“老爹，你想说什么?”范小鱼被他啊得莫名其妙。

“先生，先生……”范通一摆手，一脸开心地笑容，指着空色笑道，“小师父既然读过书，还是个举人，不正可以给我们家冬冬当先生吗?”

“啊，对哦!”范小鱼顿时恍然，也绽开了笑容。空色既然有此文采，可不正是个博学的好先生吗?

“小僧……当先生?”空色还有点反应不过来。

“不知道空色师父愿意不愿意呢?”范小鱼笑道，范白菜也忙一脸期待地看着空色。

“小僧只怕学识浅陋，会误人子弟。”空色谦逊道，可眼中所焕发出来的神采却告诉大家，他已肯了八九分。

“空色师父的学问这么好，我家冬冬要是拜你为师，那是他的福气才对。哈哈哈，那我们就这么定了。”范通忍不住大笑道，“冬冬，快拜见先生。等晚上到了客栈，再好好地行个大礼。”

“拜见先生。”范白菜忙站起来，恭恭敬敬地行了一礼。可驴车颠簸，他的礼还

没行完，就差点栽到范小鱼的身上去，众人顿时都忍不住笑了起来。

当夜，投宿客栈后，既为了让冬冬正式行拜师礼，也为了缓解一下大家的逃亡压力，范通特地请店家做了一顿可口的饭菜，还买了几斤酒以示庆祝。气氛到酣处，自从三年前搬进新家，喝了两杯酒就醉倒、从此再也不沾酒杯的范小鱼也破天荒地喝了小半碗米酒。

可三年前她不胜酒力，三年后她依然不是酒精的对手，半碗米酒才下肚，脸颊上就迅速浮现两团桃花晕，一双明眸更是迷蒙得犹若春水。

“今天心情很好，不如我给你们唱个小曲吧？告诉你们哦，我唱的小曲保准你们谁也没有听说过……山清水秀太阳高，好呀么好风飘……”范小鱼拿着一双筷子敲着瓷碗，咯咯地笑道，意外地没有像三年前那样倒头就睡，反而格外的情绪高亢。

“姐姐醉了！”因为年小还不能沾杯的范白菜嘻嘻笑道。

“醉？谁说我醉了？我明明很清醒，看，你们每一个人我都认得！”范小鱼打了个酒嗝，瞪眼道。为了证明自己没醉，她索性站了起来，纤手稳稳地指着众人，逐一地点着手指头，同时大声地道，“你是我弟弟冬冬，你是我的小师弟罗……”

话音未落，她的身体突然一僵，随即又一软，眼看就要一头栽倒。

“好险！”众人还未惊呼，及时点住她睡穴的范岱已经稳稳地接住了她，抬手做十分后怕的抹汗状，低声道，“乖乖，差点让她把我们的老底都抖出来，以后绝对不能让她喝酒了。”

被她这一喊差点吓出心脏病来的众人都心有余悸地点了点头，可是，当众人的目光再度集中到瞬间安静得如同一个睡美人的范小鱼脸上时，嘴角却又忍不住都同时扬起，心中更因这个小插曲而泛起无限温馨的感觉。

“这阵子小鱼也够累的了，让她早点休息也好。”望着女儿，范通眼中流露出充满父爱的光芒，低低地叹道。

范岱点了点头，正欲抱起范小鱼，旁边的罗亶却站了起来，“师叔，反正我也不怎么会喝酒，还是让我送师姐回房吧！”

没想到罗亶会说出这么不合宜的话，一直严守世俗礼节的空色顿时敏感地望了他一眼，却见罗亶脸上一片平静，仿佛根本就没意识到什么男女有别。

“哦，也好，我还没喝过瘾呢！”和空色不同，一贯没心没肺的范岱却根本就没有意识到这个忌讳，顺手就把范小鱼交给了罗亶，自己又坐了下来，迫不及待地举杯对范通道，“大哥，来，我们干一杯．今晚我们也好好地喝个痛快。”

“二弟，喝酒可以，可我们还是小心点好，千万不能喝醉了。”范通正色道，同样未觉得让罗亶送自己的女儿回房有什么不对。范白菜则笑呵呵地端着小酒坛，随时打算为两人倒酒。

难道她早已被许配给师弟了吗?

见范家人都一副习以为常的样子，再看罗亶小心地横抱起范小鱼走向另一个房间，不知怎么的，空色的情绪突然莫名地低落了起来。

廊外，夜色如水，暖暖的春风柔柔地吹拂着，罗亶低头凝视着怀中人儿的睡颜，面上的平静终于破碎成片，取而代之的是如此年华的少年本不该有的复杂之色。

若是一年寿命可以换得此刻的多走一步，他宁可少活二十年，只因，这是三年以来，他第一次能如此之近地和心中的她接触，更因，也许，这同时也将是他此生唯一一次如此真切地抱着她。

又是一日夕阳西下时分，河岸边一丛丛的青芦苇随着暖暖的晚风，徐徐地摇曳着。天边的大片云彩染着余晖，炫目得犹如仙女的彩衣，别有一种仙境似的梦幻美。仿佛为了越发烘托这片美丽的晚霞，东南北三面的苍穹更是湛蓝得令人心醉。凝望着这一幕大自然的恩赐，相信有不少人会恨不得时光就此停留，永远定格。

坐在船头追随着晚霞的人儿，此刻就陶醉在这一幅画面之中，却不知在某些人的眼里，她妍丽面庞上浅浅的微笑，尤胜过千百年来历代文人骚客所赞叹的晚霞。就连她那垂在船外的赤足所挑起的一串串水花，也闪动着比珍珠还要晶莹剔透的光芒。

小舟缓缓地在河流中行进，天和地似乎都被注入了一种叫做“悠然”的元素。一切都显得那么平静，那么安宁，令人恍惚之中不觉生出一种一生都能如此祥和惬意的错觉，一如船夫那撑船的动作，先将长长的竹篙探进水中，一尺尺地放长，再一节节地抽出，然后再次如鱼儿般钻进水面，再放再收，仿佛永远都不会改变。

“姑娘，前面就是码头了，你还是赶紧把脚收起来吧，要是擦到人家的船可就不好了。”当夕阳完全坠下后，年长的艄公笑呵呵地提醒道。

“谢谢大爷。”范小鱼回过神，这才发现前头不远处停了不少船只，岸边人来人往，竟是不知不觉中已到了今晚的泊舟处。她对艄公回以甜甜的一笑，双足却顽皮

地最后一次拍打了一下水面，才缩了回来。

“姐姐，给你。”还是一身小女孩打扮的范白菜笑嘻嘻地跑了过来，递给她一块擦脚布。

“谢谢!”范小鱼笑着松手放开一直抱在怀里的贝贝，坦然擦干双足再套上鞋袜，随意四下一瞥，却见坐在舱口的罗亶和因为晕船而病怏怏地依在船壁上的岳瑜不约而同地避开了她的视线，不由抿嘴一笑。

对于这个时代来说，她一个女孩子大庭广众地脱鞋嬉水，似乎是开放了一点，不过她可不是遵从三从四德的古代女子，才不自讨苦吃地用古代的封建思想来束缚自己呢!

小船很快就靠近了两侧都是芦苇丛的码头。这种小码头虽然隔几里水路就有一个，却也已停了三条船，若再加上他们这一条，就是四条了。因为码头狭小，此刻被两条大船一挤，已再无他们的立足之地，他们只能停在旁侧。

“老爷，夫人，这里就是何家村了。”艄公显然已经很习惯占不到正式的码头，便把船撑到旁边，熟练地找了块平缓的河岸，把绳子系在一根木桩之上，然后才笑着问范通和岳瑜，“这村里头有一家小店，茶饭虽然粗糙些，价格却还公道，不知老爷夫人是上岸吃呢？还是让我家竿子去买些来?”

范通看了一眼范小鱼，范小鱼对范白菜和罗亶招手道：“冬儿……亶儿，你们跟我一起去买吧!”

走出山区之后，由于要改走水路，而且要和陌生的船夫朝夕相处，一不小心就可能在称呼上自相矛盾，而范岱也不能再像以前那样只在暗处行走，全家的身份便有必要重新调整。

商议之下，范小鱼决定让范岱扮成一个独行的陌生人，只是碰巧也要去京城，然后包下小船的范通出于善心允了顺带捎上他。她自己和范白菜也从丫鬟和千金的关系，变成一对“鱼儿、冬儿”的姐妹。罗亶则自动要求扮演仆人的角色——毕竟范通和岳瑜好歹是“老爷夫人”，总不能一个仆人都没有。

“嗯!”范白菜伸出手握上范小鱼的，三人跳下船跟着艄公的儿子找到了那家小店。小店的物价果然相当公道，可是考虑到拮据的经济状况，范小鱼还是只买了一些杂面馒头和咸菜。那小艄公看他们一家穿着不错，还带了仆从，吃东西却这么节省，不免有些惊讶，却知趣地没有插嘴。

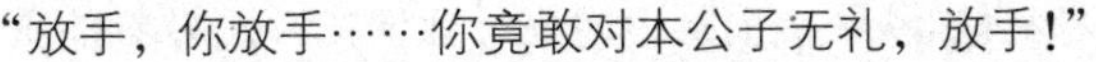

“放手，你放手……你竟敢对本公子无礼，放手！”

“还本公子，你要是公子，老子早就是大爷了！小兔崽子，要我们不扒你衣服也可以，船钱拿来！”

众人回到船上，刚围坐下来准备开吃，就听到不远处的货船上传来一阵喧哗。其中第一个声音虽然充满了愤怒，却十分清亮，听起来应该还是个少年。大伙顿时一怔，下意识地向那边望去，却被搁在中间的一条船的船篷挡住了视线，只看到两个大汉的肩头不住上下起伏。

“虽然没有钱，可我也给你们干了这么多天的活，难道还抵不得这区区几十文吗？”那少年怒道。

“就你这小身板，干的活能值几个钱？”一个大汉呸了一声，弯下腰去，似乎是去抓那少年，“你最好老老实实地把衣服脱下来，否则我们捏死你这只小狐狸抵偿！”

“放开我……你们这些无耻之徒……”那少年怒吼道。甲板上传来咚咚咚的声音，想必挣扎得正激烈。

“我们去看看怎么回事。”范通焦急地道。他只听了两句就有些坐不住了，要不是他坐在船舱里头，舱口被范小鱼和范白菜挡住，他早就冲过去了。

“爹！”范小鱼本来也有些好奇那边的争执，可是范通这么一蠢蠢欲动，她反而理智了起来，忙伸手按住想要起身的范通，暗示性地看着他，“人家坐船没给钱，拿衣服抵债也是正常的事，你不要多管闲事。”

换成平时，遇到这种事，她可能不会阻止范通行善，可问题是他们现在还在逃亡，尽力低调犹恐不及，哪里还能惹事呢？何况各人各有各人命，这世上不平事多着呢，她相信那两个船夫也不敢在众目睽睽之下行凶杀人。

“可是……”范通却哪里坐得住，“鱼儿……”

“啊……你这只畜生，居然敢咬我……”范通刚说了四个字，那船上突然传来一声惨叫。一个大汉腾地跳了起来，气急败坏地一边甩着手，一边大喊：“拿棍子来，给我敲死它，敲死它……”

什么，居然真敢杀人？这一下，范小鱼也怔住了。思想还没考虑下一步的行动，身子已自动地跳了起来，两三步就走到了船头，想看个究竟。毕竟人命关天，对方如果真要杀人，他们可不能坐视不理。

“乐乐，跑！快跑！”说时迟那时快，范小鱼刚绕过船篷，清楚地看到大船甲板

上的情景，一个披头散发的少年突然从甲板上跳了起来，猛地推开正揪着他衣领的另一个大汉，拼命地冲向踏板，同时大声喊道。随着他的呼喊，一条红影倏地从那个大汉身上蹿下，一溜烟地跑过甲板，蹿到码头上跟上了少年，而且很快就跑在他面前，冲进了芦苇丛。

呃……狐狸？居然是只赤狐？

饶是范小鱼再冷静，此刻也不禁又是一愣。那红影虽然跑得极快，可她本来眼力过人，又天天和贝贝相处，早已习惯它奔跑的速度，怎会认不出那是一只火红色的狐狸呢？而且，刚才那少年分明清清楚楚地喊了一声乐乐。

乐乐？赤狐？难道真的是当年那一只小狐狸吗？可是乐乐又怎么会在这里？她明明把它卖给那个超有钱的漂亮小正太了啊！

“嗷！”不等范小鱼弄明白这一切，只听一声嘹亮的狐狸叫声，又是一道红影冲向了河岸，也钻入了茂密的芦苇丛中。这一回，这红影却是从范小鱼的脚边过去的。

“贝贝！”这一下，范小鱼再也顾不得多想，忙一腾身跳上岸，也追了过去。

“姐姐！”

“小鱼？”这一变故顿时惊呆了所有人，范通甚至一时失口，忘记应该叫小鱼为鱼儿，直接呼出了本名，幸好没有人留意——大家的注意力都放在另一条船上了。

“不用担心，你们先吃，我就回来。”范小鱼头也不回地抛下一句，身影很快就消失在芦苇丛中。

“我也去。”罗亶立刻起身，可才站起就被人拉住。

“不用了。”阻止他的居然是范通，他暗示性地向船尾瞟了一眼。罗亶顺着转目，却见原本躺在船尾睡觉的范岱不知什么时候已经不见了。

河岸芦苇之后，便是栽植着一些矮树、庄稼的平野，以及点缀其中的村舍。暮色渐浓，少年全力逃跑之下，倒也一时掩盖了行迹，两只狐狸更是不容易看见。

范小鱼却是不急，看了一眼少年奔跑的方向后，反而回头望去。

“哎哟！”仿佛特地等着她这一回眸似的，那被少年推倒的大汉刚刚追到码头上，就突然像被绊了一下似的，狠狠地栽了个跟头，额头重重地磕在木板之上，发出咚的一声重响，想必摔得不轻。大船上的其他人早被惊动，忙跑上来扶起他。

“你们两个，还不赶紧去把那个小子追回来狠狠揍一顿。”被狐狸咬的那个大汉捂着左手一个劲地咧嘴，“哎哟……疼死我了……还有那只小狐狸……呃……你们两个废物，什么不好学，偏要学摔跟头……”

“嘻嘻……”

有了二叔出手，这几个家伙也算是得到教训了。见那个大汉又气又急差点发狂，范小鱼忍不住捂嘴偷笑，再无顾虑地向少年消失的方向轻松地掠去，同时还不忘借助地形掩护自己。

在寥寥十几户村舍里一转，范小鱼很快就把目标锁在村后的一道小土坡上，不疾不徐地走了过去。果然，才走近那不过一人多高的小土坡，她就听见了粗重的喘息声和两只狐狸低低的叫声。

哈，她还以为他很能跑呢，原来才跑这么一小段就不行了啊！看着双手撑在膝盖上，弯着腰大口大口喘着气的少年，范小鱼忍不住扑哧一笑。

“谁?”那个少年顿时如惊弓之鸟般跳了起来。随着他猛一抬头，散发飞扬着飘到了两旁，露出一张极其清俊白皙的面容，一双在暮色之中濯濯生辉的眼睛，不期然地对上了范小鱼的笑。他浑身的戒备和愤怒顿时一滞，怎么也没料到对方居然是个豆蔻少女。

“你笑什么?”想也没想的，少年方才的满腔惊恐都化为一团被人窥见狼狈的羞怒，身子几乎本能地挺直了起来，狠狠地瞪着她，“你是谁?”

我是谁？哈，还真是人生何处不相逢啊！

这熟悉的口气一入耳，再见那熟悉的眼神，范小鱼嘴角顿时一勾，看着眼前这张依稀记得的俊脸，似笑非笑地挑了一下眉。

三年没见，没想到昔日的小屁孩发育得还挺快嘛。瞧这身板，虽然比亶儿瘦弱多了，可也一眼就瞧得出是个少年了。只是当日他可是前呼后拥、被人极尽保护侍候的，怎么一转眼就沦落到这个地步了？唔，衣服虽有些脏了，但一看就是质地上乘的料子，难怪人家要扒他的衣服了。看起来他还应该是个有钱人嘛，只不知为什么会在一条普通的客船之上。

范小鱼上上下下地打量了一下当年的小正太，并在他的衣袍上特别多看了两眼，然后才转看向他旁边，伸出纤纤手指笑吟吟地一指。

少年顺着她的视线一瞧，这才发现自己旁边竟有一对瞧起来几乎一模一样的狐狸，不由讶然地张大了弧度优美的薄唇。

“呜……”贝贝蹭了一下兄弟的头，抬头对范小鱼呜咽了一声，长长的尾巴欢快地摇动着。乐乐却有些警戒地看着范小鱼，反退到少年腿边，显然早已不认得她了。

“难道你是……”少年陡然睁大了原本竭力发出凌厉眼神的漂亮星目，目光在她脸上转了又转，又看了看她那乌黑的头发，还是满脸的不可思议，“你是那个黄毛丫头?”

现在天色虽暗，可是两人距离不过两三步，五官面容清晰可见。这一细看，三年前那难以忘怀的一幕顿时浮上了少年心头。

那一年，他原本纯属路过双全镇，没想到竟在小镇上遭遇了人生中第一次挫折。偏偏因为世家公子的骄傲，他还无法把这种挫折说出去，害他足足憋屈郁闷了好几个月，甚至一看到乐乐就气不打一处来。奇怪的是，乐乐这只小狐狸偏偏黏着他，才让他渐渐地忘记了那个黄毛丫头的无理和狡黠。没想到三年后，又被当年的黄毛丫头看到了他最狼狈的时刻。

一时间，少年的脸色丰富至极。

“你就是那个哭着喊着求我把乐乐卖给你我不同意就硬抢走乐乐的娇纵毛头小子?”范小鱼也故意装出一副恍然大悟的神情，伶牙俐齿地一口气说出一长串句子，脸上却洋溢着明显的笑意。人家说“士别三日，当刮目相看”，可她瞧这正太公子儿却是三年如一日，家教也没见好转嘛!

“胡说！我哪有哭着喊着求你？我明明花了五两银子跟你买的!”

少年的性子果然还是那般经不起挑逗，不等缓过复杂的情绪，立时忍不住跳了起来，再次恶狠狠地瞪起双眼。可惜就凭他一副少年身板，还散发不出熊熊的男子气概，对范小鱼来说，这双漂亮眼睛里喷出的小火苗连根干柴也点不着。

“明明就是你把银子砸过来强买的。”范小鱼嗤鼻道，心里却没有半分的怒气，反而差点又忍不住笑出来。

哎呀呀，三年啊，没想到三年之后她还有机会报当年的“欺凌”之仇，简直太逗了！范小鱼丝毫没有自己正在落井下石的自觉，反而觉得这真是逃亡以来最为开心的一刻。

“你……哼，难怪孔夫子说唯小人与女子难养，我不和你浪费口舌。”少年重重地哼了一声，然后似是想到了什么，忙俯身抱起乐乐，警戒地看着她。

“哈哈哈哈……”看见他浑身戒备，好像她要把乐乐抢回去似的，范小鱼再也无法抑制住心中的快乐，手背抵着鼻子，笑得前仰后合。

“你笑什么笑！”少年恼怒道，越发抱紧了乐乐，“我不会把乐乐还给你的。”

范小鱼顿住大笑，有些讶异地看入他那黑水晶般的双眸中，“你真的很喜欢乐乐？”

少年别开脸，哼道：“我是男子汉大丈夫，当然说到做到。”

他的声音虽然较之当年有些成熟，可依然清朗，范小鱼脑海中又依稀地回响起那个清脆的击掌声和那一句相似的话语，“男子汉大丈夫，当然说到做到！我才不要和你玩拉钩这么幼稚的东西，我们击掌为誓！”

这个小正太，看来也没有那么不可救药嘛！

范小鱼点了点自己的鼻尖，看着少年已渐露棱角的俊逸侧脸，又向码头的方向望了一眼，决定自己还是大方些，不跟小孩子计较。

“喂，你叫什么名字？”范小鱼向贝贝招了招手，然后弯腰抱起了它。虽然用了一个喂字，但她的微笑和语声之中却含着偃旗息鼓的意味。

“我干吗要告诉你？”少年哼道，却是赌气成分大过戒备。

“我叫范小鱼，瞧在乐乐和贝贝今天好不容易重逢的分上，我们以前的事儿就既往不咎了吧。”范小鱼首先大大方方地道。

谁让她实际的心理年龄比这个小正太——哦，不，现在应该是大正太了——大好多呢，再计较不是显得她心眼太小了么？而且说实话，贝贝能和兄弟重逢，确实是件大喜事，就是瞧在乐乐的分上，她今天也得拉一把这个落魄的大正太！

“丁澈。”

少年还是用鼻音吐出了两个字，神情倨傲。可他话音才落，一阵雷鸣般的咕噜声就紧跟而来，少年那张过几年绝对能令所有女人尖叫的俊脸上，顿时无法抑制地涌上浓浓的绯色。

范小鱼差点又笑了出来。不过她和眼前的大正太虽然只相处了短短的时间，却已十分清楚他的骄傲，再想起他方才的处境，她难得地升起一丝同情，当下便假装没有听见，只是抚摸着怀中的贝贝，仿佛很随意地道：“走吧，这么晚了，乐乐也一定饿了，不如我请你们吃晚饭吧！”

走了几步，却见丁澈还红着脸犹豫地站在原地，知他脸皮薄，又催道：“走啊，难道你不想庆祝一下乐乐和贝贝的相聚吗？”

丁澈抿了一下唇，终于还是迈开了脚步。

第十七章

小虎落平阳

“你要带我去哪里?”

过了村子，感觉范小鱼是将他带向码头方向，丁澈再度警戒地停下了脚步。

“安啦，虽然你的样子一定能卖不少钱，不过瞧在你和乐乐感情这么好的分上，我不会出卖你的。”范小鱼回头一笑。

走了两步，见他还在迟疑着不肯走，范小鱼心中又泛起了邪恶的因子，“不过，我听说不少达官贵人都喜欢又年轻又俊美的少年，要是你一个人留在这里，突然被人用麻袋套住头，可不要后悔哦!”

丁澈面色顿时一白，咬牙道:“我怎么知道你没有坏心?”

“坏心！我能有什么坏心?”范小鱼挑眉，伸手比了一下他那只比自己高出三寸左右的个头，诡异地笑道，“你不会以为我是什么山寨女王，要抢你当压寨相公吧?说实话，我比较喜欢高大强壮一点的男人，你这小身板还不符合我的要求。”

“你……”这一下顿时触动了丁澈的痛处，自尊心被严重打击的少年愤怒地看着她，毫不犹豫地转身就走。

“喂，你要去哪里?”哈，这家伙还挺有个性的嘛。看到当日那个不可一世的小屁孩如今再三地被自己堵得说不出话来，范小鱼觉得心情大好，全然忘记了刚才自己还想要大方来着。

“不用你管!”丁澈头也不回。

“要不是因为乐乐，我才不管你呢!”范小鱼忍住笑，明知这时逗弄这个可怜的孩子有点儿过分，还是忍不住消遣他几句。

“乐乐是我的！”丁澈立刻转身，当然还不忘一步步倒退，貌似只要范小鱼一有想抢乐乐的念头，就立刻撒腿开跑。

“就算是你的吧。”丁澈对乐乐的保护态度让范小鱼稍稍有些感动，嘴上却道，“不过我可不能让你害了乐乐。”

“我什么时候害过乐乐了？”丁澈快要气疯了。这个黄毛丫头简直莫名其妙，天知道他为什么还在这里和她浪费时间，而不赶紧离开这里，免得等会儿那些人找来，抓他回去。

“现在天已经黑了，什么狼啊、蛇啊，等会儿都会出来觅食。你一个人带着乐乐乱走，要是乐乐被野兽吃掉了，难道不是害了它吗？”范小鱼故意哼道。

“这里怎么可能有狼？你想吓我？”丁澈神色虽倔强，却忍不住偷偷地四下瞟了一眼，往后退的脚步也顿了下来。

“信不信随你。反正没有乐乐，我和贝贝这三年也一样过来了。”范小鱼一边转身向河岸走去，一边低头抚摸着怀中的贝贝，“贝贝，我们走，等有机会，我再另外给你找个伴啊！”

一步，两步，三步……

“等一下。”才走了五步，身后果然传来预期之声。

范小鱼抿嘴一笑，笑吟吟地转身。

“我相信你一次。”丁澈明显已处于下风，嘴上却还像死鸭子一般硬，“先说明，我和乐乐是不可能分开的。要不是因为不想让乐乐冒险，我才不跟你回去。”

范小鱼原本还要讽刺一句“你以为我是为你啊，我本来就是看在乐乐的面上”，不过转念一想，她在这里耽搁也有一段时间了，再不回去怕是大家都会担心，便只笑道：“乐乐，我们走吧！”

真是虎落平阳被犬欺！

这个死黄毛丫头，等有朝一日他翻身了，一定要她对今日的无礼和戏弄道歉！丁澈死命地咬牙控制住自己，瞪着范小鱼背影的双眼几乎要喷出火来。他心中暗暗发誓，却没想过自己为什么终究还是选择了相信她。

两人一前一后地走近河岸。看范小鱼走向的小船离那艘大船不过十几米的距离，拨开芦苇丛能清晰地看见大船上来回巡视的大汉，丁澈顿时谨慎地道：“我不去了，我在这里就好。”

这个家伙的戒备心还真重啊！范小鱼翻了一下白眼，不过考虑到自己站在他的立场，确实也不会轻易相信一个连一只小狐狸都要卖五两银子的人，何况大船和他们距离这么近，便无所谓地道："随便你。那你在这里等着。"

说着，她抱着贝贝回到小船边，轻盈地跳上了船。

丁澈躲在芦苇丛里，目光不住在小船和大船之间来回，浓密的俊眉紧紧地蹙起，不安地对着怀中的小狐狸道："乐乐，你说她可以相信吗？要是她只是想骗回你，等我不注意就去告诉那些坏人，那怎么办？我已经什么都没有了，不能再失去你。"

"呜……"乐乐抬起头，在他脸上舔了舔。

"乐乐，你说，我们能找到我爹和我娘吗？"丁澈情绪低落地把头埋进乐乐的软毛之中，闷声道，"爷爷才被谪贬离京，所有的人就都变了嘴脸。其实他们从来就没有真心喜欢过我，以前都只是看在爷爷的权势的分上，是不是？乐乐，我好想我爹和我娘……可是我们的盘缠被可恶的小偷偷走了，路这么远，我们还搭错了船，以后该怎么办呢？"

原来是家族之中遭遇了大变故，怪不得境况如此天差地别了。听他的意思，似乎父母都还健在，只是离得相当远，看来他想找到亲人，只怕是不容易了。

芦苇丛前，看着浑身弥漫着迷茫的少年，范小鱼第一次感到自己似乎继承了一点范通的悲天悯人，居然升起了一缕同情心。

"可怜的孩子。"

范小鱼还未来得及叹气，旁边已响起范通的叹息声。芦苇丛里的丁澈立时被惊动，猛然抬起头来，而范小鱼则一听到范通的叹息就下意识地翻了个白眼。

"爹，我不是让你别出来吗？"

"我只是来看看这个孩子而已。孩子别怕，我是小鱼的爹，不是坏人。"见丁澈一下站起来后退，范通忙柔声抚慰道。他向丁澈做了个嘘声的动作，看了一眼大船，道："刚才的事情我们都看到了。你不要担心，你现在很安全。那些人以为你已经跑远了，不会想到你就在这里的。"

丁澈看了看他，又看了看不再抱着贝贝，反而拿了两个馒头和水的范小鱼，没有答话。他在船上已经尝够了比他年长很多、气力更是远超于他的男人们的欺负，现在对任何男人都有种本能的戒备。理智告诉他，他现在应该在这个男人抓到他之前赶紧跑得远远的才对，可是对方眼中那股明显的善意，又让他犹豫着未动。

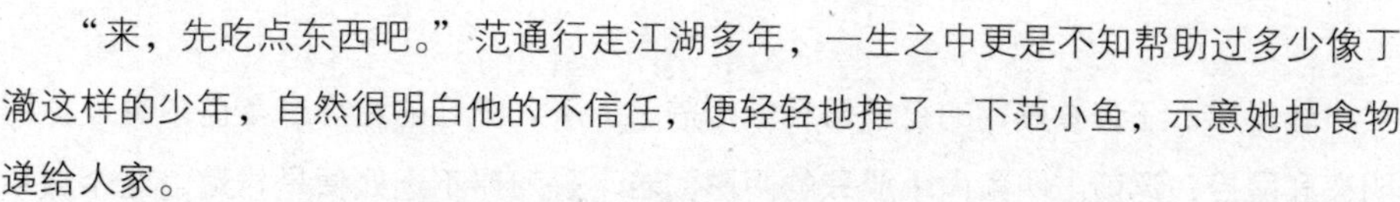

“来，先吃点东西吧。”范通行走江湖多年，一生之中更是不知帮助过多少像丁澈这样的少年，自然很明白他的不信任，便轻轻地推了一下范小鱼，示意她把食物递给人家。

“爹，你先回船上去，这里的事情我会解决。”范小鱼却站着不动。按照范通的性格，要是让他插手，非收留丁澈不可，问题是他们家现在没条件收留流浪儿，也不能收留任何陌生人。

“小鱼，这孩子和我们好歹也算是有缘，而且看起来他也一直很照顾乐乐。不管发生了什么事，我们先让人家到船上好好地休息一晚，等明天那些人离开了再说，好不好？”范通好声好气地道。

范小鱼翻了个白眼，“爹，你好心好意要帮人家，也要先看人家相不相信咱们才行。”

暂时收留一晚她不反对，否则她也不会带他过来，问题是她难得做一回好事，可某人却不领情啊！

“谢谢！”就在范小鱼以为丁澈会保持沉默或者继续骄傲地拒绝的时候，出乎意料地，他却低声有礼地道了一声谢。

呀，刚才的个性小牛犊一下子变成识时务的小俊杰了呀。她还以为他会坚持留在岸上，随时准备逃跑呢。

范小鱼不禁挑了一下眉，范通却已眉开眼笑，赶紧上前分开芦苇丛拉了他出来，往船上带，“来，我们到船上吃。船上有热汤，也暖和，我还有个儿……”

“咳咳……”范小鱼重重地咳嗽了一声。

“那个……呵呵……走吧，上船再说。”范通忙把“儿”后面的“子”字硬生生地吞了回去，拉着疑虑未消的丁澈，特意帮他挡住了向着大船的那一面。

这个小动作果然很好地消除了丁澈的部分戒心。虽然他觉得这个黄毛丫头的爹有点古怪，却还是没有反抗地跟着他。

范小鱼无所谓地让到一旁，让他们先走。她心里打定主意，决定等明日大船开拔了，就让他下船，爱上哪里上哪里。

至于盘缠，他要是聪明，把身上的衣服当了，起码值个十几贯钱，节省一点也够开销了。既不是穷途末路，他们范家也没义务要当好人，毕竟没有人生来该为其他人负起拯救的责任。何况对于这个大家公子而言，多一些磨难和历练，早一些对这个现实生活有更多的了解，也不一定是坏事。

转眼间，还带着暮气的夜色已经完全盖了下来。红红的渔灯在夜色中越发显得明亮和醒目，浮荡出四条大小船只的阴影。若不是河岸不远处便是村落，这个渡口还真有几分萧条的意味。

范家的船上也高高地挑起了一盏灯笼。船舱两侧的席子已经垂下，里面满满当当地挤了六口人两只狐狸。船舱外，凉丝丝的夜风和着河水轻荡着。侧面的草丛里，不知名的虫儿们开始低低鸣叫，只闻其声不见其影。

对于之前大船上逃脱的少年突然出现在自家船上，艄公父子除了有些惊讶，并未对此多言。左右大家都不过是临时在这里停泊一夜，而且那大船上的人在追赶时邪门地摔了好几跤后就放弃了追人，想必也只是小事一件，他们睁一只眼闭一只眼也就过去了。

倒是丁澈，紧张的神情始终没有真正放松下来，一会儿觉得这个端庄的夫人年轻得过分，又漂亮得过分；一会儿又觉得范小鱼那个活泼热情的“妹妹”总有哪里不对劲；就连一直沉默的那个独眼的仆人，也总觉得似乎不像仆人；更觉得所有人的眼神都不停地往他身上飘，让他浑身上下有股说不出的别扭。只是他腹中实在饥饿，而且他从未独自在旷野中过夜过，心中的恐惧还是占了上风，加上乐乐一直忠心耿耿地陪在身边，他多少感到有些安慰，终究还是没有跳船离去。

为避免引起大船的注意，招惹不必要的麻烦，这顿晚饭吃得异常安静。范通也体贴地没有询问丁澈任何问题，只是十分包容地接纳了他，同时还特意让出自己的位置给他睡。

丁澈不想睡，可是连日来的疲劳和终于吃饱肚子的满足，还是让他很快就迷糊了起来。范通寻了个机会，索性偷偷地点了他的睡穴，让大家都安宁，然后给他盖好了衣服。

“爹，我们可先说好了，只留他一晚上。”范小鱼把范通拉到船头，低声道。

“可是……”

“没有可是。爹，今时不比往日，要是换成前段时间，我不反对你帮人，可现在我们自身难保，你这善心就先收一收，不要老是冒出来了。”范小鱼深知他的性格，直击重点地打断他的话。要是此刻这个丁澈还是当年小正太的年龄，说不定她还会心软，可他现在是个十四五岁的少年了，他们范家又不是收容所，何况自家的未来还不知道在哪里呢！

范通搓着手赔笑，“我也没说一定要带着他走，只想看看能不能帮他一把。小鱼，我们还不知道他是什么人，现在说这些也没有用，不如等明天他醒来后再说好不好？”

当了这么久的家人，难道还不知道他这是以退为进吗？范小鱼没好气地瞪了一眼因为三寸胡子而名副其实的“老”爹，心里头很清楚，不把丁澈安排好，他是绝对不肯罢休的。她只好翻了个白眼，道：“好吧，那明天再说。”

回到船舱中躺下，意识陷入梦乡之前，范小鱼还在迷迷糊糊地想，如果只是随便解决一下大正太的问题，其实很简单。他们可以在沿河找个热闹一点的地方，帮他把衣服当个合理的价钱，给他找辆车子或是一条船，再给他指点一下生活常识以及外出行走所需要注意的事项，也就是了，毕竟，谁的人生都是靠自己走的，靠不得别人。

夜慢慢地深了，另外的三条船也逐渐安静了下来，甚至还能听到有人在大声打着呼噜。

所有人似乎都睡了，天上的星星却睁大了眼睛，一闪一闪地俯视着人间，似是把什么都瞧在了眼里，却又什么都不说出口。比如这一刻，它们看着小船上悄然地起来一个身影，轻轻跃到了岸上，选了一块石头坐下。昏暗的渔灯照出模糊的身影，隐约可见他只露出了一只眼，正是假装仆人的罗亶。

罗亶先是仰头看了一会儿星空，又怔怔地望了一会儿小船，半晌才从怀中掏出一段木头和一把小刀，小声地雕刻了起来。

船尾处，跷着二郎腿，似乎睡得没日没夜的范岱，慢悠悠地又闭上了眼睛。

丁澈陡然从梦中醒来的时候，外头天色已经大亮。船舱中空无一人，他的旁边只依偎着两只肚子都圆滚滚的狐狸。

透过竹帘，昨天船尾的那个大汉已然不见，取而代之的是正在做饭的艄公父子。船头处，梳着简单发式的少女正随手把梳子轻插在自己乌黑的秀发上，双手灵巧地帮着妹妹绑着双髻，然后系上彩带。甲板上，那个和悦的中年人正在钓鱼，他的夫人则贤淑地坐在一旁，翻看着一本书籍。

丁澈下意识地坐起，首先先看了一下周边的环境，发现小船还是停留在昨天的位置上，而且左右就只有这一条船了。

大船离开了，他这是安全了吗？丁澈心中顿时一喜。

“孩子，你醒了？”听到动静，范通回头笑道。他把鱼竿交给岳瑜，钻进舱里。丁澈立刻收起眼中的喜意，眼带戒备。

耳力敏锐的范小鱼也早在他起身的时候就知道了，却故意装作没听到，依然不慌不忙地梳好范白菜的头发，才用弯弯的桃木梳子挑起几缕发丝，反插在自己的发髻上。然后她弯下腰在河水里洗了洗手，才走进舱里，正好听见范通在关切地问丁澈是哪里人，要去哪里。

嘴角勾起一缕几不可见的笑容，范小鱼径直摆上夜间为了睡觉而拿开的小几，摆好茶壶茶杯，又去船尾看艄公煮粥的情况，笑谈间却没漏掉身后的任何一个声音。

可是范通的询问并不顺利。丁澈虽然在这里安然地度过了一晚，对他们一家却并不怎么买账。范通一连问了几个问题，他一概一问三不答。

“孩子，我知道你还不相信我们，不过我们真不是坏人。大叔只想看看能不能帮帮你。你不愿告诉我们来历也没关系，可你要是不说你要去哪里，我们怎么送你呢？”范通丝毫没有不悦，反而越加耐心地解释道。

送？她什么时候答应送人了？范小鱼本想让范通先打听出一些情况再说，没想到什么都还没问出来，她的烂好人老爹又慷慨地许了承诺出去。范小鱼额上忍不住多了几条黑线，当即转过身来，趁着范通没说出更多话之前叫了一声爹，毅然进去拉着丁澈就往船舱外面走。

这一下，谁都是猝不及防，所有人的目光都集中在范小鱼拉着丁澈的那只手上。

虽说范小鱼才是豆蔻之年的少女，还未及笄，只能算是个半大的孩子，可毕竟是个女孩子。有道是男女授受不亲，碍于船舱狭小，夜间大家同宿一舱也就罢了，现在光天化日的，范小鱼还当着这么多人的面拉着一个陌生少年的手出去，实在是……

“你跟我来。”范小鱼却压根没想这么多，不由分说地拉着丁澈跳到了河岸之上，打算走远一点，跟他单独地好好沟通一番。

“喂，你放手！”过度的震惊让丁澈直到跟着走上河岸，才反应过来两人之间多么于理不合，忙使劲挣扎，却不想握住手腕的玉手虽然温软，但那力道却让他一时无法摆脱。

他一个堂堂男子汉，竟然被女孩子拖着走，这……这……这简直是岂有此理！

一瞬间，一股前所未有的羞辱和奇窘仿佛溶解在浑身的鲜血之中，直冲脑门，丁澈脸颊顿时滚烫，就连两耳也一片火热。他几乎本能地伸出另一只手去拉扯范小鱼的手臂，同时极力地顿住了脚步，拼命地往后拽。

手上传来的坚拒让范小鱼不解地转过身，回头一看，却见丁澈不但满脸通红，整个身体都弯了起来，简直如一只红彤彤的基围虾，顿时忍不住扑哧一笑。

她这一笑，手上力道难免松懈，丁澈趁机使劲一抽，却不料用力过猛，收势不及，只听扑通一声，他的屁股结结实实地坐在了河岸的泥土之中，整个人都仰翻在地。

轰！随着一阵从臀部传来荡至全身的震动，以及身体和芦苇丛接触时的窸窣声，丁澈只觉得全身所有的鲜血都如岩浆般滚过他的心，然后一股脑儿地涌上头部，灼烧着脸颊，烫红着双耳，充斥着眼睛！

虽然他在一落地的时候就反射性地一咕噜站了起来，速度快得堪比扔进油锅里的青蛙，可白净的脸上还是控制不住地时红时白时青。按说，这段日子以来他尝尽人情冷暖，船上的人没少对他打骂，可不知怎的，他突然觉得以往所有的屈辱加在一起，也比不上这一刻的无地自容。

只可惜，丁大公子这厢虽然羞愤欲绝，范小鱼却反而有趣地勾起嘴角，好笑地道："喂，我只不过想拉你上来单独说说话，又不是要拖你去卖掉，你这么紧张做什么？"

看着丁澈急于消灭证据似的拍了拍PP和衣服，范小鱼眼神中笑意更甚。没想到这个小公子哥虽然养尊处优，反应还挺迅速嘛！

面皮通红的丁澈几乎是恶狠狠地吼道："男女授受不亲！"

"切，你现在还不是个男人，顶多只能算毛头小子而已。"范小鱼嗤笑道。

"你……你……你简直不知羞耻！"听对方居然否认自己是个堂堂男子汉，不擅言战的丁澈顿时气得口不择言。

不知羞耻？

范小鱼的笑容微微一沉。虽然她知道丁大公子是被自己刺激才骂人的，不过这个形容词真的不怎么顺耳，当下她也没心情和他闹下去了。转头看到小船上的众人都在往这边行注目礼，范通更是紧张地看着自己，范小鱼不由耸了一下肩头，好吧，不玩了，还是说正事儿吧！

范小鱼先对笑嘻嘻的范白菜做了个鬼脸，然后瞟了丁澈一眼，继续往前走，口

中一本正经地道："我有话要对你说，你跟我来。"

"凭什么你让我走我就走?"丁澈犹自气愤。

"就凭昨晚我们收留了你！当然，你要是想一个人留在这里，我们也不反对。"

呵呵，这年头帮人的反而还要求着别人让自己帮了！范小鱼扯了扯嘴角。这样固执的公子哥，若不是怕那个善良过度的老爹一直放不下心，就凭他这种态度，她可以立马返身上船，让他自己爱上哪儿就上哪儿。

"小鱼，你们好好说。"生怕范小鱼真的扔下丁澈，范通忙在船头叫道，语气中明显地含有一丝恳求。

"走吧，到前面说去。"算了，范小鱼翻了个白眼，不去看丁澈的表情，也没有再回头。要不是不希望老爹一路因此而愧疚，她才懒得管这个闲事呢！

丁澈咬了咬牙，还是跟了上去，不过没忘回头呼啸了一声，把还在睡觉的乐乐招呼到自己旁边。他不是傻子，很清楚除非自己想要一路徒步乞讨，否则现在最好还是忍一忍，看看前面的黄毛丫头要对他说什么。

两人一前一后地越过河岸，沿着田间小路走出一两百米，直到看不到小船，这才站定。

范小鱼直接开门见山，"我就直说了吧。不是我想帮你，是我那见不得人家受苦的烂好人老爹想要帮你，可是我们自己也有要事在身，不可能直接送你回家，所以我找你来单独谈。"

丁澈余怒未消，"既然这样，我自己走就是了。我没求着你们帮我。"

"嗬，还挺有骨气的嘛。你自己走，你知道该往哪里走吗？你又怎么走？吃什么？穿什么?"

"不用你管!"

"好，你丁大公子我当然管不着，可我问你，你怎么保护乐乐？你现在应该知道像乐乐和贝贝这样的赤狐是十分珍惜的吧？要是有人看中了乐乐的皮毛，要把它抢去杀掉，你怎么办?"

为了让谈话尽快地出效应，范小鱼和昨天一般，再次把话题扯到乐乐身上，以此作为突破的缺口。只因这个大正太脾气臭归臭，可对乐乐的爱护却是真心实意的，她就不过度刺激他的自尊心了。

"我会跟他们拼命。"丁澈毫不犹豫地道。

"你拼得过吗?"范小鱼凉凉地看着他，故意道，"不是我瞧不起你，就凭你这身板，连我都打不过，更别说那些大男人了。”

“谁说我打不过你?”丁澈气得握拳，哼道，“我只是不想和一个女人计较而已。”

“哦，是吗?”范小鱼轻笑着挑眉，“你不信? 那我们就来试试看吧!”

说着，她突地抢到了丁澈身前。丁澈只觉她的身影只一晃，自己怀中忽然就空空荡荡，再定睛时，就见乐乐已经落在范小鱼的手里，正在胡乱扭动着想要咬范小鱼。范小鱼不慌不忙地轻轻一捏，抓起乐乐脖颈上厚厚的皮毛，将它提了起来，任它怎么撕咬也无法如愿。

“还我乐乐。”丁澈大急，本能地冲了上来。

“来啊，能追到我，就算你本事。”范小鱼咯咯笑着，脚步轻盈地在田间闪动，看起来速度虽不快，却任丁澈怎么抓都碰不到她一片衣角。为了逗弄丁澈，范小鱼还几次故意在丁澈快要接触到自己的时候，才灵活地扭逃过去。

既然这个大正太不喜欢讲道理，那就用实际行动教训教训他好了，免得他不知天高地厚。

一次两次，丁澈越来越愤怒，呼吸也越来越粗重，却依然只是徒劳。两人你追我跑着，不知不觉又跑开了一段路，离河岸越发远了，急得站在河堤上的范通不住摇头叹气。

“咦，这小子资质还不赖嘛!”范岱不知什么时候冒出来站在范通身边，目不转睛地盯着丁澈的脚步。他越看越惊诧，低声道：“大哥，你瞧出来没，他的脚步……”

“他的脚步怎么了?”范通原本没注意，被范岱这一提醒，双目顿时睁大，“好像……啊，他竟然在学小鱼?”

“而且还学得相当似模似样。”范岱紧盯着丁澈不自觉移动的双腿，语气不由得兴奋起来，“大哥，这轻功是我们的家传步法，看起来简单，学起来却不容易。他这么快就能发现，还能模仿得如此迅速，若假以时日，他恐怕不下于我们的小鱼。没想到啊，真是没想到，竟然还有和我们家小鱼资质相似的少年。”

“只可惜他起步已晚，若是和亶儿一般年龄就开始习武，只怕此时已远超亶儿了。”范通虽然惊讶，却没范岱那么痴迷武道，只是感叹道。

“我倒不这么觉得。年龄起步固然重要，天资和勤奋却更是关键。此子如此聪慧，若是能不分寒暑，勤加练习，奋起直追，再过个三五年的，不见得比小鱼弱很

多。”范岱驳道。

范通这才惊讶地看了他一眼，“二弟，这么多年了，我还从未见你对小鱼以外的孩子产生如此浓厚的兴趣。难道你竟对他动了收徒之心吗？这个孩子资质虽好，可你看他的穿着，怕只是富人家的孩子偶尔离家出走，吃不得那练武的苦的，更别说整日只练武了？而且这收徒之大事，总得你情我愿方可……”

“大哥你说到哪里去了？我只是觉得他资质好而已，又没说一定要收他为徒。”范岱笑道，语气中却有一丝惋惜，低叹道，“其实世间真正的高手何止千百，比如昔日为小鱼摸过骨的无妙大师，他那浩瀚博大的武学就曾让你我叹为观止。这三年来，我越教小鱼就越觉得自己对武道知之甚少。若是小鱼肯一心学艺，我还真想带着她去寻访名师呢！”

“二弟，你又说痴话了。如今我们要过安稳的日子尚且来不及，怎能再让小鱼一个女孩子家去舞刀弄枪？要我说，小鱼这些年已经进步得够多了。姑娘家若是太强，将来怎么找婆家？”范通反对道，“何况别人的家传绝技，又怎能传给我们家小鱼？”

“得得得，我才说几句，你又要念叨。我这不是随便想想嘛。太阳如此好，我还是做我的好梦去吧！”范岱赶紧投降，转开了话题。他看了一眼终于放弃追逐和范小鱼重新开始谈判的丁澈，转身走向小船，果然再不理其他。

范通留在原地，远远观望着两个少男少女。没过多久，如斗败公鸡般的丁澈果然还是一脸沮丧地跟着范小鱼走了回来。另一头，一大早就出去采野菜的罗亶也同时出现。范通不由眉头一蹙。

二弟说得对，亶儿的资质确实比不上这个少年，可是亶儿至今武艺未有大成，也未尝不是和自己的疏忽有关。这三年来，自己对于这个徒弟的武学关注得并不多。范通不由升起了愧疚之心。亶儿有如此复杂的身世，自己就算是他的师父，也不可能保护他一生，看来他得和二弟商量一下，怎么更好地教教这个孩子才行了。

范通看着范小鱼和丁澈两人一前一后地走了回来，正要上前询问，深知他脾性的范小鱼却抢先一句话就堵了上去，“爹，这件事我们已经商量好了，你就不要操心了。”

不待范通说话，她又对在河岸旁洗菜的罗亶道：“亶……当，你拿一套衣服给他换一下。”

虽然罗亶比丁澈高，但将就一下应该还是不成问题的。

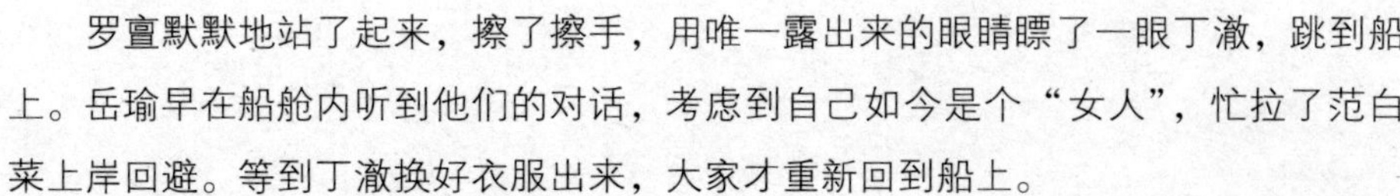

罗亶默默地站了起来，擦了擦手，用唯一露出来的眼睛瞟了一眼丁澈，跳到船上。岳瑜早在船舱内听到他们的对话，考虑到自己如今是个“女人”，忙拉了范白菜上岸回避。等到丁澈换好衣服出来，大家才重新回到船上。

范通本想再问个仔细，可他也清楚女儿的脾气，只好热情地招呼着丁澈去吃早饭。

这一次，换了布衣的丁澈出乎意料地并没有再冷漠以对，反而礼貌地道了一声谢，脸上的表情也沉静了许多。可如果仔细瞧，就能发现这份沉静背后更多是一种被打击后，对自身的能力有更多认识的带着沮丧的沉默。

为了节省时间，范小鱼拿到丁澈的衣服就地清洗了起来。范白菜懂事地站在她身旁，一手一个馒头，自己咬一口，也喂范小鱼吃一口。丁澈独坐在一旁，默默地啃着几乎无味的馒头，眼睛时不时投向姐弟俩，不知道心里在想什么。范通几次想找机会问问他，可是左右就这么一条船，空间狭小，他想避也没法避开范小鱼，又见范小鱼居然会为一个陌生人洗衣服，想他们的关系应该不会很差，便放下心来。

范岱则照样用斗笠盖着头，躺在船尾睡觉，至于他是不是经常在斗笠下面偷看丁澈，这就不得而知了。

第十八章

平静中的危机

在两只狐狸的打闹声和范白菜琅琅的读书声中，小船一路顺利地航行，下午酉时前就赶到了洧水和惠民河交接处的宋楼镇。丁澈那件华贵的外袍，也在呼啦啦的风中很快干了。

不同于半山半平原的新郑，宋楼镇四面都很开阔，镇里镇外，大大小小的河流小溪纵横交错，再蜿蜒地穿过生机勃勃的绿色田野，几令范小鱼有到了江南水乡的错觉。

在老艄公的介绍下看过小旅店，并约好明日上路时辰后，众人就此歇了下来。

为免人多眼杂不安全，范小鱼决定单独带丁澈去找当铺，同时把两只太过显眼的狐狸都留在家里。范通不放心，还是暗中让范岱跟着，却坚决不让罗亶露面。毕竟如今他才是官府和绿林都要追捕的主要人物，还是小心些的好。

丁澈不知道范岱在暗中跟随，一出门就立刻把脸拉了下来，抱着包袱腾腾腾地走到了范小鱼前面。范小鱼也懒得理他，只慢悠悠地在后面晃荡，但不管丁澈走得多快，她总是和他保持着一丈左右的距离，嘴角始终噙着一抹懒洋洋的微笑。

这小家伙，看来吃的亏还不够。他不相信这件上好的衣服当不了好价钱，就让他自己去当呗，反正当得少了，吃亏的是他自己。

“嘿嘿，乖侄女，你不和你爹说你们都谈了些什么，总可以和叔叔说吧？”范岱不露声色地走到她背后。

“他要去房州，我让他当了衣服当盘缠，等明日我们帮他找条船，这事就了了。"范小鱼耸了一下肩。

"他一个人去房州？"范岱有些惊讶，"这千里迢迢的，他一个富家小公子哥，能行吗？"

"他能不能行关我们什么事？没见我们帮他，他还不领情吗？"范小鱼哼了一声，却忍不住好奇地问了一句，"二叔，房州在哪里？离这里很远吗？"

"当然远，房州在大西南呢，过了武当山，还要百多里路。真让他一个人上路，我估计这小子很难顺利地安全到达。"

"哦，这样啊。"范小鱼拖长了音，再不说话，心中却在诧异。房州她没听说过，武当山却是知道的，果然很远啊。

范岱本想张口，可转念一想，突然浮上了一个主意，也闭上了嘴。

三人走入大街没多久，就看见一面绣着"当"字的旗帜迎风招摇。丁澈头也不回地走了进去，范小鱼却不疾不徐地在门口的小摊上流连。

范岱奇道："你不进去帮他还价？"

"人家公子爷可不要我帮忙，"范小鱼回头看了一眼当铺门口，抿嘴笑道，"不过，我打赌他马上就会出来，而且脸色一定很臭。"

"我才不跟你赌。"范岱立马想起了第一次和范小鱼进当铺的情景，忙有自知之明地摇头，继而又笑道，"哈，那他不是还得来求你？"

"唉，谁让我能干呢？"范小鱼叹了口气，眉梢眼角却都是笑意。

"哈哈……啊，他出来了……"范岱才笑了一半，立刻往旁边一闪，藏匿于人群之中。

范小鱼回头，果然看见丁澈抱着还没收整齐的衣服一脸愤怒地冲了出来，可到了人来人往的人群中，俊秀的面庞上又带上了一丝羞窘和茫然。

"怎么，没当掉么？"范小鱼斜睨了他一眼，假装十分随意地问道。她把目光投到手中那白脸面具上，好像打算为冬冬买一个玩具玩似的。

"他居然敢说我这衣服又烂又破，还说肯给我两贯钱就不错了，哼！"丁澈咬牙道，"他有眼不识货，我偏不当给他。"

"这位小哥，天下当铺都一样。你就是值一百贯的东西进了当铺，能当十贯也就不错了。"范小鱼还未开口，那个卖面具的小贩倒先开了口劝慰道。

"都是些无耻的奸商！"丁澈余怒未消。

"大哥，这面具多少钱？"见丁澈一句奸商就把所有的生意人都骂了进去，而那

小贩脸上明显有些尴尬，范小鱼忙举着手里的面具引开话题。

“三文。”小贩忙热情地道。

“给您钱。”范小鱼只略沉吟一下，就爽快地掏了钱，然后甜笑着问道，“大哥，您知道这镇上还有其他当铺吗?”

“有有有，姑娘你看到那座桥了吗?”小贩做了一笔生意，越发积极，甚至从自己的小摊后转了出来，伸手指道，“过了桥往右走，过一家绸庄一家酒楼一家珠宝店，旁边就是纪家当铺了。不过小姑娘，那家铺子的掌柜也是很黑心的，只怕高不了多少钱，你们要做好准备。”

丁澈一听，顿显失望之色。

“谢谢大哥，那请问哪里有成衣店呢?”范小鱼又笑眯眯地问。

“也在桥那头，不过要往左走，第二家就是了。”小贩知无不言，笑道，“依我看，你们还是去成衣店问问吧。那店里也收衣服，掌柜是位大婶，人挺厚道的。她虽然也出不了多少，但价格总会比当铺里高一点。”

“嗯，好的，我知道了，真是太感谢大哥了。大哥，那我们走了啊!”范小鱼礼貌地再次道谢，那小贩也十分热情地送别她。可范小鱼的笑脸转到丁澈这边就吝啬了，撇下一句“走吧”就率先向前走去。

见范小鱼对一个卑下的小贩都如此客气，唯独对自己没一点好声色，心高气傲的丁澈真想掉头就走，可他踌躇了一下，还是咬牙跟了上去。谁让他欠了人家的人情呢。等衣服当了，付给他们一家船钱和饭钱后，他一定一辈子都不要再看到这个黄毛丫头。

“拿来!”一过了桥，范小鱼就转身伸手。

“什么?”丁澈一时还不解。

“衣服呀!”范小鱼把面具塞到怀里，一把抢过他的包裹，就着旁边的石板摊开，熟练地重新折叠了起来。

“你叠衣服做什么?”丁澈心中虽很纳闷，却没有伸手回抢，眼神中透着一丝好奇。说实话，他长这么大，还从来没叠过衣服呢。

“你若是买衣服，是会选一件整齐干净的，还是会选皱成一团破旧的?”范小鱼翻了个白眼。与其说她是受不了这个小公子哥，还不如说她讨厌自己要替没给她好脸色的臭小子考虑得这么周到。难道她那流着范通血脉的血液里，也有一种叫做多管闲事的基因吗?

这个臭丫头，说话一定要这么不客气吗？丁澈深深地吸了一口气，压下想要反唇相讥的冲动。人在屋檐下，不得不低头，现在他穿他们家吃他们家的，何况她现在明显是要帮自己卖衣服。忍，再忍吧！

到了成衣店，出乎丁澈的意料，范小鱼并没有按小贩的建议，把衣服直接卖给成衣店，而是一开始就掏钱先为丁澈选了一身合身的布衣。等他换下罗亶那套较大的衣服出来，她和那大婶已经处得相当不错了。借着甜美的笑脸和礼貌中不失活泼的可爱态度，范小鱼很快地就得到了丁澈这件衣服的行价。

所谓旧货折三分，从成衣店里出来，范小鱼已经对这件衣服大概能抵多少钱有了数。她回到桥头那里想了想，转过身从怀中掏出了那块一直珍藏着的玉佩，递给丁澈。

丁澈愕然，“这是什么意思？”

“这只是暂时借你用一下的道具。等会儿进了当铺，一切都由我来说，你只要见机行事就好。”范小鱼哼道，“我可提醒你啊，这戏演得好不好，可直接关系到你这件衣服能当个什么价钱。”

“你的玉佩和我的衣服有什么关系？你也要典当吗？”丁澈俊眉顿蹙。

“哪来那么多问题？跟着！”范小鱼懒得和他多说。丁澈只得又暗自生气地走在她身后，他倒要看看她能有什么妙计。

一刻多钟后，当铺里传来一个气急败坏的声音，“什么，你这块玉不当了？”

“既然我们有了回家的路费，当然不当了。要是老爷知道公子当掉了家传宝玉，奴婢一定会被老爷骂死的。公子，我们快走吧！”一个清脆的女声笑嘻嘻地回道。

“你们……不准走！”

“不走才怪！快跑！”说话间，范小鱼已拉着丁澈冲了出来，撒腿就钻进了人群中。

除了上一次从船上逃下来，丁澈从未有过这样被人追赶的经历，当下顾不得什么授受不亲，也跟着狂奔了起来，居然能勉强跟上范小鱼的脚步。两人一口气冲过了桥头，躲到了一条小巷子里。

“没想到……你还……挺聪明嘛！”一阵急跑后，丁澈忍不住大口喘气，却见范小鱼面不红气不喘，好像比走路还轻松，心中顿时越发诧异，一股很莫名的感觉一下子冒了上来。

“雕虫小技而已。他既然想要廉价收购玉佩，当然要先给我们一点甜头尝尝，不会开太低价钱。”范小鱼探头看了一下，见桥那边并没有人追来，明白他们肯定是被范岱搞定了，便掏出那十二贯铜钱递了过去，“钱给你，玉佩还我。”

丁澈忙掏出玉佩和她交换。手上握着沉甸甸的十二贯钱，他这才长长地舒了一口气。看着一枚枚铜钱，他心里不由欷歔。放在以前，这区区十几贯铜钱，他几曾放在眼里过？没想到如今却落魄得连衣服都要典当，每一餐只能啃难吃得不能再难吃的馒头，还不是白面的。

“给钱。”丁澈还没感叹完毕，范小鱼已毫不客气地伸手，嘴角又勾起了令丁澈看着就牙痒痒的似笑非笑，“刚才买衣服花了七百文，昨天和今天的伙食费，以及我替你典当的跑腿费就算你一百文好了，一共正好一贯钱。”

丁澈二话不说，立刻分出两贯钱啪地放在她的手上。他身上虽穿着布衣，发髻也有些凌乱，脸上却已恢复了昔日的高傲之色，哼道：“这是两贯，一贯是我欠你们家的，另一贯就当本公子的打赏。”

嗬，才有了一点小钱就这么嚣张啊！范小鱼斜睨着他，又看了看自己手中的铜钱，却只收起一贯，把另一贯一把塞回到他怀里，掉头就走，“免了。”

笨蛋一个，也不想想一路上将需要多少开支。一贯钱，足够他吃几百个馒头了。

“你……”丁澈一愣，忙追了上去，恶声恶气地道，“这是我送给你的，你干吗不要？”

“我就不高兴要，不行吗？”范小鱼陡然转身瞪他，看到他手里还拿着大串的钱，忍不住再翻白眼，骂道，“你白痴啊？还不赶紧收起来，想让小偷再光顾啊？”

这个臭丫头！丁澈顿时语塞，才升起的一点感激之心顿时无影无踪，只好拿那一堆钱出气，狠狠地全部塞进怀里。

“走路小心点，不管和谁撞上都要立刻检查有没有丢钱。下一次你可不一定能再遇到我们这样的人了。”范小鱼看他整理好衣服，把罗亶的衣服往他怀中一塞，没好气地道，“拿这个挡着。瞧你呆头呆脑的，别连钱被人掏走也不知道。”

“你放心，等回客栈带上乐乐，我再也不会出现在你面前。”丁澈重重地哼道。

“求之不得！”范小鱼还他四个字。见过了这一会儿，天色已昏暗下来，街上行人一下子少了很多，两侧屋檐下都陆续地点上了红灯笼，她便再也不理丁澈，往街上走去。

然而，她才探头扫了一眼街上的行人，立刻就迅速缩了回来，紧贴着墙壁大气也不敢喘。丁澈顿足不及，差点撞到她，也吓了一跳，自动地压低了声音，“当铺的人追上来了吗?”

“嘘……”范小鱼脸色异样的白。她沉了一下脸，看到巷子里头堆了一张废弃的柜子，立刻拉了丁澈急跑到柜子后面，蹲了下来。

看她神情紧张，不像戏耍人，丁澈破天荒地没有和她作对，两个人很快挤在了柜子后。

扑通……扑通……

街上语声还有些嘈杂，巷子里的空气却仿佛凝固了一般。

身边少女的脸没有侧向自己，而是极其紧张地注视着外头，瞧不清神情，可奇异地，丁澈却感觉自己可以很清楚地听到她急促的心跳，瞧见她一下子肃然无比的眼神。

只是，他并没有看见刚才追自己的那几个人啊！丁澈充满疑虑地看着被灯光照耀着的街道，不敢轻易地出声。

两人足足蹲了半盏茶时分，才见一个人影闪了进来，焦急地低呼道：“小鱼?”

“二叔，我在这里。”

丁澈明显感到范小鱼松了一口气，并站起了身，心中更是奇怪。二叔？她什么时候有个二叔呢？再一看来人，不正是一直在船尾睡觉的那个独行客吗？这到底是怎么回事啊?

“快走。”还未等丁澈去打量那斗笠下的面孔，范岱已一把抓起他们两个，向外冲去。

“什么都不要问。现在情况很危险，有什么都等回到客栈再说。”范小鱼寒着脸道。她仿佛知道丁澈正想开口询问，炯炯有神的双眸中很清楚地写着：这不是玩笑。

丁澈立刻识趣地闭上嘴巴，跟着叔侄俩极快地穿过街道，钻进巷子，迂回着往客栈奔去。

不知是因为巷子昏暗的关系，还是忌讳的人此刻正在别处，他们很顺利地回到了客栈。

砰！范岱没空叫人，一下子就推开门冲了进去。屋子里的众人才一惊而起，他已双臂一振，把范小鱼和丁澈向前一推，迅速地反手关门，然后闪到窗边，推开一

条缝隙向外望去。整个动作一气呵成，绝无半点停滞和犹豫。

“二弟，你这是怎么了？”范通率先反应了过来，下意识地察觉一定有变故发生。

“爹，景道山追来了。”范小鱼定了一下神，叫出了自己方才看到的那个人的名字。

“你没看错？”范通吃惊地道。

“不会有错。幸好小鱼动作快，不然就被他们当场看到了。”范岱又看了一眼外头，才转头道，“刚才小鱼带他去当衣服时被当铺的人追，我正在后面阻拦的时候，很清楚地看到了景道山。虽然我闪躲得及时，没让他们看见我的正面，可他们一定会因此追查的。大哥，你说我们怎么办？要不要趁这个机会好好揍他这个王八蛋一顿？”

当了这么多天逃兵，范岱表面无所谓，可心里却早已积压了一堆窝囊气。若不是为了顾全大局，刚才他就想把景道山引到镇外，好好地揍他一番了。

“二弟，万万不可冲动。事关重大，让我先好好想一想……”范通皱紧眉头重新坐了下来，自语道，“我们这一路上都平安无事，难道他今日来此只是巧合？”

范小鱼也蹙起眉头。

就目前而言，她对大家这一套伪装还是相当有信心的，毕竟他们就是凭借其中两个的男扮女装而蒙混过关的。而且经过多次化妆后，她的技术和大家的演技也越发熟练，按理说应该不会引起别人怀疑才是。可是景道山作为那个绿林组织的军师，一心要追查那批贡品的下落以充谋反的军资，绝不可能无缘无故地出现在这里，那到底是哪里露出了破绽了呢？

正快速思索间，范白菜悄悄地走到范小鱼身边，拉住了她的手。

在范家四口人中，他这个年仅十岁、既不会养家也不会武功的小男孩，似乎是最无用的一个，然而，纵然在那惊心动魄的一夜中，他也没有像其他孩子一般，害怕得号啕大哭，反而一直懂事地克制住自己的恐惧。此刻，他同样相信自己的父亲和二叔一定会再次安全地保护好他和姐姐。只是由于范通曾经受过一次重伤，他的小脸上难免染上一抹担忧之色。

范小鱼对他微笑了一下，目光在强装镇定的岳瑜、沉着脸随时准备拼命的罗亶，还有满脸猜测的丁澈以及地上那两只还在嬉闹的狐狸身上一一掠过，突然猛然一惊，失声道：“我明白了。”

“你明白了什么？”两兄弟不约而同地问道。

范小鱼却顾不得解释，迅速放开范白菜，一把抓过丁澈抓在胸前忘记放下的包袱，刷地抖开，把罗亶的旧衣抛到一旁，再灰布一扬，弯腰抓起正嬉戏着的乐乐，连尾巴带身体一起裹了起来，并在它尖叫前用一边布角两三下包住它的长嘴，然后快速将它塞入了丁澈的怀中。

“时间紧迫，我只说一遍。你要是不想被我们牵连到，就马上带着乐乐离开这里，另外找一家客栈住下，待在房里不要出去，明天一早就马上坐船离开。记住，想要保命的话，你就当从来没遇见过我们，也不知道我们在哪里！还有，在远离这里之前，绝对不能让任何人看见乐乐，也不能让它乱叫，免得被人误认为是我们。”

她的动作和说话都太快，丁澈本能地抱紧了拼命挣扎的乐乐，却无法一下子听懂她的意思。

然而，他不懂，并不代表其他人不明白，所有人的目光都投向了地上那个火红色的身影。

火狐！他们可以男扮女装，可贝贝却是一只太过显眼的宠物。纵然他们一路都已十分小心，除了在船上一直都包着贝贝的身体，不敢让任何人看见它，可前一晚停泊的时候，码头上的人却都看见过这两只狐狸。

如果景道山来此不是巧合，那必然是因此追踪而来的。

见丁澈还没反应，满心懊恼的范小鱼已狠狠地瞪着他，“你发什么呆，还不赶紧走！”

“发生什么事了？”丁澈俊脸有些发白，却出乎意料地不走反问，“你们到底是什么人？那个景道山又想对你们怎么样？”

“跟你说有个屁用！”范小鱼毫不客气地骂道，当机立断地看向范岱，“二叔，你送一下这个笨蛋。”

“你不说怎么知道没用？”丁澈没空追究她的粗口，不服气地坚持道，“你们对我有收留之恩，男子汉大丈夫，就应该知恩图报，我不能什么都不知道就这样走掉。”

“你要想报答我们，最好的办法就是忘掉这一切！”范小鱼懒得跟他辩解，不耐烦地抓起他的胳膊就往范岱那边推，“二叔，带他走！”

范岱只轻轻一搭，就稳住了踉跄的丁澈，快速看了一眼范通。

“喂，我……”丁澈刚叫了两个字，只觉脖颈后一麻，突然发现喉咙里一点声

音都发不出来了，顿时本能地挣扎，却发现自己的身体也不能动了，只能惊骇地转着眼珠。

“小鱼说得对，我们不能把人家孩子卷进来。趁他们现在还没发现丁公子和我们在一起，最好尽快把他送到安全地方去。”形势不妙之下，范通也没空好言好语地安慰丁澈，毅然道，“为了以防万一，不管景道山是不是追踪我们而来，我们都还是先避一避。这样吧，我们先去码头等你，你一回来我们就连夜离开。”

“不行，大哥你伤势未愈，万一遇到他们反而不妙，还是先在这里等着。我马上回来。”范岱却想得更远。然后他不待范通回答，一把连丁澈带乐乐夹在腋下，跃出窗外，三两下纵跃就融入夜色之中。

“那我们就等一会儿吧。”

范通苦笑着看了一眼压根儿不知道自己给主人家带来麻烦的贝贝，心中充满了无奈。虽说他外表的伤势已经好转大半，然而被重伤的内里却没那么容易康复。虽然小鱼和亶儿也学了一些功夫，但毕竟没有实战过。若是让敌人有机可乘，伤害了任何一个人，或者摆脱不了他们，就更不好了，还是等范岱回来一起保护才安全些。

范小鱼点了下头，顺手拉住不舍地跃上窗户张望的贝贝，用罗亶的旧衣服包住它的身体并交给了范白菜。然后她有条不紊地取出他们在山间制作的一些小武器，交给大家武装起来。

事已至此，她反而完全冷静了下来。既然十之八九是露了行迹，他们无法确定景道山带了多少人来，也无法得知此地的官府是否已被勾结，那就只能尽全力冲出这个包围圈了。好在他们一直提防着这一天，很多东西都没有扔掉。

她一动，罗亶也立刻加入准备，首先把最大最重的包袱背了起来。面色苍白的岳瑜忙跟着帮忙，可看到罗亶翻出了寒光闪闪的钢刀，双手还是忍不住轻颤起来。罗亶藏好武器，冷冷地瞥了他一眼，走到窗前，警惕地守望起来。

感受到他那一眼中所包含的意味，岳瑜立时想起自己曾经拖过大家后腿，不由得有些窘迫。他把范小鱼分配的纸包塞入袖子里，心里觉得稍微安定了一点，但随即却升起了更多的茫然。

这样的逃亡日子，还要过多久？这一次，他们能顺利脱险吗？

天色，很快就在众人紧张的等待中越发暗下来，屋中一片肃压之气！

然而，一刻钟过去了，按脚程本该回来的范岱却还不见踪影。再过去一刻钟，所有人眼中都现出了深深的担忧，时间开始变得异常难耐。

“师父，徒儿去看看。”罗亶首先沉不住气。

“不，你不能去。他们要抓的人就是你，你若出去，岂不是自投罗网?”范通断然否决。

“只要师叔能平安无事，徒儿不在乎。”罗亶咬牙道，“徒儿已经牵连了师父一家，若是师叔再有什么不测，徒儿又有何颜面苟活人世?”

“胡说!”范通厉声喝道，“既然我身为你的师父，本就应该好好地保护你，何来牵连二字？再说那景道山和师父师叔早有恩怨，就算没有你，他也不会善罢甘休的。”

“师父……”罗亶一愣。自从三年前他被生父托付给范通，范通一直待他如亲生儿子一般，从未说过半句重话。在他的心里，范通其实和父亲无异，此刻乍听范通责骂，一时间不由怔然。

“好了，你什么都不要说，师父心里自有主张。”范通缓了缓口气，双手紧握，在房中踱了两步，下决心道，“再等半刻，要是二弟还不回来，我就先带你们去码头。”

“爹，我们不等二叔了吗?”范白菜忧虑地望着范通，眼眶已红了起来。岳瑜不忍地别开眼。

“师父，你就让……”

罗亶只觉心中掺杂着无比愧疚和感动的热血悉数涌了上来，想到一切都是因为自己而起，他恨不得一头冲出去，可才开口又换来范通一声叱喝：“住口！难道你连师父的话也不听了吗?”

“徒儿……”罗亶艰难地挤出两个字，握紧了拳头，脸色涨得极红，却偏偏无处发泄。为什么？为什么他就这么无用呢？若是他能强大再强大些，又怎么会让视若亲人的师父和师叔因他而涉险?

他们师徒第一次红脸，范小鱼却紧咬着贝齿一言不发。她的脑袋几乎想得生疼，确还是没有法子可想。

范岱是她血脉相连的亲叔叔，三年来日日授艺，情分比范通更深。她当然不希望范岱受到任何伤害，若是可以，她也恨不得立刻插上翅膀去找他，去帮他，说不定此刻她那总是嘻嘻哈哈没个正经的叔叔正处于生死关头，就等着她的援手。可是……老爹是绝对不会同意她去冒险的，而且如果连范岱都打不过对方，只练了三年武功的她又如何是敌人的对手？若是救人不成反被擒，冬冬怎么办？受伤的老爹

怎么办？

去救人的冲动和要留下保护家人的理智在范小鱼头脑中不断拉锯，可她的身体却只能被动而徒劳地坐着……倏地，范小鱼突然心有所感地直扑窗台，果然见一道身影向这边迅速奔来。

“二叔！”紧悬着的心，在看见那个身影依旧灵活的动作时一下子放松下来，引得所有人都惊喜地转目。

“完了，那小子被抓走了。”范岱刚跳进屋里就跺脚道。

范小鱼的笑容顿时僵住，“怎么回事？”

范岱气道：“具体的我也不知道。我把他放到一家客栈后面的巷子里，给他解了穴道让他自己去住店，然后就回来了。可才不过片刻，就听到那只小狐狸在尖叫。我心想，哎呀，这下不妙了，要是被人家听到狐狸叫声那还得了，于是赶紧折了回去，可是……”

“可是什么？”

“可是我还没走近，又传来一声狐狸叫声，等我折到原地，他已经不见了。我遍搜附近，客栈里也看了，就是没找到他的人，那帮王八羔子也一个鬼影都没瞧见。”范岱气得直哼哼，“后来我又找了一会儿，还是没找着，怕你们担心，就先回来报个信。你们说，这事可怎么好？”

不用说，人肯定是被抓走了。原本是为了他的安全才送他走，没想到却反而害了他。要是丁澈真出了事，她这辈子怎能心安？

范小鱼紧紧地皱起了秀眉，懊恼地猛拍了一下自己的额头。

“师姐……”罗亶见她如此虐待自己，大吃一惊，迅速拉下她的手，只见灯光下，范小鱼的额头已浮现一片红色。

“我去找他。”范小鱼压根就没在乎自己的疼痛，一把甩开他的手就欲冲向门口。

“不行，他们会伤害你的。”罗亶一急，顾不得心中陡然出现的伤痕，忙抢步拦在她面前阻拦。

范小鱼秀眉一轩，正要命他让开，范通已晃到她的身边，一只手掌压上她的肩头，沉痛地道：“小鱼，你冷静点。那个景道山阴险狡诈，你若是冲动地单独出去找人，只会中了他们的计。”

范小鱼茫然而立，喃喃道：“可是爹，是我害了他。若是我没让他走，也许我们已经安全地离开这里了。我这是聪明反被聪明误。”

她一直都奉行“人不犯我，我不犯人”的宗旨，欺负过她的人，就算她一时之间讨不回公道，也必然记在心里等待时机，就比如景道山那个伪君子。如今那个富家小公子和她不过是几句无聊的口角之争，她却无意中把他送进了魔爪。

那个少年，只不过是任性高傲了点，富家公子哥的脾气重了些，可他善待乐乐，懂得知恩图报，人并不坏啊，若是少年因此而夭折……想到自己也许从此要背负上一条人命，想到一个年轻的生命也许会因此消失，范小鱼突然觉得如坠冰窟，浑身都是压得她喘不过气来的罪孽感。

“小鱼，你也不要太自责了。发生这种事谁也无法预料，你不正是因为不想把无辜的人卷进来才让他离开的吗？你并没有错。”范通走过来，轻抚着她的秀发，叹息道。

“是啊，师姐，不是你的错。”罗亶也急道。

“小鱼姑娘，范二侠和罗兄弟说得对，不是你的错。”岳瑜也劝道。

“不，是我的错，我的错……”范小鱼苦笑着。哪怕这错是无心，哪怕初衷再善意，仍抹杀不了是她的错的事实！若是丁澈因此而丧命，更是她的错！

“现在不是争论是谁错的时候。”见不惯一向坚强有主见的侄女突然变得这么茫然，本想把责任都扛到自己身上的范岱猛地捶了一下桌子，震得众人一跳，“这样吧，大哥，你带着大家先走，到朱家曲镇等我，我去把那小子找回来。”

“可二弟，他们若是有心要藏一个人，这几百户人家你能一一查过去吗？”范通拧着浓眉，边劝边苦思着良策。

“他们抓那小子，说不定就是以为他是亶儿，若不赶紧找回……”范岱说到一半，猛然住口，不想再刺激第一次背负良心债的范小鱼。

“师父，让徒儿出去吧！”罗亶突然跪了下来，“事情都因家父而起，却屡屡累及他人。徒儿身为人子，理应承担父过。徒儿不想再因为一人之私，害了一个又一个无辜之人了。请师父成全徒儿！”

“亶儿，你这是做什么？”

范通连忙去扶他。正在这时，楼下突然有人喊道：“范大侠！范大侠！有位姓景的客官托人带信来了，范大侠？”

这一呼，室内众人皆惊。景道山居然找上门来了！这么说，他们的行踪早已被人识破了！

两兄弟寒着脸互望了一眼，范岱打开门大步地踏了出去，“我就是，信给我。”

第十九章

夜半惊魂刻

闻君有双狐，

艳红似火云，

不知月华下，

可辨迷离乎？

今夜子时，东郊五里翠林中，盼君解惑。

“这王八蛋是什么意思？”范小鱼念完后，范岱只觉稀里糊涂。

“这信的表面意思是说，让你们今晚子时带着贝贝去镇外树林中见他，好让他明白两只狐狸哪只是雌的，哪只是雄的。”岳瑜看着面色沉沉的范小鱼，低声代为解释。

“看狐狸？”范岱一愣，“狐狸有什么好看的？还表面意思，他娘的到底什么意思？”

“他的目的根本就不在乐乐和贝贝，而是拐弯抹角地暗示我们，现在丁澈就在他的手中，如果我们想救人，就在半夜的时候去见他。”范小鱼冷冷地道，三下两下撕碎那封令人作呕的信，又深深地长吸了一口气，这才压下那股浓浓的厌恶和愤怒。

什么叫道貌岸然？什么叫衣冠禽兽？什么叫卑鄙无耻？只要见见这个景道山就知道了！字写得再漂亮又如何？文采再华美又有个屁用！就算他把天下所有名贵的香料都往身上堆，把最美丽的云锦披在身上，也掩盖不住底下那堆已发霉生蛆、恶臭熏人的腐肉！

这种污染人间的渣滓，就该用一把火烧得干干净净，连点烟灰都不留下才好！范小鱼冷冷地眯着眼，拳头紧握，恨不得立时一刀结果了那个伪君子。

“他这是吃定了大哥的性子，知道大家绝对不会见死不救。这没屁眼的龟蛋兔崽子！”范岱气得直咬牙。

“师父，让我去！”范岱犹自在狠狠地咒骂，罗亶突然斩钉截铁地道。

“你给我闭嘴！”范小鱼心里原本已经很烦躁，罗亶还再三表示要送死，她刚压下去一点的火气呼的一下又蹿了出来，直瞪着添堵的罗亶斥骂道，“你脑子进水了，还是生锈了？你以为你去了就有用吗？还是你觉得我们范家人会眼睁睁地看着你去送死？”

“他不敢杀我。”罗亶出乎意料地冷静，眼神中流露出的不再是苦苦的请求，而是一种别样的刚毅，仿佛刹那间，他正式成长为一个男人，而不再是以前那个只会默默跟着范小鱼，只会用爱慕和自责来折磨自己的青涩少年，“师姐，师父，你们先听我说。”

见范小鱼又要暴怒，罗亶沉着地看着她的眼睛，“他想抓我，无非是为了用我去胁迫我爹。所以，在他们找到我爹之前，绝对不敢杀我。师父，你们若是要救我，也能有更多的时间。而如果我们今天不去，他们见不到我，那个富家公子必死无疑。再说，我虽然资质平庸，可这三年来，习武从不敢懈怠，就算落在他们手里，我也不见得就没有机会自救。所以，师父，师姐，目前之策，只有我先去把人换回来，再想办法。”

罗亶这席成熟而冷静的话一出，所有人脸上几乎都现出了刮目相看的神情。一时间，屋内一片沉寂。

这其间，又数范小鱼的神情最为吃惊。

她怔怔地望着比自己高出大半个头的罗亶，眼睛眨也不眨。眼神如丝线般和他交错，却怎么也无法分辨，此刻充斥在自己的心头的究竟是何种滋味。原来，当年那个温顺沉默，处处尊敬自己、服从自己的“小师弟”，其实早已不小了，不但不小，甚至早已变成了真正的少年，而刚才这番话，更是代表他已经开始向一个成熟的男子汉迈进了。

“好徒儿，你的心，师父明白。只是天无绝人之路，不一定非得以人换人不可。眼下离子时尚有时间，我们再想想别的办法。”范通拍了拍罗亶肩头，目光里满含欣慰。

“亶儿……对不起，师姐……我刚才的口气……”范小鱼强笑了一下。一直以来，她都嫌罗亶太没主见，原来其实是她一直在不自觉地扮演着霸道至极的当家

人，不给人发表意见的机会。

“不，师姐，你不用说对不起，我知道你都是为了我好。”范小鱼这一道歉，罗亶顿时从一个坚决的男人退化为青涩的少年，手忙脚乱地摆手道。

“不，是我太……”

“好了，你们师姐弟都是一家人，就不要再争谁对谁错了，我们还是想想怎么对付景道山那个老贼吧。”范岱忙岔开话题，“不如这样，你们先换个地方避一避，我去救人。”

范通叹道：“怕是无处可避。他既然能找到这里，周围一定有人监视，要是我们分散，反而更让他们有机会。而且，要是他们因此而伤害了那个孩子，岂不是我们的罪孽？”

范岱恼怒地抓头，“可我们总不能一起去啊。要是他们设了陷阱，那我们不是更遭殃？”

“要不，你们就把我先留下吧。我想他总不至于对付一个手无寸铁的人。”岳瑜心中虽然害怕，却明白若是没有自己这个拖累，就凭范通和范小鱼，应该能平安地保护范白菜离开的。

“先生怎么也说起傻话来了？那景道山如果是个君子，也不会采用这么卑鄙下流的手段。要是你被他们抓到，只会多一个威胁我们的工具而已。”范小鱼蹙紧了眉头，心中直恨得咬牙。前世看电视时，这种胁迫人的情节那是老调子弹了又弹，看到后来没有半点惊心动魄的感觉了，哪承想自己竟也有遇到这种时刻的一天。

岳瑜叹了口气，不再言语。

“不对啊！那龟孙子怎么这么快就知道我们住在这里？”范岱突然提出了一个问题。众人顿时又怔了怔。是啊，这家客栈相当偏僻，可以说是家庭式的客栈，并不临街，景道山怎么这么快就知道他们住在这里？

“难道是那小子出卖了我们？”范岱自答自问地道。

范小鱼面色一变，如果真是这样……发现自己竟自私地想到了扯平这两个字，范小鱼不由得苦笑了一下。就算真是这样，她又如何能怪得了别人？景道山那么卑鄙，不用说丁澈，就是自己落到他的手中，也不一定能经受住酷刑而不老实招供的。

推己及人，她没资格怪罪丁澈。

“这只是我们的猜测而已。就算真是他说的，咱们也怨不得人家。”范小鱼还未开腔，范通已宽厚地代为说话，“他毕竟只是个富家子弟，又还是个孩子，受不住拷打也是正常的。何况若不是我们把他牵扯进来，他顶多是衣食不稳，性命却是无碍的，算起来还是我们对不住他。”

“算了算了，索性我们全去算了。他不是约我们在子时吗？我们现在就去，免得他搞鬼。”心胸同样开阔的范岱一捶桌子，震得油灯一阵晃动，投射在墙上的人影也诡异地摇动了起来。

接到范通的询问眼神，心情杂乱的范小鱼无奈地点了点头。事已如此，只能走一步算一步了。

月已上九天，清华铺满地。

这样的美丽夜晚，原本更适合对月吟诗，和影同舞，可他们面对的却是一场难测的血腥阴谋。

范小鱼紧拉着范白菜的手，和已恢复男儿装的岳瑜走在中间，在范氏兄弟和罗亶的保护下，一步步走进信中所说的树林，然后在还有两丈远的地方停下，只因他们已经看见了一个人。

或者说，是一人一几一凳，一个炉子一把壶。一袭儒袍、发髻整齐无比的景道山居然还在附庸风雅，见到他们一堆人到来，居然微微一笑，“呵呵呵，范大侠果然大仁大义，对区区一个外人也如此的侠肝义胆。只是，范大侠的性子未免太急了些。景某约你是子时，如今才过亥时，明月尚未最皎洁，香茗也还欠火候，实在遗憾啊！”

“我们没空和你这个伪君子啰唆。废话少说，那个孩子呢？”范岱极度鄙视地道。范小鱼却微微地垂下眼，把注意力集中在周围的情况中，她真怕自己再多看一眼那个伪君子，会恶心地吐出来。

景道山端坐小几前，微笑着拍了一下手。林中当即传来一阵脚步声，两个大汉果然架着一个歪着头的少年走了出来。

月色如霜，清晰地映出了那一个身影。

轻扬的剑眉，无懈可击的俊脸，眼睛虽然紧闭着，那薄薄的、紧抿成一条线的嘴唇，却显示着主人倔犟而高傲的性子。

“解开他的穴道。”

一指点下，少年缓缓睁开眼睛，视线犹自散乱，不知身在何处。然而，当那一双眼眸无意中转到范小鱼等人身上时，立时圆睁了起来，灿若星子的瞳孔之中满是不可思议的惊喜。

在遭受无妄之灾后，他曾绝望地认为，范家人就是再善良，也不可能为了一个萍水相逢的陌生人赴险，没想到他们竟然真的来救他了！

一时间，一种前所未有的感觉猛地冲上心头。

“孩子，你没事吧？”范通首先焦急地上前了一步，关切地看着丁澈。

“我……”丁澈心里一热，想要说实话，可天性中的骄傲却又阻止了他的哭诉。他死死地咬住下唇，压抑着冲涌上来的脆弱。

看着丁澈那强压着害怕的倔犟神情，范小鱼无声地叹了一口气。就算供出客栈地址的真是他，而不是景道山自己查出来的，她也完全不想追究了。既然人已经来了，总要想办法先救出他再说。细细地回想了一下自己之前所建议的法子，范小鱼依然没有把握，但无论如何，只要有一成的成功机会，就要有十分的努力。

心念转动间，范岱已经大声喝着，要景道山放人，还不住地讽刺他若真有本事就和范二侠堂堂正正地决斗。

“今夜月色如此美好，你我若是妄动干戈，岂不大伤风景？”比起范岱一副恨不得冲上去就打的暴跳如雷，景道山却慢悠悠的，好像他真的只是准备煮茶赏月。他一边提起茶壶将茶杯都烫了一遍，一边漫不经心似的扫向范小鱼，在她怀中的贝贝身上略停了一下，微笑道：“如此火红无杂色的赤狐，有一只已是相当珍奇，没想到居然有一双。景某今日实在是大开眼界呀！”

“狗屁美景，另外一只狐狸呢？”范岱不屑地啐道。

范小鱼一言不发地半隐在范通的身后，一边装着害怕畏缩一边偷偷地打量这片树林。三年来，除了岳瑜和丁澈，她从未在外人面前展示过武功。如果能让景道山认为范家女儿只是个普通的女孩子，那他们的胜算就又多了几分。

景道山一笑，再次自以为潇洒地拍了一下手。林中闻声又走出一人，手里正毫不客气地掐着一只小狐狸的脖子。可怜的乐乐不住挣扎着，却因喉咙被遏制住而无法叫出声。

“放了乐乐！”丁澈本来含怒隐忍，此时一见心爱的宠物被人如此虐待，顿时失控地尖叫起来。他想要冲过去，可是他的脖子上马上就多了一把寒光闪闪的匕首。

“不过是一只狐狸而已，放了吧！”景道山慢条斯理地逐杯倒茶，好像根本没瞧见自己的手下正用刀威胁着人家的生命，还在故作大方。

那抓着狐狸的大汉应了一声，突然一挥手，乐乐已重重地摔向地面。范小鱼等人虽然知道他不会好心地轻放，可双方距离本就不近，想去接已经来不及，又顾虑着对方可能布有陷阱，谁也不能妄动，只得眼睁睁地看着悲剧发生。

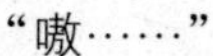

“嗷……”

“乐乐……”

几乎在同一时刻，范小鱼怀中的贝贝和丁澈同时大喊了起来。眨眼间，贝贝已如急箭般冲了出去，堪堪在乐乐坠地之前赶上，翻滚在地，硬是用四肢接住了乐乐。

“呜呜……”随着两声哀嚎，乐乐和贝贝连滚了三四圈才停下来，发出受伤的呜咽声。

所有的人都怔住了，就连景道山也没料到居然还有这么一幕。

说时迟，那时快，范岱趁此间隙飞快地急掠了过去，一个急刹车，双臂一展，已一手一个抱起乐乐和贝贝，同时足尖毫不停滞地一点，整个人犹如被强大的吸铁石吸回一般，迅速地退了回来。只听刷刷刷三声细细的破空声，适才他足尖点过的地方已多了三枚银闪闪的长针。如果范岱动作稍慢，这针恐怕就扎在他腿上了，而以景道山的为人，范小鱼才不相信那上面会没有一点毒。

这个令人作呕的老匹夫果然尽显卑鄙本色。范小鱼没有忽略景道山若无其事地重新垂下的袍袖，压下心头的那份后怕，暗暗地冷哼了一声，和范白菜一起接过两只狐狸，仔细地检查了起来。

“呜呜……”

乐乐好像除了喉咙被捏得久，加之有些受惊之外，并没有其他内外伤。范小鱼检查完，顺手把乐乐交给范白菜抱着，仔细查看自己的小宝贝。皎洁的月光下，小狐狸的眼睛早已泪汪汪一片，蜷缩着几乎一动不动，一条腿奇异地伸着，显然伤得不轻。范小鱼温柔地抚摸着这只机智又勇敢的火狐，又是骄傲又是心疼，鼻尖涌上一股酸涩。

“乐乐，乐乐你怎么样了？”对面的丁澈焦急地喊道。

“它没事。”范小鱼忍着酸涩道。乐乐没事，可是她家的贝贝却……

“好了，狐狸已经还给你们了。范大侠，我想你应该已经知道我们想要的是什么了吧？”景道山一击不成，面色也变了。

他原本打算让手下把小狐狸摔成重伤，然后趁范家人抱回之际，能伤一个先伤一个，好持有更多筹码，却不料另外一只狐狸竟如此聪慧无畏，更不想多年不见，当初武功在伯仲之间的兄弟俩，如今已拉出一大截差距。仅凭刚才这一手，范岱就

绝不像他大哥那般好对付。再一想到自己的内伤也未痊愈，仓促之间，身边并没有太多人手，景道山内心不由有些浮动。好在范通的善良是他们的致命弱点，自己只要手中有人质就能保持上风。

“无耻，卑鄙！世上怎会有你这种道貌岸然、卑鄙无耻之徒？亏你方才还说不过是一只狐狸而已，可狐狸尚且懂情重义，为救亲人奋不顾身，而你虽身披儒袍，实际却连只畜生都不如。”范通还未接话，边上已有个清朗的声音正气凛然地斥骂，却是连性情偏懦弱的岳瑜也看不惯景道山的做派，愤然而起。

“你说什么?”景道山脸色一沉，双目中立时精光激射，如毒蛇般刺进岳瑜的眼中。

“我……”岳瑜哪里见过如此狠毒阴险的眼神，当下一惊，方才的勇气如被戳破的气球，再难鼓起。

“景大侠，”范通及时地解围，正色看着景道山道，“当年罗广大侠把亶儿托付给我们，就是信得过我范某。范某既为人师，更有义务保护自己的徒弟，又怎能出卖亶儿父子?”

“呵呵呵呵……范大侠果然高义。”景道山像是川剧变脸般，瞬间恢复了常态，竟又从容地端起一个小茶杯轻抿了一口，语声不高不低，好像他的涵养何等高深似的，可他说出来的话却让人感到冷飕飕的寒意，“不过，范大侠似乎不相信景某的决心啊。这样吧，你们就取一个手指头给范大侠瞧瞧。”

最后这句话却是对押着丁澈的两个大汉说的。两人立刻一个扣住丁澈，另一个则拉出丁澈的一只手举了起来，只要寒光一闪，立时会有血淋淋的场面出现。

“不!”饶是丁澈再骄傲倔犟，也不禁恐惧地喊了起来。

“等一下!”范通呼吸陡然急促了起来。他紧紧盯着景道山，“我知道，你无非就是想用人质来威胁我，可这个孩子是无辜的。你放了他，我让我的亲生女儿过去给你当人质!”

让范小鱼去替代丁澈当人质?

这句话一出，顿时像炸弹般轰得众人面色各异，范岱更是不可置信地转头看着范通，狂吼道：“大哥，你疯了吗?”

“师父，绝对不可以!”

“范大侠，万万不可啊!”

罗亶和岳瑜齐齐地高呼着阻拦，范白菜更是顺手把乐乐往岳瑜手中一塞，自己

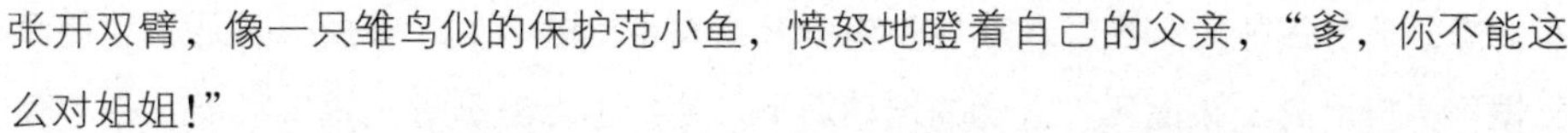

张开双臂，像一只雏鸟似的保护范小鱼，愤怒地瞪着自己的父亲，“爹，你不能这么对姐姐！”

而对面的丁澈则完全呆若木鸡，为什么？为什么？为什么他和他们一家只不过是萍水相逢，这个范大叔却可以为了自己牺牲他的亲生女儿？

范小鱼却笑了，很轻，很淡，很浅，却有一种说不出的绝望。她谁也不看，只腾出一只手，缓缓地拉下范白菜的双手，眼睛直直地注视着范通，“爹，你真舍得吗？你真忍心吗？”

范通移开视线，不敢正视她，艰难地道：“小鱼，爹不是让你去送死。爹只是想多争取一些时间，和景大侠好好谈一谈。”

“和那种小人谈个屁！我不同意，打死我都不同意！别人家的孩子重要，难道我们自己家的孩子就不重要了吗？”范岱咆哮道，“你的心里总是别人别人，侠义道德，可你有没有想过你这样做，会让孩子多寒心？老大，我今天把话放在这里。你要是坚持用小鱼去交换，我立马带着他们姐弟俩走，别的我什么都不管了。”

“二弟，你听我解释，我只是不想牵连无辜……”范通满面愁色，却又不善于言辞，直急得自己也是满脸通红。

“无辜，别人无辜，难道小鱼就不无辜？你这个当爹的心肠冷硬，我这个当叔叔的可狠不下心。”范岱急得要死，寸步不让。

对面的景道山看着他们兄弟俩突然争执起来，唇边微笑不由越扩越大，还闲闲地拍起手掌来，“妙，妙啊！范大侠，你若是肯让你女儿过来，我景道山以人格担保，立刻毫发不伤地放这小子回去。”

“住嘴，你有狗屁人格！”范岱掉头就是一嗓子，双眼赤红，“景道山，爷爷我今天就把话放在这里。你要真有本事，现在就杀了那孩子！但是你给爷爷我记着，只要你敢动手，从此以后，不论刀山火海，我范岱一定会穷毕生之力追杀你这个无耻小人，一刀刀割下你的肉，给这个孩子抵命！”

“你……”景道山面色一变，知道无法在范岱这里讨得便宜，又冷冷地射向优柔寡断的范通，“范大侠，你可想好了？到底换不换？景某自出道以来，早已把此身置之度外，要是你再犹豫，可就休怪景某妄开杀戒了。”

“换！我换！”钢牙几乎咬断的罗亶猛然往前走去。

“亶儿！”范通疾呼一声，掠过去一把将罗亶扯了回来。

“师父，徒儿就是粉身碎骨，也不能让小鱼替我去送死！”罗亶双目红赤地挣扎

着。想到自己害师父一家陷入险地，如今又要拿自己的心上人去换得苟活，他简直已恨不得自己先一头撞死。汹涌的情动之下，他再也无法忍耐，脱口唤出了范小鱼的闺名，而不再尊称她为师姐。

“我去。”一个伤心却又坚决的声音清晰地在罗亶的吼声中响起。

罗亶顿住，范岱怔住，岳瑜睁大了眼睛，范白菜拧头回望，丁澈再次浑身僵硬。

“小鱼，你说什么?”范岱几乎不相信自己的耳朵，急切地道，“你不要理你爹，你放心，二叔会保护你……”

“我说，我去。”范小鱼清清楚楚地重复了一遍，然后松开搂着范白菜的手，小心地托起贝贝，交给范白菜，柔声道，“冬冬，姐姐把贝贝交给你，你一定要好好地保护它。”

“不，姐姐你不能去，冬冬不让你去!”范白菜拼命地摇着头，豆大的眼泪一颗颗从眼睛中坠落，紧紧地抱住她不肯放，也不肯接过贝贝。

他怎么能让亦姐亦母、他最亲最爱的姐姐去送死呢？他不同意，他坚决不同意!

“我不管了。小鱼，冬冬，我带你们走!”范岱狠狠地跺了一下脚，走向姐弟俩。

“二弟!”范通忙点住罗亶的穴道，又闪身过来拦住范岱。

“我说我去，但我有条件。”范小鱼提高了声音，语声颤抖，似乎用很大的勇气才说了出来，“我去，是因为我既然身为人女，就该遵从父亲的命令。但是，既然我的父亲要把我送入虎口，那么从此以后，不论我是死是活，都不再是范通的女儿。”

说到最后一句，她那布满悲哀的小脸已经转化成一片冷硬。她用力拉开了范白菜的手，把贝贝塞进他怀里，抬袖蒙住几乎要哽咽的口鼻冲了出去，经过罗亶身边，奔向丁澈。

“小鱼!”范岱肝肠寸断地喊道，伸手要去抓人，却被范通拦住。他正待和兄长翻脸，范通突然背着景道山快速地说了一句话。

范岱身体顿时剧震，尚未及分辨真假，已见范白菜哭喊着姐姐要追上去。他忙一把拉住伤心大哭的侄子。这一分神间，范小鱼已冲出一丈多的距离，离丁澈只有两米左右。

“我来了，你们放了他。”范小鱼看着抓着丁澈的两个大汉，鼓起勇气颤声道。

两个大汉朝景道山看了一眼，景道山笑着点了点头。一个大汉上前两步一把将范小鱼扯了过去，同时另一个大汉则把丁澈猛地推上前。

月色如水，眼神如线，电光石火间，两人交换了一个眼神便被迫分开。

一眼似箭！

一眼万年！

丁澈惯性地踉跄着，冲向范家那边。震惊中的他并没有意识到，就在这一刻，他的生命之中已不自觉地烙下了一个深深的痕迹，那是他永生都难以忘怀的刻骨铭心。

“啊！”眼看范通及时掠过来把丁澈护在身后，范小鱼则被大汉粗鲁地拉向景道山的时候，她突然惨叫一声，身体一软跌向地面。

景道山和几个大汉的注意力顿被转移，看向范小鱼。

说时迟，那时快，就在这刹那间，范小鱼右手突然急拂向抓住自己左臂的大汉手腕，趁他吃痛松开的时候，左袖猛地一扬，一包石灰砰地在空中炸开，撒向俯下来抓他的两个大汉。几乎同一时刻，范小鱼借着半坠向地面的冲力拼命一滚。

谁也没想到刚才还柔柔弱弱地被生父牺牲的小女孩，陡然间有这么大的爆发力。两个大汉看见石灰，本能地闭眼护住自己的眼睛，抓向范小鱼的手难免一顿。

这段时间已经足够。

就算只有一眨眼的工夫，已为范氏兄弟赢得了时间。

刷刷！随着一阵密集的尖锐风声响起，两排削得尖尖的竹箭分别射向两个大汉以及两米外正因这变故挺身站起的景道山。

“快抓住她！”景道山恼羞成怒地亲自跃了起来，一脚踢翻小几，把壶啊杯啊炉啊都砸向冲自己扑来的范岱，气势端的惊人。

只可惜他面对的是范岱，没错，就是范岱。

范岱本来就对景道山积了一肚子火，加上时间太短促，尚未消化掉范通那一句耳语，满眼都是范小鱼的危急情况，此刻整个人简直如同一头狂暴中的雄狮，身体每一寸都爆发出极限的力量，绝不容失地扑向自己的猎物。

“小鱼！”不知道何时穴道已解开的罗亶忙冲上前去，在范通的掩护下扶起了范小鱼。

“我没事。”范小鱼绽出一个灿烂的笑容，借着他的力气轻松地跳了起来。

“姐姐……哇，吓死冬冬了！”

范白菜第二个扑了上来。范小鱼忙把左手往上一举，单手轻搂住胸前的范白菜，呵呵笑道："不怕不怕，姐姐这不是好好地回来了吗？你小心别碰到了贝贝，它的腿骨折了。"

"嗯。"范白菜顾不得抹眼泪，忙在她怀里低头看向贝贝，见贝贝果然在颤抖，忙拉开距离，对着贝贝的伤腿一个劲地呵气，"贝贝不痛不痛啊。姐姐现在没事了，我们等下马上回去给你找大夫。"

"你有没有受伤？"惊魂未定的丁澈也挨了上来，紧张地上下打量着她。

"我又不是豆腐做的，哪有那么容易受伤？"范小鱼嘻嘻一笑，一边小心地收起刚才翻滚时顺手从地上收起的三枚毒针，一边斜睨了他一眼，"你不是已经见识过我的本事了么？"

银色的月色下，她那因一连串险里逃生的动作而微带红晕的小脸，娇艳得犹如灿烂的春花，与之前的伪装完全判若两人，看得丁澈又愣又呆。可她那熟悉的嚣张眼神，又让他想咬牙。但是人家才拼命救了他，他不好恶里恶气相对，只得窘在那里。他哼了一声，转头从贴过来的岳瑜怀里抱过自己的狐狸，共享劫难后的幸运时光。

他们这边已是一派悠然，另一边的战斗却仍在紧张地进行。

景道山的两个手下武功虽不高强，可范通如今伤势未愈，一动真气，未及伤敌自己就先损了一分，一时之间，倒不容易一举拿下两人。范岱这边形势却大为不同。他和景道山一交上手就发现对方的内伤也没有好，只是景道山阴险狡诈，身上暗器机关众多，要想速战速决也有些难度。

"亶儿，你保护好大家，我去帮忙。"范小鱼丢下一句话就向范通那边冲了过去。罗亶想说他去，但已经来不及，他又不能扔下丝毫不懂武功的三人，让敌人有机可乘，只好无限悲哀地守在原地。

"二叔，那个老贼就交给你啦。老爹，我们一人一个。"

范小鱼风一样地高喊着插入战圈。在向敌人挥出掌风的那一刻，她忽然觉得浑身的血液仿佛都熊熊燃烧了起来，自己刹那间如同动画般，从小女孩化身为英勇无比的女战士，自由地搏击沙场。几乎是本能地，三年来范岱所教的招式源源不绝地使了出来，轻而易举地把一个战圈分成两个。

出拳，拧身，转肘，踢腿，撞击……一招招行云流水般的漂亮出击，立时迫得那个手持匕首的大汉只有招架之力。两人之间的局势，就连门外汉的丁澈和岳瑜也能清楚地看出，大展侠女之威的范小鱼绝对稳占优势。

“放心吧，二叔要是让这兔崽子跑了，我就不姓范。”范岱眼观四面耳听八方，已然全部明白刚才都是侄女的计策，不由又是后怕又是骄傲。

砰……

不过几分钟的工夫，少了一个对手的范通就制伏了对手，一指点出，那个大汉率先砰然倒地。

“爹，你去帮二叔，绝对不能让那老贼跑了。这个人放心地交给我吧!”范小鱼瞥见范通想来帮自己，几乎是欢快地高呼道。

天哪，没想到肆无忌惮地打架，感觉竟然这么好啊！难怪二叔老想着找人打架了！过瘾，实在是过瘾啊！感觉越来越顺手的范小鱼满面笑容地发起一次次攻击，游刃有余地戏弄着眼前的大汉，完全地把对方当成了沙包。

可怜的大汉虽然手持利刃，身材高大，在比他矮上一大截的范小鱼面前，却几乎变成拿着玩具刀的大傻瓜，逗得眼角还挂着泪滴的范白菜也不禁乐了起来，开始擂鼓助威，“姐姐，加油！姐姐，加油!”

“哈哈，冬冬，看姐姐耍猴给你看!”

胜券在握又初次感受到武功高强的妙处，范小鱼的调皮心性大起，索性真的戏弄起那个大汉来。她口中喊着左边却攻击右边，喊着打脸却踢肚子，喊着横扫千军却一记下钩拳，等大汉吃了亏反过来防守，她却又来真的，说打哪里就打哪里，直逗得观战的众人都哈哈大笑，就连被范通点住穴道的大汉也同情地闭上了眼睛，不忍再看。

范小鱼这里打得热闹，多了股力量的范岱那边自然也不能示弱。未几，没了左右手下帮助的景道山就被范岱一脚踢得口喷鲜血。他正待挣扎着爬起，范通已补上一指，点住他的穴道。

“哈哈哈，老王八羔子，这下也让你尝尝好滋味!”一把拎起再也维持不了镇定和风度、面如土色的景道山，范岱大笑着转向范小鱼，喊道：“乖侄女，那个小崽子没什么好玩的，过来玩大的。”

范小鱼脆生生地应了一声，游鱼般转到已头晕眼花的大汉身后，一掌劈下，把那大汉拖了过来。

第二十章

出来混总要还的

“大获全胜！他娘的，今天这架打得真爽气！”擒住了景道山，范岱扬眉吐气，仿佛浑身上下的骨头都舒爽了起来。

“他们一共是四个人，还缺一个。”众人浑身轻松，相视而笑，丁澈突然环顾四周，“那个摔乐乐的人呢？”

“放心，我一直惦记着呢！”范岱浑不在意地嘿嘿一笑，看着树林中的某处，大笑着道：“小兔崽子，你是想自己滚出来呢，还是等爷爷过去抓你？爷爷可说清楚了，你要不乖乖的，别怪我把你交给我的宝贝侄女。”

“谁敢过来，我就杀了这个老头！”随着一声厉喝，林中果然站起一个大汉，正是先前摔乐乐的那个家伙。出人意料的是，他的身前竟挟持着一个头发半花白的老头。

这个老人不是别人，正是他们那船上的艄公。

“范大侠，救命啊！小老儿不是故意说出你们住哪里的！要是小人不说，他们就要杀了我的独苗啊！”艄公一见他们就涕泪纵横地哀求道。

先前的疑虑和猜测顿时水落石出，原来并不是丁澈出卖了他们，而是艄公！

“范大侠，我只是奉命行事，并不想与你为难。你若肯放过我，我就放了这老头，否则，我就是死也要拉一个垫背。”手里有人质，那大汉并不慌乱，反而有恃无恐。江山易改，本性难移，他就不信范通真能忍心看着这个老头死。

“我说老兄，你没搞错吧？这个老头出卖了我们，难不成你还要我们为了他放了你啊?”范岱鄙视了他一眼，懒懒地伸展双臂，像是要伸懒腰。

“是吗？那我可就……”

大汉狞笑着，作势欲捏破老头的喉咙。可他的手才一动，瞳孔便陡然放大，他本能地往后一仰，避开射到眼前的竹箭，然后只觉手一麻，身前的艄公已被夺了过去，下巴剧痛双耳轰鸣中，他隐隐听到一个声音戏谑地道：“小子，爷爷的拳头味道如何?”

火把点起来了，熊熊地发着光，明亮得可以映出俘虏们最细微的神情，也把方圆两三丈照得清清楚楚。

老艄公被不计前嫌地放了回去，被踢飞的小几也捡了回来，就摆在一支火把下，上面甚至还端端正正地放着一副笔墨纸砚，以及一盒范岱赶到镇上买的红印泥。倒地的小凳子也扶了起来，当然，坐凳子的人不可能再是景道山，而是担负起执笔之职的岳瑜。

所谓口说无凭，白纸黑字才是最好的证据，既然今天难得地擒了景道山，这账么，当然得好好算一算了!

小几旁的地上铺着一块布，上面摆满了从四人身上搜出来的东西。范白菜拉着丁澈笑嘻嘻地清点战利品，银子放一堆，瓶子放一堆，兵器放一堆，暗器放一堆。伤腿已上了夹板的贝贝，则和乐乐一起躺在柔软的包袱上，睁着乌溜溜的眼珠瞧着自己的主人。

再过去，范岱舒舒服服地坐在一块石头上，跷着二郎腿看着跪在面前的四人，让罗亶挨个拖过来审讯，然后命令他们签字画押。范通则独自一人在最边上徘徊，双手不时爱惜地抚摸着另一批意外的战利品：四匹骏马。

没错，就是四匹骏马，而且是没有官府烙印的民间骏马！虽无法和范氏兄弟以前所见的骏马相比，但放在民间也算不错了。

从树林中搜出这四匹骏马时，范小鱼着实兴奋了好半天，当即让范岱略教了一下，骑上去走一小圈感受了一下。不过来日方长，学骑马之事不急于一时，眼下最重要的还是先处理这些俘虏。她突然灵机一动，想出一个绝妙的主意。

她从三年前开始正式习武，可以说已将范岱的大半绝技都学得差不多了，可唯独点穴这门博大精深的功夫，却始终进展不大。只因这门神奇的绝技实在高深，要求掌握不同男女、体型的不同位置，而且务必极其熟练和精确，难度很大，实在不

像前世的武侠小说中所写的，好像谁都能来一手。

范小鱼自开始学习后，普通穴位还可以拿范岱、罗亶，甚至范白菜做练习，可有些危险的穴道却不能在亲人身上试验。饶是她把人体经络记得烂熟，也只能是纸上谈兵，事到临头，只怕是连点个五次、十次，也有可能点不中。

因此，这件事在范小鱼的心里一直引以为憾。今天突然有了这么一个机会，她当然不肯轻易放过，顿时乐此不疲地在四人身上试验起来，既可逼供又可练习，实在是一举两得。

只可怜那三个大汉多已带伤，如今被范小鱼乱点一通，身上时麻时酸，时痛时痒，时而僵硬如石，时而如羊痫风般抽搐地折腾了一番后，不论是体力还是精神，都已到崩溃边缘，不消多时，就把他们所知道的都说了出来。

没一会儿，大家就明白了他们如何在新郑得知了消息，如何连日策马急追，追到宋楼镇之后又如何利用人质胁迫范通。前前后后，事无巨细，无一遗漏。当然，谁也没忘记把最重要的责任推给景道山。

景道山眼睁睁地看着手下一个个出卖自己，原本清俊的眼中满是怨毒之色。只可惜三十年河东，三十年河西，今日的风水是流到范家的，他就是硬生生地把眼球瞪出来，也只会让人家当弹珠踢着玩。

“小鱼，今晚我们能反败为胜，你可是个一等一的大功臣，要不，这老崽子就交给你来审？”搞定了三个大汉，范岱解下酒葫芦灌了一大口，看向自家侄女的眼中充满了骄傲。之前他还真以为大哥要出卖亲生女儿换取外人的平安呢，没想到这场戏竟是范小鱼一手主导的。

嘿嘿，机敏过人，胆大心细，武功更是一日比一日有青出于蓝而胜于蓝的架势，真不愧是他一手培养出来的好苗子啊！

“好啊！我正想和这位景大侠好好地算一算账呢！唔，先从哪里开始呢？对了，不如先从你是怎么杀了那个林大人，然后嫁祸给我们家开始吧。”范小鱼笑嘻嘻地道。

景道山却回以闭目，半字也不吐。

“啊，看来这位景大侠也想享受享受刚才同伴们尝到的滋味呢！”范小鱼笑道，随即甩了甩手腕，假装为难，“不过我点了半天穴道，手指头都有些酸了，这可怎么办呢？”

范岱向范白菜那边嘟了嘟嘴，和她一唱一和，“那里不是有一堆暗器吗？你随便拿几个用用就是了。”

范小鱼故作恍然大悟，“对哦，不能用点的，我还可以用扎的呀！”

说着，她翻手取出之前用布包起的毒针，甜笑着走近景道山，不怀好意地上下打量着他，“先扎哪里好呢？”

景道山睁开眼睛，轻蔑地看了她一眼，仍是不语。出道这么多年，他也经历过不少大风大浪，自然不可能轻易被一个小女孩吓倒。

哈，果然还是有点男人骨气的。不过她原本就没奢望景道山会很快招供，他们今晚有的是时间，不是吗？既然景道山浑身痒痒，那她就陪他好好玩玩再说咯，只要这个景“君子”不为自己的嘴硬后悔就行！

“亶儿，拿火把来，先烧了这老家伙的胡子。”范小鱼眼珠子一转，收起毒针，好整以暇地坐到范岱方才坐过的位置上，素手一挥。景道山不是时时刻刻要摆潇洒风度吗，那就先从面子这儿开始好了。

“你敢！”景道山果然变色。

“是。”罗亶咧开嘴笑着大声领命，举着火把就走了过去。旁边的范白菜和丁澈闻听，也扔下了那堆战利品，凑到范小鱼身边看热闹，见景道山的胡子很快发出一阵焦味，只剩短短一簇卷毛，不由拍手大声称好。

“再给我割了他的头发，要东一块西一块的。”

“住手……住手……”当然，抗议是无效的。

“再给我扒了他的衣服。”看着眨眼间就狼狈万分的景道山，范小鱼大笑着下了第三道命令。不过这话一出，所有的人都用古怪的眼神看着她，搞得范小鱼稀里糊涂的，半天才恍然大悟。这里就她一个女孩子，而这个女孩子居然要扒男人的衣服，难怪罗亶愣着不动了。

“算了算了，这招就暂时不用好了。”想起这是封建时代，范小鱼有些扫兴地摆了摆手。她原本还想扒了景道山的上衣，在他背上刺几个字留念来着，可惜了……

“这样吧！亶儿，冬冬，丁澈，你们再轮流上去赏他几个大巴掌好了……”

……

“这是为了我们家的房子。”

“这是为了我师父。”

“这是为了你绑架我。”

“这是为了贝贝。”

“这是为了我师姐。”

“这是为了乐乐。”

噼里啪啦一阵脆响之后，男孩们的手掌已红彤彤一片。景道山的面颊更是高高地肿起，一看就知是力量最大的罗亶的杰作。

“岳先生，你也上来出出气吧！”范小鱼开心地招呼着另外一个被害人。

“我……我就算了吧，反正我也没多少力气。”岳瑜吓了一跳，慌忙摆手。他虽然痛恨这小人，可要斯斯文文的他打人，实在有些强人所难。

“这样吧，你既然不愿意打人，那不如在他额头上留点什么印迹吧，猪啊狗啊都可以。哦，不对，狗不行，狗狗是我们人类的好朋友，忠诚无比，这个小人还不配！”范小鱼一本正经地道。

“那……我就画条蛇吧。他的心如此歹毒，还是蛇蝎比较适合。”岳瑜忙点头道。

“姐姐，我也要画！我画蝎子。”见姐姐整人，范白菜难得地也生出了一丝小小的邪恶因子。虽然父亲一直教导他要以善待人，可今天他明明听见了这边的动静，却故意当做什么也没看见，不正是一种鼓励吗？

“好，你们三个一人一只。”见景道山已气得浑身颤抖，范小鱼豪爽地再一挥手，嘴角弧度弯弯。

家被毁，人逃亡，险死别，又逢难……他们这一阵子实在是受够了磨难，今天不痛痛快快地补偿一次，他们的幼小心灵可是会留下很大创伤的哦！

火光下，随着景道山的尖叫咒骂声，一狼一蝎一猪很快就在景道山脸上三国鼎立。丁澈最为恶劣，故意拿沾满了墨汁的毛笔往他鼻孔中捅了捅，气得景道山差点当场翻白眼。

“好了好了，小鱼，你有什么问题就早点问吧。折腾了这么久，大家也一定累了。”见小辈们如此折辱景道山，范通又是好笑又是不忍，忆起当年更不禁有一丝惆怅和遗憾。若是景道山为人正直仁义，又怎会从一代大侠沦落到如此地步呢？

报复一个人固然能得到一时痛快，可他更希望孩子们明白，以暴制暴并不是最好的办法。所谓冤仇易结不易解，若是人人都时时想着报仇，这江湖上的恩怨怎可能有平静的一天？他知道，很多人背地里都说自己是傻子，所以他从不奢求自己的孩子也像自己一样，但他还是希望他们能多有一些宽容的胸怀。

“好吧。景大侠，刚才这些呢，只是开胃菜。如果你不好好交代如何设计陷害我们家，你们那些人聚在一起又有什么重大阴谋的话，我们很乐意给你送上正菜。”范小鱼斜躺在石头上，一只脚尖有一下没一下地点着石头，模样像极了大姐大。

景道山喘着粗气，眼神犹自充满了戾气。

“看来你的牙关还真紧啊！”范小鱼甜甜地挥着手，“亶儿，给我敲一块门牙下来。”

“住手！你一个小女孩，小小年纪怎么这么狠毒？”景道山嘶声大呼，“范通，江湖上人人都称你一声大侠，难道你就是这么教育你女儿的吗？”

“看来你对我家的了解还不够。”范小鱼看也不看范通一眼，笑得越发甜美，优雅地对他勾了勾小指头，“悄悄地告诉你，我们家的当家人是我，不是我二叔，也不是我爹哦！所以……”

范小鱼停顿了一下，亮出雪白的皓齿，露出恶魔般的笑容，一字一句地道：“今晚你不用指望任何人为你说情，我谁的话也不会听！给我敲！”

一声断喝后，罗亶把一根铁钉挤进景道山的双唇间，然后狠狠一敲，鲜血顿时从景道山口中流了下来。

“啊……”范白菜忙转过了头，不敢再看。岳瑜垂下眼睛，一丝也不敢乱瞟。丁澈则有些害怕又有些兴奋地看着，觉得十分刺激。

“如果你还不愿意说，那么，接下来我问一遍，你就会少一颗牙齿，问两遍就少两颗；若是牙齿都敲完了，咱们就换手指；若是手指割完了，你还决定逞英雄，那我会成全你，再换脚趾……你身上的零件这么多，总够我一样样地取。景道山，你给我听好了，我老爹虽然是个烂好人，可是我范小鱼却喜欢有恩报恩，有仇报仇。人不犯我，我自然和别人和睦相处；若是有人心肠歹毒，执意要伤害我的家人……呵呵……我想今日便是一个很好的例子。我这么说，你应该很清楚了吧？这样吧，我给你一点考虑时间。我数到三，你要是还不想交代，那我们就接着玩。”范小鱼镇定地看着行刑，眼睛眨也不眨，笑盈盈地用悦耳的嗓音轻吐出一串串流畅的句子。比起当日范通的浑身鲜血，这一幕实在是小儿科。

“范大侠，范通，你如此纵女行凶，难道就不怕武林同道的耻笑吗？”景道山吐出带血的牙齿，把最后一线希望寄托在背朝这边不忍看的范通身上。

“敲！”这一次，范小鱼懒得长篇大论，言简意赅地下令。

“噗！”景道山闷哼着惨叫。

“一……二……三……”

“等一下！”景道山含恨吞下第二颗牙齿，目光嗜血般紧盯着范小鱼，仿佛要牢牢地把她的脸深刻在心里，永远用仇恨供奉，“如果我交代，你是不是不再折磨我？”

“如果你老老实实地把一切都交代得清清楚楚，并且签字画押，顺便承诺永不反口，那刚才我说的那些刑法当然可以一笔勾销。我以我老爹的名义保证。”范小鱼轻笑。

“好，我说！”景道山恨恨地道。

“你确定？”

“自然！”某人想咬牙切齿，可一用力，口中又是一阵钻心的疼痛，忍不住咧嘴。

“唉，真可惜，我还以为你是个硬汉子，起码要等到敲下半口牙齿才肯松口呢，看来我还是高估你了。算了，亶儿，先饶过他吧，等他编故事给我们听的时候再敲也不迟。”范小鱼叹了口气，明明一句句都是挖苦讽刺，却假装大度地挥了挥手，气得景道山差点再度气炸。他垂下眼，掩盖住心中所有的不甘、屈辱和恨意，暗暗发着毒誓。

看着景道山状似屈服的身影，范小鱼脸上掠过一丝冷笑。一匹凶残的豺狼，就算受了伤也不会改变本性，姓景的如今委曲求全，自然是为了将来有机会翻盘。不过，她范小鱼也不是傻子，就算他将来想找她报仇，也得有这个能力才行。

她不愿违背不杀人的原则，难道就没有别的法子治他吗？他也太小看她的决心了。

两刻后，数张白纸黑字铺在了景道山的面前。

“二叔，麻烦你解开他右手的穴道。”

“给！”岳瑜把笔递过去的时候，激动得手都是颤抖的。有了这份供词和这些人证，不但范家人可以洗脱罪名，就连他也可以摆脱嫌疑了。

看着景道山充满恨意但又不得不规规矩矩地签字画押，范小鱼终于满意地点了点头。然后她仰首看着旁边的范岱，笑眯眯地问：“二叔，你应该会废武功吧？”

“你刚才答应不再折磨我的！”一个“废”字，顿时彻底击垮了景道山所有的希望，他充血的瞳孔顿时惊惧地放大，几乎疯狂般地喊道。

“我有这么说吗？”范小鱼假装诧异地睁大了眼，无辜地看着他，“我明明只说了，如果你老实交代，我就会放过你的牙齿、手指头、脚指头，还有身上的其他零件。我确实没再取你的零件啊！”

“你……”景道山气得一口鲜血喷了出来。

“哎呀……”范小鱼欢快地尖叫着跳到一旁，高举双手，“老天作证，这一次我可没让人碰你一根毫毛！你要是愿意吐就尽管吐吧。要不，我找个盆给您接着？也好浇到庄稼地里当化肥去，免得浪费了。”

“噗……”景道山硬生生地又被逼了一口鲜血出来。

“扑哧……”另一边的范岱等人却都忍不住喷笑了起来。

“好，这种武林败类，我早就想废了他的武功。”范岱满口附议。和范通优柔的性子不同，他更喜欢恩怨分明。虽说废除一个武人的武功对江湖人来说是残忍了一点，不过恶人就该有恶人磨！小鱼的这种性子，真是越来越投他这个叔叔的味了。

“这……小鱼，武林人最重一身本领，这是不是有点……”

“不废了他，难道还想让他以后再来追杀我们？”范通弱弱地才一插话，就被范小鱼一个白眼逼了回去。她嘴角扯起一缕冷笑，“老爹，不要以为我今天只是在演戏，如果有一天你真的因为别人牺牲我和冬冬的话，呵呵，后果你可以自己想一想哦！”

看到小鱼不怒反笑，范通顿时面色一白，打了个寒战。那时候，他明知小鱼只是想迷惑景道山等人，可亲耳听到女儿说再不认他这个爹时，那心如刀割的痛楚，此刻回想起来依然记忆犹新。而且这个女儿自从死而复生之后，性情变得异常刚烈，若是……想到可怕的后果，范通深深一悸，当下再不敢言语。

“大哥，你就不要妇人之仁了。就凭这小人的性子，就算我们现在放了他，日后他也绝对不会忘了今晚。小鱼说得对，你姑息养奸的话，到头来反会害了我们一家的。”范岱也不屑地道，然后又是朗朗一笑，“反正他左右都要记仇，也无所谓记多记少了。小鱼，你过来仔细看着，二叔教你怎么废武功。”

“二叔，光废不行，还要保证他下半辈子都练不回一丝一毫来。”范小鱼沉吟了一下，十分忠实地贯彻“最毒妇人心”的道理，永绝后患。

“嘿嘿，那是当然。”范岱附到范小鱼耳边，低声笑道，“你爹总不许我杀人，说什么有伤天德，二叔我被唠叨得没办法，早就研究出好几套废人的法子了。”

范小鱼忍不住抿嘴一笑，眼睛却更是闪闪发亮。好几套废人的法子？哈，她更想学了。

“妖女！魔鬼！你今日辱我至此，又坏我毕生修为，我就是化成厉鬼也不会放过你的……”见叔侄俩都露出一副“你完蛋了”的魔鬼笑容，景道山自知再求饶也是无用，不顾一切地破口大骂，极尽诅咒之能。

“如此月朗风清之夜，有只乌鸦呱呱大叫，实在有伤风雅。”范小鱼现学现用，一指点中景道山的哑穴，然后甜笑着看向范岱，“二叔，开始吧！我已经有些迫不及待了。”

眼睁睁地看着范岱的手指飞快地点向自己的各大要穴，自知这一回再也难逃厄运，惊惧至极的景道山再也支撑不住，随着一阵剧痛昏了过去。

罪魁祸首既已昏厥，剩下的三个为虎作伥者自然也要处理。本着尽量不见血腥的原则，范小鱼决定，还是用同样的方法处理算了。

等到这场审讯尘埃落定，看看头上已在中天的明月，恰恰是原定的约会之时：子时。

“二弟，小鱼，接下来你们打算把他们怎么办？”看着地上横七竖八躺着的四人，范通又开始犯愁。

“是啊，小鱼，怎么办？”范岱也搔头为难，“要是放了他们，难保他们不回去搬救兵。杀人你们又不愿意，总不能留在身边吧？”

范小鱼笑着抓起案上的一叠供词，摇了摇，“当然是要他们帮我们洗清杀害朝廷命官的嫌疑，这个诬陷一日不大白于天下，我们就得每天都躲躲藏藏。”

“可是，小鱼，我们无权无势，而且此事涉及多年前的大案，事关重大，一旦官府得知，难免会扯出亶儿的父亲，到时候我们总不能交出亶儿吧？莫说是亶儿，恐怕就是我们，朝廷也不能轻容。”范通拧着眉说出了自己的顾虑。

他们本来就是江湖人，是朝廷一向忌讳的，这样铤而走险地寻求朝廷的帮助，实在不是上策。而且一旦和朝廷搭上关系，将来天下同道又会如何看待他们范家？

“大哥说得也有道理。景道山这个老贼可是还和官府勾结的。要是我们把他们送到官府，万一他们反口诬告我们，那我们的处境可就大大的不妙了。”范岱也点头道，“天下乌鸦一般黑。这些年来，皇帝老子整天寻仙问道，朝政都掌握在奸臣和妇人手中，就凭这几张供词，未必有用。”

范小鱼看了一眼垂目不语的罗亶，秀眉微蹙。其实她也知道这事有个死结很难打开，可要让她一辈子顶着这么一个黑锅四处躲藏，她又如何甘心？何况冬冬酷爱读书，将来肯定要参加科考，若没有一个清白身份，他未来的前途怎么办？

如何才能既解了黑锅又全身而退呢？

人证、杀害林大人的物证、打官司最重要的关系以及一个公正的官员，他们眼下缺了三样，而且要是这人证反口说自己是被屈打成招，或者是任何一个涉及此案的官员被绿林收买，欲立查出贡品的大功，他们去告状的话，反而是自投罗网啊！

范小鱼眉头锁得更深，她果然还是想得太天真了。

第二十一章

丁小公子的身世和心思

“我不懂，既然那个林大人不是你们杀的，你们为什么不敢报官？为什么还没去报官，你们就断定官司打不赢呢？”

三人正自发愁，已经注意了他们好一会儿的丁澈突然开口，唬得三个人一惊，这才发现，他们竟然一直忘记要避讳这个半路搭救的少年了。

看着怔怔然还没反应过来的三个人，以及同样才察觉到的罗亶和范白菜，丁澈也意识到，对方正把自己当成一个外人。他的脸色不由拉了下来，哼道：“我不知道你们身上有多少秘密，可是只要你们行得正坐得端，为什么要这么怕官府？而且先帝去岁就已驾崩，新皇已然登基，难道这些你们都不知道吗？”

“老皇帝死了新皇帝上台我们当然知道，不是都大告天下了吗？不过就算换了小皇帝，朝政不还一样被刘太后和奸臣们把持吗？就像那丁谓、王钦若之流的，还有那个窥觊岳先生的变态夏竦。”范岱假装没听到“秘密”这两个字眼，哼道，“像那个难得的好官寇相，不就是被那伙人给挤下去的？那些狗官能指望才怪！”

清澈的月华下，丁澈的脸色顿时变得有些难看，想要辩解一二，却又恨恨地咬住了双唇，好像范岱刚才所报的人名中有人和他关系甚密似的。

范小鱼暗暗打量着丁澈的神色，脑子迅速转动了起来。

三年前她见到丁澈的时候，那排场和气势绝对是大富大贵的人家才可能有。时至今日，丁澈身上还有股浑然傲气，这样的气质显然不是一般官宦人家的孩子所能拥有的，必定是从小家里条件就极好、受尽宠爱高捧而成的。而且他姓丁，从姓氏

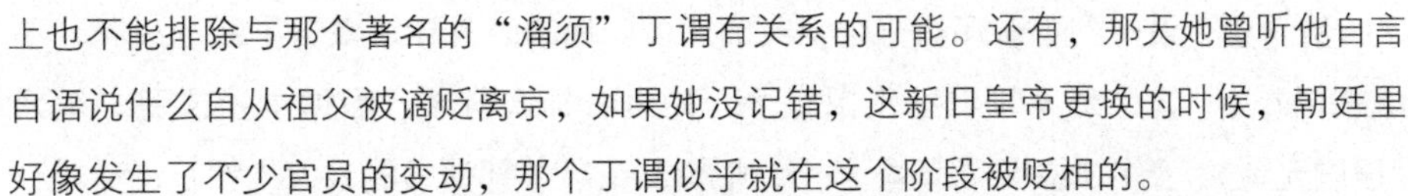

上也不能排除与那个著名的“溜须”丁谓有关系的可能。还有，那天她曾听他自言自语说什么自从祖父被谪贬离京，如果她没记错，这新旧皇帝更换的时候，朝廷里好像发生了不少官员的变动，那个丁谓似乎就在这个阶段被贬相的。

“你是丁谓的孙子？”心里一有猜测，范小鱼当即单刀直入地问道。

“你怎么知道？”丁澈一下子后退了两步，惊讶至极地瞪着范小鱼。周围众人一听，也几乎都掉了下巴。不会吧，眼前这个少年，竟然真是丁相的孙子？

“呃……你还真是丁谓的孙子啊？”范小鱼感觉比他还黑线，没想到自己一猜就猜中了。只是想起这时丁谓早在海角天涯，她不由叹息道：“可惜了，要是你祖父还没被贬官，说不定可以请你找他帮帮忙。”

丁谓在历史上的名声虽然不怎么好，但如果他还在位的话，也许他们可以借着丁澈攀点关系，了结掉杀人案，如今却是没希望了。

“就算我祖父不在京城，我一样能帮上忙。”涉及因被贬而备受百姓争议的祖父，这段时间自尊心备受损伤的丁澈瞬间变得尤其敏感，如一只备受攻击的刺猬，一有风吹草动就竖起了全身的刺，想也不想地夸下海口。

“你一个小孩子，能帮什么忙？”范岱反应了过来，浑不客气地怀疑。

“我祖父虽然被贬了，但我还可以找我的外祖父。”丁澈咬牙切齿地道，眼中似因想起什么不好的回忆而闪过一丝勉强，但随即又昂起了头。

“你外祖父又是谁？”范小鱼还沉浸在丁谓已经被贬的郁闷里。一般来说，一个宰相倒台后，他的亲信也会随之被贬，昔日的荣光现在可帮不了他们的忙。

“我外祖父大名钱惟演，现如今正官拜枢密使。”丁澈昂头道。

“钱惟演？”

范小鱼囧了。身在现实中的北宋朝，她当然知道这些历史上的人名。不过钱惟演好像和丁谓一样，虽然都是才华横溢之人，但品行却似乎都不高洁，只是……不过……范小鱼杏眼一溜，心思一转，若能帮他们家的忙，摘了这顶黑锅，她管人家品行如何呢！何况北宋的这些官员历来都备受争议，就连寇准和欧阳修，后人也是有不少批判的。大概除了司马迁的《史记》外，也没几本历史是严格按照真实来的，多少都带了个人的喜好。所以，真相到底如何，还是得接触了才知道。

“你外祖父是钱大人？”未等范小鱼理清这关系，岳瑜已满脸惊喜地低呼了起来。

原先范小鱼猜中丁澈是丁谓之孙已令他大为诧异，闻听丁谓被贬，他感觉又少

了一份希望，没想到丁澈还有一个坚实的后台。他的心里陡然燃起了新的火花，不由急问道：“就是那吴越忠懿王俶之子，先为右神武将军，因博学能文辞，编修《册府元龟》，历官知制诰、翰林学士、枢密副使、工部尚书的钱大人?”

“正是外祖。”

丁澈的身体不觉中已挺得笔直，一副你们现在总算知道本公子来历的骄傲模样。可范小鱼却没有忽略他方才眼中的挣扎，狐疑地问：“你如果真是钱枢密使的外孙，又怎么会流落在外头?”

范小鱼一句话，顿如一片乌云，遮盖了丁澈的朗朗晴空。

少年别过了脸，“我原本和我祖父住在一起，祖父被贬后，把我送到外祖父府中。外祖父对我十分疼爱，可……可舅舅他们……我不想再寄人篱下，就独自一人跑了出来，想去房州寻我爹娘，没想到……后来……后来你们都知道了!”

说到最后一句，他吞吞吐吐的语声又陡然提高，神色间颇为恼怒，显然不想再提自己的耻辱经历，强调道：“总之，你们放心，我丁澈不是忘恩负义之徒。你们今天冒险救了我，我一定会还你们这个人情。我明天就和你们一起回京，请我外祖父为你们主持公道。”

“小鱼，没想到丁公子还有如此背景。”范通呆呆地转头看向范小鱼，还没想通自己一个巴不得八辈子不要和官府打交道的人，怎么一下子和两位朝廷大官的后人扯上了关系。

“我也没想到。”范小鱼老老实实地道，脑中突然想起三年前初见丁澈的情形。幸好当时没有硬和这个正太作对，不然的话，说不定早被人家打击报复得无处可藏了，更别提还有今日的意外之喜了。

不过……

“你能保证你外祖父会帮我们吗?”某人抱着严重的不确定，充分地表示怀疑。

“若是不能还了你们这个情，我就不姓丁。”

丁澈咬着牙，狠狠盯着不识好歹的范小鱼，发现自己的怒气又轻易被撩拨了起来。气死了，他现在是忍着被舅舅、舅妈那帮势利小人嘲笑的耻辱决定回京的，要是这个黄毛丫头再敢怀疑、讽刺他，他发誓，他一定……一定……哼！要让她好看!

天亮后不久，范岱顺利地找到一条货船行至树林附近的河道之中，然后趁周边无人，悄悄把俘虏和骏马都运上了货船。

所谓有钱能使鬼推磨，何况还有丁澈这道银字招牌，又因这船是驶向京都而不是外地偏远所在，船主纵然对他们的神神秘秘有所怀疑，最后还是睁一只眼闭一只眼了事。待晨曦洒满大地，人们纷纷从睡梦中醒来，开始一天的劳作或行程之时，货船已早早扬帆，远离了宋楼镇。

一夜疲惫，一觉好梦。

范小鱼睁开眼睛时，已是中午时分。旁边床上，范白菜睡得正熟。另一边，已被精心包扎过的贝贝静静地蜷卧着，见她醒来，仰头轻叫了一声。

"贝贝，还疼吗？"范小鱼温柔地抚摸着它的头。贝贝撒娇地在她掌心里蹭了蹭，看起来精神还不错，让范小鱼多少放下了一点心。

钻出舱门，金灿灿的阳光劈头盖脸地扑了上来，让人一下子感受到了初夏的热意。范小鱼下意识地眯了一下眼，用手遮挡了一下，这才看见有一个人孤独地伫立在船头，目不转睛地望着船下滚滚的河水。

"亶儿，你在想什么？"范小鱼心有所动，无声地走了过去。

"师姐……"罗亶猛地转过身来，脸上有一抹猝不及防间未及收起的愁绪，但随即就掩饰地笑了笑，否认道，"我没有在想什么，只是睡醒了就出来吹吹风。"

"岳先生和丁公子还在休息吗？"范小鱼心里了然，和他并肩而站，俯身去看底下的水波。

"嗯。"罗亶应了一声就沉默不语了。

"你是怕到了京城，万一景道山为了报复我们而说出你爹的事，我们会为难吧？"范小鱼忽然侧头看向他。阳光照在她的脸上，乌黑的瞳孔亮晶晶的，如水晶般有流光闪动。

罗亶避开她的注视，心中微微刺痛，默默地点了点头。

昨晚丁澈发誓说要帮忙，固然是一个惊喜，可细想之下，却仍有极大的危险。以师父一家的心性，必会始终如一地保护他，可景道山毕竟是个大活人，一旦他得到面对他人的机会，难保他不狗急跳墙，把范家拉下水。到时候，贡品一案再被翻出，对谁都没有好处，对于范家来说，则是包庇钦犯家人的罪名。

所以，自从范小鱼和师父、师叔商量了一通，还是决定和丁澈一起去京都后，罗亶心里就一直十分不安。可如果不去京都，以后想洗清杀害朝廷命官的罪名就更难了。想来想去，最关键的地方还是在他一人。

“不用担心。去京城不是还有两天的路吗？”范小鱼嘿嘿一笑，故意挥舞了一下拳头，一脸无所谓，“这一路上我们可以好好地想一想。我和二叔、老爹都商量过了，实在不行，大不了我们就封住那个伪君子的口。反正其他三个人都不知道贡品的事情，丁澈也只知道景道山是因为与我们一家有私人恩怨，报复不成才故意陷害的。更何况，他抓谁不好，偏要抓钱大人的宝贝外孙？光是这一点，钱家也不会放过他。再加上我们已经有了供词，丁澈作证，也算是人证物证齐全。说不定到时候钱大人一怒，勒令衙门直接结案，我们不就没事了吗？”

见罗亶并没因此消去愁色，范小鱼有意转开话题道：“对了，你吃过了没？我可有点饿了。”

“我马上去给你拿吃的。”果不其然，一提到自己饿了，罗亶立刻把自己的烦恼放在一旁，转身快步走向舱中。

望着他已显现出伟岸身架的背影，范小鱼暗暗叹了一口气，心中再次鄙夷了一下那个不负责任的罗广。

范通虽然性子软，凡事总是第一个先想到别人，善良得令人抓狂，可至少他一直陪在他们姐弟身边，从不吝啬自己应有的一份父爱，也总是想法设法地照顾他们，紧要关头，更是宁可牺牲自己，也要保全儿女。可罗广呢，当年他去劫持贡品的时候，罗亶已经六七岁了，他难道就没想到过自己的妻儿吗？就没想过万一事败，会连累家人吗？

罗亶曾说过，那一日劫狱后的相见，是父亲离家后他第一次见到亲爹。

五年啊，长长的五年才换来和亲爹一次见面，而且相聚不到一天就又要分开，对一个已经失去母亲的孩子来说，那是多深的痛苦？更别说，在时刻担忧父亲生死的同时，还要面对自己被绑架的危险，到了现在，甚至都祸及范家了。这种父亲……我呸！和他相比起来，范通这个烂好人简直可爱到天上去了。

想起罗亶自昨晚后比往日越发沉默，范小鱼愤然之余又不禁蹙了蹙眉头。亶儿和他那个爹可不一样，常年被范通熏陶，心地善良得很。自从知道是贡品之祸引来了景道山之后，他就没少内疚过，看来她还是得让二叔和老爹多注意一下这个憨傻子，免得他为了不再连累自己家而不告而别。

不过，他方才的顾虑倒也不是杞人忧天。事实上，把景道山封口实在是一个下下策。景道山虽可恶，可若因为他而双手染上血腥、违背自己做人的最基本原则，那就不值得了。

可该怎么做才能两全其美，既能顺利结案又不会扯出贡品之事呢？这事原本打算瞒着那个小公子哥的，可是看起来他并不是一个容易糊弄的家伙。昨晚他一直在，不可能感觉不到事情的异样。万一他那执拗的劲头上来了，执意要问清楚才肯让他外公帮忙，又该怎么办呢？唉，谁说不论男人女人都应该有自己的秘密的？这样能折腾死人的秘密，她宁可一点儿都不知道，啊啊啊！

“喂！你在干吗？”

想曹操曹操就到，范小鱼刚懊恼地捏起拳头，一个声音就随着舱门的开启声传来。无须回头，范小鱼也知道这独一无二的口气是谁的。不过今时不同往日，不说接下来还要借助他的关系，单凭人家那份有恩必报的性格，她也不能再像以前那样和他吵嘴。

“看船。”范小鱼指着前头一只尽量靠着河岸行驶以避开大船的小舟，胡编道。

“这种小船有什么好看的？”丁澈还是一副高高在上的欠扁神情。

“其实大船有大船的好处，小船也有小船的乐趣。”范小鱼笑道，“就像我们前几天坐的小船，虽然又窄又小，可船位低，一弯腰就可以玩水，多好玩呀！”

“这么大了还玩水，果然是……”后面几个字丁澈原本又顺嘴地想说“黄毛丫头”，可临时想起这个黄毛丫头昨晚才救过自己的命，再这么称呼人家未免太不懂礼，只好含糊带过。

范小鱼又笑了笑，假装没听到他的嘀咕。

“你干吗不说话？”丁澈斜视着她，很不习惯范小鱼突然收起小猫爪子的样子。昨晚他明明看见她连一个大男人都能打倒的，这会儿又来装文静了。哼！一想到自己堂堂一个男子汉，却连个小丫头都不如，他就生气。

“你想让我说什么？”

范小鱼一边舒展着手臂，一边侧转了脸看向他，花瓣般的红唇噙着若有若无的一缕笑。虽然她还未到及笄之年，那神情却慵懒得有如卧在阳光下的猫儿，不经意间有一种无法言喻的风情流转。

“随便！”

见她毫不避讳地在男人面前伸懒腰，丁澈习惯性地想讽刺她一点教养都没有，可眼神无意间正对上那一双灵动的双眸，心里仿佛突然崩塌了一块，呼吸顿时有点紧促起来。他下意识地不想让她发觉自己的异常，心思电转间，两个恶声恶气的字已经硬邦邦地从口中蹦了出来，同时迅速地转开了眼睛。

“随便啊——”范小鱼拖长了声音。这个小公子哥，对他恶劣一点要瞪眼，对他温柔一点吧，又鼻孔喷气，真难伺候。幸亏她还没流落到给人家当丫鬟的地步，否则真难以想象那种日子该怎么过。说起丫鬟，她倒想起一个人来，“对了，你身边不是有一个小丫鬟吗？怎么没带着她？”

说着，范小鱼的目光不自觉地溜到了丁澈的头上。公子哥就是公子哥，被人伺候惯了，一离了下人，就连一个简单的头髻都梳不好。

“我干吗一定要带着她？”

见范小鱼盯着自己的发髻，丁澈眼中闪过一丝羞恼，脾气突然发作了起来，掉头就走。才一转身，就看见罗亶端着一个托盘从后舱那边绕了过来，他莫名地更觉得不舒服，大步地走向船尾去了。

他这是？罗亶以眼神询问。

范小鱼指了指自己的头发，低笑道：“伤自尊了吧？”

罗亶不予置评，道：“我把饭菜重新热了一下，要不要把冬冬叫醒了一起吃？”

“不用了，让他睡吧，睡醒了我再给他做。”范小鱼接过足够两个人吃的伙食，笑道，“我还是去瞧瞧那位骄傲的公子哥吧，免得我们的靠山饿肚子。”

罗亶应了声，默默地看着她转过前舱，伸手从怀中摸出一截已成人形的木雕，四处张望了一下，走到一个较为隐蔽的角落，盘膝坐下，专心地雕刻了起来。无人瞧见他的眼神中重新抹上忧虑，其实，他自己也还没吃。

范小鱼走到后面，丁澈果然已经扯下了头巾，正在笨手笨脚地梳头发。可他连根木梳也没有，手指又不灵巧，折腾了半天，还是有许多发丝散在外面，怎么都弄不平整。

范小鱼偷笑了一下，悄悄地走了过去，把食物放在一边，顺手拔下插在头上的梳子，很自然地接过他拼命想合拢的一把黑发，“我来吧！”

丁澈正和头发搏斗，忽然觉得有一只温柔的手轻覆上自己的手指，心中一惊，本能地转头看她，却不意速度过快，一下扯到了自己的头发，顿时闷哼了一声。再见到是范小鱼，他更是俊面涨得飞红，一把抓紧自己的头发用力一偏，恼道：“我自己会！”

“好吧，那梳子借给你。没有梳子，头发是梳不整齐的。对了，还有，抓头发的时候，最好张开拇指和其他手指，用手掌心贴着发根往上捋，这样比较好梳。”

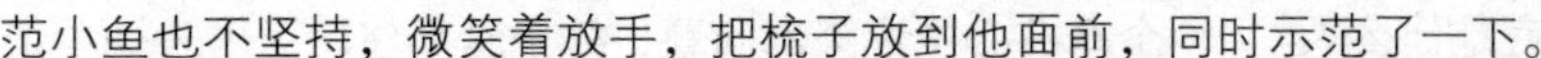

范小鱼也不坚持，微笑着放手，把梳子放到他面前，同时示范了一下。

丁澈哼了一声，却没有再次拒绝她的好意。可是一把小梳子抓在他的手里，却怎么也梳不拢满头的黑发，还不如用手理时抓得多，他一不耐烦，便有好几根头发被拉了下来。虽不怎么疼，可对丁大公子的面子来说，却是很大的刺激。

“十个铜板梳一次头，这个生意做不做?”范小鱼忍住笑，一本正经地道。

丁澈的手顿了两三秒中，终究选择放弃。他从怀中掏出一串钱，解了十枚，板着脸拍在范小鱼摊开的白嫩手心。

“谢啦!”范小鱼笑嘻嘻地把钱收好，转到他后面，“蹲下来。”

“干吗?”

“你比我高，不蹲下来我怎么给你梳头啊?”

“哼。”某小公子坚决鄙视蹲着的做法，索性盘腿在船板上坐了下来。

于是，船尾便出现了这样一幕：晒得暖暖的船板上，一双素白的纤手和一头浓密乌黑的长发纠缠，一对少男少女，就这样安静地开始了他们的第一次梳头交易。

阳光静谧地包裹着两人，凌乱的发丝在灵巧的手指下，很快拢在一起，拧转，盘绕，一会儿便乖乖地变成一个折射着光芒的发髻。

“好了。”范小鱼抽出木梳上的断发，走到船边抛向河面，顺手把梳子插了回去。

“这么快?”丁澈狐疑地摸了摸自己的头，刚才那一片凸凹果然已经一片平滑，不由大感神奇。

以前他每天都被人伺候着梳头穿衣，总是十分不耐烦，觉得这么一点破事也要磨那么久，着实笨手笨脚。可刚才他自己亲手梳理，却扯了半天也没梳满意，才发现原来这件事还真没自己想象的那么简单，现如今被范小鱼三两下搞定了，他反而有些不敢相信了。

“你自己照照看不就知道了?”范小鱼从旁边一桶用来泼船板的水中舀出一瓢，倒转瓢柄给他，“帮我倒一下水。”

见她很理所当然地命令自己，丁澈俊眉一皱，本待不接，可又觉得不过是举手之劳，如果拒绝未免又显得自己太小气，只得闷闷地接过，斜倒了起来。

范小鱼净了手，很自然地反过来给他倒，“你也洗洗手，洗完了好吃饭。”

丁澈默默地接着水流，眼角的余光瞥见放在一旁的食盘，一种怪异至极的感觉涌上心头。他突然觉得，原来生活也可以这样简单。

“你们到底是什么人?”一个塞在心里许久的问题，终于忍不住问了出来。

范小鱼抬眼，眸光清澈，“你觉得这个问题很重要吗?”

“你愿意说就说，不愿意说拉倒。”丁澈板着脸，又发脾气了。

“其实，我们一家只是想要平平静静生活的普通人。”范小鱼避重就轻地道。

“你们要是普通人，天下就没有普通人了。”丁澈不悦地道。当他傻子呢！普通女孩子能像她这样，连一个大汉都能撂倒吗?

“那你觉得我们是什么人?”范小鱼狡黠地把问题抛还给他。

“你不说我怎么知道!”丁澈赌气地一下子把水瓢扔回桶中，溅起些许水花，坠落到船板的水渍中，晃动着他的倒影。

看来他今天定要问个清楚了。面对丁澈的恶劣态度，范小鱼并未动气，只是看着水波漾开又恢复平静，才缓缓地抬眼看了他一眼，返身走向食盘，“先吃饭吧，吃完我慢慢告诉你。”

说着，她自顾自地坐下端起碗。

见范小鱼一反常态，始终不和他斗嘴，丁澈觉得所有的刺儿都戳进了棉花堆里，无趣得很。有心再赌气，可在原地顿了一下，他还是走了过来，板着一张脸吃起自己的那一份。

看见他大口大口地咬着馒头喝着汤，范小鱼嘴角隐约地勾起一缕微笑。

这个富家公子哥虽然脾气差一点，但有一个地方却颇令人赞赏，那就是这两天来，他从未挑食过。当初脱下锦袍换上布衣时，他也只在开始时略有些不自在，但后来很快就习惯了。和三年前那个吃个早饭都要摆满桌的小正太相比，这变化不可谓不巨大。就算是之前流落到大船上被人欺负了几日，懂得了生活还有艰难的一面，但如今他身上还有十多贯钱，接下来又不过两日就能回到地位尊贵的外公身边，他依然不抱怨饮食穿着，便是难得了。何况他肯知恩图报，丝毫没有怪罪范家和罗亶连累了自己，也足以让人改观。

想到这一点，范小鱼心中那些因丁澈的骄傲态度而多少有些不悦的情绪，也慢慢地散了开去。想了想罗亶的顾虑和一家的未来，范小鱼缓缓地开口。

“我爹和我二叔幼年时曾学得一身武艺，又因生性乐于助人，所以被江湖人称为‘范氏双侠’。十几年前，景道山等人以帮助天下百姓为名，想游说他们加入一个帮派，可我爹发现那个帮派并不是为了帮助百姓才建立，而是另有野心，所以执意离开。后来那个帮派遭到官府剿杀，以为是我爹告的密，便一直怀恨在心，试图

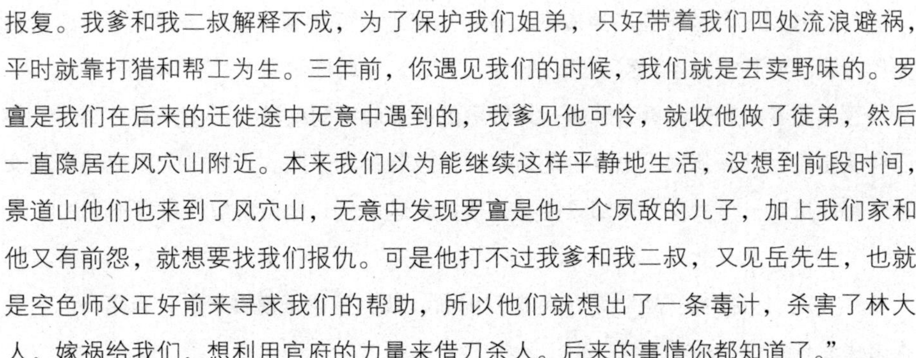

报复。我爹和我二叔解释不成，为了保护我们姐弟，只好带着我们四处流浪避祸，平时就靠打猎和帮工为生。三年前，你遇见我们的时候，我们就是去卖野味的。罗亶是我们在后来的迁徙途中无意中遇到的，我爹见他可怜，就收他做了徒弟，然后一直隐居在风穴山附近。本来我们以为能继续这样平静地生活，没想到前段时间，景道山他们也来到了风穴山，无意中发现罗亶是他一个夙敌的儿子，加上我们家和他又有前怨，就想要找我们报仇。可是他打不过我爹和我二叔，又见岳先生，也就是空色师父正好前来寻求我们的帮助，所以他们就想出了一条毒计，杀害了林大人，嫁祸给我们，想利用官府的力量来借刀杀人。后来的事情你都知道了。”

这一段话，范小鱼说得并不快，几乎是字字句句地斟酌，巧妙地在八分真里掺上两分假，简化了景道山一心想要得到罗亶的原因。而关于两兄弟的身份，就算她现在不说实话，等过几天上了京城，也难免会被钱惟演查出来，还不如自己先老老实实地说出一部分。况且范家兄弟从未做过伤天害理的事情，除了罗亶这个秘密必须保留外，其他也没什么不可见人的地方。

“你是从小就跟着你爹学武功的吗？”丁澈沉默了半天，才冒出一句话。

“算是吧。不过在我们家，练武其实主要为了防身健体，而不是逞凶斗狠。像我弟弟，他不喜欢学武，爹和二叔也不强求。”范小鱼微笑地解释。

“哦。”丁澈慢吞吞地应了一声，好像没有问题了，范小鱼却从他不断闪烁的目光中看出，他其实还有后话。果然，顿了一会儿，丁澈又迟疑地开口，“那个……练武难吗？”

“练武很辛苦的，恒心和毅力十分重要，三天打鱼，两天晒网可不成，而且还要看一个人的天资适不适合练武。”范小鱼的双眸灵活地一转，立时明白了丁澈的目的，心中迅速地考虑着让二叔收下这个徒弟的可行性。

经过了被欺负和被劫持的连番变故，想要变强也是人之常情，尤其是对丁澈这般骄傲的少年，昨晚他们所展示的武功难免会有极大的诱惑。从另一方面来说，如果范家能和钱家攀上关系，对他们当然更为有利。

“你觉得……”丁澈说话越发困难起来，俊脸上有一种少有的赧意，可想要学武的欲望终于战胜了骄傲，他拉下了面子，咬牙问道，“你觉得我的天资适合吗？”

“你想学武？”范小鱼故意装作惊讶地道。

丁澈红着脸，避开她的目光正欲点头，船上突然传来一声响亮的呼唤，“小鱼，你在哪儿？”

“我在这儿。”范小鱼高声应道，双手迅速地收好碗筷，站起身来，“你的天资如何，这个要我二叔才看得出来。等会儿我让二叔给你看看吧。我先走了。”

丁澈跟着站起来，看着她如一只轻盈的蝴蝶般绕向前舱，不由捏紧了拳头。他已经决定了，就算范家不愿意收他为徒，他也要找人学武。人家一个比他还小的女孩子都能打败一个大汉，他却只能被人欺负，这口气，他无论如何是吞不下的。

“二叔，你都听见了?”范小鱼走到前面，就见范岱正摸着下巴，眼睛亮闪闪地在考虑着什么。

“这事儿要和你爹商量。要是普通人家的孩子，我们收也就收了，可他家的背景太复杂，我们江湖中人又一向避讳和官府的人扯上关系，只怕你爹不同意。”范岱低声道。

“二叔的意思是，你是想要这个徒弟的?”范小鱼有些惊讶。毕竟这么多年来，眼高于顶的范岱从没动过收徒的念头。

“老实说，这小子的天分不下于你。”范岱嘿嘿笑着承认，“不过乖侄女你放心，他起步太晚，如果不发奋练个十年八年的，肯定追不上你。”

“他追不追得上我有什么关系？我又不是有事没事就要找他打架。”范小鱼翻了个白眼，“既然你想要这个徒弟，那老爹那里你自己去说吧。”

“别，这个还得你出马。”范岱连忙摇手，“你二叔我好歹也是个江湖人，总不能让我主动去说要收一个官府的子弟为徒吧?”

“我们只是收个徒弟，顺便给自己争取一份平静的生活而已，又不是给官府当什么鹰爪，搞那么复杂干吗?”范小鱼不以为然地道。她可没有那种身为武林人就一定要和朝廷对抗、挂上钩就是叛徒的腐朽思想，“算了，老爹那里我去说吧。不过二叔，这事我们还是得让丁澈主动提出，可不能变成是你主动去找人家。”

丁澈这小子，一身欠扁的骄傲，只有让他好不容易才拜师成功，他们一家才能牢牢地刹住他那世家子弟的威风，她这个师姐也才能当得名正言顺。

哈哈，其实再多个师弟也挺好。亶儿这家伙太老实，让人欺负起来总有罪恶感，如今来了个刺头似的新师弟，这日子想也知道不会太无趣。

“想要拜师学艺的是他，我这个要当师父的当然不能太主动了。非但不能主动，嘿嘿，我们还得耐心点，放长线才能钓大鱼。要知道，想要当我的徒弟可不是那么容易的事，一旦当了，就不能丢我的脸。”范岱贼笑道。一张留着胡楂的英俊面庞

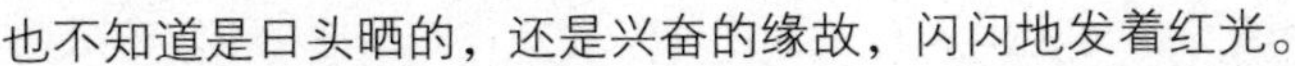

也不知道是日头晒的，还是兴奋的缘故，闪闪地发着红光。

范小鱼顿时黑线。她赞同收丁澈入门，主要是为了顺利地卸掉黑锅，并在京城立足。可看范岱这意思，却分明是要把丁澈当特种兵训练了。晕啊！现在人家不过才刚表明了一点意思，八字还没一撇呢，他就先想到丢脸不丢脸的问题了，要是丁澈真的拜师了……那魔鬼般的训练日子……

“二叔，你先别太激动。人家一个富家公子，愿不愿吃苦还是个问题呢！”范小鱼忍不住一盆凉水泼了过去。

丁澈已是少年，其根基已比儿童时就涉足武学的薄弱许多，一旦入门就得强化训练，必须要丁澈自己本身有很强烈的学武意愿，同时有极大的决心和毅力才行。

“所以我说，咱们得有耐心，要人家心甘情愿地来求才行啊！”范岱浑不在意，“要是他连这点苦都吃不起，自然不配做我范岱的徒弟。”

范小鱼无语。

第二十二章

京城和钱府

搞定了顾虑重重但最终还是没有反驳的范通之后，范小鱼故意不给丁澈任何与自己单独相处的机会。

整个下午，她不是和冬冬一起听岳瑜讲课、练字，就是和罗亶一起去跟骏马交流感情，总之不论何时何地，身边一定有其他人，让丁澈屡次想要问她都无从开口。他有心把她拉出去单独问，又觉得这样一来，未免显得自己的企图太明显，而且人在船上，来来去去也就这么一点地方，大家都是低头不见抬头见的。结果拖来拖去，转眼就到了夜晚停泊的时刻。

晚饭后，考虑到骏马不适宜水上航行，同时也需要补充新鲜草料，范通便带着众人把马牵到了岸上，只留了范岱在舱中看守。

“喂！”主动请缨负责一匹马的丁大公子凑近有意走到一边的范小鱼，眼睛看着地上，假装不经意地问道，“你问过你二叔没有？”

“啊？问什么？”范小鱼侧头看他，一本正经地装糊涂。

“你……你不是说要问一下你二叔，让他看看我的资质怎么样吗？”丁澈瞪她。

此刻晚霞已收，月儿未明，夜幕如柔纱般漫天地铺开，把人间笼得一团昏暗朦胧。稍微离几步远，就连对方五官皮肤都瞧不真切，只有一双眼眸被反衬得越发明亮，仿佛周遭的余光都被收拢在瞳孔之中，如水晶融化成液体在其中流动。

“哦，这个呀……”范小鱼做恍然大悟状，心神却有些漂移。

啧啧，这个家伙脾气不咋的，这容貌确是天赐的一般，俊秀至极，不说别的，

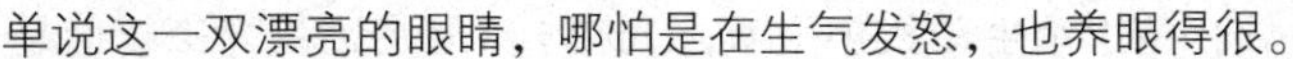

单说这一双漂亮的眼睛，哪怕是在生气发怒，也养眼得很。

“什么这个那个的，你到底问了没有?”丁澈的怒气被轻易地撩拨了起来，一下子忘记了自己本来只打算不露声色地旁敲侧击。

“你急什么呀？问这个不就是一句话的工夫么？又不是什么重要的事，回头我再问就是了。”范小鱼瞬间回神，抚摸着身边骏马的鬃毛，转过脸又飞回一个斜眼，故意反问，“对了，你问这个干吗?”

“不干吗，随便问问。”丁澈暗暗捏紧了拳头，忍住气，用力一拉缰绳，把马牵到前面，不再理她。

小样！求人还把姿态放得这么高，那你就好好地等吧！范小鱼抿着嘴偷偷一笑，眼珠又开始转了起来。

虽说她想让丁澈等，可这水路一路平稳畅通，不过后日就能到达东京，最好还是让这个倔小子早点开口请求比较好。或者，他们可以今晚再让他见识见识什么叫做武功，添一把诱惑力。

又是一日清晨，初升的太阳将江面映得通红一片，粼粼的水波震荡着，如有千万条金蛇在欢快地游动，推动着大船一路乘风破浪。

“吃早饭啦!”一大早，范小鱼就端着餐盘叫醒了众人。

“师姐，我来帮你。”罗亶过来摆放碗筷，极低极快地说了一句，“他后来一直没睡。”

这是意料之中的事情，范小鱼快速地瞟了一眼正微红着一双眼睛走过来的丁澈，脸上笑意盈盈。

昨天她故意半夜去叫醒罗亶去对招，并且“不小心”地吵醒了睡在一旁的丁澈。丁澈果然偷偷地跟着他们上了岸。

范小鱼早就和罗亶串通一气，这一次对练的重点既然是演戏，所用招数自然基本选择在外行人眼中看起来厉害无比的武功。不用丁澈自己说，耳力敏锐的范小鱼也可以从他急促的呼吸中，明白他的情绪动荡得多么厉害。

用脚指头想也知道，对于一个生性骄傲的少年来说，还有什么感受能比突然间发现自己竟根本无法和年龄相仿的外人相比的刺激更大呢？

他若是不甘心屈居于人，真心想让自己变得强大，那么拜师学艺就势在必得了。

打铁还需趁热，早饭后，范小鱼主动找了丁澈，“你昨晚不是让我问二叔你是不是有练武的资质吗？”

“你二叔怎么说？”丁澈的眼睛一下子亮了起来。

“我二叔说，你的资质确实不错……”

“真的吗？”某人止不住的惊喜。

“只是可惜……”范小鱼叹气。

“可惜什么？”某人一愣。

“可惜你年岁太大，早已过了最佳的学武年龄。我二叔说，像你这样的资质，要是早几年开始练武，成就绝对在我和亶儿之上。”范小鱼惋惜道。

“难道现在就不能练了吗？”某人愣愣地出神，又喜又忧，更有着一丝不甘心。

“练当然可以练，只是就没那么容易了。学武不同于读书，可绝对是件体力活，尤其是像你这样的……啧啧……”

范小鱼故意绕着丁澈打圈，看得他俊面飞红，怒道：“像我这样的又怎么样了？”

“也没什么。只是你一个养尊处优的公子哥，自小锦衣玉食，衣来伸手，饭来张口，怎可能吃得了那么多苦？”范小鱼毫不掩饰地取笑道，“我敢打赌，要是你去学武，保准三天就哭爹喊娘地吃不消了。”

“范小鱼，你不要太瞧不起人！”这句话可是直接侮辱了丁大公子的自尊，满腹的火药腾地爆炸了。

“是吗？那我就等着你证明给我看。”斗嘴吵架的最高境界是敌怒我不怒，范小鱼轻飘飘地抛下一句话，转身就走。

“等一下！”丁澈一把拉住她的手，俊眸闪亮，“我当然要证明给你看，可没人教，我怎么练武，怎么证明？”

范小鱼眨眨眼，“这还不容易？你外公官这么大，家里能没有高手护院么？到了京城，我们多少会停留一阵子，只要你不故意串通好你师父偷懒，有的是时间让你证明。”

说着，她素手不知怎么一转，已如滑鱼般脱出他的掌控，顺便还附上一个甜甜的笑容。

“我等着哦！”

等就等，我一定会证明给你看的。

丁澈咬牙看着自己的手。总有一天，他一定会牢牢地抓住这条狡猾的小鱼，让她睁大眼睛看看，他绝对不是她眼中的孬种。

“高啊，实在是高！小鱼，你这一招以退为进真是绝了。”一离开丁澈的视线，范岱又不知从哪里冒了出来。

“二叔，你先不要夸我。以他的脾气，一定是想找一个比你还厉害的高手为师。京城里藏龙卧虎，这只还没煮熟的鸭子可是很容易跑掉的。而且，景道山那边也麻烦。”范小鱼却皱起了眉头，“这拜师要人家心甘情愿主动来求是不错，可若过头了，他打算回京去寻访名师，那我们想要多借助丁澈的关系封景道山嘴的计划就有变了。”

“这……”范岱一愣。他倒真没想过这个问题，浓眉不由皱了皱，但随即又爽朗地一笑，“跑掉就跑掉吧。这个拜师学艺啊，就和成亲一样，彼此之间也得讲究个缘分，要你情我愿的才行。否则的话，强扭的瓜不甜，强收的徒弟也不会成器。至于景道山，本来这样利用官府报私人恩怨就不是很好，我们再想想别的办法好了。”

明明十分看中丁澈这个苗子，甚至早早地就在考虑给丁澈制定什么样的学武方案才最合适，却可以如此豁达地接受自己看中的人成为别人的徒弟，真不愧是她的二叔啊！

范小鱼正想夸他，心中突然一动，被他话语中的两个词勾起了一个久藏在心中的疑问，“二叔，说起成亲，你不会一辈子都打算不给我找个二婶吧？”

“二婶？什么二婶？好端端的要一个陌生女人来干吗？”范岱立刻打哈哈装糊涂，“对了，既然暂时收不了那小子，我还是和你爹再去商量一个万全之策比较好。”

“二叔……”见范岱唯恐慢一秒就会被她大刑伺候般溜之大吉，范小鱼又是好气又是好笑地跺脚，心中却已决定，这次一定要搞清楚这件事。

如果那个披霞郡主已经嫁人的话，那就算了，若是没有……一个女人如果能为了自己喜欢的男人浪费掉一生中最宝贵的青春，这样的痴情女子怎么说也得再给人家一个机会不可。至于那啥啥不能和皇室通婚的祖训，切，她才不当回事呢。祖宗规矩再大，也不能妨碍子孙的终身幸福不是？

不过，范小鱼歪头轻咬了一下指甲，秀眉微蹙，三年前那个披霞郡主就已经十

九岁了，不可能现在还没嫁人吧？

不出范小鱼所料，被严重刺激的丁大公子果然再也没有露出要拜范氏兄弟为师的意思。好在范家人也看得开。而且这么一来，因为少了丁澈这一层师徒关系，反而让范岱想出了一个办法。

“在审讯前劫人？”范通沉吟着可行性。

“正是，既然我们不能杀人灭口，又不希望他说出不该说的话，那就只好冒充他的人先把他劫走了。这样一来，就算主犯出逃，可我们还有三个人证和口供，也足以证明我们的清白了。等风头过了，我们再想办法处置他也不迟。”范岱得意扬扬地道，“怎么样，我这个点子不错吧？”

“不错，不错，真不错！”范小鱼笑着鼓掌道，“二叔这个法子确实好。亶儿的事情只有景道山知道，只要他不对官府说出贡品的事情来，那一切就都简单多了。我们救了钱相的外孙，又有人证物证，他应该不会不卖这个面子。”

“话虽不错，可我们在京城人生地不熟的，能把他藏到哪里去呢？”范通毕竟稳重些，想得比较周到，“还有，我们对钱府的情况根本不熟悉，人手又不够，万一到时候被人发现，可不好圆谎。”

“这个我当然自有办法。”范岱毫不在意地道。

北宋帝都，京城开封。

虽然已经在这个时代生活了数年，但第一次来到天下最为繁华的城市，还是极度令范小鱼震撼的。大船从郊外一路溯流而上，看着真实的历史犹如一幅无限延伸的伟大画卷在自己面前徐徐展开的时候，真正地置身其中的范小鱼还是情不自禁地瞪大了眼睛，恨不得能前后左右都再生出几只眼睛，好同时眼观八方。

两岸那林立的店铺和如潮的行人，以及由千万道不同的声音汇聚而成的喧嚣之音，几乎一下子就将范小鱼淹没。激动的心跳中，范小鱼注目四望。京城开封，她终于来到这个伟大的历史名城了！而且还真真切切地站在北宋这个时代里，不是凭后世的一些模仿建筑，遥想八百多年前的历史风采。

大船在众多的船只中穿梭，费了好一番工夫才找到合适的停泊码头。

之后，范通骑着马，带着丁澈先行一步前去钱府，范岱则性急地拖了这两日里打得火热的船主上岸去喝酒，好为自己的不在场获得人证，当然，这人证喝了酒以后是否头脑清楚，那就是另外一回事了。

又等了两刻多钟，"未来侠女"范小鱼假装耐不住范白菜上岸去玩一会儿的要求，答应就在附近走一走看一看，同时以怕迷路为由，特地请了一个船夫陪同，也离开了大船。

当姐弟俩慢悠悠地逛了好一会儿回到船上时，大船上已如愿地闹翻了天，该晕的"晕"倒了，该被救的也被救走了。

范小鱼假装"大惊"之后，忙一面请人去寻找喝酒的范岱和船主，一面"心急火燎"地盼着范通尽快回来。理所当然地，当船夫们找到船主和范岱时，喝得醉醺醺、又被点了一会儿穴道的船主自然什么都不记得了，更不知道范岱曾中途离开过。

范岱也喝得"醉醺醺"，走个路都东倒西歪，自然指望不了他前去追敌，不得不想法子先给他醒酒，他又一通借酒发疯，令范小鱼忙得"焦头烂额"。顺利地带着人马回来的丁澈，上船时看到的就是这一幕。

喝过头"神志不清"的范岱自然是丢失主犯的罪魁祸首，让范通好一通"教训"。可是主犯既已丢失，眼下最要紧的当然是抓紧时间把三个从犯带回钱府，然后尽快安排通缉事宜了。

等到众人最终离开码头，一路或乘囚车或骑马地穿街过巷，来到钱府大宅之时，午时早已过了。

钱府很有钱，这是范小鱼的第一个感觉。

相府里头的院落果然都布置得非常雅致，这是范小鱼的第二个感觉。

虽然钱家人定居京城已有数十年，可对曾世代居住在江浙鱼米之乡，并且曾作为王室统治一方的吴越钱氏而言，府邸内的布置自然采用了江南的风格。进入府中，穿径过林，一路上处处假山翠林，亭台楼阁，清澈的池水，九曲的回廊，只看一眼，那一派宁静悠然的气息便如杨柳风扑面而来，让人如到苏杭。

当然了，作为备受皇室器重，又与当今太后之兄联姻的大臣之府，除了园林别具情趣之外，相府也充满了侯门深院所特有的威严和肃然，规矩甚多，就连前来奉茶的丫鬟奴仆，也是一副不苟言笑的肃然神情。

丁澈并未陪同他们一同来到偏厅，而是一进府就被下人引向书房，去见闻讯特地从枢密院赶回府的钱惟演，他们这些外人自然只能先在偏厅等候了。好在奉茶的

下人放了茶水点心就下去了，府里的气氛严肃归严肃，大家还是有一个说话的空间。

“二弟，人藏好了吗？”范通这才有时间询问细节。

“大哥，我办事你还不放心吗？”范岱笑道，“我找了家客栈开了间房，把他塞在了床底下。这两天我们只要每天给他送点吃的，饿不死他就成。”

“那你给他点穴了吗？”范通不放心地追问。

这婆婆妈妈的话一问，正在享受着钱府点心的范小鱼顿时偷笑，范岱更是大翻白眼——要是景道山能动能喊，他还藏个屁呀！

众人这一等，便足足等了一个多时辰，等得大家都不禁打起呵欠来了。范岱最耐不住性子，索性借着酒意一仰头靠在椅子上，呼呼地睡了起来。

“二弟！”范岱蹙着眉头沉声低喝。虽然钱府的招待太过冷淡，可是范岱就这样在人家厅上大睡，未免太没礼貌。

“这钱府规矩真大。这么长时间，就是吃饭撒尿全报告也足够了，老子睡着等又咋了？”范岱不满地咕哝了一声，稍稍坐直了一点。大哥就是迂腐，这偏厅静得像鬼一样，要是有下人进来他难道还不知道吗？

“丁澈离家之后，钱府一直派人在找。现在人家祖孙好不容易重逢，自然十分高兴，总得重叙一番天伦。加上他还是一个孩子，受了这么多惊吓，钱相想要多了解一些情况也是难免。二弟，你就耐心再等一会儿。”范通劝慰道。

他先前和丁澈一起来到钱府时，府里的下人见到丁澈都十分惊喜，那个做主跟随他们前去码头的总管更是口口声声地说，自从丁澈离家出走之后，钱相如何担忧挂念。既然祖孙关系这么好，时间长一点也很正常。

“要不是……哼哼……”范岱含糊地哼了两声，不再言语。范小鱼却明白他说的是什么意思。

作为一个逍遥自在的江湖人，范岱本来就对争名逐利的达官贵人抱有蔑视。如果不是有求于人，又惦记着想收丁澈为徒，这种地方，他是半步也懒得踏进来的。

“不知道钱相会不会相信我们？”罗亶低低地插了一句，忍不住又向门外望了一眼。

“应该会相信的。我瞧丁澈这孩子性子虽然有些骄傲，但既然主动提出要帮我们，应该会说到做到。只是钱相可能是个谨慎的人，又或者人家已经通知大理寺来提人犯也不一定。我们还是再等等吧！”范通安慰道。

范小鱼却玩着手中那个精致的茶杯，并不参与讨论，只在自己心中转着心思。

两个小时的等待虽说长了一点，但理性一点来说，这是在古代，在相府，可不是寻常人家，规矩大些在所难免，在能接受的范围。关键是他们的故事，这个连面都还没见到的钱相能相信几分？又是否能看在丁澈的面上帮这个忙？

“小鱼，你怎么说？”范岱见范通处处为人家着想，不由有些不耐，懒得和他多说。

“再等等吧。人家虽然把我们晾在这里，但茶水点心也没缺少，不算很失礼。”范小鱼放下茶杯，正准备说点话题冲淡大家的不耐，灵敏的双耳便捕捉到一阵轻微的脚步声，嘴角顿时一勾，“二叔，坐正点，来人了。”

这脚步声明显不同于前面几个仆人，急促中又带着一丝沉稳，倒有点像先前陪着丁澈来码头的那个管家。

果然，一张半熟的面孔很快就出现在厅堂的门口，带着职业性的笑容，客气有礼地道：“各位，我家老爷有请。”

在回廊里绕了几绕之后，范小鱼等人终于见到了这位博识多才的前右神武将军，以及已经换了一身锦服，恢复成贵公子模样的丁澈。范小鱼才一进厅，就敏锐地闻到他身上有一丝沐浴完所特有的气息。

范小鱼斜了他一眼，暗哼了一声。原来这家伙先去洗澡换衣服了呀，难怪让他们等这么久。果然是养尊处优的公子哥，就不能等事情谈完再去享受吗？

丁澈仿佛感受到范小鱼的鄙视，视线立刻转了过来，眼中闪着莫名的光芒。范小鱼却迅速地转了开去，敛住了自己眼中的情绪。哼，现在她是人在屋檐下，又有求于人，暂且留着这笔怠慢之账。要是丁澈最后真的拜了二叔为师，将来还愁没有欺负他的机会吗？

这么一想，范小鱼心里顿时平衡了许多，抬眼去打量那位褒贬皆有的历史名人，无视丁澈在一边的蹙眉瞪眼。

钱惟演相貌并无出奇之处，相对于他如今的地位而言，未穿公服、神情平和的他看上去更像是一位普通的教书先生。然而，这只是外表而已。范小鱼并没有忽略当自己一家进去后，丁澈一一介绍自己等人时，钱惟演那漫不经心一一扫过他们的眼神中闪过的精光。

能爬到这个位置，自然不会是简单人物。

钱惟演很得体地先表示了几句感谢，在范通谦逊的回应之后，很快就把话题带到命案上，“澈儿说，你们手上已有那主犯景道山的供词，可是真的?”

“是的，大人，那景道山已经承认了一切皆是他所为。供词在此，请大人明察。”范通拿出众人的供词，总管接过呈递。

“嗯，虽然主犯逃脱，不过有此供词人证，此案真相已是大白。适才我已经通知夏大人来共商此事，相信大理寺很快就会给一个明断。在审案之前，各位不妨先在寒舍休息。老夫还有公务要处理，就不奉陪了。”钱惟演的口气始终不咸不淡，不热切但也没有太冷漠，说完，便站了起来。

“多谢钱大人，钱大人您忙。”范通也忙站了起来，众人跟着起身。

“管家，带范大侠一家前去松院。澈儿，你跟我去书房修书给你母亲，免得她挂念。”钱惟演淡淡地道，交代完后就径直离去。

丁澈端端正正地应了一声是，态度与和范小鱼在一起的倨傲截然不同，俊美的面庞如戴上了一层完美却无情的面具。他微微向范家人点了点头，就跟在钱惟演后面走出了客厅。

“众位请跟我来。”有其主必有其仆，钱大人态度疏离冷淡，总管的笑容也没有多少人情味，完全是公事公办的样子，令人感受不到任何热情和感恩之意。

范小鱼回头看了一眼祖孙俩离去的方向，突然觉得这座充满江南风味的府邸一下子冰冷起来，先前还存着的一点借助钱府的关系更顺利地在京城中立脚的心思，顿时荡然无存。她忍不住自嘲，亏她先前还想套点近乎，这下可知道这些高高在上的“大人”不是那么容易讨好了吧?

也罢，反正他们范家人有手有脚，本来就没指望混人家的，只要一旦案子确定，恢复清白，他们马上就离开。这十里繁华帝都，难道还找不到他们一家的容身之地吗?

“各位先在这里住下，有什么需要不用客气，直接吩咐下人好了。”到了松院，总管随手招过两个丫鬟，面无表情地吩咐道，“这是府里的贵客，你们两个，小心伺候了。”

“是。”那两个丫鬟大约都是十四五岁的年龄，长得眉清目秀，“奴婢翠云（绿萼）见过各位贵客。”

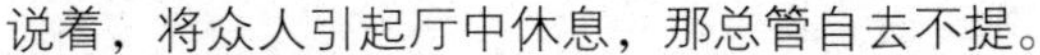

说着，将众人引起厅中休息，那总管自去不提。

“咦，岳先生呢？”众人在厅中坐定，忽见少了一人。

“奴婢们只见总管带了你们前来，并未瞧见第六人。”翠云讶异道，“请问范大侠，那位贵客方才是和你们在一起的吗？”

岳瑜没跟着他们到松院来？那他一个人会去哪里？众人心里都大为不解。

这个空色和尚，搞什么鬼啊！范小鱼心里暗骂，脸上却扬起了甜甜的笑容，“两位姐姐，相府这么大，我想我们的朋友一定是在来的途中贪看府中的美景，不小心没能及时跟上。不知两位姐姐能不能陪我去找一下？”

“好的。”客人走丢不是小事，翠云也不敢疏忽，当下忙先打发了一个使唤婆子前去禀告总管，留下绿萼招呼其他人，就匆匆地带了范小鱼出门去寻人。

两人沿着来路往回走，才过了一道曲桥，就看见对面的假山后，转出跟着一个家丁向这边走来的岳瑜。范小鱼目光敏锐，一眼就看出岳瑜脸上充满喜悦之情，显然心情很好。

“岳先生？”范小鱼心中疑惑，脸上却不动声色。岳瑜一看见她，脸上顿时一赧，忙收起喜悦，整肃了一下神情，加快脚步走了过来。

“岳先生你真笨，走个路也会走丢。”见他走近，范小鱼假装什么也不知道地抿嘴取笑。

岳瑜愣了一下，讪讪地笑了笑，“是……是啊！”

“原来这一位便是岳先生。奴婢翠云见过岳先生。”范小鱼身边的翠云这才找到机会福身行礼。她睫毛低垂，白嫩的脸上不知何时已染上一层粉晕。

“翠云姑娘好！”岳瑜慌忙还礼，眼睛却看着范小鱼，神色尴尬。

“还好岳先生没走丢，否则我爹他们肯定都要担心坏了。我们赶紧回去吧，大家都在等着呢！”范小鱼面不改色地道。

“岳先生，你刚才是不是拿着自己的文章，私下求见钱大人了？”回到院中，屏退了两个一见岳瑜就芳心暗动、眼神迷醉的丫鬟后，范小鱼单刀直入。

“你怎么知道？”岳瑜有些吃惊。

“我明白你的心思，也知道钱大人可能很欣赏你的文采。可是，”范小鱼叹了口气，目光紧盯着岳瑜，“岳先生，你有没有想过，一旦钱大人知道你是夏竦想要的人，他会因为你区区一个自荐的学子得罪同僚吗？能不对你这个破坏他们同僚关系

的外人心怀怨恨吗？”

“这……”岳瑜原本红润的脸色顿时如覆白雪，挣扎着道，“可是钱大人是正枢密使，那夏竦不过是副枢密使……”

“那不过是现在。官场上的风云向来变幻莫测，以前丁澈的爷爷丁谓不是一手遮天吗，现在如何？再说句难听的话，岳先生你文采是好，可天下文采过人的后起之秀又有多少？你难道觉得官场关系还不如你一个无功无德的陌生门客重要吗？”

在她隐约的记忆里，夏竦可没这么早下台。

岳瑜颓然跌坐在椅子上，面如土灰。他突然觉得这几日来的希冀一下子被摧折，整个人生和前景都跌入了无限绝望之中。

“小鱼，你就别吓岳先生了。事已至此，还是快想想办法吧？要不，我们还是离开钱府吧？”范通天真地建议。

离开钱府？这位范大侠又想为了一个外人放弃洗脱自家罪名的机会吗？范小鱼的冷冽眼神一下如飞刀般刷地劈了过去。

“我是说等案子一了结，我们就离开，不是现在，不是现在……”范通心中一凛，连忙解释。

“可是案子了结得再快，也需要一段时间吧？万一这段时间，那个夏竦来传我们问话怎么办？就岳先生这副俊俏模样，走到哪里都显眼，你们没见刚才那两个小姑娘脸都红了吗？”范岱很想一本正经地说话，可一想到两个丫鬟芳心荡漾的模样，就忍不住想笑。

“二叔……”范小鱼眼波流转，又一个白眼丢了过去。可怜的岳瑜却已顾不得旁人的取笑了，只沉浸在绝望之中。

“好了好了，我不笑。”范岱嘴上说不笑，嘴角却仍咧得大大的。他走过去一拍岳瑜的瘦弱肩膀，丝毫也不担心地道，“岳先生，你什么都好，就是胆子太小。小鱼刚才说的都只是假如而已，那夏竦大人压根儿还不知道你在这里呢，你现在就像死了爹娘一样做啥？”

“我……”岳瑜心情原本已经很差了，被他这么一拍一训，整张脸还真的如丧考妣，满口苦涩。

“岳先生，我二弟就是这么一个口无遮拦的性子，你莫要介意。你放心，你是冬冬的先生，我们一定会全力帮你的。实在不行，我们就带着你离开京城，绝不会让你落入那夏竦手中。”范通劝慰道。

“姐姐，你就想办法救救先生吧！”范白菜也忙拉扯范小鱼的手。

“好，姐姐我想想办法。”范小鱼对他笑了笑，偏头想了一阵，转向岳瑜，“其实，我刚才说的只是一种极大的可能性而已。事情确实还不到那一步，也不是完全没有办法预防的。”

这一说，岳瑜顿时精神一振，一双美目重新散发出希望的光彩。他牢牢地盯住范小鱼，竟然慎重地起身，向范小鱼躬身行了个大礼，“请小鱼姑娘指点迷津。”

“你不用这么客气，我也谈不上指点什么迷津，只是……”范小鱼避开他的大礼，灿烂地一笑，“我的法子只有两个字：装病。”

“装病？”范通不解。

范小鱼笑道：“岳先生虽然已经表达了投诚于钱相的意思，可是钱相还没正式答应举荐他。如果这时候岳先生来一场大病，久病不愈，这件事自然也就搁置下来。等我们要走的时候，带走多病的岳先生，料想钱相也不会反对。”

“可是……万一审案之时，要传我上堂作证……”

“岳先生，你这是关己则乱。你忘了，那供词之中可有你的名字？”范小鱼狡黠地一笑。当初她逼景道山等人画押，为的就是有朝一日通过正常的途径洗清自家的罪名，可被害者是夏竦的妾舅，夏竦难免会亲自过问，若是把岳瑜写上去，岂不是把人家推入火坑？

这么明显的后患，她范小鱼会留么？所以，如今的供词里，重点只有一条，那就是：林大人之所以被害，完全是因为景道山要嫁祸给范家，和外人绝无关系。

岳瑜努力地回想自己亲手书写的供词，随即露出了灿烂的笑容。眼前这个明眸善睐的少女当日那坚定的誓言，再一次浮现在他的心头。

她曾说过，有朝一日，她一定会帮他当个堂堂正正的男人，现在，他更加确信了。

第二十三章

权高好办事

被范小鱼前后一通分析，心情如上下了一番云霄的岳瑜再也不敢心存侥幸，回到院子不久就乖乖地“生病”了。

一如范小鱼所料，钱惟演得知刚刚自荐过的岳瑜是个病秧子后，尽管不久前还对其文采赞不绝口，却除了让总管传达了几句淡淡的官面话，果然不曾亲自前来探望，甚至不曾让人送任何特别的补品过来。

岳瑜被范小鱼一点拨，虽然心里难免有所失落，更多的却是庆幸这个错误被弥补了回来，从此更加小心谨慎，尤其是当两个丫鬟在场的时候，更是显得“弱不禁风”，唯恐再露出破绽。不料，他却因此越发得到翠云、绿萼格外热情的关照，大有艳福难消的尴尬，可怜得没少被范小鱼调笑。

所谓“既来之，则安之”，虽然主人不够热情，唯一熟识的丁大公子也不见踪影，但有两个丫鬟爱屋及乌，对众人服侍得十分尽心，范小鱼也趁机享受了一次美美的城市沐浴，将自己从头到脚洗得清清爽爽。

穿越的这三年来，一直蜗居乡下，又长年累月地算着家计，她可是足足当了三年多的土包子，过了三年多的清苦日子啊！如今有机会却不享受，那是大傻子！

沐浴完毕，范小鱼懒懒地走到窗前，推开窗户让热气发散。她一边擦着一头快要及腰的乌黑长发，一边若有所思地遥望院外那些错落的阁楼，思考着今后的出路。

景道山这个案子，一路上她已经和两兄弟反复合计过，料想不会有大的意外。

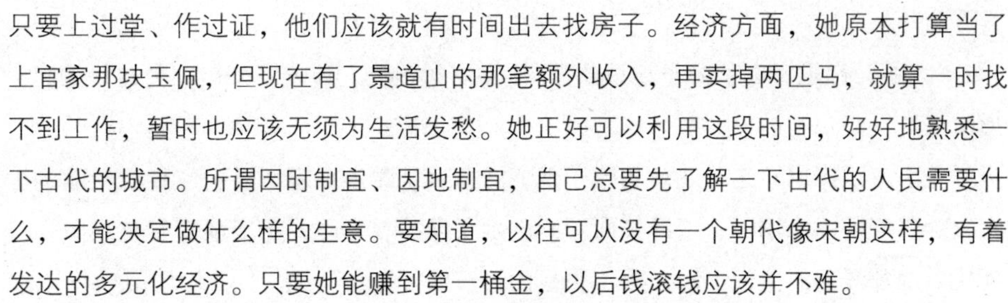

只要上过堂、作过证，他们应该就有时间出去找房子。经济方面，她原本打算当了上官家那块玉佩，但现在有了景道山的那笔额外收入，再卖掉两匹马，就算一时找不到工作，暂时也应该无须为生活发愁。她正好可以利用这段时间，好好地熟悉一下古代的城市。所谓因时制宜、因地制宜，自己总要先了解一下古代的人民需要什么，才能决定做什么样的生意。要知道，以往可从没有一个朝代像宋朝这样，有着发达的多元化经济。只要她能赚到第一桶金，以后钱滚钱应该并不难。

“小鱼妹妹，你已经洗好了吗？”正遐想间，一身淡绿的翠云微笑着从对面走了过来，目光和范小鱼相触，眼中的笑意真诚而温柔。

“嗯，翠云姐姐，我洗好了。”范小鱼对着她甜甜一笑，过去开了门让她进来。

“小鱼妹妹，我来帮你擦头吧！”翠云很自然地想要接过毛巾。

范小鱼忙微微一闪，笑道：“不用麻烦了。只是擦个头发，我自己来就好啦。”

“还是让我来吧，这些事姐姐做起来习惯些。而且丁公子刚刚来了，说要见妹妹，妹妹擦好了头也好早点过去。”翠云笑着解释。

“啊，丁澈来了？”范小鱼手一顿，随即加快速度，胡乱地擦了几下，就去拿梳子，“谢谢姐姐，那我这就过去。”

“哎……妹妹，等一下！”翠云来不及诧异她居然直呼丁澈的名字，忙伸手拉住了她，“你的头发还湿着呢！而且……”

说了两个字，翠云不禁微红了脸。她本想说，一个姑娘家，如何能这样披头散发地去见一个男子？又担心这话会说得太重了。

“没关系的。”范小鱼一心想知道丁澈带来了什么消息，压根儿就没想到要顾虑这个。她随手抓过木梳，快速地梳理了几下被擦得散乱的头发，就跑了出去，“翠云姐姐，浴室我等会儿回来再收拾啊。”

翠云被她的喊声惊得一愣，疑惑道，她难道不知道自己是客人吗？钱府哪有让客人亲自收拾浴室的道理？哎呀，不对，问题不在于谁收拾浴室，而是她不能就这样披着头发去见丁公子啊！

“小鱼妹妹！”回过神来的翠云忙追上几步，想把范小鱼拉回来，没想到就这么一失神的工夫，范小鱼已经跑得老远了。她刚清醒一点的神智又不禁迷糊了一下，这小鱼妹妹是兔子变的么？怎么一眨眼工夫就不见了？

“我来了，事情怎么样了？”那边翠云还在迷惑，范小鱼已经蝴蝶般飞进了

客厅。

“大胆，你是怎么和公子说话的！”丁澈转过目光，还未及开口，旁边已响起一道叱喝。

范小鱼一挑眉，这才注意到除了他们一家，丁澈身后还站了一位容貌艳丽的少女，穿着打扮远比翠云、绿萼体面。此刻她正微抬着下巴，冷冷地看着范小鱼，目光转到她那湿润的头发上时，眼中更是闪过一丝鄙夷和不屑。

哪来的狐假虎威的丫头？范小鱼迅速扫了她一眼，觉得这个少女的眉目有些熟悉，下一秒已恍然大悟，哦，这不就是当年跟在丁澈身后的那个大丫鬟吗？

“哦，原来是古玉姐姐啊。古玉姐姐，好久不见，您老可好啊？”范小鱼微微一笑，眨眼间已挂上甜美的面具，口中却不经意地将那个“老”字拖了半拍。

古代的女子，大多及笄后就开始婚配，三年前古玉就已十三四岁，如今起码也有十六七了。在这个年龄，一般像她这种丫鬟，大多不是被主子收房，就是配给了小厮家丁，可这个古玉的打扮分明还是少女，放在这个时代，确实称得上是老姑娘了。

虽然范小鱼自己从来没有遵照古礼早早嫁人的打算，不过，这并不妨碍她用这一点来讽刺别人，谁让这丫头一见面就不给人好脸色呢！

就算如今他们一家有求于她的主子，可莫忘了，她的主子可也同样欠着他们一家的恩情，轮不到一个小丫头在这里唧唧歪歪的。

“你……”能在丁澈身边服侍的当然不是什么笨人，古玉一下子就听出了范小鱼的言外之意，俏脸顿时变色。

然而，丁澈却不给她还击的机会，“古玉，你先出去。”

“公子？”

“让你出去你就出去，啰唆些什么！”丁澈不耐烦地道。

古玉咬了一下嘴唇，拧着手里的帕子，疾步从丁澈身后走出，就往门口冲去。经过范小鱼身边时，她狠狠地投去一瞥，压低了声音啐骂了一句，“不知廉耻！”

这句话一出，丁澈和范白菜没有武功听不真切，范氏两兄弟和罗亶却听得清清楚楚，不由得同时一沉面色。

“臭丫头，你给我站住！”范岱最为护短，哪容得外人莫名其妙地辱骂自己的宝贝侄女？别人还没反应，他已想也不想地要讨个说法。

古玉因怕丁澈听见，骂人的时候脚步并未停下，范岱出声时她正好去跨门槛，

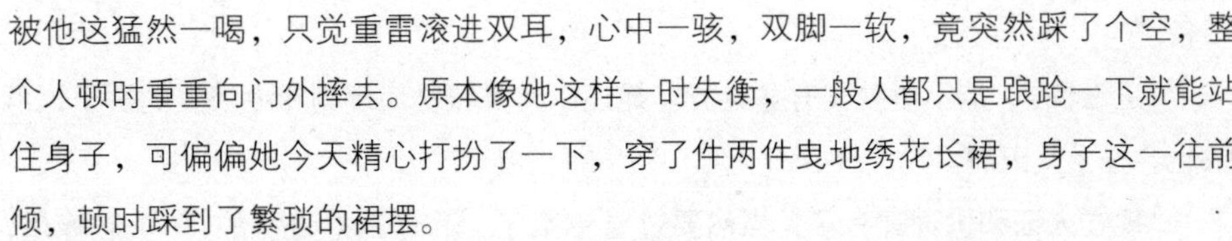

被他这猛然一喝，只觉重雷滚进双耳，心中一骇，双脚一软，竟突然踩了个空，整个人顿时重重向门外摔去。原本像她这样一时失衡，一般人都只是踉跄一下就能站住身子，可偏偏她今天精心打扮了一下，穿了件两件曳地绣花长裙，身子这一往前倾，顿时踩到了繁琐的裙摆。

然后，只听一声响亮的扑通，方才还一脸高傲的古玉大丫鬟已结结实实地膜拜大地。

面对这个变故，所有的人不约而同地一愣。范岱毫不客气地放声狂笑，“哈哈哈哈，这现世报来得真快！”

什么现世报？丁澈俊眉一蹙，随即就转过弯来。

自己的贴身丫鬟当众出丑，他这个当主子的面子上当然不好看，可范岱性情豁达，按理说不可能无缘无故去欺负一个丫鬟，再一联系刚才她们的对话和那句听不真切的嘀咕，他心里已明白了七八分。

“哎呀，古玉姐姐，你怎么这么不小心哪？来，我扶你起来。”笑声中，范小鱼一脸讶然地抢步走出，去扶脸色羞得一片赤红的古玉，口中的语声更是甜美，“古玉姐姐，你哪里摔疼了没？”

其实，以她的身手，刚才古玉踉跄时完全可以及时帮忙，但老实说，她对这个大丫鬟实在没什么好感，何况这是她自己摔倒，又不是她推的，她干吗插手？嘻嘻！

“不用你假惺惺！”古玉羞怒交加，哪里有脸抬起头来。她顾不得手掌和膝盖的疼痛，挣扎着一把推开范小鱼，提起裙角一头冲了出去。

这下丁澈的脸色更是难看，瞪着古玉背影的目光中已明显有一团火气升起。手下的丫鬟如此没教养，岂非是打他的脸？

“这……丁公子，真是对不住……”

“对不住什么？是她先平白无故骂我们家小鱼的。”范岱重重地哼了一声，打断范通的道歉，“我只不过想要她说清楚干吗骂人而已，又没动她一根手指头。”

“算了，二叔！”范小鱼阻止道，笑盈盈地走了回来，坐在丁澈的对面，“翠云说你找我，是不是案子的事？”

丁澈见她压根儿没觉得自己随意披散着湿发的模样有什么失礼，目光中反而闪过几分尴尬。他干咳了一声，道：“外祖父已将案子交给了大理寺审查，同时也把详细情况告诉了夏大人，可能明日就会升堂问案。我来是想通知你们一声，做好

准备。”

“这么快?”范小鱼着实有些诧异。她还以为凭钱惟演那副冷冷淡淡的性子，再快也会拖上几天呢。

“现在人证和供词都有了，当然要过堂审案了，有什么好奇怪的?”丁澈哼道，很不满范小鱼居然质疑他的能力，却没有借机为自己邀功。

范小鱼莞尔一笑，真心地看着他，大大方方地道：“这件事多谢你了。”

“你不用谢我，我只是不想欠你们而已。”丁澈撇嘴。顿了两秒，他站了起来，“没事的话，我先走了，外祖父还等着我用晚膳呢。”

他嘴上说着要走，脚步却没有移动的意思。

“丁公子，你慢走。”憨厚的范通忙起身相送，一旁的范岱快速对范小鱼挤了挤眼。

范小鱼忍不住偷笑，口中却道：“我送你一下吧!”

丁澈不语，径直走出门打了个呼哨。一条红影立刻从岳瑜的房中蹿了出来，围绕在他身边。范小鱼笑着跟了上去，留下一头雾水的范通和始终如隐形人般的罗亶。

“喂，你离家出走，你外公没有骂你吗?”出了门，范小鱼赶上两步，和他并肩而行，主动搭话，虽用了个喂字，语声却很柔和。

丁澈沉默了一下，没有回答。

“那个，等事情完了以后，你还要去房州找你父母吗?”范小鱼不以为意，转了一下眼珠，旁敲侧击地问道。

丁澈还是不语。范小鱼连续碰了两个软钉子，只得耸了耸肩，随手拉过一缕湿发无聊地甩了起来，打算送到院门就不再管他。

这个徒弟是范岱自己看中的，要是他实在很想当人家师父，那就让他自己想办法好了。她可没这么好的闲心，一直拿热脸去贴人家冷 PP。依她说，以后最好和这些当官的一点关系都不沾，落得轻松自在。

“有时候，我还真羡慕你们，可以自由自在的，想去哪里就去哪里。”两人走到门口，正当范小鱼准备说“不送了”的时候，丁澈突然低低地说了一句。

范小鱼一怔。丁澈转过头来，眼带鄙夷地瞧着她，伸出修长的手指指了指她的头，“你披头散发的样子真丑!”

说完，他招呼了乐乐，转身就走，背对着范小鱼的脸上却勾起了一抹得意的暗

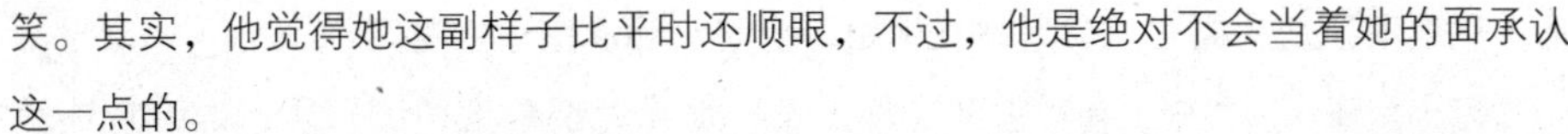

笑。其实，他觉得她这副样子比平时还顺眼，不过，他是绝对不会当着她的面承认这一点的。

丑？囧了……他以为这样就能打击到她么？

范小鱼翻了个白眼，不以为意地伸手拨弄了一下长发，潇洒地一个转身。真是个幼稚的毛头小子，一点审美观点都没有，连啥叫自然美都不懂，切！

平平静静、舒舒服服地过了一晚后，除了“生病”的岳瑜，次日一家人起来之时，精神都十分饱满。钱惟演的招待虽不热情，却也不曾怠慢，送上来的早餐还是相当美味可口的——据翠云介绍，光是他们喝的粳米粥就放了六种材料。

贝贝跟着他们的时间久了，除了经常半夜自己去猎食外，平时也会吃一些人类的食物。一般范小鱼他们吃饭，会根据它的喜好给它一点。如今它腿伤没好，不能自由上下，只能趴在旁边椅子上，眼巴巴地瞧着围坐在桌边的一家人享受美食，急得不住发出可怜的呜呜声。

“翠云姐姐，能不能给我家贝贝也来点粥？”范小鱼忍着笑，要求道。

“当然可以了。”翠云忙取了个干净的碟子，盛了点粥放在贝贝面前。

贝贝立刻挣扎着支起前腿，伸出尖尖的长吻贪婪地舔了起来，很快就把碟里的粥舔得一点不剩，然后又可怜兮兮地看向翠云。众人顿时再也忍不住地大笑了起来。

这一回，换成绿萼抢先给它添粥。贝贝依旧以一种风卷残云的姿态迅速扫光，然后看向绿萼，好像完全忘记了开始时是翠云给的粥，一心认定绿萼比翠云更大方似的，居然容忍绿萼去摸它那火红色的皮毛，却向着翠云龇牙。绿萼得意地直叫它小乖乖。

“这个小势利鬼！”范小鱼走过去轻轻敲一下它的头，“忘记刚才谁先给你好吃的啦？还不给翠云姐姐道歉！”

“呜呜……”贝贝抬起水汪汪的眼睛，先撒娇似的在范小鱼的手掌里蹭了蹭，才略带委屈地冲翠云叫了两声。

“贝贝好有灵性呢！”翠云得到范小鱼授意，再次小心地去触碰它的头，见它果然不再反抗，不由越发惊喜，“我从没见过这么漂亮可爱又有灵性的狐狸。”

范小鱼笑道：“怎么会呢？你们的丁公子不就有一只么？它们可是同胞兄弟。”

翠云也笑道：“丁公子的那只狐狸虽然和贝贝一样漂亮，不过它只和丁公子亲

近，从来不让别人碰它。就是古玉姐姐，也一次都没抱过它呢。”

范小鱼奇道：“怎么会？它不让别人碰，那平时都是谁照顾乐乐，谁给它洗澡的?”

绿萼抢话道：“都是丁公子亲自动手的。听说，为了这件事，以前丁公子的爷爷还曾经训过丁公子好几次呢?”

“哦，是吗?”范小鱼若有所思地摸了摸贝贝的耳朵。以丁澈的身份，完全可以找个专人伺候乐乐，可他却亲自动手，而且三年如一日，就算离家出走也不忘记带上它，看来这个毛头小主人还挺有爱心嘛！

一段愉快的插曲过后，范小鱼习惯性地想要收拾餐桌，翠云和绿萼忙惶恐地劝阻，“小鱼妹妹，你是客人，怎么能做这些粗活呢?”

范小鱼灵活地一转身避开她们，将碟子放到托盘上，笑道：“只不过是收拾一下碗筷而已，又不是什么重活，没事。”

昨天她洗完澡就去见了丁澈，等回头想收拾一家人的脏衣服去清洗时，才发现所有人换下来的衣服都被两个丫鬟送到洗衣房里去了。到了晚间准备就寝时，两个丫鬟又早已铺好了床。虽然这些事情对翠云和绿萼来说，只是当丫鬟的本职工作，可对她来说，却省却了很多力气，当然应该投桃报李地回报一下。

“真的不用了……”翠云更是不安，忙抢过托盘侧到一边，“小鱼妹妹，要是让总管知道我们居然让客人收拾桌子，他一定会责骂我们姐妹的。”

范小鱼一怔，这才想起这是钱府，一切自有规矩，怎么也轮不到客人干活。她讪讪地一笑，不再动手，可站在桌边又有些别扭，只好走到院子里去。脚步刚迈出门槛，她就看见抱着乐乐的丁澈和总管走了进来，不由大感幸运地吐了一下舌头。

嘿嘿，真的很险啊！要是他们再早一步，真被总管看见刚才的事情，自己还真连累了翠云、绿萼呢。

“范姑娘，昨晚休息得可好?”总管的脸上还是一副公式化的笑容。

范小鱼忙收起鬼脸，也公式化地和他客套了起来，却也没放过丁澈在自己头上转了几转的目光，心中暗哼了一声。

“既然众位都已用过早膳，若没什么事就请跟小人去大理寺吧。苏大人已派人过来，就等着众位去上堂了。”总管对着走出来的范通等人道。

“多谢总管大人，我们没事，这就可以走。”范通忙道。

“总管大人，岳先生和这件案子没什么关系，现在又病着，您看，是不是让他留下?”范小鱼故意漫不经心地顺口一提。

“一个无关紧要的教书先生，去不去有什么关系?”总管还没开口，丁澈已发了话，不等总管反驳，又道，“冬冬还是个孩子，贝贝又受着伤，我瞧他们也没必要一起去了，都留在府里玩吧!”

说着，他双手一松，乐乐从他怀中跳下来跑进厅里，蹿到了贝贝身边。

单纯的范白菜可以不用上堂，范小鱼自然再乐意不过，总管也没有什么意见。一行人就此出门，乘着马车向大理寺衙门进发。

跨过高高的门槛，进入威严的衙门里，范小鱼只略略扫了一个大概，就压下对古代衙门的好奇，尽量目不斜视地跟着领路的衙役，进入大堂旁边的小厅中等候。

随着惊堂木拍响，大堂里很快就开始了审理程序。

半个时辰后，一行人相继踏出了衙门。

“这就完了?”

走下台阶，范岱回头看看那块高悬的门匾，又瞧了瞧两尊威严的石狮，摸了摸自己的头，还有点不相信这么多天的逃亡就此宣告结束。可事实上，他们真的已经从衙门里走出来，堂堂正正地走在了阳光下，再也不用担心被当做杀人犯了。

“怎么?二叔你还想回去感受一下大堂的威严不成?”范小鱼开玩笑道。

因昨日范岱只“救”景道山一个人，三个怀恨在心的大汉今日异口同声地将责任完全推到景道山身上，致使案情审理得格外顺利。这并不奇怪。奇怪的是，官府居然对他们这一家江湖人没有多加盘问就宣告无罪释放，多少有些令人意外。

看来，这其中少不了某正太的功劳。

想到这里，范小鱼不禁微笑着向丁澈望去，却正迎上某人明亮如星的目光。她当下回以更灿烂的一笑，一时间，头顶的阳光也仿佛有些失色。

“臭丫头，你这是想咒你二叔呢?”范岱哈哈大笑着，伸手给了范小鱼一个轻轻的暴栗，“你二叔脑袋又没有毛病。这种地方，一辈子来一次就够我别扭了。”

范小鱼明白他的意思，嘻嘻一笑。这一辈子，她还从来没有给别人下跪过，就连昨天见钱惟演也只是福了福而已。可今天在公堂上，一家人却不得不“小不忍则乱大谋”地屈膝磕头。说真的，这种感觉实在不舒服极了，让她心里严重地不平衡。

“走吧，案子既然已了，我们也该回去拜谢一下钱大人。而且我们也不好一直

打扰人家。”范通在一旁笑道。范小鱼等人都听出了他的言外之意：钱府高门大户，不是他们这种人的久留之所，自家还是识趣点，早点告辞为好。

“你们要走么？”丁澈立时敏感地听出了范通的弦外之音，看向范小鱼的眼神中已染上了一丝不悦。

“是啊，我们本来就是乡村草民，又和相府无亲无故的，如今案子了结了，哪能再赖在你外公家呢？”范小鱼笑道，心下微微遗憾。罗亶和岳瑜都是从来不和她吵嘴的，以后少了眼前这个易怒易爆的漂亮正太，日子还真有点儿无趣呢。

丁澈寒着脸，“那你们打算去哪里？”

见他显然不喜欢自己一家人离开，范小鱼心中泛起一丝温馨的感觉，微笑也柔和了许多，口中却有所保留地道：“不知道。也许会留在京城长住，也许只停留一段日子就去其他的地方。”

丁澈脱口而出，“不行，你们不能去其他地方。”

范小鱼一挑眉，还未来得及问为什么，始终陪在旁边的总管突然干笑了两声，“呵呵，公子这话可就不对了。范大侠一家要去哪里，那是人家的自由，就算咱们有恩于人，也不能强人所难，何况人家也曾救过公子呢！公子还是让范大侠他们自己做决定吧！”

说着，他也不看丁澈越发沉下来的脸色，转向范通，“范大侠，这里是大理寺衙门口，我们总这样站在这里未免有些不妥，有什么事回府再说吧。众位请上车。公子，老奴扶您！”

说话间，他不动声色地斜跨了两步，借一个“请”的手势技巧地隔开了范小鱼和丁澈，然后请丁澈登上第一辆豪华马车，一副标准的尽心服侍的忠仆样。

“不用了，我自己会上。”丁澈紧抿着薄唇，看了一眼范小鱼众人，一撩袍角重重地踩上了矮凳和车辕。透过车厢两侧垂着的薄纱珠帘，依稀可以看到他那僵硬的身影。

“小鱼，亶儿，我们也上去吧。”范通憨笑着对总管抱了抱拳，揽着女儿向后面一辆普通的车子走去。

“哼……”范岱最后一个上车，人未坐稳就先冷哼一声，想要抱怨。

“终于不用再提心吊胆了，爹，二叔，今天晚上我们庆祝一下吧。”范小鱼却不给他发表不满的机会，立时抢先道，同时飞了一个眼神过去，提醒他赶车的可是钱府的人。

以前是她把问题想得太简单了，居然天真地认为只要范岱想教、丁澈想学，师父徒弟的关系就能成立，却忘了这可是个等级分明的封建社会，而且十分重文轻武。就算丁澈愿意吃苦，钱惟演又怎肯让外孙变成一个受人鄙夷、毫无前途的武夫？

范岱郁闷地看一眼前面的车子，悻悻地闭上了嘴巴。

范通看了看前面，心领意会地笑着接口道："好啊，今天晚上我们找家客栈。二弟，今天不管你要喝多少酒，大哥都不拦你，让你喝个痛快。"

"这可是你们说的？"一提到喝酒，范岱马上兴奋了起来，指着范小鱼警戒地道，"可不许反悔。"

"不反悔，当然不反悔。"范小鱼笑道。从今天起，他们一家就又是自由人了，当然得庆祝一番。精打细算地过日子当然重要，但是该舍得的时候还是得舍得，否则人生岂不太没滋味。

范岱欢呼一声，方才的郁气顿时烟消云散。

他娘的，这劳什子的相府，不住就不住！那床软绵绵的，让人浑身的骨头都没处着落，还不如睡地上来的舒服。要不是因为有些过于阳刚的武功不适合小鱼，所以想再收个好苗子做徒弟，那什么枢密使就是请他去他都懒得去。

他们在后面商量着晚上要怎么庆祝，前头听见欢呼声的丁澈却郁闷得要死，心中同时泛起了深深的寂寞。

自己明明有爹有娘，却自幼就离开双亲，陪伴在严厉爷爷的膝下，日日都被一堆规矩束缚着，每日都有做不完的功课，几曾享受过这样无拘无束的天伦之乐？不过那时他好歹也是主子，除了爷爷的要求严格一些外，从来没有其他人敢对他有所不敬，但自从爷爷离京，把他托付给外公后……

想起那几个舅舅、舅母，还有那堆语带嘲讽的表兄弟姐妹，丁澈不禁握紧了拳头。若不是昨日外公逼他在给爹娘的信中写了保证书，他真想今晚就不顾一切地再次离开那座冷漠的府邸。

开封城中，道路宽敞，两辆马车又带了钱府的标志，所过之处其他客旅行人纷纷避让，很快就返回了钱府。

"有劳总管带我们去见钱大人，也好当面拜谢辞行。"下车后，范通礼貌地拱手。

“呵呵，范大侠客气了。范大侠纵然坚持要离去，也该用过午膳再走，否则老爷必要责骂小人不懂待客之理。”总管笑得中规中矩，“而且我家大人这会儿也不知有无空闲，范大侠还是先回松院休息，让小人先去通报一声吧！”

“如此，全由总管安排。”范通道谢，对丁澈笑了笑，就要跟着另一仆人回松院。

丁澈想也不想地抬腿迈步，就要跟上。

“公子，”总管微斜着身子拦住他，状若恭敬地道，“相爷吩咐过，要公子每日勤读诗书，今日公子的功课还未做……”

“我的事，还轮不到你管！”早已按捺了半天的丁澈终于压不住怒气，愤然地推开他。

“回公子，并非是小人要管公子，而是老爷……”总管的眼中迅速闪过一丝阴鸷，皮笑肉不笑地道。

“你不要动不动就拿外公来压我，落下的功课我晚上自会补上。”丁澈恼怒地闪开他的阻拦，也不知怎么一转，就抓住了范小鱼的胳膊，“你跟我来，我有事要对你说。”

说着，他扯着她就大步地向前走去。

呃……范小鱼压根儿没想到某正太居然会突然来这么一手，诧异之下，身体被动地跟上，一时间倒忘了挣脱。

“公子……”总管追上两步，还想阻拦，丁澈却突然回头，两道目光犹如利箭射出，厌恶之情，溢于言表。

不过是一个没落的外戚，也敢在他面前摆主子架子！总管心里哼了一声，但表面上却不好再追过去。眼角余光看到旁边的范通等人，他眼珠微微一转已经有了主意，脸上迅速换上了一副笑容。

“范大侠，那各位就请先回松院休息吧，我还要去向老爷复命。”

“亶儿，走吧！”

范岱拉了一把怔然望着丁澈和范小鱼离去方向的罗亶，示意仆人前头带路，心中却又开始闷气郁结。刚才丁澈那一转，分明是当初和小鱼追跑时不经意间学会的，算起来只模仿过一次，居然这么快就能学以致用，唉，这样的徒弟若是放过，还真是可惜啊。

第二十四章

安家落户去

那一边，范小鱼走了几步才反应了过来，正待用力挣脱，却突然想起刚遇见丁澈那日，她也曾这样拉着某人走上河岸，某人还因为奋力抗拒摔了个四脚朝天。嘴角不由莞尔地勾起，她于是一言不发，乖乖地让他牵着走。

丁澈拉着她沿着河卵石小径，一路绕假山过碧池，一直走到看不见一个仆人的地方，才停下来放开她的手。

“好了，这里没人了，你说吧。”范小鱼揉了揉被不知轻重地捏痛的手腕，笑吟吟地道。

见范小鱼不但没有丝毫怒气，还笑颜如花地看着他，丁澈那如寒冰般紧绷的脸色才有了一丝变化。目光转到范小鱼那不经意的揉腕动作上，俊面上顿时浮起一丝不明显的歉意，嘴唇却抿得更紧了。

唉，这孩子看着不可一世，其实也很可怜。

范小鱼暗暗叹了口气，也不催他，只是侧身一边轻抚着身旁那一丛丛才绽开的月季，一边徐徐在花丛中慢行。

“你们不能……不能……不走?”丁澈闷闷地跟在她身后，好半天才挤出了一句话。

不能不能不走？范小鱼因这怪异的说法愣了一下，才明白他可能原来想一如既往地霸道命令“你们不能走”，但又临时改口变成了询问口气的“能不能不走”，心里突然多了一份莫名的柔软。

丁澈是个自尊心极强的人，这一点从他落魄之时仍极力维持骄傲上便可看出。虽然这种骄傲有时候反而让他显得有些幼稚，比如他们相处时他总要硬邦邦地说话，像是要从她身上讨回被冒犯的尊严一般，可他是骄傲的。

但如今，这个骄傲的少年却因为不想让他们离去，第一次放软了口气，甚至还用了一丝请求的意味说话，让范小鱼着实有些意外。

“呵呵，这相府又雅致又舒服，吃得也好。如果可以，我们当然也希望不走啦。”范小鱼没有转头，只是笑道，“不过，我之前也说了，我们只是一介草民，能得相爷帮忙还我们一家清白，已经十分感激，哪里担得起相爷的长久招待？”

“可是……你们若走了，我怎么证明给你看？”丁澈咬牙道。他何尝不明白范小鱼一家坚持要走，完全是因为外公家的态度？恨只恨自己也是寄人篱下，在这个府里头一点做主的权利都没有。

“证明什么？”范小鱼不解。

“你不是说如果我学武，一定连三天都坚持不了吗？”见她居然忘了两人之间的约定，丁澈愤怒地转到她面前，双拳紧握。

“哦……呵呵，这个呀……”范小鱼拖长了音，对上丁澈那因怒气而显得生机勃勃的眼睛，眸光一流转，故意大大方方地挥了一下手，“既然没机会证明，那我就收回那句话好了。”

“不行！”丁澈斩钉截铁地道，眼中怒火燃烧得更甚，“男子汉大丈夫，说到就要做到，我一定要证明给你看。”

“你找到师父了？”范小鱼轻笑，“要是你找到师父了，我们在京城里等你三天倒也无妨。”

“我……我可以拜你叔叔为师。”丁澈终于忍不住蹦出久藏的渴望。

“先不说我二叔收不收你，你外公那边绝不可能同意堂堂的相爷外孙跟着江湖人弃文从武的。别忘了，你可是出自书香门第、名门世家。”范小鱼收起玩笑的神情，正色道。

前几天她和范岱还在千方百计地让丁澈主动提出拜师，如今却要劝人家放弃，范小鱼心中不免有些无奈的感慨。

“我没说要放弃读书。我可以一边读书，一边习武。”丁澈坚持道，“外公那里，我会去说服他的。只要他同意了，你们就可以留下来。”

“恐怕不可能。”范小鱼笑道。

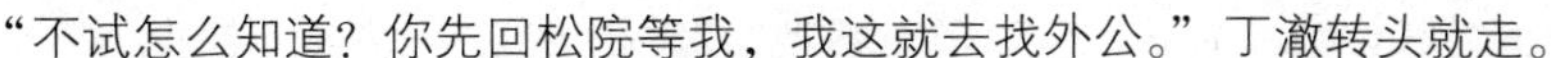

“不试怎么知道？你先回松院等我，我这就去找外公。”丁澈转头就走。

“哎，你等一下。”

“干吗?”

“你刚才把我转晕了，我不认识回松院的路了。”

“……”

“小鱼，丁澈都跟你说了些什么?”范小鱼一被下人领回松院，范岱就急不可耐地来问她。

“他倒是说了要拜你为师，可是二叔，我劝你还是死了这条心吧。钱家不会同意的。”范小鱼意兴阑珊地自己倒了一杯茶喝，顺便斜睨了一眼开始转眼珠子的范岱，“对了，我可提醒你，你可不要动把人家拐跑的心思。我们家好不容易才能过上平静日子，要是你敢破坏，我以后可不承认你是我二叔。”

“怎么会？拐带人口可是犯法的，二叔我怎么会犯这种错?”范岱先是一囧，随即嘿嘿笑着否认。

“不会最好。二叔，你可是知道我的脾气的。我去找翠云姐，问问我们的衣服干了没有。收拾一下，我们午饭后就走。”范小鱼放下茶杯，带着一种莫名的心绪走向门外，留下独自郁闷的范岱。

翠云和绿萼听说他们只住了一个晚上就要走，惊讶的同时，都有些不舍。可不舍归不舍，就是再仰慕岳瑜，再喜欢范小鱼一家，她们身为下人，是完全没有挽留的权利的。

幸运的是，因为众人换洗的衣物昨晚就洗了，晾了一晚加一个上午，正好都干了。两个丫鬟抢着把所有的衣服都仔细叠好，眼角已闪现出泪光。

午饭没多久就送来了，鸡鸭鱼肉一应俱全，虽无特别珍贵的佳肴，倒也算丰盛。众人默默地吃完，正要请翠云去通报总管，向钱惟演辞行，那总管突然来了，身后还跟着一个捧着托盘的小厮和一个身段窈窕、杏眼冷面的丫鬟，仔细一看，分明就是丁澈身边的古玉。

“这是我家相爷的一点小意思，感谢众位对我家公子的援助之情。”总管用一种干巴巴的语气，先公事化地解释今日府中有贵客，钱惟演没空再见他们，并重点强调了丁澈也要随同作陪，就让揭开了小厮盘中的红布，下面却是大概五十两左右的小银锭。

“多谢总管好意，只是……”范通蹙了下眉。

“古玉，代我送送客人。”他想问个究竟，那总管却不给他机会，嘴角一扯，算是笑了笑，转身就走。

“是，总管您慢走。”古玉对着他的背影福了福，抬头看向范家人时，嘴角已带上了一抹鄙夷的冷笑，“意思就是我家公子和你们的关系到此为止。你们拿了这些银子就可以走人了，以后也不要再借着我家公子的名头到钱府来。”

“靠，你以为我们是来要钱的吗?”见总管才转身，这个丫鬟就敢如此无礼地说话，出于谁的授意一眼明了，范岱顿时暴跳。

“怎么，你们还想像当年那样得寸进尺么？别忘了，这是在钱府。”古玉眼中闪过一丝惧怕，但随即有恃无恐地昂起下巴冷笑。

“请问古玉姐姐，这些银子真的是送给我们了么?”眼看范岱就要和古玉争吵起来，范小鱼忽然嘻嘻地一笑，走到小厮面前伸手拿了两个小银锭，在空中抛着玩耍。两块银子相继落在她掌中，立时发出清晰的磕碰声。

“那是自然，难道我们相爷还会为了这点银子反悔不成?”见范小鱼拿起银子，古玉的冷笑已经变成了不屑的讥笑。

“小鱼……”

范通以为范小鱼真的想要收下这屈辱的五十两，正要劝阻，深知侄女脾气的范岱反而一下子消了气，及时地拉了一下范通，等着看范小鱼的应对。

“呵呵，既然如此，那还要烦请古玉姐姐和总管大人代我们向相爷道谢。”范小鱼微笑了一下，目光扫过已经走出院门的总管，接过托盘顺手往桌上一放，笑吟吟地对一直站在旁边的翠云和绿萼道，“翠云姐姐，绿萼姐姐，多谢你们的照顾。这区区五十两，你们两个就分了去买点糖果糕点吃着玩吧。”

“这……”

五十两银子买糖果糕点？翠云和绿萼顿时惊呆了，古玉也满脸愕然。

“哦，对了，两位姐姐，不介意我拿回五两吧?”范小鱼突然又伸手取了一块银锭，笑眯眯的。

翠云和绿萼还在怔忪，哪里知道她这话又是什么意思，傻傻地点了点头。旁边古玉的愕然一下子又变成了鄙视。

“古玉姐姐，”范小鱼无视三人的不同神情，笑吟吟地转身面对古玉，口中甜甜地道，“我和古玉姐姐不过是三年之前见了一面，古玉姐姐却如此客气地专门来送

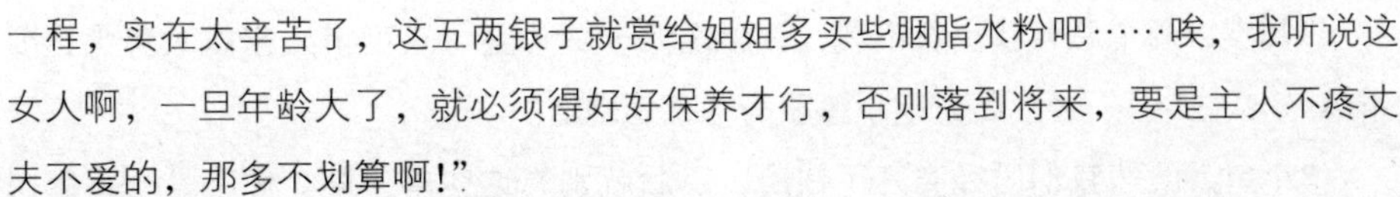

一程，实在太辛苦了，这五两银子就赏给姐姐多买些胭脂水粉吧……唉，我听说这女人啊，一旦年龄大了，就必须得好好保养才行，否则落到将来，要是主人不疼丈夫不爱的，那多不划算啊！”

说着，双手以一种迅雷不及掩耳之势一把拉起古玉的手，把小银锭塞进她的手中。

“你……”古玉原本姣好的面容陡然扭曲了起来，咯咯咯地咬着银牙，气得一句话都说不出来。她有心放手甩开那块火燎似的银锭，偏偏怎么也挣不开范小鱼那一双小手。

“哎呀，古玉姐姐你就不要客气啦，只是一点小小的意思而已嘛！”范小鱼故意把她的挣扎说成虚伪的推让，手中劲道丝毫不松，脸上却笑得更为甜蜜。随后她向范岱和罗亶使了个眼色，“爹，二叔，拿上行李，我们这就告辞了吧！”

范岱早已笑得咧开了嘴，闻言赶紧抓起两只包袱甩在肩膀上，腾出一只手拉过抱着贝贝的范白菜就往外走，口中哈哈大声笑道：“好。走，我们逍遥自在去！”

范通、罗亶和岳瑜回过神，也忙各自拿起小包，跟在范岱的身后。等到他们都走出房间了，范小鱼才轻笑着向翠云和绿萼点了点头，然后对古玉嫣然一笑，“古玉姐姐，我们走啦！”

说着，双手陡然一松，人已如一只蝴蝶般翩然转身。

“你们……啊！”才反应过来的古玉正要不顾一切地破口大骂，没想到自己拼命抽拉的力道会突然落空，整个人顿时猝不及防地连退了好几步。

也合该她倒霉，她这一退，刚好撞到了一只低矮的圆凳，顿时重心不稳地滑过圆凳，仰天摔倒。只听砰的一声，她的尾椎骨一阵剧痛，眼泪如同开了闸一般，哗的一下就淌了出来。头晕眼花中，一股比肉体的疼痛更加刺人的感觉充斥在她心头。

短短两日之中，又是仰天长拜又是四脚朝天，这一份羞辱，她永生难忘。

“哈哈哈哈……我就说咱们家小鱼不会任由别人欺负的。哎呀呀，还是我们家小鱼有办法啊，简简单单就整得那丫头哭爹叫娘的，还硬让钱府的人连话都说不出来。过瘾，实在过瘾哪！”

众人牵着四匹马一离开钱府门卫的视野，范岱立刻捧腹大笑。其他几人也不禁莞尔。

“其实，那个总管我也看不惯，真想连他一块儿整。只可惜人家权大势大，要不然……”笑了一会儿后，范小鱼略有些遗憾地道。

“小鱼，既然我们已经离开了钱府，以后就别想这些事了吧。你不是一直都想要平平安安地过日子吗？咱们犯不着为了争一口气得罪他们。”生怕范小鱼又想出什么出气的主意，范通忙劝道。

“我才没那么傻呢！”范小鱼斜飞了他一眼。古玉之所以敢如此无礼，仗的是总管的纵容，而那总管鄙夷的神情之后，站的却是钱惟演。她可以整一个丫鬟，却不能得罪钱惟演，除非范家今后不想混了。何况这天下多的是势利小人，她总不能见一个整一个吧？

“唉，只可惜了一棵好苗子，却生长在这样的人家。要是他是普通人家的孩子，那该多好。”范岱回头望了一眼钱府那高高的围墙，有些不舍地道。

“二弟，人与人之间要讲究缘分。也许你和丁澈那孩子真的没有师徒缘，还是不要太执著了吧！”

“二叔，你不是常常说有姐姐就够了吗？小心姐姐以后不跟你学武哦！”

钱府外就是人来车往的大街，而众人之中除了范氏兄弟，其他人都还不会骑马，因此如今唯一坐在马上的只有被范岱守护着的范白菜。此刻他一边居高临下地享受着在马背上一颠一摇的新鲜感觉，一边嘻嘻地笑道。

“我才不稀罕呢。我的目标是赚大钱、住大房、有田有地，做一个舒舒服服的小地主，可不是当什么横空出世的女大侠。所以，某人那些绝世武功什么的，不学也罢。”范小鱼嗤鼻道。

“哇呀呀，臭丫头，你这是欺负二叔没有其他传人是不是？真是太伤心了。不行不行，今晚一定要给我买十斤好酒补偿一下。”范岱故意夸张地气得哇哇大叫，逗得众人又是一阵大笑，把在钱府受的气忘到了九霄云外。

如今拨云见日，他们一家以后的日子还长远着呢，何必要想那么多不开心的事情呢？

人群中，一行人笑闹着渐行渐远，却不知在他们走得很远很远之后，钱府里猛然冲出一个怀抱火狐的少年。他不顾身后几个小厮的劝阻，独自呆呆地站在人潮之中，站了许久许久。

他终究还是孤独一个人了！

两天后，薄雾笼罩的清晨，一辆马车夹在早起的人群中，徐徐离开繁华的开封城，悄然来到了汴河边一个郊区小镇中，进入一座柳树掩映下的小院。

这一座小院是范小鱼找到之后，又经所有人投票同意才定下来的最满意的住所。

虽说小院已经有点年头，破旧了一点，但胜在院子比较大，又是独门独户，自家院中就有一口井，最隔壁的一户邻居也在两百米外，南向两里就是繁忙的汴河，西向一里就是镇里的东市，出入方便，又不会被过度的热闹所扰，确实是个良好的居住所在。

办好一应租借手续后，已经搬到城里的房东自行离开。把蒙着眼的景道山从马车中移出来丢入发霉的地窖后，一家人便开始了全民总动员的清洁工作。

满屋的灰尘和蜘蛛网是清理的第一步；屋顶的碎瓦破洞必须得修补整齐，以免碰上下雨天；家具虽陈旧，但也得擦个干干净净；小院里的杂草要除尽；井上的轱辘要修，绳子要换；剩下的两匹骏马和新买的马车也需要一个停放的地方……

在这个时候，范通那经年累月为他人无私奉献的手艺一下子显示出了优势。没过多久，一座利用杂物间里的废弃家具和木头所修筑的简单马棚，已经伫立在院子的一侧。

大概收拾好后，范小鱼又指挥着一家人，按照自己的审美观重新调整了一下家具和摆设的布局，更换了窗纱，又在附近采了些野花插在古朴的花瓶中，并移植了几丛低矮的灌木到院角。几番改变后，屋中原来的陈腐气息顿时变得清新起来，令众人眼前一亮，真正有了一种家的感觉。

其实收拾上瘾的范小鱼原本还想买点石灰把斑驳的墙面粉刷一下，再用桐油刷一遍有些蛀虫的家具，但考虑到入住后的空气质量以及家中的经济状况，只得暂且先按捺下那份冲动，留待日后完善。

新居已成，当然少不了要买些美食来庆祝一番。

薄暮中，随着油灯的亮起和食物香气的飘散，已经许久未有主人的小院散发出浓浓的生气和活力，尤其是范岱那爽朗的笑声，更是吸引了不少路过的镇民，令他们纷纷开始猜测这一家子是从哪里来的。若不是时间已晚，那紧闭的门口也显示着主人并不希望今夜有人前去打扰，早有热情好事的邻居来看个究竟了。

住所一安定，接下来的生计问题就排上日程。

但在此之前，还要先解决一个棘手的问题，那就是：地窖里的景道山该怎么办？

其实关于景道山的去留，这几天他们已经讨论了不止一次，却没有一次能想出最妥善的办法来。

原本江湖中由于仇怨杀个把人是十分正常的事情，偏偏范氏一家都是武林中的异类，怎么也下不了这个手。按照范小鱼的话来说，虽然景道山着实可恶，可他们一家犯不着为了一个景道山而一辈子蒙上杀人的阴影。

但是，杀不能杀，放不能放，总不能一辈子都留着他吧？酒足饭饱的众人再次陷入了苦思。窗外有风拂过，吹得桌上的油灯一阵摇曳，仿佛也在跟着想主意。

该怎么办好呢？现在他们已经有了一个新家，无论如何也不能再让景道山这个小人影响他们一家的生活，她可不想每天都像喂猪一样地养着那个恶心的伪君子。

范小鱼托腮凝望着油灯，秀眉蹙得紧紧的。

噗……烧得干干的灯芯顶部突然绽开，发出一声轻响，也让范小鱼脑中的灵光猛然一闪。

“我想到了。”

“什么好办法？”众人一下子挺起了身子，都看向她。

“嘿，你们知不知道，京城里的大部分人家平时烧饭用的是什么？”范小鱼得意地卖关子。

“当然是用柴火呀，你刚才做饭不就用木头吗？”范通一副你怎么连这种常识都要问的诧异样子。

“是啊，是用柴火啊！”众人也纷纷点头，同为不解。

“错！”范小鱼一敲桌子。

“错？”众人诧异。

“今天我们的晚饭虽然是用废弃的木头烧的，可你们想过没有，这开封府里里外外可有百来万人口啊，每一天每一户人家都要烧火做饭，可更别提那些酒店茶楼了。如果大家都用木柴，请问，他们上哪里砍柴去？”范小鱼反问道。

“这……这我倒还真不清楚了。”范通皱了皱眉。开封府地势平坦，人烟稠密，确实不像山区那样，有众多的树林可供砍伐。

“我也不知道。小鱼，你就别卖关子了，直接告诉我们吧！”范岱摸了摸头，也想不到答案。

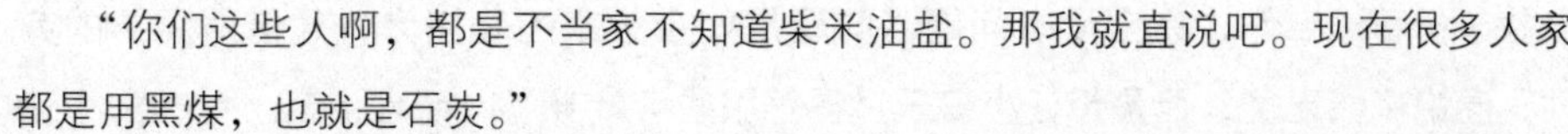

“你们这些人啊，都是不当家不知道柴米油盐。那我就直说吧。现在很多人家都是用黑煤，也就是石炭。”

“可这拿什么东西烧饭和景道山又有什么关系？”范岱愣愣地问，怎么也想不通。

“笨蛋二叔！”范小鱼抛了个白眼给他，“你有没有想过这千家万户都要用到的石炭是从哪里来的？”

“当然是从有石炭的地方运过来的。”范岱越发一头雾水，众人的眼睛里也都是同样的疑惑。

“那石炭又是从哪里来的呢？”范小鱼耐心地引导着一群笨蛋。

“听说是从山里采来的。”岳瑜有点怯怯地插口，但看他的神情，显然不那么确定。

“正确的说，是从很深的地底一点点挖出来的。”范小鱼狡黠地眨着眼睛，“据我所知，这个行业可是十分黑暗哦。”

采矿业从来都是十分危险的行业，就算放在前世那个科技已经十分发达的时代，报纸新闻上还是不时传出某某矿洞发生坍塌等危险事故，更何况是在这技术落后的古代？景道山现在已经没有了武功，一旦被卖到某个黑心的矿主手上，这往后的日子……嘿嘿……

“可是，小鱼，我还是没明白这和景道山有什么关系。”范通丝毫不明白范小鱼的提示，憨憨地问道，“你想做这石炭的生意吗？”

范小鱼正在得意地 YY，闻言脸皮顿时一僵。老天，让她晕倒吧！难道她一直高估了古人的智商吗？为什么她都已经说得这么明显了，这群家伙还是不懂她完美而邪恶的惩戒计划呢？

看到范小鱼一张黑得不能再黑的小脸，一帮迟钝的家伙总算明白了她的鬼主意，纷纷露出这个主意真高的敬佩神色。

接下来，在五票支持、一票反对的情况下，景道山的悲惨命运就板上钉钉了。众人完全无视范通那一声弱弱的“不大好吧”，兴奋地敲定了结果。接着，为了讨好范小鱼，范岱马上自告奋勇地说明早就去城里探探情况，找找买家。

景道山这个棘手的问题算是有着落了，今后一家人的生计还得好好讨论。

虽然因为地理环境的关系，现在不能再打猎了，不过从范通那为人民服务多年的经验和能力，以及勤勤恳恳的工作态度来看，只要自己把关，让兄弟二人在京城

里找一份普通工作，完全没有问题。问题是如今全家的开销大，凭借两兄弟的劳动，温饱可能无忧，但是想让小日子过得舒服些可就难了。而且，范小鱼在洗了三年衣服、做了三年饭后，实在不愿意再把大好青春都浪费在这些俗务上。这个时代既然可以买卖奴仆，只要有条件，她倒也不妨入乡随俗地买上一两个，虽然她能提供的待遇有限，可对于那些已经入了贱籍、“律比牲畜”的奴仆们而言，跟着她这个会尊重人的主人，总好过被卖入其他不把他们的生命当回事的封建主子家中吧？

所以，现在她需要的不仅仅是一份活计，而是一个能尽快赚到第一桶金的好主意。

只是这个高难度的问题一出，就把众人都给难倒了，范岱更是烦恼地连连挠头。

范小鱼的视线扫过一圈，在座四个男人竟是想不出半点好主意，范白菜自然更是没招。

“怎么赚大钱我想不出来，但是我可以去找个药堂帮忙，或者写些字画去卖，应该也能补贴一二。”岳瑜看了看众人，诚恳地提议道。

“这怎么行呢！当初说好了你是我们家冬冬的先生，我们给不了你什么报酬已经很不好意思了，哪能再让先生出去赚钱？”范通马上反对道。

“范大侠这么说就太折杀岳瑜了。”岳瑜正色道，“你们全家都是我的大恩人，若不是你们，我不是早已葬身悬崖之下，就是只能终日像丧家犬般亡命天涯，又何来今时今日之安宁平静？我一介书生，手无缚鸡之力，无法做牛做马来报答，又岂能厚颜再要报酬？”

“好了好了，你们两个就不要客套来客套去了。经过了这么多事，大家难道还没把彼此当做一家人吗？”范小鱼打断他们的客套，“岳先生，你的职责只有一个，那就是好好地教冬冬读书，其他的事情不需你操心。这可是京城，你抛头露面去卖字画，难道就不怕这一副倾城倾国的容貌再给你惹祸？就算你不怕遇见那夏竦，我还怕你被别人抢走做女婿呢？要是那样的话，我家冬冬岂不就少了个好先生？嘻嘻……”

“我……”被范小鱼一调侃，岳瑜的一张俊脸顿时红了起来，窘得反驳不是，不反驳也不是，一颗心更因她话语中的“女婿”二字，而突突突地急跳了起来。他急忙合掌垂眼，念了一声“阿弥陀佛”，希望借此静一下心。

“嘿嘿，岳先生，你要不念这声佛号，我还真就忘记你曾经是个和尚了。不过

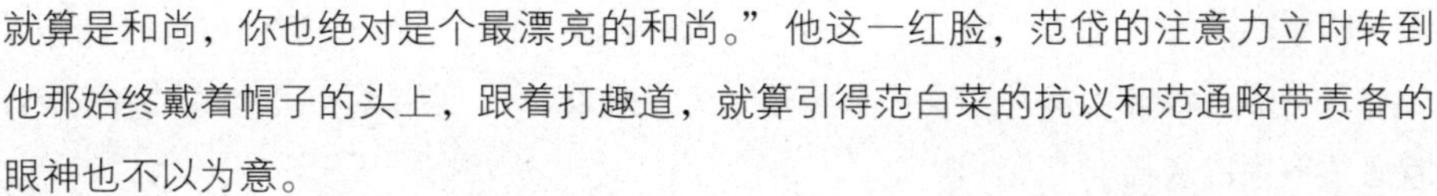

就算是和尚，你也绝对是个最漂亮的和尚。”他这一红脸，范岱的注意力立时转到他那始终戴着帽子的头上，跟着打趣道，就算引得范白菜的抗议和范通略带责备的眼神也不以为意。

笑闹声中，一旁的罗亶抬起眼眸，飞快地看了一眼嘴角噙笑的范小鱼以及面若桃花的岳瑜，又迅速地敛了眼帘，桌下的手下意识地又缩进了袖子里。

这个家，有爽朗的范岱，有随便一站就是一处风景的岳瑜，有活泼可爱的冬冬，有因过于善良而总被念叨的范通，更有无时无刻不像耀眼的太阳一般的当家女主人，唯独他，就像地上的影子一般毫无特色。

“好了好了，不要再取笑岳先生了。亶儿，你有没有什么好主意?”身为人家的师父，范通在这个家中最关注的人向来不是自己的儿女，而是自己这个老实本分的徒弟。此刻他难得拿出身为家长的一点威严制止众人后，目光便温和地转向罗亶。

“我……”罗亶粗嘎地吐出一个字，定了定神，假装若无其事地道，“我有一身力气，可以和别人一样去码头上找份活干。”

“这话我不爱听，谁要你去背麻袋了?”范小鱼毫不客气地给了他一个白眼，“我说的是怎么才能在最短的时间内赚一笔大钱。你要是去背麻袋，就算背到猴年马月，也挣不了几个银子。再说，就算要干苦力，家里还有老爹和二叔呢。你现在的主要任务和冬冬差不多，就是好好读书，好好练武。什么时候需要你帮忙了，我自然会叫你。”

被范小鱼一教训，罗亶方才那沉默的脸上反而现出了一丝少年的活力。他略带不好意思地笑了一笑，又想了想，才道：“我人笨，脑子不灵活，想不出什么好主意。我只是觉得昨晚我们买的酒菜远不如师姐亲手做的好吃，要是我们开店，生意一定要比别人好。”

范小鱼道：“这确实是条路，也是个长久的生意，但现在的问题是，我们没有足够的本钱。”

不管是哪个时代，人们的生活都离不了吃穿住行玩，其中又数吃和玩最赚钱。大行业她一介平民沾不了手，那就先按老传统的方式来。这一点她早在槐树村的时候就已经想过，要不是因为发生了意外，也许现在她已经在哪个小城里试着开家小馆子了。凭她的手艺和脑中那些前世记忆中的花样，只要好好研究，再加上一些现代的营销策略，就算不能和大酒楼竞争，也绝对可以在这一行站稳脚跟。等带出一批手下后，最多两年，她本人就可以完全从烟熏油腻的厨房中抽身出来，从事利润

更多的行业。

只可惜，钱这玩意是“富人球滚球，穷人永发愁”，想要尽快地跻身小康行列，就必须得独辟蹊径。

“小鱼，要不，咱们明天先进城看看有什么活儿好做吧。赚大钱的事情慢慢想也不迟。今天忙了一天，大家也都累了，还是早点睡吧！”对金钱向来没有什么欲望的范通看大家都想不出好主意，提议今晚会议到此为止。

“好吧。”范小鱼点点头。她也知道，这赚钱的事千百年来从来不曾缺过苦思冥想的人，其中新奇而又行之有效的点子确实不那么容易一下子找到。何况今天也算解决了景道山这个大麻烦，其他的就等详细了解一下这个时代的城市生活再说吧——毕竟任何赚钱的法子都是要建立在市民的需求基础上的。

这个晚上，除了被扔在地窖里、呼吸着霉气和一堆老鼠蟑螂做伴、满心怨毒的景道山，所有人都美美地睡了一个好觉。

第二十五章

本姑娘没兴趣

翌日上午，因家中还有个囚犯，为了以防万一，除了不敢抛头露面的岳瑜外，范通也留了下来，其他四人则一起徒步去了数里外的京城。

进城后，四人按照原计划分成了两组。范岱带着罗亶去找矿主，范小鱼则带着范白菜在城中了解市场。

分别前，范小鱼再次嘱咐范岱，让他打探的时候先不要漏口风，只说是自己想找工作即可，而且在选择矿主的时候，一定要找一家把挖矿的工作说得最天花乱坠的。只因所谓奸商奸商，一般越是这种空口乱许诺的商家，实际上就越会斤斤计较，待人也更刻薄，其矿场的看守会越严密。他们现在是卖奴隶，不是自己找工作，可不想有什么后顾之忧。

“嘿嘿，乖侄女，你放心，二叔晓得。不过这天一日日热了，这跑来跑去的，难免要喝些茶水，这个……”范岱涎着脸，笑嘻嘻地向掌管经济大权的女当家伸出了大掌。

“茶水钱当然少不了你的，只要你别喝酒误事就可以了。”范小鱼好笑地把一串铜钱啪的一下拍在他的大掌之上。

“不会不会，保证不会。”范岱忙把头摇得像拨浪鼓一般。

“你的保证我可不大相信。”范小鱼抿嘴笑道，转眼看向罗亶，“亶儿，你盯着二叔一点，可别让他胡闹。”

罗亶微微一笑，不置可否，明白范小鱼只是随口说说而已。他一个寄人篱下的

晚辈，又不像范小鱼一样是一家之主，哪里敢管范岱这个长辈？顶多在范岱的莽撞性子上来的时候，在边上提个醒，以免闯出什么大祸而已。

约好重新见面的时间和地点后，范岱带着罗亶去找做石炭生意的商行，范小鱼则拉着范白菜的手，慢悠悠地在城中逛了起来。

他们这对姐弟，原本长得都跟豆芽似的，可经过范小鱼这三年多的尽心调养，早已不见往日面黄肌瘦的模样，不但长发乌黑、皮肤红润，发育得健健康康，个头也都略比同龄人高一些。

此刻姐弟俩并肩而行，虽是布衣，却是一样的清爽干净，一样的唇红齿白，一样的姿容清丽，尤其是那两双十分相似的明眸，更似集中了全部的天地灵气般璀璨如星，说不尽的灵动明亮，令人一见心中便升起喜爱之情。

更何况，姐姐那甜美娇俏的笑容中又带着一抹超乎年龄的沉静大方，弟弟那好奇活泼的笑容中又含着几许乖巧可爱的腼腆，更是引人怜爱。行走顾盼间，他们姐弟简直就如一道美好的风景在繁杂的人群中流动，吸引了不少人的目光。

对这些目光，范小鱼以前都是淡笑而过，不过今日她是来了解这个古代都城的，要尽快熟悉这里的生活，从普通的老百姓身上最能学到最基本的东西。当下，只要是和善的目光，范小鱼一律回报以甜甜的微笑，要是对方恰好是开铺摆摊的老板掌柜，她便顺着人家的眼神主动走过去，借着人家的好感趁机打探一下行情。

当然，为了回报，有时候她也会运用机智，在客人上门的时候巧妙地插上一两句话，促进人家的购买欲望，越发赢得了摊主的好感。同样的，姐弟俩也很快获赠了一些不怎么值钱却代表了感情的小玩意。

就这样，姐弟俩开开心心地手牵着手，拿着送来的东西，一路东瞧瞧西看看，时不时地驻足停顿，结果一个多时辰还没走出半条街，倒是午饭的时间已经到了。

感觉今日收获已经不少，估计过一会儿就到了和范岱约定的时间，范小鱼忙拉着范白菜向卖玩具的大婶告辞。

“小姑娘，等一下。”大婶依依不舍地和他们挥手，突然又追了上来。

“大婶，您还有什么事吗?”

“小姑娘，你们看到路边那个老头没?”大婶慈爱地拉着她的手，指着前方不远处一个躺在路边晒着太阳呼呼大睡的老乞丐。

“嗯，看见了。”范小鱼不明白她是什么意思，只应了一声。

“朱门酒肉臭，路有冻死骨”，这是每个时代的共同特征，更何况是这种封建社

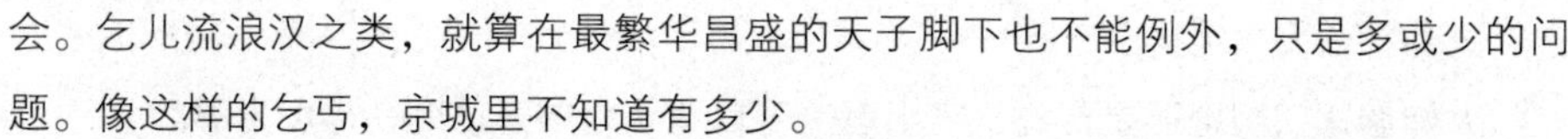

会。乞儿流浪汉之类，就算在最繁华昌盛的天子脚下也不能例外，只是多或少的问题。像这样的乞丐，京城里不知道有多少。

“经过那个老头的时候，你可得带着你弟弟远远地避开他。”

“为什么?”范小鱼奇道。

大婶小声地道：“那个怪老头躺在这里也有好几天了，可是从没见他和其他乞丐一样伸手要过饭。要是有人主动施舍，他也不拒绝，全都拿去换成酒喝，喝完又继续回来睡。本来他睡就睡了吧，反正这么一个七老八十的乞丐，别人也不忍心赶他，可是这个老头也不知道哪里不对劲，偏偏有一个非常令人讨厌的怪脾气。”

“什么怪脾气啊?”范小鱼一边打量着那个摊着瘦骨嶙峋的干扁身子仰天大睡的老头，一边越发好奇地问道。范白菜也睁大眼睛竖起耳朵听。

“他呀，特别喜欢捉弄人，而且特别喜欢捉弄年少的男孩子，小至七八岁大至十三四岁。凡是这样的男孩子走过去时，他总喜欢突然伸出脚去绊人家，把人家摔个四脚朝天，然后哈哈大笑，笑完了又叹气，叹完气又继续睡。”

“那些被他绊倒的人呢?”确实是怪人，范小鱼囧了，“难道他就不怕人家孩子的父母找上门来吗?”

“说起这个，就更怪了。你说要是他不小心绊倒人家也就算了，偏偏他是故意的，人家心肝宝贝的爹娘能不管吗？我在这里看着，每天啊，总少不了有人来论理，有些性情粗暴的，还对他动了手脚呢。再说了，就算不回家叫父母，现在的孩子都皮得很，又有哪个好欺负？昨儿个，我就看见一个被他绊倒的小地痞拿着块碗大的石头去砸他，咚的一声，就砸在他肚子上，那声音响得我们都听见了。而且那小地痞砸完还不解气，又带了好几个少年来对他拳打脚踢。”大婶又是同情又是八卦，口沫横飞地欷歔道，“啧啧，你们没看见，那些地痞下手那叫一个狠哦！我们都不敢看。”

“啊，”范白菜失声喊道，“那个老爷爷不是很可怜?”

范小鱼却更加注意那个老头。瞧他呼吸绵长均匀、鼾声震天的惬意睡相，除了蓬头散发、衣衫褴褛外，哪有一丝被人刚欺负过的狼狈和伤痛样?

“谁说不是呢！可你们说，他要是好好的，不去招惹人家，人家为啥要和一个糟老头过不去呀？还有啊，更怪的是，这个老头子被人打的时候从来不知道反抗，完了以后还傻傻的逃也不逃，依然天天在这里待着，继续抽冷子捉弄人。你说……唉……我瞧这老头啊，八成是个疯子……总之，你们等会儿走过去的时候，绕着他

走，免得平白无故地摔上一跤……”

大婶絮絮叨叨地还要再说，范小鱼忙三言两语地转开话题，再度告辞。

直觉告诉她，这个老头肯定不是普通人，说不定就是江湖上那些异人。不过，所谓江湖是非多，他们一家已经受够了江湖恩怨的牵扯了。这个老头既然被揍了好几通还若无其事，她也犯不着多管闲事，远远地离开些也就是了。

范小鱼拉紧了范白菜的手，还特地把他转到另外一侧，用自己的身体隔开他和怪老头之间的距离，打算尽快从街道的另一侧走过去。

可是，她防备了怪老头，却忘记自己这个弟弟有时候颇得范通真传，善良得不得了。范白菜才听了大婶一通声色俱佳的描述，正满脑子都是那怪老头被人拳打脚踢又被石头砸的可怜模样，又不知道范小鱼心中的顾虑，才走近怪老头就站住了脚，并拉住范小鱼，仰着头软软地哀求道：“姐姐，这个老爷爷好可怜，我们帮帮他好不好?”

见弟弟不肯走，反而要去帮这个怪老头，范小鱼这才想起弟弟的性子，不由眉头一蹙，有心硬拉范白菜离开，又知道他一定会伤心，便当机立断道：“好，我们给他一点钱。”

说着她就要掏铜钱。

“我不是这个意思。”范白菜摇了摇头，目光中的恳求之色更浓，“姐姐，刚才那个大婶说，这个老爷爷被人打得很重，我想把他带回去，请岳先生看看。”

“冬冬，来！我们先过去，姐姐再跟你说。”范小鱼秀眉再皱。

“姐姐，我知道你最讨厌胡乱帮人了，可是这个老爷爷年纪这么大了，又被人欺负，真的很可怜啊。你就答应冬冬吧。”范白菜难得固执地坚持。

这个傻弟弟，唉！范小鱼叹了口气，想要直接告诉他原因，让他明白为什么自己不帮忙，又怕那怪老头耳力敏锐听到她的话，目光四下一转，发现旁边正好有条小巷，便把他拉了进去。

“真的吗?”听范小鱼说这个怪老头一定是个高手，范白菜半信半疑。

范小鱼没好生气地捏一下他的鼻子，“姐姐平时虽然反对老爹乱行善，可你觉得姐姐是那种铁石心肠的狠心人吗？我的傻弟弟，你刚才也听见他打呼噜的声音了，要是他受了伤奄奄一息，哪还能睡得这么香？你就相信姐姐，姐姐不会看错人的。”

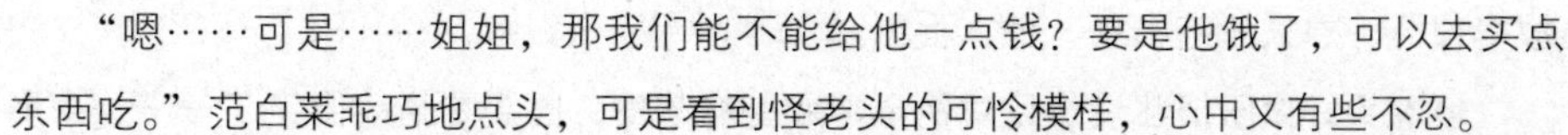

“嗯……可是……姐姐，那我们能不能给他一点钱？要是他饿了，可以去买点东西吃。”范白菜乖巧地点头，可是看到怪老头的可怜模样，心中又有些不忍。

“好，我们给他钱。”范小鱼解了十枚铜钱，让范白菜站在一边，自己小心地走过去，弯下腰轻轻地把铜钱放在他旁边。直到安全地走了回来，她才松了一口气。

刚才她还担心老头突然发难，也来绊她一跤呢，没想到他竟无动于衷。想起方才大婶说的，他绊倒的都是些男孩子，她不由觉得好笑，看来这个怪老头还有点重男轻女呢！

小插曲之所以是小插曲，那是因为这插曲一般而言不会影响到人们以后的计划和生活。给完钱后，范小鱼拉着范白菜继续走，一边赶向和范岱的会合点，一边游览着街景，琢磨着沿途的商家生意，很快就把怪老头抛到了脑后。

到了前两天见过的那家小馆子，透过临街敞开的窗户，可以看到范岱和罗亶已经到了。罗亶面前摆着一个茶杯，范岱却正端着一个海碗，咕噜噜地喝着。

“二叔，亶哥哥！”范白菜欢快地扬着手中的玩具和吃食，迫不及待地要跟范岱和罗亶叙述刚才的所见所闻。

“小鱼，冬冬！”范岱抬眼，含着酒含含糊糊地跟他们打招呼，但下一秒，他突然站起，从桌后转出，三步并作一步地奔了出来，一下子就蹿到了姐弟俩的身后，同时迅速地伸出双臂，反身拦在姐弟俩面前，如临大敌。

范岱的奇怪动作当然引起了范小鱼的好奇心，当下她回头望去，却见方才还躺在地上大睡的怪老头，不知何时站在他们姐弟身后一米多处，正笑嘻嘻地望着他们。范小鱼顿时大惊。

习武三年来，不但范岱时不时骄傲地夸她是个练武奇才，就连一贯不习惯夸奖自己儿女的范通，也常常对她的武艺投以赞赏和惊奇的目光。针对她天生比别人更敏锐的视力和目力，范岱曾专门设计了一套方法特训过，使她的感官更加灵敏。

然而，今日那怪老头跟着他们走了这么一大段路，她这个武学天才竟然毫无所觉。要是这怪老头对冬冬有什么歹意，以自己那点能力绝对是无法抗衡的。想到可能失去范白菜，范小鱼顿时后怕得冷汗涔涔，平生第一次强烈地意识到什么是“天外有天”。

“姐姐，这个老爷爷怎么也在这里？他刚才不是还在睡觉吗？”范白菜悄悄地问范小鱼。他虽不练武，小脑袋瓜子却一下子就转到了问题上，而且很自觉地把声音

放得很低，想只让范小鱼一个人听见。

怪老头好像压根儿没瞧见对他全神戒备的范岱，摇头晃脑地傻笑了一下，身形晃动间不知怎么就越过范岱，走向了小酒馆，一边走还一边伸手在身上那堆烂衣服里乱抓一通。

范岱见他一下子就避过了自己，面色更是凝重，当机立断地不再和怪老头对峙，而是极快地闪到范小鱼前面，把两人掩在身后，示意店里的罗亶赶紧出来。

怪老头却对他们的紧张阵势一无所觉似的，跌跌撞撞地走进了小酒馆，一只脏手居然真从身上掏出一个葫芦来。这个小巧玲珑的紫色葫芦一出，范岱的神色顿时变了，目中光芒大盛。

“来，给我打一斤上好的剑南春。”怪老头一进店就大声吆喝，把范小鱼之前给的十枚铜钱重重一放。

“老头，你要是像往日一般打普通的酒，这十文还够你喝两斤，你要上好的剑南春，嘿嘿，那可还少五文。”店里那伙计调笑道，似乎跟怪老头挺熟。

难道这个老头只是正好要到这家小酒馆打酒，而不是跟踪他们姐弟吗？可是他居然能闪开二叔，为了以防万一，还是小心点好。

范小鱼心里闪过一丝疑惑，压低声音道：“二叔，我们换家地方吃吧。”

可是凝视着怪老头的范岱却仿佛陷入苦苦的思索，没听到她的声音一般。

“你这小鬼，明知道我的葫芦只能装一斤酒，偏要我买两斤，欺负我老头子一天只能喝一斤酒吗？”范小鱼正待拉一下范岱，那边酒馆里，怪老头突然发起怒来，用酒葫芦猛敲桌面。

“别别别，您老要是再敲，敲破了柜台您可没钱赔。”那伙计还真不怕老头，笑道，“老头，你可以先买一斤喝着，剩下的五文明儿再来打酒也不迟嘛！”

“不行不行不行！我今儿就要喝剑南春，你不给我打满一斤我就不走了。”老头说着果然疯疯癫癫地往柜台下一躺，就开始睁着眼睛打呼噜，瞧得酒馆里其他看热闹的客人都笑了起来。

有熟客笑道：“这老头，平时都是打了酒就走，今儿个怎么这么无赖？”

“老头，不是我不给你打，只是我也只不过是个伙计。要是掌柜的知道我把十五文的酒当十文的打给你了，那我这份养家糊口的活计可就没了。再说，也对不起其他客官不是？”那伙计还是好脾气地笑道。

“臭丫头，要给人家钱干吗不多给点？害我老人家连一斤酒都买不了，哇呀呀，气死我了，气死我了！”那怪老头见伙计死活不肯松口，索性在地上打滚撒起泼来。

“二……”

范小鱼再次呼唤出神的范岱，但才出口一个字，范岱突然哈哈大笑起来，“伙计，打两斤上好的剑南春，我请这位前辈喝两口。”

范小鱼才一怔，那边听到有人请客的怪老头，立时停止了打滚，可是他看过来的却不是什么感激的眼神，反而睁大了眼珠子，怒气冲冲地看着走近的范岱，一脸戒备地道：“我为什么要让你请我喝酒？你有什么目的？你想干什么？”

说着，身体拼命地往柜脚处缩，并抱紧了那只葫芦，好像他陡然变成了一个千娇百媚的弱女子，生怕被人强暴一般。

范小鱼嘴角忍不住抽搐了一下，可让她更囧的还在后头。

只见范岱突然一把拉过范小鱼，把愕然的她推到前面，朗笑道：“我没什么目的，也不想干什么，只是想让前辈看看我这个侄女的手相而已。”

哇……

范小鱼仿佛听到头顶有一只乌鸦怪叫着飞过，整个人都无语了。

二叔在搞什么鬼？

方才范岱和怪老头的身形虽怪且快，可是在常人眼里看来，只是姿势怪异了一点而已，并没有察觉出看似缓慢的步伐背后藏着的速度。

现在范岱这一说一推，只听哄的一声，店里头的那些不知情的客人都笑了起来。

“看来这个汉子是喝多了，居然请这样一个老疯子给自己侄女看手相，笑死我了！”

“没错，瞧他刚才那灌酒的样子，八成是个酒鬼，又喝醉了呢！”

“这怪老头要是会看手相，我还会看面相呢！”

范小鱼翻了个白眼。她不管这怪老头是什么人，只知道每个江湖人都有自己生存的法子，并不似真正的孤寡病老那样需要别人同情和照顾。她也不管范岱把她推出来是什么意思，只知道她不想让任何人打破这一份好不容易得来的平静。

心中主意打定，她也不回头指责范岱的自作主张，示意罗亶照顾范白菜，就径直向店里走了进去。

店里那些客人还以为她真的乖乖听叔叔的话，甘愿让怪老头去摸她那一双白嫩的小手，不由得神情各异。有些好色的甚至眼红了起来，啧啧，这个少女虽然年纪

尚小，可只要长了眼睛的人都瞧得出，这绝对是个美人坯子。如今美人还未长成就要让一个糟老头占便宜，实在太可惜了。

怪老头此刻也停下了退缩的动作，看似无神的浑浊目光深处，倏地闪过一丝不相称的光芒，但随即又恢复原色，装疯卖傻地看着范小鱼接下来的反应。

然而，范小鱼的反应却出乎所有人的意料。

她确实走向了柜台，但目标却是站在柜台里的店小二。

“小二哥，请问刚才我叔叔喝了多少酒钱?”范小鱼无视店内的各式目光，也仿佛没看到脚边的怪老头，一如平时般笑眯眯地问道。

“哦……”店小二看着她春花般的笑脸，愣了两愣才回过神来，忙道，“你叔叔喝了两斤烧刀青，一共十六文。”

范小鱼从荷包中取出铜钱，数了数放到柜台上，“小二哥，这是二十一文。十六文是买账，另外五文当是我帮这位老大爷补上，你就给他打一斤剑南春吧!”

说着转身就想走。

那怪老头没想到她居然这么处理，一呆之下，突然猛地伸出一只脚就往范小鱼的脚踝处扫去。

范小鱼早对这个老头有了提防，他一动，她也几乎迅速反应，单手一撑柜台，人已跳起一尺多高，恰恰躲开了老头的攻击，然后足尖轻点一下地面，下一秒，已如燕子般跃出了一米。

“好!”店内顿时轰然鼓掌，众人纷纷为这个少女的机智而喝彩，同时责骂老头的不识好歹，却无一人看出范小鱼这看似常人受惊的反应中，包含了范家轻功的精髓。

范小鱼稳稳落地后，脚步并未停顿，头也不回地就走出了小酒馆。她狠狠地瞪了一眼范岱，拉起范白菜就走。罗亶只迟疑了一下就跟在她身后。

“哎？小鱼……”范岱被范小鱼一瞪，顿时一个机灵，醒悟过来他们谁才是当家人，忙讨好地扬起一个大大的笑脸，条件反射地跟了上去。他走了两步才回头看了一眼小酒馆，只见那怪老头歪着头正有些呆滞地看向这边，好像真是个傻子般，完全没有刚才的灵活劲。

“二叔……”范小鱼仿佛背后长了眼睛般，头也不回地叫道，声音脆而清冷。

“啊……来了!”范岱嘴角一抽，慌忙转身跟上，眼中却划过一抹遗憾。

如果他没有猜错的话，这个带着紫色葫芦的怪老头实在是大有来历。要是他那一身诡异的武功也能传给范小鱼……嘿，他这个侄女将来绝对坐定天下第一侠女的位置，只可惜……

范岱看了看前头那个对第一侠女的地位毫不感兴趣的侄女，又回头瞧了瞧正催促店小二打酒的怪老头，暗暗叹了口气。但随即他眼珠子一转，听那些酒客的意思，这怪老头是经常来买酒的，只要他还在这京城里，以他的性子，自己不愁找不到他，又何必急于一时呢？

而且，这个已经找了多年衣钵传人的怪老头既然已经考验过小鱼，他就不信他对这样一个武学天才不动心。这么一想，范岱的胸膛又挺了起来。

“那个怪老头没跟来吧？”走出一段路后，范小鱼谨慎地四下环顾。

“应该没有。”范岱也扭头察看了一下，涎着脸讨好地对范小鱼道，“乖侄女，你别生气，听二叔解释。”

范小鱼冷冷地道：“我听着。”

范岱凑上来，嘿嘿地笑，“乖侄女，你知不知道那个老头是谁？”

范小鱼回了个白眼给他。她又不是对武林人士了如指掌的万事通。

“嘿嘿，那个带着紫葫芦的前辈当年叱咤风云时，连你二叔我都没有出生，你不知道也很正常。”

“他以前是个十分了得的人物。”范小鱼用陈述句道。

“咦，你怎么知道？我不记得我们提过他啊？”范岱愣道。

“你刚才不都说他曾经叱咤风云了吗？既然能叱咤风云，当然了得了，用脚指头也猜得出来。至于接下来的，无外乎是因为什么事情退隐江湖，很多年不见什么的，是吧？”范小鱼好像早已知道似的，短短几句话就把范岱要说的故事总结了一遍，然后抛下一句，“二叔，那些都是别人家的陈芝麻烂谷子，和我们家没有关系。你有什么目的，就直说吧！”

曾经在资讯发达的前世生活，看到的这类故事数不胜数，再说，江湖中人有几个能摆脱这种俗套经历的？像她家这种……哼，这对双胞胎是极品。

范岱瞠目结舌地摸了摸鼻子，“咳咳……小鱼，有时候女孩子还是莫要太聪明了比较好。男人都是要面子的，将来你找了婆家，嫁了人，也和夫婿这般说话，那个……”

“二叔，我才十三岁，你关心这个也太早了吧？”范小鱼冷笑，“要是你闲得慌，可以先去给我们找个二婶来，也省得家里就我一个女人，严重阳盛阴衰。”

“呃……我这不是随口说说，随口说说嘛。这件事情我们以后再谈，以后再谈……”范岱慌忙举手投降，赔笑道，“对了，那个你叫我打探的事……”

“这个等会儿再说也不迟。”范小鱼打断他的话，不让他转移话题，嘴角勾起一丝凉凉的笑容，“倒是方才的事情，我很需要一个解释。二叔，你不会不知道我们现在最需要什么生活吧?”

“嘿嘿，宝贝侄女，你别生气，二叔真不是存心惹事的。”范岱小心地看了看左右，附到范小鱼耳旁，悄悄地道，“那老头本事不小，只是苦于一直找不到一个好传人。你天生资质奇佳，要是他能看上你……”

“对不起，就算他是古往今来绝世无双天上地下独一无二的武林高手，本姑娘也没兴趣。”范小鱼一把推开他，冷冷地一笑，然后在范岱开口前又用一句话堵住他的嘴，“你要是再啰唆一句，我连你的那套压箱底的绝技也不学！反正我一个女孩子家，又不去争王夺霸的，学那么多也没用。”

这一句顿时点中了范岱的命门，想起那怪老头穷其一生都没找到合适的传人，范岱哪里还听不出范小鱼这是要自己小心将来成为第二个找不到徒弟的怪老头呢，吓得连连吸气，表示不敢。

只是……看着范小鱼走在前头的身影，范岱英俊的脸上一片忧郁：唉，谁知道当高手的寂寞呀！

第二十六章

赚钱比学武重要

四人本来就打算今日在城里多转转，因此离开小酒馆之后，并未直接出城，而是沿着热闹的街道另外找了一家小店，叫了三个简单的小菜，开始吃午饭。

意犹未尽的范岱闻到别桌上的酒香，馋得不时地溜眼过去，可看到范小鱼那张平静得无喜无怒的脸色，想了想，还是没敢开口叫酒，心里却寻思着什么时候再找份活儿，省得连喝酒的小钱都没有。

“哎，你们听说了吗？摘星楼今儿又有新杂耍呢！”

这家小店是标准的小市民消费场所，此刻正值中午光景，来此吃饭的人不少。众人吃着喝着，就谈起了哪个瓦肆里头的节目最新鲜好玩，范小鱼隔壁桌的兴致尤其浓厚。

“哦？那倒要瞧瞧去。李兄，我们一起去吧？”

“今儿不成。我昨儿就已约好人要去孟家茶楼听说书了。要不，咱们明儿去？”

早就听说京城百姓生活丰富，最擅长消遣过日子，还真是如此。范小鱼边吃边听着那四人调侃，不由微微一笑。这种小市民的平静生活才是她最想要的，当然，要是钱能多一些，日子能过得舒服些，那就更好了。

“姐姐……”范白菜被他们的讨论所吸引，不由流露出好奇的神色，“姐姐，要是我们以后有钱了，能不能也去看看呀？”

“当然可以啊。等姐姐想到了赚钱的法子，一定头一个带冬冬玩遍京城里的瓦肆。不过到时候要写观后文章哦！”范小鱼宠溺地曲指点了点他可爱的鼻子。

“嗯嗯，没问题。”范白菜开心地点头，乖巧地给范小鱼夹了一筷子菜，“姐姐，吃这个。”

既然这个时代娱乐业这么丰富，为什么不试试这一行呢？

听着隔壁的讨论，范小鱼放慢了食速，若有所思地想了起来。

宋代瓦肆勾栏里头的表演之丰富，是历史上前所未有的。可饶是如此，比起范小鱼的前世来，节目还是太过单调。

在她的记忆里，那些完整的、有情节起伏、分高潮低潮的戏剧，好像一直到宋末元初才有，比如关汉卿的《窦娥冤》，还有其他戏本如《西厢记》、《救风尘》之类。而这些戏曲经过几百年的发展，到她前世那个时代时，简直如百花齐放，什么京剧、豫剧、越剧、黄梅戏都有，而且几乎各个地方都自成一派，除了《红楼梦》、《梁祝》、《天仙配》、《白蛇》等众多传统名剧外，更有许多后来创作的新剧。

自己对戏曲虽不是特别感兴趣，可是家里有一个戏曲爱好者，不但常观看戏曲碟子，还常常哼上一段。长年累月的耳濡目染之下，自己也不觉知道了很多，甚至还会唱上一部分，以便在长辈兴趣来时对上几句，渐渐地反而在无意中成了她的一项专长。记得读书的时候，她还曾在学校里表演过戏曲呢！

如果这瓦肆真如后世描写的那么热闹兴盛，也许自己当年这点小长处还能给全家人挣口饭吃。要知道在电影电视未发明之前，老百姓可都爱这个娱乐方式呢！

范小鱼快速地转动着脑子，眼睛越发明亮。后世的作曲家、戏剧家们，对不起了，为了我们一家的小地主生活，请牺牲一下署名权吧。谁让你们正好反映了封建社会广大劳动人民的心声呢？

作为伟大的艺术家，更在乎的应该是民众是否喜欢作品，而不是追究作家本人吧？只要百姓喜欢，那以后财源岂不就滚滚而来了？嘿嘿！

“我还有点事，你们先回去吧！”吃完饭，范小鱼已经打定了主意。

“姐姐，你要去哪儿？”范白菜顺口问道。

“姐姐有件重要的事情要去确认一下。”范小鱼没有明说，只摸了摸他的头，“你若是还想玩，就让二叔和亶哥哥再陪你逛一会儿。不过不能玩太久，要早点回去做功课。”

“嗯。”范白菜乖巧地点了点头，见范小鱼不想说便不再追问。范岱却是眼珠子一转，重要的事？他们才来京城几天，能有什么重要的事？莫非……

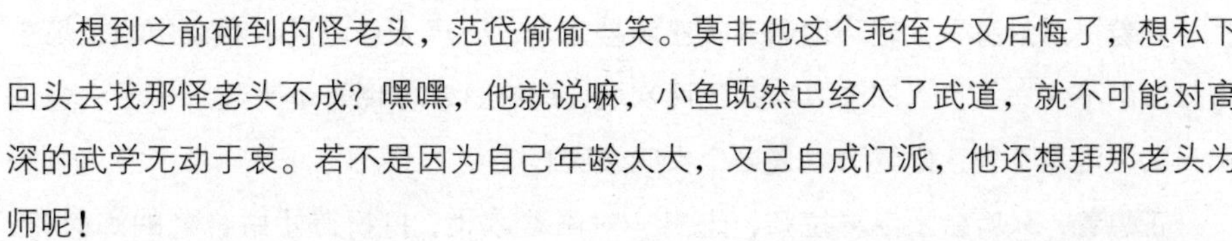

想到之前碰到的怪老头，范岱偷偷一笑。莫非他这个乖侄女又后悔了，想私下回头去找那怪老头不成？嘿嘿，他就说嘛，小鱼既然已经入了武道，就不可能对高深的武学无动于衷。若不是因为自己年龄太大，又已自成门派，他还想拜那老头为师呢！

范岱这边自以为是地暗自猜测，却不知道除非是有特别的目的，这世上又有几个女人愿意把一生投入到无限的追求武道之中去？更别说一心只想让日子过得好一点、满脑子想着赚大钱过舒服日子的范小鱼了。

“乖侄女，那你今天让我打探的事呢？”

“不忙，等我回去也不迟，”范小鱼警惕地看了看四周，“二叔，你可要照顾好冬冬和亶儿，不准带他们去见乱七八糟的人。”

“好。”范岱立刻保证，心中却更加得意地偷笑。乖侄女这么说，意思自然是不让他去找怪老头，免得被撞见她又回头了，面子上拉不下来。也罢，那他就不去打扰他们，免得求之过急，反惹得那怪老头不高兴。

范小鱼见范岱的嘴角泄露出一丝贼笑，还以为他又在心中打着什么主意，便又郑重地叮嘱了一遍，看着他们离去自己才转身。

常言道，百闻不如一见，范小鱼虽然早就知道宋代瓦肆勾栏的异常繁华，可一转入集中了众多瓦肆的大街之后，还是有些咋舌于这里的商业和娱乐气氛。

那些来来往往的行人，衣着光鲜者有之，穿着寻常服的有之，长袍的有之，短打的也不少，男男女女，老老少少的，汇聚了三教九流。有些直奔已经选中的楼房而去，有些则在和同伴讨论该上哪个瓦肆去看节目，再加上点缀在其中的摊铺、车马，俨然不比后世的商业大街逊色一分。

范小鱼四顾了一会儿，选择跟随一股较多的人群，走入其中一座规模较大的瓦肆中。

进门后，只见里面一个接一个的大棚，一座接一座的小院阁楼，应该就是具体的勾栏场所了。这些勾栏有些是敞开的，有些是用帷幕遮住的，里头人群穿梭往来，比外头还热闹。其中有叫卖糕点食物的，有摆了张小桌子看相算卦的，还有饮食摊、卖药以及卖衣物首饰的，竟俨然又是一个小市集。

一圈下来，免费的虽多，门口就守着人的地儿也不少。

范小鱼惊讶之余，摸了摸自己的荷包，心想，一家家地买门票探过去显然不成，家中的经济条件可经不起这么花销，看来只能趁人家不注意的时候混进去了。

凭着灵活的身手，轻巧地溜进一座阁楼窗户，无声无息地混入观众中后，范小鱼忽然忍不住一笑。上回去买药翻了两次墙，现在这动作倒是越来越顺手了，也许哪天实在混不下去，她还可以去当个女飞贼呢！

正想着，只听台上序幕拉开，走出一对画着浓妆、打扮得娇娇艳艳的姊妹花，婀娜多姿地跳起舞来。

那窈窈窕窕的身段，那勾魂夺魄的眼神，几乎只摆了几个姿势就赢得了大堆喝彩。有些大方的，已抓了铜钱往台上砸。那对姐妹想是已经很老到了，灵活地闪动间，那些铜钱看起来都砸在身上，其实却只沾了长袖裙角，鲜少砸中她们的身子。

范小鱼微微一笑，这倒是一对机灵的姊妹花。

看完了舞蹈表演，范小鱼悄然地来到戏房，却见方才观众赏的那些银子倒有大半被一个被称为管事的男子拿了去。那人拿了钱，一双贼眼还不住在姊妹俩的身上瞄来瞄去。姊妹俩仿佛已经习惯了这样的眼神猥亵，脸上虽有薄怒，还是忍了下来。

范小鱼听完那个管事提醒她们明日依然准时来表演之后，就无声地离开。

接下来的一个半时辰，范小鱼都流连在不同的大小瓦子当中，基本游览了一遍这个时代的表演节目，同时也偷偷地参观了每家后台，偷听了各色艺人之间的闲话和抱怨，心里很快就大体有了个数。

就今日的观察，总的来说，有些节目还是比较新鲜的，但也看得出来，这些勾栏瓦肆的形成时间并不是很久，表演的地方一般也不大。最大的那间勾栏，她估计也顶多只能容纳几百人而已。再加上观众素质不一，那些主要靠身体来表演的，如舞蹈、杂技等还好些，一旦台下秩序不好，有人说笑吃食讨论，甚至孩子哭叫什么的，那些说唱逗笑的可就累了。

从混合着各种味道的瓦子中出来，范小鱼忍不住狠狠地呼吸了几口新鲜空气。

也许，这样的水平和环境对古代人而言，已经十分不错了，不过对她来说……范小鱼摇了摇头，前世的时候，她对那些综艺节目都已经看到不要再看了，眼下这些大部分都很简陋的表演，更是无法引起她的兴趣。

要她来说，今日跑了十几处高中低各档的棚子楼间，也只有那对姊妹的舞蹈和一个躲在帷幕后模仿各种动物叫的瘦子的口技节目还过得去。不过话又说回来了，不正是因为古代条件所限，娱乐不够丰富，才给她这个拥有两世生活的穿越灵魂提供了好机会么？

转了一圈后，范小鱼信心大增，决定亲自上阵试试。

高楼万丈从地起，她要想在这个时代提早搞出完整的正剧，必须先让自己的才艺在这个行业站住脚，做出名气。不然，谁会愿意来跟她学？哪家瓦子会主动来请她？

这其实和前世那些红艺人才有更多人关注和投资是一个道理。

离开瓦肆，找了一处相对僻静之地，低声温习了几段已多年未唱的名段后，范小鱼选了一曲节奏欢快的黄梅小调《天女散花》作为敲门砖。她特地去买了一方薄纱，轻蒙娇颜，然后挑了一家最具规模的瓦子，满怀自信地登门求见。

两刻后，范小鱼微笑着从瓦肆走到街上，荷包里已经多了一百文铜钱，那是她明日正式登台的定金。

至于以后的分成问题，范小鱼面纱下的嘴角勾起一个讥笑。那个姓侗的管事要是以为她只是个好欺骗的豆蔻少女，那他可真要失望了，只要她明日试唱一举成名，还怕这京城里的瓦肆主不找上门来么？

金乌已斜，光辉犹暖。范小鱼回头望了一眼自己刚刚离开的那座瓦子，以及那两个躲在二楼窗后目送着她的管事，嫣然一笑。

燕雀安知鸿鹄之志？他们以为她只想当个成名的女伶么？错了，她想要的，可远不止这些呢！

“姐姐，姐姐，你回来啦？”

怀揣一百文新赚的铜钱，范小鱼一路温习着记忆里的戏曲，心情舒畅地回到新家。才走进小院，就见范白菜撒欢似的从里头跑出来迎接，一迭声地叫着。

“嗯。”范小鱼笑着走过去，拉住他伸过来的手。

“姐姐，今天街上的那个老爷爷在我们家呢。”范白菜挨着范小鱼，悄悄地道。

怪老头居然在家里！范小鱼顿时一滞，沉下脸道：“二叔带回来的？”

“不是，我们回家时，发现他就躺在我们家门口睡觉呢。二叔看见了，才请他进去的。”范白菜摇了摇头，睁着乌黑的眼睛好奇地问范小鱼，“姐姐，那个老爷爷怎么会知道我们住在这里啊？”

范小鱼皱眉，问道：“我走后，二叔有没有离开过你们？”

范白菜还是摇头，“没有啊，二叔一直和我们在一起呢。”

范小鱼闻言稍缓了脸色。既然范岱没有离开过，看起来应该是怪老头自己跟到

家里来的，至于提早出现在家门口，那并不奇怪——这周围就他们一户人家，他顺着他们的方向赶上两步躺下就是了。

“我们进去吧。”须臾间范小鱼神色已经平静下来。若是怪老头真的是冲着自己来的，拒绝也就是了，难道他还能强迫别人拜师不成？如今她已经决定要在瓦肆勾栏里闯出一番自己的天地，要做的事情多得数都数不过来，哪有时间再学什么绝技？

“小鱼，快来见过比老前辈。”一进门，范岱就出现在堂屋门口，笑呵呵地扯开嗓子向她招手。

笔？比？鄙？原来这个怪老头不但性格古怪，姓氏也挺古怪的。

范小鱼牵着范白菜的手，不紧不慢地走了过去，还没进屋就对上了一双充满打量之色的眸子，而那眼眸之下，却是一张正塞着一条鸡腿、胡子拉碴的油嘴。

“小鱼，这位是数十年前名震江湖的比良比老前辈，你赶紧见个礼。”范通也陪同在旁。从他那一贯温文，如今却显得好生兴奋的脸上，可见怪老头在兄弟俩眼中的地位。

“比前辈好！”范小鱼淡淡地福了福，虽未表现出热络之态，却也没对他在自己家中大吃大喝的张狂态露出任何的不悦和鄙夷，只把他当做一个普普通通的客人。

“嗯。”那怪老头用鼻子哼了一声，架子十足地在她脸上、身上转了几转，好像初见她一般，然后又继续啃鸡腿去了。

范岱在一旁偷偷地冲范小鱼使眼色，想让她说两句好话。范小鱼却好像没看见一般，淡淡地道：“爹，如果没事的话，我就先退下了。我还有事要找岳先生。”

“这……”

范通有些尴尬地看了一眼比良。范小鱼却不等他回答，转身就走向岳瑜的屋子。脚步才一动，后面突然传来一道迅疾的风声。

电光石火下，范小鱼只来得及一斜柳腰。一块东西堪堪地擦着她的衣服射向门外，噗的一声落地，却是一块啃了两三口的鸡腿。

靠，浪费粮食也不是这么浪费的。

范小鱼低头看着腰侧那块油污，怒气腾地一下蹿了上来。三年来她节衣缩食，就为了积攒点本钱，好让全家过上更好的日子，这个乞丐老头居然如此浪费他们家的血汗钱！

“资质嘛，勉强还算可以，身手却马马虎虎。”还未等范小鱼发飙，比良已经带着一丝不屑，又哼哼了起来。

“却不知我的身手如何与老前辈有什么干系？”范小鱼抬起眼时，脸上的怒气已被一丝淡淡的甜笑取代。

见她微笑，感觉这不该是她脾气的怪老头诧异地眯起眼睛，一旁刚刚因怪老头的夸奖而喜形于色的两兄弟却顿时一僵。在这个家里，谁不知道每当范小鱼开始这么笑时，就代表事情不妙了？

“范大哥，范大哥在家吗？”屋中正一派诡异，院外忽然传来一声响亮的叫唤，听来像是个年轻妇人的声音。

女人？范小鱼的眼波很自然地转到范通那张俊脸上去。

“在。”范通高声应了一句。看着范小鱼，自己也不解地摸了一下头，老实地交代道，“我也不知道她是谁。”

范小鱼瞟了他一眼，不再理会那怪老头，径直走去开门。门外站着的还真是一个二十来岁的年轻女人。一张粉面上，两道弯弯细细的眉，红艳艳的嘴唇，水汪汪的眼睛，打扮得十分细致，颇有姿色。

女人手中拎着一个小篮子，满面笑容地站在门外，见来开门的不是范通而是一个妙龄少女，笑容不由滞了滞，随即又热情地问道：“你就是小鱼吧？哎呀，多漂亮的孩子啊，将来长大了一定是个大美人。瞧这双眼睛，哎呀，俊得像仙女似的。”

范小鱼淡淡一笑：“谢谢，请问你是……”

“哎呀，你看我，都忘了介绍自己了。我呀，夫家张氏，就住在镇上，如今寡居，你就叫我张大婶好了。我是特地向你爹道谢的。今天要不是你爹帮忙，哎呀，我这条小命啊，指不定已经不在人世了。”一两句话就要带一声“哎呀”的女人娇媚地笑了笑，后怕地拍了拍胸口。范小鱼立刻注意到她手上捏着一块粉红色的手绢，那捏着手绢的素手更是嫩得跟春葱似的。

是个寡妇，还是个俏寡妇，她老爹可真够本事呀，才搬来一天就和一个俏寡妇关系搞得这么好。

范小鱼不动声色地再度打量了她一下，想到家里还有个怪老头，便微笑着把门打开些，“原来是张大婶呀。我爹在家呢，您请进。”

“好好好。”张寡妇忙不迭地迈进门槛，一边带着笑脸往里走，一边不住夸奖范小鱼漂亮懂事。范小鱼只微笑地听着，偶尔谦逊一句，直接把她带到怪老头在的客厅里。

范小鱼存心搅和，笑容在未进门时就变得更加甜美，领人进屋后又请人家坐，又请人家喝茶。

怪老头只瞥了张寡妇一眼，不置一词地继续啃剩下的鸡脯。而张寡妇看见桌子那头坐了个吃相粗鲁的老乞丐，却是浑身都不自在，赶忙把小篮子放在桌上，从里头拿出一个碟子，眼波里像是含了春水似的冲着范通笑。

“范大哥，你救了小女子的命，小女子实在无以为谢，只能做点小吃食来表表心意。请你们尝……啊！”

话还没说完，张大婶突然惊呼了一声，却是怪老头伸了一只污手过来，毫不客气地抓了两块点心，一起塞入口中大嚼起来，剩下的一层糕点上也隐隐留下了手指头上的油印。

张寡妇的粉脸一下子黑了。

“张大婶，您慢走啊！”

范小鱼礼貌地送借口家里有事忙不迭告辞的张寡妇到门口，微笑着挥了挥手。虽然俏寡妇对上怪老头，一个回合就败下阵来，不过她的目的已经达到。同样是客，可她前后却是一冷一热两种完全不同的态度，再笨的傻子也该看出，她对怪老头那身武功确实没兴趣。

趁着送客，顺利离开堂屋的范小鱼自然不肯再回去，便直接去敲岳瑜的房门。两兄弟面面相觑，却谁也不敢出声唤她。这神情瞧在怪老头眼里，不由大摆其头，“亏你们两个还是大男人，居然要看一个小姑娘的脸色。”

他的声音听起来不甚响亮，却清清楚楚地传入了每个人的耳朵。

八字还没一撇，就想先来个下马威，且不说她对这个怪老头毫无兴趣，就算要拜师，她也不可能对他言听计从。范小鱼心中冷笑，却没有出言反驳，只当没听见。

“范姑娘……”岳瑜也听到了怪老头的话，见她寒着脸进来，不由有些担心。

范小鱼微微一笑，犹如春风吹拂，“没事，我们不管莫名其妙的人。对了，岳先生，你会不会乐器？”

岳瑜怔了怔，不明白她是什么意思，但还是老老实实地回道：“学过几天琴。”

“琴？还会其他乐器么？”范小鱼皱眉。这种乐器太高雅沉静，可以象征文人高士的品节，却不适合在瓦肆勾栏那种地方演奏，也不适合伴奏。

岳瑜红脸道："除了笛子，其他再也不会了。"

琴为雅声，笛为俗音；琴能修身养性，笛却活脱跳跃，不为君子所爱。他又会弹琴又会吹笛，倒显得品行不稳了。

不过，岳瑜这边心里暗愧，范小鱼却是十分惊喜，"啊，你还会吹笛呀？怎么从来没听你说过？我一直都想学吹笛呢，就是没遇到先生，以后你教教我吧。"

岳瑜明眸顿亮，灼然生辉，"你喜欢笛子？"

"是啊，笛子好听嘛。"范小鱼充满希望地问道，"岳先生，那你会谱曲吗？"

岳瑜迟疑了一下，道："会是会一点，但并不擅长。"

范小鱼眉开眼笑，"会一点就行。岳先生，我有首小调，只是没有曲谱，不知道你能不能根据我唱出来的音调，帮我谱个曲子。"

"那我尽力试试吧！"岳瑜想说自己真的不在行，但看着范小鱼那如春花般灿烂的笑脸，又实在不忍，只好硬着头皮道。

范小鱼兴奋道："太好了，趁着天还不晚，我们现在就去买笛子吧！"

"现在？"岳瑜怔道。

"对，现在，你要是怕被人看见，戴上帽子就是了。"

明日就要去演唱了，以她的唱功和内力，清唱固然不怕，但若想效果更好，最好还是有伴奏。而且家里还有个怪老头在，她才不乐意待呢。最好等她买了笛子回来的时候，那怪老头已经走了，这样也好问问二叔事情打探得怎么样了。

打探……啊，景道山！

范小鱼才一转身打算向门口走去，面色就猛然一变。她怎么忘记家里还藏了这么一个人呢，不会已经被怪老头发现了吧？

这一惊非同小可，范小鱼顾不得许多，忙猛冲出房门高喊了一声范通。

听出范小鱼声音里的急切，范通忙向怪老头告了个罪，让范岱继续招呼，匆匆地跑了过来。

"老爹，那个姓景的呢？有没有被他发现？"范小鱼极低地道。

范通飞快地瞧了一眼堂屋，低声回道："没有。中午我出门的时候顺手点了他的穴道，到现在还没解开。亶儿在看着他呢！"

"夜长梦多。老爹，我没兴趣跟他学武，你想个法子请他走吧。"范小鱼松了口气，点了点头，随即提高了声音，"爹，我和岳先生要去一趟镇上。"

"这……哦，你去吧。"范通愣愣地应了一声，眉宇间却尽是为难，要请比老前

辈走，这……

“我们走吧！”范小鱼回头对已经用纱帽把脸遮严实的岳瑜道。

这个纱帽是离开钱府那日，岳瑜特别拜托她买的。这次决定上京并留在京中后，岳瑜一直怕被夏竦发现，行事特别谨慎，平时能不见外人就不见外人，出门必戴斗笠纱帽，简直比千金小姐还千金小姐。

幸好城里的繁华已影响到郊区边镇，不用去城里，两人也很快就在镇子上挑好了两只笛子。为免再和怪老头打照面，范小鱼见日头还有一小会才能落山，便没有回家，而是带岳瑜在离家不远的一处田坎上坐下，然后开腔唱了起来。

岳瑜出神地听着。直到范小鱼第二遍问他，他才恍然醒悟，“这小调你是从哪里学来的？怎的如此清新脱俗？”

范小鱼笑道：“先别管从哪里学来的，你先试试看能不能跟上我的调子。”

岳瑜微赧，忙凝神仔细地回想了一下，吹出了一两句来。虽有出入，但大体还是抓对了调子。然而，范小鱼很快就发现一个问题。这笛音嘹亮清澈，若是单吹，自然十分好听，可若是直接这样用来全程伴奏，却未免太过尖锐了。

想了想后，范小鱼让岳瑜试着把调子尽量吹低些，效果果然好多了。接着两人继续尝试，反复地修改，直到范白菜找来时，才勉强谱完半支曲子。

晚饭还没做呢！看到天边的晚霞都已发暗，范小鱼才意识到时间的流逝，忙跳了起来，顺手拍了拍PP，“冬冬饿坏了吧？姐姐这就回家做饭去。对了，那人走了没有？”

“走了。二叔要留他住，可那位老爷爷说他习惯了幕天席地地睡在热闹的地方，咱们家太清净。不过他走之前说了，今天是先喝完了酒才有烧鸡吃，明天他要一边喝酒一边吃烧鸡。”范白菜老老实实地报告，然后补充了一句，“老爹和二叔都答应了，说明儿一定给他老人家准备好。姐姐，那老爷爷是什么人呀，为什么老爹和二叔都对他那么尊敬？”

“什么人？吸血虫老怪人！”范小鱼简直要咬牙切齿了。一斤上好的剑南春加一只烧鸡！一天就起码要三十四文钱，这对双胞胎还真是大方啊！

看着风风火火回来的范小鱼，两兄弟立刻变成了缩头乌龟，噤若寒蝉。讷讷半天后，还是范通先讨好地赔笑，“乖女儿，爹知道你不喜欢跟比老前辈学武，可是比老前辈是以前江湖上鼎鼎有名的人物，在朝廷还未禁武之前，他还立过好几次大功呢。以前你爷爷在的时候，还曾崇拜过他，现如今他到了我们家，我们做晚辈的

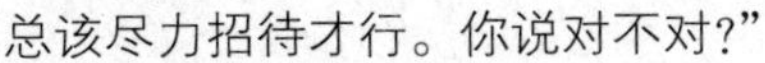

总该尽力招待才行。你说对不对?”

“对……对你个头！一天一斤好酒一只鸡，你当我们家很有钱吗?”范小鱼简直都要喷火了，“我不管你们两个用什么方法，明天是最后一天，喝完吃完后你们马上把人给我请走。”

怪老头虽一身褴褛，气色却好着呢，这样的人，看起来像是会饿死的么？一回两回出点血没关系，权当成全两兄弟对江湖前辈的景仰之情，可要是以后都养成这种习惯，她这辈子都别想从做牛做马的悲惨命运里翻身了。

两兄弟再度缩头，愁眉苦脸的，不敢反对也不敢答应。

范小鱼看在眼里，恨在心里，郁闷得恨不得大喊大叫。她最最讨厌这种眼看着能过上平静日子，偏偏又出现变故的时刻了。

贼老天，难道她想当个普通人就这么难吗?

第二十七章

徒弟被人抢了

夜已经很暗了，相对于几百米外柳河镇上通明的灯火，小院里却只点着一盏油灯。屋外的柳条在夜风中轻轻摆动着，带出朦朦胧胧的黑影，犹如魅惑之舞。

“不要啊！”寂静的屋中忽然发出一声惨叫。

“不要也得要！别忘了我才是这个家的当家人，就这么定了！明天早上我亲自去谈好价钱，后天你暗中跟随，确定他真的到了矿场再回来。还有，别叫得这么恶心，不知道的，会以为我们家里杀猪了。”惨叫声后，紧跟着传来一道冷冷的女声。

“小鱼，就算你一定要我亲自去押送，也该多容我几日吧？你不在乎他的武功，可二叔真的很想很想见识啊！这种机会是可遇不可求的。要不，三天后再去行不行？”某人哭丧着脸，声音凄凉，英俊的脸上满是梦想即将破碎的悲凄。

“不行！”范小鱼一口拒绝。她就知道，这个武痴二叔一心想让怪老头收她为徒，主要还是他自己很想见识怪老头的成名绝技，能学的话最好再学上一点。

“那两天。宝贝侄女，就两天，两天行不行？”范岱沮丧得下巴都快垮到地上了。

“叫宝贝侄女也没用，不行就是不行。”范小鱼飞去一个冷眼，“顺便说一下，这件事要是办不好，你最好在途中另找一个传人，免得以后没徒弟。”

“小鱼……”这一下，范岱真的哀号了，“你就看在二叔这三年来都很乖的分上，不要这么残忍嘛！要是错过了这一回，二叔真的会遗憾终身的。”

“小鱼，你就宽限你二叔两天吧。他生性喜武，就算你不想拜师，也该给你二叔一个切磋的机会。至于银钱，我们以后一定会努力赚的。”范通忍不住劝道。

“姐姐，你就答应二叔吧。二叔这次要孤零零地一个人出门，我们也要好久看不到他了呀！”善良的范白菜早已同情不已，也过来拉着范小鱼的手恳求，乌黑的大眼睛里饱含对范岱的浓浓不舍。

范岱看着他，感动得都快掉眼泪了。

还是乖侄子好啊，还没分别就想着二叔了。他决定了，为了冬冬这份情意，他改天一定要想一套适合冬冬练习的简单防身之术。虽然冬冬一直在锻炼身体，并学了点基本轻功，但那都是皮毛中的皮毛，堂堂男子汉，要是他将来不小心和别人打架，起码也能保护一下自己。

三句话不离武功的范岱一面在脑子里转着圈圈，一面拼命地点头，让自己的表情看上去更凄凉些，以配合老大和侄子的请求。

“一天，最多一天。明天你把所有事情搞定，后天出门。岳先生，我们继续讨论曲子去。”范小鱼板着脸站了起来，心里却暗笑得不行。她本来就准备多给范岱一天时间，刚才故意这么说，不过是想给他一点教训而已，免得他以后老是这样自作主张。

江湖规矩这么多，他以为拜师容易么？也不想想当初那正太流露出拜师之意时，他是怎么算计人家来的。何况这个怪老头明显重男轻女，要不是实在找不到了，又发现她的资质不错，这才勉为其难地将就她。

切，她又不想当天下第一高手，还不稀罕被他看上呢。就算她真要学，也得人家来求着她。

次日，天色刚蒙蒙亮，范小鱼就敲响了岳瑜的房门。两人一起来到郊野，开始根据昨晚半夜三更才谱出来的曲子排练。

晨雾淡淡，杨柳带风，绿绿的碧野上，一道略显文弱的身影谪仙般立在田坎上，在他修长手指的跳跃间，清越的笛音如一只活泼的小鸟，时高时低地自由飞翔。笛声中，一身布衣的少女长柳在手，一边偶尔舞出美妙的姿势，一边低低地浅唱。

天色青碧，云丝柔和，这个早晨一如往日，充满了清新的田园芬芳。

“谁？”也不知练了几遍后，一声低喝突然打破了这种美感。

范小鱼倏地停住，回头看向纵身向远处奔去的罗亶。罗亶从她叫了岳瑜出门之

后就悄悄地跟了出来，一直躲在暗处听着他们练习，这她知道，可再远处的人又是谁？难道那怪老头这么早就来了？但如果是怪老头，按理说以罗亶的听力应该发现不了啊。

“是我……”随着一道清澈而倔犟的声音，一个人影从柳树后转了出来。他的神情犹如天边孤傲的残月，与四周田园的恬静格格不入。

“是你？”范小鱼一眼就认出了来人，很是惊讶地走了过去。她看着那个抱着狐狸的少年，注意到他的鞋上沾了不少因露水而润湿的泥土，“你怎么会到这里来？不会又离家出走了吧？”

少年的嘴角满是冷然，才几日不见，脸上的线条好像就硬了一点，“我没有离家，只是出来走走。”

天才亮就出来走走，真是好兴致。范小鱼上下打量了他一眼，嘴角抿笑，“我想也是，离家出走至少应该带上盘缠行李什么的。”

少年脸上还是冰一样冷漠，薄唇紧闭着，只用鼻孔哼了一声，也不知在生什么莫名其妙的气。

“你还没说呢，你是怎么知道我们住在这里的？”范小鱼一笑之后，立刻警惕地问道。

难道他们自离京之后就一直在钱府的掌控之中吗？可按理说，钱府当时巴不得和他们家早早地撇清关系，应该不至于对他们一户小老百姓这么关注吧？

“我没有找你们，是乐乐突然半夜跑出来，我找乐乐来的。”少年酷酷地辩解。可是借着浅浅的晨光，范小鱼却分明看见他脸上有一抹淡淡的颜色。

乐乐？想起昨晚贝贝无缘无故地叫了大半夜，范小鱼了然之余也不禁感到有丝感动。没想到两只小狐狸还挺有感情的，才分开几天就这么想念，乐乐居然能隔着这么远的距离循着贝贝的声音找到他们。也许动物之间，有时候就是比人类更多一种神秘的本能吧！

“这么说你是半夜三更跑出来的？”范小鱼蹙眉道。要是钱府误会是他们拐带了丁澈，那就麻烦了。

“我会回去。”丁澈好像一眼就看穿了她的想法，声音更冷，眼神中带着明显的挑衅和不羁，像是特地来和她吵架似的。

“这样最好，免得你外公他们记挂。”范小鱼舒了口气，却发现说到外公时，丁澈的俊脸明显一紧，仿佛很不愿意她提起钱府似的。

“既然来了，就到我家吃早饭吧，也好让乐乐见见贝贝。贝贝这些日子天天窝在家里养伤，寂寞得都要暴跳了。”见到他脸上闪过的孤独和落寞，范小鱼不知怎的，心底突然一软，表情不觉越发软化，回头对自觉地停在不远处的岳瑜招了招手，“岳先生，不练了，先休息一下吧。”

岳瑜缓缓走过来，对丁澈点了点头。丁澈僵硬地还了一下就别开了视线，却正好转到一旁面无表情的罗亶脸上。二人视线一对视，这一次，转开的却是罗亶。他率先一言不发地往回走。

范小鱼狐疑地侧了一下头。为什么她好像觉得今天早上的气氛特别奇怪呢？是因为丁澈的到来吗？可是以前在船上的时候，他们三个人虽说不上亲密，但相处得也还好啊，怎么现在都一言不发的？

想了想，范小鱼决定不伤这个脑筋，又招呼了一声丁澈和岳瑜，一起向院子走去。

对于丁澈的突然到来，留在家里的三个大小男人的反应可就热情多了。

之前同行时，丁澈除了和范小鱼时常斗嘴外，和一贯人缘极佳的范通父子关系都还不错，剩下一个范岱，又是心心念念想要收人家为徒的。今儿见丁澈自己找上门来，他当场就咧开了嘴，甚至为了吸引丁澈，故意说刚起床手脚痒痒，想练练拳，拉开马步就在院子里虎虎生风地练上了。

他的身手本来就是全家中最好的，加上有意卖弄，其刚劲猛烈、雄姿勃发、带起一片虚影的身形，顿时让丁澈看得目不转睛，连怀中的乐乐挣扎着跳下去也没理会。

范小鱼摇了摇头，懒得再招呼他，自顾自地走向厨房。反正有两兄弟在，肯定冷落不了这位“贵客”的。

早饭很平常，范小鱼并未因丁澈而增加任何菜色，只在分量上添加了些。

在范通的热情邀请下，丁澈疏离而礼貌地入座。喝粥的时候，他一小口一小口地啜着，声音极小，但动作却不会因此像岳瑜一般显得有些阴柔，举手投足间自有一股大户人家养成的得体气质。

范岱在一旁不时地偷看他，真是越看越满意，可一想到自己马上就要离开京城，又不禁苦起脸来，不时地瞧向范小鱼，意图十分明显。

范小鱼自然是当做什么也没看见，把两个盛了粥的碗放到受伤未愈的贝贝和前

来探病的乐乐面前后，也一如往常地坐了下来。

“丁公子，你一大早出来，你的家人知道吗？”范通一边喝粥一边关切地问道。

“食不言，寝不语，老爹，吃饭的时候就吃饭。”范小鱼瞪了范通一眼，真是哪壶不开提哪壶。

范通一怔，心里郁闷地回想，什么时候开始吃饭不能讲话了？昨晚他们还一边吃一边讨论怎么让景道山在被卖掉以后无法开口泄密来着。

丁澈低着头没开口，范通也不好追问。众人安静地吃完早饭，罗亶很自然地开始收碗，岳瑜也帮忙，范小鱼则是把本来就不脏的桌子再擦了一遍，把茶盘端了过来。

“等乐乐和贝贝再待一会儿，就让我爹送你们回去吧，免得钱大人又要满城地找你。”范小鱼看着已经有太阳斜照进来的院子，又瞧了瞧屋里那两只亲昵地互相轻咬着的狐狸，淡淡地道。

她也同情丁澈的寄人篱下，但是比起很多人来，他已经够幸运了。至少这只是个过渡阶段，如果他实在不想待在钱府，还有在外地任职的父母可以依靠。至于开心与否，人活在世界上，有时候开心不开心是要自己来决定的，而不只是取决于客观环境。

这种调节，说好听点是乐观，难听点，就是阿 Q 精神。就像她，一穿越过来就要担负起一家人的生计，三年来每天都不得不沉浸在一件件琐事中，而且因为时代的关系，这些琐事料理起来效率超低，更是让她满是无奈和郁闷。

没有洗衣粉和强效肥皂，洗衣服不容易洗干净，常常累得她腰酸背疼。没有洗洁精强效去污，连洗个碗都要烧热水才能干净。要不是现在还年轻，身体的新陈代谢快，她的手指早就粗肿得跟胡萝卜一般了。还有做针线活，以前她也只会缝个扣子什么的，衣服稍微脱线都要拿到织补的摊子上去，现在呢，她都会亲手给自己和家人做衣服了。

这一切，看起来都是小事一桩，却以一种强悍的姿态充斥在她每一天的生活里，更不用提那些逃亡流浪、死里逃生的危险经历，若不是她一直有个坚定的目的，神经又足够坚韧，早就崩溃了。

想一想自己还真是贤惠呀！十岁当家，没享受过童年就先成了管家婆，一转眼就辛苦了三年了！

“咳咳……”

范小鱼那不自觉游离的思绪还在漫天飘荡着，耳边突然传来重重的干咳声。她这才猛然惊觉，自己竟然在一屋子人面前神游了，不由一窘，脸上难得地飞上两朵桃花。

这一刻，初升的阳光刚好投射进来，照得屋内明晃晃的，也映得她那充满青春气息的面庞纤毫毕现，双颊红晕，明眸若水，肌肤如玉。

一时间，屋内三个少年都怔住了。

范白菜也饶有兴致地瞧着自己的姐姐。要知道，脸红这种神情出现在姐姐脸上的概率真的是少之又少啊，不知道姐姐是想到什么才害羞的呢？

范白菜的眼睛骨碌碌地在三个少年脸上滚来滚去。一向敏感的丁澈率先察觉他的打量，立时低头走向小狐狸，聪明地掩饰住了自己脸上的表情。他一动，罗亶也很快警觉了过来，目光一垂，也极快地离开。唯有岳瑜面皮最薄，意识到自己的失态时，几乎连耳根子都红了。

除了去倒茶喝的范通没注意到这极短的一幕，特意干咳的范岱自然是将一切都看得最清楚的人。人家喜欢自己的侄女，就等于为自己脸上贴金，范岱一时深感自豪。为了缓解无形的尴尬气氛，他又干咳了两声，这一咳，倒把范小鱼的注意力给吸引了过来。

“二叔，你若是不舒服，就让岳先生看看。”范小鱼本来就鲜少脸红，还以为大家都是在看她的笑话，羞恼之下，顿时翻脸了。

范岱张口嚅动了两下嘴唇，终究还是什么都没说地摸了摸鼻子，委屈得喉咙还真有点痒痒了。可此刻范小鱼正在火头上，他哪敢再咳！

“小鱼，冬冬，你们陪丁公子坐一会儿，我还有点事。”

浑然不觉空气中才噼啪闪过火花的范通喝完了茶，憨厚地对丁澈笑笑，打算去地窖里给景道山送吃的。自从昨天怪老头出现后，他们一家不敢大意，每餐都要亲自盯着已经迅速憔悴的景道山吃完，再继续点上穴道，免得他捣乱，令事情又起不必要的风波。

丁澈眼珠半转，用余光飞快地看了一眼范小鱼，又转回去点了点头。

“二叔，早上马喂过了吗？”范小鱼镇定了神色，明眸里又开始蹿起熟悉的飞刀。

“啊，我这就去。”范岱忙不迭地逃走。

“姐姐，那我和岳先生上课去了。”聪明的范白菜早已从范岱的挤眉弄眼中，瞧

出自己的二叔有事情让姐姐帮忙，而这个忙又是和丁澈有关的，便机灵地拉了岳瑜走开。

“我和师叔去遛马。”罗亶闷声说了一句，快步走向正把马拉出马厩的范岱。

“坐吧！”看到大家都出去了，范小鱼翻过倒扣着的茶杯，给他倒了一杯茶。

丁澈背对着她挺直了身体，然后转身直直地走过来坐在她对面。俊脸上什么神情也没有，一双指甲修剪得十分整齐的手合握着茶杯，轮流旋转着，但并不喝。

“我二叔曾经夸过你，说你要是早几年开始练武的话，成就应该相当的高，只是，可惜……”范小鱼缓缓地道。

“可惜我生在官宦世家。”丁澈握在茶杯上的手指陡然一收，薄唇因为抿得太紧而血色微淡。

“嗯，现在朝廷重文轻武，也没有开设武科，你的家庭背景不会允许你学武的。而且，你也不一定要学武。你先听我说……”范小鱼看着他，眼波澄澈，语声轻柔，“我那次说什么你连三天就坚持不了的话，其实是和你开玩笑的。我二叔常说，学武，毅力十分重要，我觉得你确实是个很有毅力的人，虽然性格……唔，难免有些骄纵……”

丁澈原本因为她难得的温柔语气而听得眼神有些闪烁，见她突转话锋，俊眼立时又习惯性瞪了起来。

“呵呵呵……你看你看，又瞪眼了不是。”见他有些黯淡的眼眸里猛然迸发出闪耀的怒火，范小鱼抿嘴一笑，眼中尽是促狭，“有句话说江山易改，本性难移，你现在还没成年，希望这脾气还有改善余地才好。否则按照你这性子，要是有人用激将法，肯定一激一个准。”

“不用你管！”丁澈硬邦邦地道，心里却莫名地觉得热乎乎的。

“当然不用我管，你就当我没说，不过……”范小鱼耸耸肩，抿了口茶，云淡风轻地道，“你来这里，会不会让枢密使大人误会啊？毕竟当初我们可是收了你们钱府五十两银子呢！”

比起某人要死不活的样子来，她还是喜欢有生机一点的表情，反正他们现在也无求于钱府，用不着跟上次那样还得注意某人的情绪，还是这种平等的相处方式舒服呀。

“那根本就不是我的主意！”丁澈怒道，心中又升起熊熊的怒火。那件事，被侮

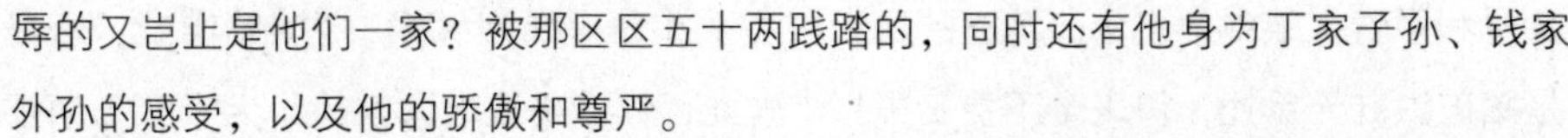

辱的又岂止是他们一家？被那区区五十两践踏的，同时还有他身为丁家子孙、钱家外孙的感受，以及他的骄傲和尊严。

“虽然不是你的主意，却是你外公的意思。在他的眼里，我们全家就值五十两银子。”范小鱼直接道。回想当日，说她一点都不生气那是骗人的，被人拿钱砸的感觉，相信没有一个有自尊的人会喜欢，更何况才不过区区五十两，太侮辱他们了。“你曾经说自己会说服你外公，可事实如何，你心里应该很清楚了。如果你再来我家，你外公难免会以为是我们拐骗了你，到时候，我们全家又不得安宁了。”

“说来说去，你就是怕我给你们带来麻烦！你以为我是瘟疫吗？”丁澈只觉一股比当日受侮辱更深的感觉狠狠地刺入心脏，猛地站了起来。身后的凳子哐当一声翻倒。

范小鱼被他激烈的反应吓了一跳，也跟着站了起来。望着他眸中那深受伤害的神情，她想解释说不是那个意思，可一想到钱家，话到嘴边又咽了下去。算了，让他误会也好，而且他的身份确实也是一个无法否认的麻烦。

“我只是不想让你以为我连一点苦头都吃不起，才想要拜你二叔为师的，你不要以为我就稀罕你们家！”这几日已经累积了无数郁气，此刻又感觉自尊心再受重创的丁澈犹如一只受伤的小兽，口不择言地伸出尖锐的爪子，“天底下又不是只有你叔叔一个高手！如果不是为了乐乐，像你们这种穷酸地方，求本公子来，本公子都不屑一顾。”

“既然如此，那你何不现在就抱着你的狐狸，抬起你的高足，离开我们这个破地方，回去享受你的锦衣玉食去？”不知怎么的，虽然明明知道这不过是对方一时的气话，可当她听到丁澈用那种高傲尖刻的语气说话，眼神中又尽是鄙夷之时，范小鱼忍不住也心头冒火。

“我当然要走。”丁澈重重地放下还紧紧地握在手心的茶杯，大步过去一把揪住和贝贝一起安静地看着他们吵架的乐乐，粗鲁地抱在怀里，然后狠狠地瞪着她，“告诉你，没有你家二叔，我丁澈将来也一定会成为一个堂堂男子汉！总有一天，我一定会亲手打败你的，让你见见什么是真正的男子汉！”

“好啊，丁大男子汉，我拭目以待！”范小鱼稳坐不动，也冷笑道。

“好，这才是男儿家的志气。说得好，说得妙啊！”院中突然传来一阵肆意的狂笑，接着人影一晃，一个褴褛邋遢的老乞丐已经站在了屋中。他的身体近得几乎贴上丁澈的鼻子，双手不停，一只手抓起丁澈的手掌，另一只黑手已经迅速摸向他的

头骨和手臂，眼中射出十分惊喜的目光，几乎感动得涕泪纵横，“哈哈哈哈，这真是踏破铁鞋无觅处，得来全不费工夫！小娃儿，你就是我老人家等了大半辈子的那个人啊!”

怪老头不但说话速度快，动作也快，在丁澈还没看清近在咫尺的一张老脸时，他已经摸完骨，后退了一步，红润的脸上全是恨不得昭告天下的满意之情。

“你是……”饶是丁澈正在盛怒之中，也不禁被他吓了一跳。

“小娃儿，你先别问我是谁。我只问你一句，你是不是真的很想让自己变得强大？虽然你已过了最佳的学武年龄，不过就凭我老人家的本事，不出三五年，你不但可以打败这个小丫头，甚至有可能打败范家老二，你信不信?”怪老头手舞足蹈，脸色复杂得不知是想哭还是想笑，那只挂在他腰间的紫色葫芦也随着一阵摇摆。

“你真能让我变成高手?”丁澈迟疑地问道。他想要怀疑，可方才他确实亲眼看见这个老头瞬间出现在面前，简直比鬼魅还鬼魅。

“错，不是高手，”怪老头大摇其头，十分严肃地道，“而是高手中的高手!”

“我怎么才能相信你比范家两兄弟厉害?”丁澈也不是傻子，虽心里已经隐隐地信了几分，但也不可能这么快就被他拐走。

怪老头嘿嘿一笑，随手拿起桌上还盛着茶的杯子，握在掌中一捏，但见他的拳中忽然升起一股水蒸气，须臾后，他张开手指，一团细如女儿家敷面粉末的青粉如烟般泻落在地。

这份功力，绝对已经登峰造极了！范小鱼震惊地看着他，突然觉得自己有些领悟到范岱常说的那四个字：武无止境。她心中油然生起一股对武道的由衷敬重。

“不是我自夸，这天下还找不出几个能打赢我的人。”怪老头得意地一笑。“怎么样，小娃儿，你可愿意拜我为师?”

“师父在上，请受徒儿一拜!”丁澈毫不犹豫地拜倒。

“啊，老前辈等一等……”疾呼中，听到笑声的范岱如箭般冲了进来，要去阻止丁澈跪拜，却被怪老头伸手一拦，滴溜溜地转了一个圈才站稳，而此时丁澈已经磕下头去。

“乖徒儿，快起来。哈哈哈哈……我比良寂寞一生，今日终于得偿所愿，真是痛快哉!”怪老头仰天大笑，震得房梁都颤动了起来。说时迟那时快，众人只觉一阵眼花，怪老头已一手捞起还在磕第三个响头的丁澈，一手捏起小狐狸乐乐，腾身而去，只留下一句响亮的话语，“范家老二，我带着我的乖徒儿走了。三五年后，我老人家还会再回来的。记得好好调教你那自诩天资聪颖的小丫头，免得将来输得太难看。哈哈哈哈哈……”

他这一动，身手简直是奇快无比。电光石火间，丁澈刚想扭头回望，却发现自己已在屋外的半空，目光所及处，只是一片灰色的屋顶，哪有半分少女的身影。

“老前辈，请留步！老前辈……”焦急万分的范岱身影未停，也疾掠而去。

范小鱼匆匆地奔出屋门，跃上自家的院墙，却见不远处已只剩下范岱一人的身影，那怪老头比良和丁澈早已不知去向。

事情，竟然会变成这样！或者，这样也不失为一个两全其美的办法。

范小鱼怔怔地立在墙头，遥望着范岱越来越小的身影，忽然觉得心头有一抹淡淡的惆怅。这一回丁澈只怕是真要失踪了，他们家可能免不了被怀疑。但对丁澈来说，至少他可以不用再寄人篱下，至少他能如愿以偿地学到武功——几乎是当今第一高手所教的武功。

有怪老头的亲传，她没有理由怀疑，当丁澈再度出现的时候，定然早非当日吴下阿蒙。

第二十八章

光阴流水容易过

时光若箭，仿佛才刚刚松弦，那箭已掠过数年岁月。

现在是天圣四年，九月初八，正值秋高气爽。

在人们的记忆里，好像才刚刚度过了热闹的中秋佳节，许多人家屋檐下的花灯还未摘下，转眼又将迎来九九重阳。

开封东门外，汴河之旁，经过数年的发展已变得更为繁华的柳河镇，天色刚蒙蒙亮就成了菊花的海洋。就算不是住在沿街的百姓，也能在眼睛还未睁开之前便隐隐闻到阵阵淡雅的清香。若是起身推开门窗，伴着越发浓郁的香气，几乎人人都可看见街头巷尾那一盆盆半夜时分运来的或含苞或怒放的色彩各异的菊花，从主街一直延绵到河岸。

受了香气的吸引，人们纷纷早起，带着家人前去观赏菊花盛况。当然，在阅尽千姿百态的美景的同时，少不得要买上几盆，以庆重阳。

时间过得真快呀，三年又三年，原来不觉间她已经在这个时代生活了这么多年了。

热水渐冷，药效也渗透得差不多了，舒缓了一身晨练疲劳的范小鱼从浴桶中出来，一边用干净的毛巾擦拭着水珠，一边低头看着自己日渐成熟的玲珑曲线和柔滑娇嫩的肌肤，微微地一笑。

真是不容易啊。这具十六岁的身体终于摆脱了小女孩的稚嫩，开始有点前世的味道了。作为一个曾经拥有模特身材、心理上又早就成熟的女人，有什么能比重新

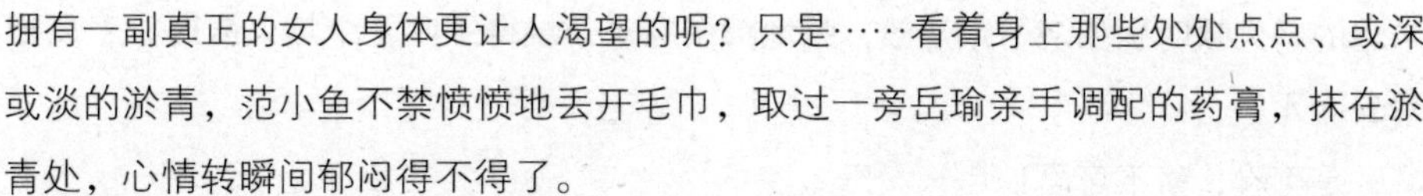

拥有一副真正的女人身体更让人渴望的呢？只是……看着身上那些处处点点、或深或淡的淤青，范小鱼不禁愤愤地丢开毛巾，取过一旁岳瑜亲手调配的药膏，抹在淤青处，心情转瞬间郁闷得不得了。

死变态二叔，下手从来就不留点劲。就算不为了丁澈，她也总有一天会打得他满地找牙。

想起这三年来，每隔几天就要挨一顿打，范小鱼的手劲不自觉地重了一些，顿时疼得倒吸了口冷气，忙放轻力道揉按，直到沁凉的感觉完全渗入肌肤之后，才套上自制的内衣。

自己天资不错，练起武来都这么辛苦，真不知道全然没有基础的丁澈那边，又是如何一番光景？他一个养尊处优的公子少爷，只怕比她还吃不消吧！

想到这三年来不单是自己在吃苦，也许某人比自己更甚，范小鱼的心情又觉得好了起来，唇角的笑容也不禁带上了幸灾乐祸的意味。

当年丁澈被怪老头突然带走之后，曾回过一趟钱府，亲自向钱惟演禀明学武的意愿。

钱惟演自然不可能同意自己的外孙拜一个老乞丐为师，可怪老头生性乖张，收徒心情又急切，哪里管得了他愿不愿，之所以愿意见他一面，不过是瞧在徒弟的面上，打个招呼而已。话不投机后，他当下就夹起丁澈，当着众人的面，跃上屋檐扬长而去，把钱惟演气得几乎当场昏倒，立刻让管家去开封府报案，要求缉拿拐骗人口的怪老头。

当时那一幕，范小鱼当然不可能亲眼所见的。事实上这件事和其后的消息，她都是从第二天突然上门的一个意外之客口中听到的。这个意外之客，就是钱府松院里头的丫鬟翠云。

同时，翠云还带来了丁澈的一句口信。口信内容很简单也很张狂，只有一句话：若你有本事，就在柳河镇等我回来证明。

他让她等，她就等啊？就为了当初一句话？难道他三年不回来她就在这里等三年，五年不回来就在这里等五年啊？切，他又不是她的什么人，她为什么要为了一个公子哥等上三五年？她才懒得理这种莫名其妙的疯子。

但她这么认为，不代表范岱也能同样嗤之以鼻。

事实上，没有追上怪老头讨回说法，带着极度的失望和愤怒而归的范岱，简直快气炸了，恨不得立刻天涯海角地去找怪老头单挑。等到翠云来传话，范岱那一夜

未熄的怒火顿时犹如浇了滚油般，腾地蹿了起来，烧得那叫一个焰火熊熊，差点把翠云吓死。

是可忍，孰不可忍！

范岱义愤填膺之下，也不管范小鱼是什么想法，当即冲动地对天发誓，要是他的徒弟将来赢不了怪老头的徒弟，他就自废武功。等一干人等反应过来，他已砰砰砰地对着天地磕完了三个响头，握住范小鱼的双肩，目光炯炯，用一副满是坚定和沧桑的口吻，郑重地要已经囧得不得了的范小鱼为范家争口气。

那一刻，被拖下水的范小鱼简直想拿个大榔头狠狠地敲他一通，可是生气归生气，她更清楚对范岱这样注重承诺的人而言，这个毒誓意味着什么。如果来日丁澈归来，她打不过他的话，范岱真的会自废武功的。也许景道山之流没了武功还会苟且偷生，就是她自己若武功被废，也会努力振作让自己过得更好，但毕生都在追求武学的范岱却是绝对不能失去武功的。若是他要废了自己的武功，还不如直接杀了他。

所以，看似有拒绝权利的她，实际上只有一个选择。

可问题是，她的生活中不可能只有练武这一件事情。事实早已证明，单靠范通、范岱这对活宝双胞胎，范家永远不可能真正地富裕起来。振兴家业的大任，终究还是压在她的肩头。

更要命的是，她一心只想着利用前世的戏曲知识在这个时代大捞一把，却忘了优伶戏子在古代的地位是如何卑微，如何让人瞧不起。

因此，临到勾栏才知道范小鱼是去卖艺，又被迫给她伴奏的岳瑜，怀着强烈的自责心情向两兄弟自首，一场家庭风波不可避免地掀了起来。

会议结果，五票对一票，范小鱼面临的是一面倒的完全反对。

“姑娘，你好了么?”就在范小鱼怔忡的光景，门外忽然传来一声嘹亮的询问。

“好了。”范小鱼忙收回思绪，应了一声。十指翻飞间已迅速系好里衣的带子，再披上外衣，趿着木屐去开门。

“姑娘，早饭我已经放在楼上了，还有一碗新做的菊花粥，姑娘你赶紧趁热尝尝。”足足比范小鱼高一头的婢女春燕一见她就绽开了大大的笑容，一瘸一拐地走进来，袖子一挽就去收拾。

“不是明儿才是重阳么，怎么今日就做菊花粥了?”范小鱼跟在她身后，顺手放

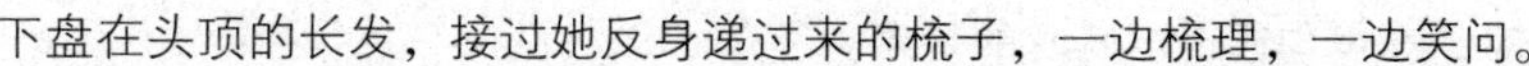

下盘在头顶的长发，接过她反身递过来的梳子，一边梳理，一边笑问。

除了这个虽身有残疾却壮硕的春燕，她家还雇了一个婢女金铃。金铃擅长女红针线，力气小，主要伺候一家人的起居，洗洗衣服。春燕的腿虽有些瘸，但力气大，做事速度又快，就包揽了一些原本由范氏兄弟做的粗活，又因她的厨艺不错，本来就忙不过来的范小鱼渐渐地把厨房的事也交给了她，自己专心赚钱和练武。

"不是婢子以前从没做过么，我就想不如今儿先做着试试，要是觉得不好，还可以趁有时间改进改进。姑娘你快上楼吧，等太凉了就不好吃了。"

春燕笑着解释，手上收拾的动作丝毫不停。她现在已经很习惯这个家里仅有的女主人隔两三天就要早起泡药澡的古怪习惯，尽管她一直感到奇怪：为什么姑娘明明看起来十分健康，几乎从不生病，却要时常药浴呢？

"难为你这份心了，好，那我就先上楼了。"范小鱼笑着点了点头，打算回房间里敞开窗户吹吹风，也多少化去身上残余的药味。以药浴辅助增加功力效果虽好，可是长年累月一身药味，总让人很不舒服。

"姑娘……"春燕忽然又叫住她，一向爽快的浓眉大眼间有些扭捏之色。

"有什么事你就直说好了。"范小鱼回头笑道。

"婢子……婢子听说今儿城里的百灵班要演《牛郎织女》，就想问问……要是婢子上午把活儿全干完了，下午能不能去城里看戏？"春燕吞吞吐吐地道。

范小鱼粲然一笑，"我还当是什么大事呢，原来是这样。有什么关系？你去就行了。"

春燕不好意思地低头，声音比平时起码低了七八分，"谢谢姑娘。"

"谢什么呀，哦？"范小鱼微微一扬眉，看着她脸上的红晕，心中已明白了七八分，却故意装作不知情地打趣道，"是不是有人请你去看戏呀？"

"姑娘……"春燕被一语道破心思，顿时窘得直扭衣角，难得地显出一丝女儿娇态。

"好好好，我不问，不问。这样吧，你收拾完浴室就去吧，不一定要等下午开戏，也可以先去城里好好玩一玩。"范小鱼笑着出了门，径直走向楼梯，思绪又因春燕的一句"牛郎织女"而开始飘扬。

如今的百灵班早已今非昔比，红透了半个京城。但若非她当日的坚持，又哪来今天的一切呢？

范小鱼沿着回廊走向阁楼，目光缓缓扫过这个已经扩建成两进院落，名副其实

变成范家的新家，嘴角勾起一丝感叹的笑容。

没错，当日范通确实一反往日的优柔，果断地表示了反对，而家中所有的男丁也第一次全部站到了范通的那一边，表示宁可吃糠咽菜也不愿意让她去当一个被人瞧不起的优伶。

但是，如同范通十几年如一日地行善，范岱一直追求武道，范白菜怎么劝都不肯学武一般，范小鱼也有一股范家人特有的执拗。一旦她觉得一件事可以去做也值得去做，就绝对不会轻易放弃。

幸运的是，正如每一位白手起家的成功人士一样，在历经数不清的艰辛困难，如陀螺般转了足足三百多天之后，她终于拥有了一支合起来能完整地表演出一部正剧、分开来也能独当一面的戏班子，成了各个瓦肆勾栏趋之若鹜的对象。

不过，比起戏班子的精彩演出，更吸引京城百姓们的好奇心，令他们常常在酒楼茶馆处猜测争辩、讨论打探的，却是这个给人们带来全新感受的戏班子背后那个多才多能的真正主子，到底是什么样的神秘人物？事实上，就连最初进入班子的姊妹花，还有当初毅然付给范小鱼一百文定金、并让范小鱼献了半年艺的勾栏楼主，也从未见过这个神秘人物的真面目，只是从面具下的身段和娇嫩的语音上断定这是一名芳华少女而已。

真正知道范小鱼身份的，除了双胞胎兄弟和罗亶、范白菜，就只有一个常常被范小鱼抓来谱曲修词的岳瑜了，就连婢女金铃和春燕都不知道她的另一重身份。

这其中虽然有范通坚持为女儿的名声着想，免得她将来找不到婆家的顾虑，还有一个重要的原因，就是为了罗亶。

人怕出名猪怕壮。当年追踪他们的景道山是已被卖到矿场挖煤了，可是知道罗广之子在范家的人却不止他一个，至少当年那个和官府勾结的绿林客知道，那个带队的官府中人也知道，也许景道山上面的主子也知道。所以，为了自家的安全着想，他们一家只能低调再低调，直到找到罗亶的爹，把事情彻底解决掉为止。

吃完早饭，练上小半个时辰的字，然后再躺下睡一会儿回笼觉，以弥补天天半夜三更跟着范岱到人烟稀少处练武的损失。这是范小鱼自从戏班子日渐成熟、她也难得有了空闲之后的习惯，今天也不例外。

待她从半个时辰的睡梦中惬意而自然地苏醒时，太阳已升起了丈高，正是光芒四射又不过于灼耀的时候，湛蓝的天空显得格外澄澈。从楼阁的窗台远望，高高的苍穹下，一望无际的平原上野草正自一半生机一半萧索，既有秋高气爽的深远意境，又包含着一种生命所特有的成熟风韵。

一年四季中，范小鱼最喜欢的就是这一段时节。尤其在经过一个炎热的没有空调也没有电风扇的夏天之后，在这样的清晨吹着如许淡淡的清风，更是让她深深地感觉秋天的可爱。

换了件淡青底色碎菊花的衣裙，盘了个简单的发髻，用两根檀木簪子固定住后，范小鱼神清气爽地下楼，去前院找范岱。

今日是《牛郎织女》的首演，按照以往其他瓦肆勾栏的红眼病记录，恐怕难免会有人闹场。保险起见，最好还是让二叔亲自走一趟，再叫上他收服的那帮地痞小子，多用点心。

说到那批地痞少年，倒真是无心插柳柳成荫。

当初为了保护自己的艺人，他们少不得要杀鸡儆猴地教训其中几个恶霸，没想到几次三番下来，反而把那帮人彻底打服了，成了百灵阁的保安力量。

范岱正在自己房中一边喝酒，一边不时地比画着木剑。

“小鱼，你来得正好，二叔正想去找你。”见范小鱼进屋，范岱不待她开口，就皱着眉头道。

“二叔，有事?”

“嗯，李家老儿这两招精髓，我想了一个月都没想通，所以我打算再去一趟太行山。”

太行山李氏家族?范小鱼顿时忍不住嘴角抽搐，提醒道：“二叔，你别忘了，上次你可是栽在他们家，差点就回不来了。你还要去?”

这三年来，为了让范小鱼的武道更上层楼，范岱没少往外面跑，几乎一听到哪里有高手出现就立刻赶过去。名义上是和人家切磋武道，实际上却是偷偷地把人家的特长融为己用，用集百家之长的办法来克制怪老头的独门绝技。

可虽然这些年来朝廷重文轻武，导致门派式微，很多昔日的武林高手都退隐了，但这并不代表他们就愿意把家传或师门所学教给外人。范岱想要学，自然就只能用非常之法。幸而他还记得乔装和掩饰行踪，不然就凭他这三年来的“好斗”，范家大院早该被仇人们围得水泄不通了，哪能有现在的平静?

范岱气昂昂地挺胸道：“就是因为上次失了手，所以这次才更加要去。你放心，二叔虽然还没把那两招搞明白，但这一次我有备而去，一定不会像上次一样的。”

“不行，不准。”范小鱼板起脸道。

“乖侄女，二叔保证，这次一定会平平安安地回来。你也知道二叔的脾气，这个疙瘩要是一直留在心里，二叔连吃饭睡觉都不会香的。”范岱谄媚地赔笑道。

“两个字：不准！”范小鱼毫不通融。

“宝贝侄女……”

“不准，不准，不准！”范小鱼正色地看着范岱，“二叔，我可先把丑话说前头了，你要是敢偷偷地再去太行山，就算你平平安安地回来了，我也不会和丁澈比武，让你的心一辈子悬着，永远不知道我和丁澈到底谁输谁赢。你知道我一向是说得出做得到的。”

“小鱼……”见范小鱼居然用不比武来要挟，范岱顿时傻掉了。

这三年来，他一直努力地训练着范小鱼，为的就是将来有扬眉吐气的一天。若是范小鱼不肯比，简直就像是腰缠万贯却偏偏不让人家知道他有钱一样嘛！泪，这样会憋死人的！

“好吧，我不去。”范岱转了半天脑子，还是想不出一个能让范小鱼答应的法子，只好垂头丧气地打消念头。

“这还差不多，”范小鱼微笑道，“对了，二叔，亶儿呢？”

“他说今天你那个《牛郎织女》第一天开演，怕有人来捣乱，一大早就去城里布置了。”范岱还是有气没力。

范小鱼一怔，随即心里一暖，还是亶儿有心，总能先想到她的需要。

“那二叔你就慢慢琢磨吧。”范小鱼笑道。既然罗亶已经去了，那就不用范岱亲自出马了。罗亶自从六年前来到他们家，一直都相当沉默寡言，没想到管起那帮小痞子还挺有一手的。

“得，我还是和你一起去吧，免得等会儿你老爹又拖我去张寡妇家干活。”提起三年来对两兄弟一直热情不改的张寡妇，范岱不由激灵灵地打了个冷战。

范小鱼顿时忍俊不禁，扑哧一笑。这个张寡妇也真是个妙人，当年他们初来此地，范通只不过随手帮了她一下，她就一直以报答救命之恩为由，隔三岔五就来范家“感谢”一番。后来她见范通人虽善良，却像呆头鹅似的，一点都不解男女之情，便把主意打到了范岱身上。过了一段时间，发现范岱同样油盐不进之后，又动摇心思重新去磨范通……如此摇摇摆摆，中间顺便时不时地对俊美的岳瑜表示一下关怀，或者给罗亶补补衣服什么的，居然一下子就三年过去了。

当然，这三年之间，这个多情的俏寡妇有没有偷偷地另找其他男人，范小鱼就不知道了。反正她也从没把她当做未来的继母或者婶娘，她爱找哪个男人就找哪个男人。

可怜又可叹的是她那个老爹，虽然明知张寡妇每次装可怜哭诉家里没男人干活时，都醉翁之意不在酒，仍是狠不下心来拒绝，只能尽量多拖一个人，和罗亶或者范岱一起前去，免得被千娇百媚的俏寡妇吃豆腐。

“不好了，我的钱包被偷了！”

京城内，行人如梭的街头，突然间爆发出一阵尖锐的惨叫，瞬间吸引了众人的注意力。一个身穿绸袍的中年人一边惊慌失措地大喊着，一边在身上胡乱地摸索着，试图找出那个丢失了的荷包。

旁边的路人们闻听，第一个反应就是站住脚检查自己的钱袋，确定没有被偷之后，才你一言我一语地看着中年人开始议论。语声中虽说着可惜，却没几个人眼底真正露出同情之色。

“天哪，天杀的小偷，那可是我千里迢迢到京城里来做生意的全部积蓄呀！”中年人不顾大庭广众，伤心地号啕大哭起来。

“你那钱包是什么样子的？”围观的人群中有人疑惑地问道。

中年人抽泣着把自己的荷包详细地描述了一番，没等他说完，人群已哄笑了起来。见自己丢了钱，人家还这么开心，中年人更是伤心得要死，喊了声“老天爷”就要再捶胸顿足，却听有人笑骂道：“你这个人，怎么这么痴呆，连自己的钱包是不是真丢了都不知道。就你这样，还能做生意？”

“是啊，你那钱包不是好好地挂在你腰上吗？”

听了路人的取笑，中年人下意识地低头，他的右侧腰带上果然挂着已经丢失的荷包。他忙拉起来打开一看，顿时呆了，“这个荷包我明明放在怀里的，怎么会到我腰上的？刚才……刚才我真的不见了啊……”

“又傻了吧？你的人明明还站在这里，却说你真的不见了。哈哈哈哈，果然是个傻子……”见他语无伦次，人们更是哄笑。

中年人的脸刷地红了起来，顾不得再疑惑原本放在怀里的荷包怎么会自己挂在腰上，忙用袖子胡乱地擦了眼泪，把荷包揣进怀里，用一只手紧紧地捂住，又是困窘又是欢喜地挤出了人群去。

“周围一大圈人，没一个发现，我做得还不错吧？”

人群不远处的窄巷中，一个背对着大街的少年乞丐得意地对面前正在啃着鸡腿的老乞丐炫耀道。

“只是捉弄一个傻里傻气的笨蛋商贾，有什么好炫耀的？”老乞丐头也不抬地随手一指街上的一个大汉，“把他的钱袋子取下来，再在他发现钱袋丢失的情况下原封不动地挂回去，我就答应你那个要求。”

少年随着他的手指一回头，被乱发遮掩的污黑面庞上露出一双灼灼发亮的眼睛，但这眼睛里的光彩只是闪了一闪就如陡然熄灭的烛火般黯然无光，变得平淡无奇，甚至有些呆滞。

“此话当真？”少年看着那个转眼已从巷口走过的大汉，如宝石般璀璨的光芒再度在眸中飞速闪过。

“废话，我老人家什么时候说话不算话过？给你一炷香的时间，过时不算。”老乞丐咬下鸡腿处的软骨，嚼得嘎嘎作响。

少年乞丐双脚一阵交替，眨眼间已融入大街上的人潮中，很快跟上了那个大汉，从十步距离拉到五步，再从五步拉至两步。此时，前面正好一辆车子辘辘而来，路人多微微侧身避让，大汉也不例外。少年乞丐再次贴近两步，正要伸手，那大汉忽然有所察觉，猛然回过头来，狠狠地瞪了他一眼。

少年乞丐立时装作若无其事的样子从他身旁走了过去，心里却是一跳，暗道，好家伙，居然是个练家子，难怪老头这么好话。不过，不管是什么样的人，公子他都不会放在眼里。哼！

少年越过大汉几步后，故意装作对旁边某个摊子的东西感兴趣，略略停留了一下，重新落在大汉后面。

这一次，他没有急于跟上，而是透过人群，仔细地盯着大汉时隐时现的步伐看了一会儿。

那大汉看着粗壮，心思却有些细腻，并没有就此放下警惕心，脚下似乎是若无其事地一直往前走，那不住侧转的眼睛却明显是在提防少年乞丐的再度出击。若是说他为了防止钱袋子被偷，改而把钱袋子从腰带上拿下，放到怀里也就是了，偏偏他还故意不动，

敢在小爷面前如此嚣张，少年乞丐心里暗骂了一声，乱发下眼珠子一转，身影

不知怎的一闪，已再度从街上消失。

那大汉走了几步，突然感觉身后的视线消失无踪，不由有些惊讶，忍不住回头在人群中搜寻了一下，果然已经不见了那个少年乞丐，当下甚感无趣，又自行往前。

走了一段路，大汉已来到两大街道交叉处。此处人马越发拥挤，他刚过了十字路口，就见一群衣衫整洁的大小孩子，欢呼着各捧一盆菊花迎面而来。这些孩子大小不一，但人数甚多，怀里端着的菊花又长得茂盛，一起拥过来时，甚为壮观。好多行人纷纷躲避，可还是有好几个被调皮的孩子故意撞了他们一下，大汉就是其中之一。

孩童一过去，大汉立时觉得不对，伸手一摸，腰际的钱袋子果然已经不见。大汉急急转身追上那群已转过街角的孩童，却见孩子们脸上个个一派天真，唯独旁边地上放着一盆无主人的黄菊，菊花瓣密集而鲜艳，犹如一张大大的笑脸在讥笑他的大意一般。

“该死的小贼！”大汉愤怒地低吼了一声，却未像之前那个中年人一般慌乱地大喊，而是用一双铜铃般的眼睛炯炯有神地急速扫过四周，试图找出那个狡猾的小偷。但四周人群熙熙攘攘，哪里有嫌疑人的影子。

大汉伫立了一会儿，自嘲地摇了摇头，叹了口气，终于自认倒霉，还是走向自己原定的方向。只是钱袋子既已丢失，再多的无奈也是徒劳，他对于周遭经过之人已没有那般警惕。

但走不了几步，大汉突觉腰际一重，低头一看，一张面皮顿时青了又红，红了又白。他再次扫视四周，骑马的还是骑马，挑担的还是挑担，摇扇子的还是摇扇子，背竹篓的还是背竹篓，依然不见异人。

打开失而复得的钱袋子，只见装满铜钱的袋中赫然多了一块陌生的银锭，大汉嘴角抽搐了两下，满腔在京城中闯出一番大业的雄心壮志顿被一盆冷水浇灭得无声无息。

沮丧地准备离开京城的大汉一走远，旁边的酒楼里走出一个拎了一坛子酒的少年。少年衣着普通，面容更是平凡无奇，然而当他望着大汉的背影狡黠地一笑时，那双眼睛中的光芒却是分外地让人熟悉。

第二十九章

归来和麻烦

在大汉长吁着离开的同时，原本在两条街外的巷子里啃鸡腿的老乞丐，不知何时已经离开，转而等在少年对面的又一条暗巷里，似乎对这种遍布开封城的小巷情有独钟。不过，比起他老钻巷子里的怪癖，更让人发囧的是，他那乱糟糟的头髻上正可笑地插着一支即将燃尽的香。

拿自己的头当香炉，只怕古往今来也只有他一人了吧！

“怎么样，这回该算我过关了吧？”少年笑嘻嘻地走过去，随手取下那支香吹了口气。

“差强人意而已。那个笨蛋顶多是个三流角色，若是能在半炷香内解决，那才勉强算你有了本事。”老乞丐瞧也不瞧那香一眼，一手抓着鸡骨头吸着里头的骨髓，一手摸出一只紫色的葫芦向少年扔了过来。

“师父，你可不能反悔。”少年接住葫芦，挂着笑意的眼睛一下蒙上了一层冰霜。

“我有这么说么？臭小子，再敢摆脸色给师父看，小心我可真反悔了！还不快给我倒酒！”老乞丐总算抬起头来，一双瞪得浑圆的眼睛凶巴巴地看着他。若是范小鱼和范岱在这里，必定一眼就可认出，这个老乞丐正是当年拐了丁澈远走高飞的怪老头比良。

那么，难道这个一会儿衣衫褴褛得像个低贱乞丐，一会儿又衣着简单整洁、外表憨傻的普通少年，居然就是当年那个爷爷和外公都曾是当朝权臣、高贵无比的公子哥丁澈？

那少年哼了一声，单手抛起酒坛，手掌在酒坛口拍了一掌，下一瞬已托住坛底一抬一斜，坛子里的酒水立时弯曲成一道手指般粗的水箭，以一种优美的姿态射进了葫芦口中。

“现在可以走了吧？”少年把空酒坛往边上一扔，像是要借助哐当的破碎声发泄心中的不满。

“去去去去去！”比良像赶苍蝇一样地赶着他，口中凉凉地道，“不听老人言，吃亏在眼前。才练了点三脚猫的功夫就这么骄傲，等会儿被人家打趴下，可别说我是你师父。”

“没试过，你怎么知道我一定会输？”少年不服气地反驳道。哼，三脚猫功夫？当他这三年来没日没夜的苦练是假的啊！

丁澈嘀咕着，脚步一秒也不愿停顿，马上就要离开。他的嘴角已情不自禁地扬起了一抹微笑，双眼也变得明亮异常，整张平凡的面容因此变得出色起来。

“站住。”比良刚深嗅了一口酒香，突然又喊道。

丁澈警惕地回头看他。

“不准把这张皮拿下让他们知道你回来了，免得丢我老人家的脸。也不要让那个老二发现，你这点能耐，还瞒不过他。”比良指了指他的脸，又咧嘴一笑，“还有，我只给你两个时辰。”

“两个时辰怎么够？”丁澈抗议，“要是她现在不在家，或者我没法把她单独引出来呢？”

“那也是你自己运气不好，能力不够！”比良翻了个白眼，把葫芦嘴塞进他那丛满是油腻的胡子里，咕噜噜地喝了起来。

这次要不是他正好要下山办一件事，才不会答应这没出师的小子来京城呢。不过……唔，这京城里的酒就是香啊，好喝，好喝！

见怪老头师父已经不打算理自己，丁澈咬了咬牙，身一低脚一跺，已从平地纵上了房顶，并迅速地脱下外袍反披在身上。阳光下，只见一道灰白色的身影风一样地快速从屋顶掠过，丝毫未引起街巷中人们的注意。

“男大不中留啊。”巷子底，怪老头抹了一把嘴，抬起蓬乱的头颅往天上看了好一会儿，眼珠子突然一转，猛然拍了一下大腿，“范家那小丫头既然也还算块料，为啥肥水要流外人田呢！嘿嘿，嘿嘿……”

也不知想到了什么，怪老头突然得意地狂笑了起来。

天才，绝世天才，他真是个绝世天才！以前怎么就没想到这个主意呢？就这么决定了！臭小子，你要是不给我老人家争气，老子我天天揍得你满地找牙。

一路借着阴影隐藏身形快速奔波的丁澈，冷不丁地打了个寒战，想起这三年来所受的非人磨炼，某人情不自禁地嘴角一抽，再想起之前的扮相，下意识地抬起手闻了一下腋下，动作立时迟疑了下来。两秒后，少年改变了方向，跳下屋顶向着一家澡堂走去。

两刻钟后，一道修长挺拔的身影从澡堂里走了出来。身影面容虽普通，衣着也不过是中等，然而，举手投足间却自有一股高贵而自信的风采。

"要是我家那儿子有这等气度，我老头子就是死也瞑目了。"澡堂里的一个老伙计一直目送着那少年消失在东街，这才怅然地叹了口气。唉，虽然到京城里定居已经十多年了，也一直拼死拼活地供着唯一的儿子读书，可自己这土包子的品种还是无法和这天子脚下的公子相比啊！

东郊柳河镇，范家大院。

本来一直懒洋洋地趴在书房之中的贝贝突然抬起头来，咻地一下蹿上了窗台，开始东张西望。

"贝贝，回来！"正伏在案上写文章的范白菜忙放下笔跑过来，一把抱住正准备跳出去的小狐狸。

三年又三年，小狐狸的身形自成年后就没有什么变化，但十三岁的范白菜却已长成一个英俊的少年。在繁华而又视野开阔的京城里生活的经历，让他身上那些从山中带来的憨憨的土气渐渐退却，而范小鱼那从不拘束他的天性逼他死读书的教育方式，更让他的身上有一种生机盎然的活力，充满了阳光的气息。

"呜呜……"贝贝撒着娇，试图赢得外出的权利。

"不行，姐姐说了，这两天重阳节，外头来卖花买花的陌生人多，你要是出去被谁抓走了，我们找也找不到你。"范白菜拍了拍贝贝的头，哄道，"你乖乖的，等我写完这篇文章，就带你出去骑马。你要是不乖，我就只好把你关起来啦！"

所谓好的不灵坏的灵，世上之事常常如此。

当丁澈在菊花丛里转了一大圈，沾了一身的菊花香气后，还是不见半点范小鱼的身影。眼见两个时辰的短暂时光已经过去三分之一，他那两只刻意敛起神采，显得平庸黯淡的星目里，渐渐地显出一丝急躁。

难道好不容易争取来的这点时间，就这样白白浪费在找人之上吗？若是连人都见不到，自己这三年里一次次像蛇蜕皮一样的魔鬼训练，还有什么意义？

“公子，买盆菊花吧。明天就是重阳了，买盆花应应节吧？”丁澈正郁闷着，见他停下脚步的小贩们纷纷招呼道。

丁澈皱着眉头一扫，就要大步往前走，但走出几步后，他忽然摸了摸自己的假面皮，眼中现出一丝笑意。

他不能直接去问范小鱼去了哪里，难道还不能转个弯套出来吗？

“给我一盆。”丁澈随意挑了一盆怒放的菊花，再度往范家大院走去。

京城这么大，时间又紧迫，上哪里去找他们？

只从丫鬟口中打听到范小鱼进城去的丁澈，一边脚步不停地在人群中穿梭，一边环目四顾，不放过街旁的每一座店铺茶楼，可眼看着规定的时间就要到了，却依然不见半点想要找的人的踪迹，他的眉头不由地拧了起来。

“大官人，您就饶了小老儿吧。这么多年来，东家对小老儿一家一直不薄，合德姑娘姐妹对小老儿更是尊敬有加，这种伤天害理的事，小老儿可不能干啊！”丁澈正迟疑不定，不知该往何处找寻，一个微小的抽泣声突然传入他敏锐的耳中，引起了他的注意。

“行啊，你不干也可以。”一人冷笑道。

“多谢大官人，多谢大官人……”

“本官人不要你谢。既然你这么不识抬举，来啦，把他那孙子给我捉了喂狗去。”

“不……”求饶的男人顿时发出一声撕心裂肺的惨叫，“不要啊，大官人，您就饶了我们爷孙俩吧！小老儿丧子又丧媳，严家就这么一根独苗了呀！”

“要我饶了你们，也行啊，该怎么做，你可早就明白了。严老头，你痛痛快快给句话，干还是不干？干的话，本官人看在你还有点能耐的分上，不但放了你的宝贝孙子，还赏你们爷俩一口饭吃。要是不干，老子数三声，你娇孙的这只手可就先卸下来了。”

“要卸手是么？行啊，本官人最擅长这个活了。”

小院堂屋内，坐在太师椅上的某大官人身后，突然传出一道陌生的声音，还未等某大官人反应过来，他的肩头处便传来一阵难以言语的剧痛，一整只手已失重地垂下。

“啊……”大官人本能地想要惨叫，然而，尽管他的嘴巴已经张到极致，却偏偏一点声音都发不出来。极度的惊恐中，大官人只见眼前一片虚影晃过，方才还张牙舞爪的四个打手也同样抱着手臂，倒在地上无声地哀号起来。

一道长身玉立的身影出现在大官人面前，那面容明明普通至极，一双眼睛却如寒芒般逼人。

难道这就是百灵班身后那神秘的保护人吗？大官人那急剧收缩着的心骇得几乎跳了出来。

“爷爷……”

原本被其中一个爪牙抓住的小男孩甚是机灵，一见坏人被制伏，立刻扑过去扶起地上的老人，只见那老人一脸惊喜地望向了丁澈，颤抖地问道：“多谢小官人救命之恩。敢问小官人是哪位鹰大哥？”

鹰大哥？丁澈诧异地扬了一下眉，没有回答。

“爷爷，这位大哥哥好像不是我们东家的人。”小男孩一脸感激和崇拜地看着丁澈，方才的害怕早已消失得无影无踪。

老人抬袖擦了擦浑浊的眼睛，仔细地看了一眼丁澈的袖子，发现那里确实没有老鹰的标志，这才相信自己是被外人救了，忙又拉了孙子跪下，要给丁澈磕头。

“起来吧，不过是件小事而已，不用放在心上。”丁澈阻拦住他们，面无表情地道，“既然你们有东家做主，还是赶紧回去找人吧。这几个家伙一时半会动不了。”

丁澈说着，脚尖已在地上的四个爪牙身上各踢了一脚，又一把抓出正趁着他们说话想偷偷地从后面溜走的大官人，随手把他扔回了椅子上。

开玩笑，十几只野鹿一起四散奔逃，仍逃不过他的眼睛，一个下三流的痞子也敢不自量力！

“小官人，请小官人送佛送到西吧。这一带都是他们桑家的地盘，小老儿怕是走到街上就又会被人盯住。小老儿风烛残年，死不足惜，可就这么一个孙子，还请小官人大慈大悲，再施援手。”老人哀求着又要磕头。

丁澈蹙眉，“你们东家在哪里？”

老人忙道：“不远不远，就在荀家瓦子里头。小老儿是百灵班的乐师，小官人只要把我们爷俩送到戏班子里头就安全了。”

话音未落，丁澈已一手一人地抓起爷孙。

“大哥哥，等一下。”小男孩急叫道。他挣脱丁澈的手，跑到大官人身边，拿起放在桌上的一个瓷瓶，又狠狠地向动弹不得的大官人吐了一口唾沫，才扬着笑脸跑了回来，“大哥哥，可以了。”

丁澈也不问他拿的是什么，双臂一展，已如一只苍鹰般带起两人。

“哇，大哥哥会飞，大哥哥好厉害啊！”小男孩陡然被抓到了空中，不但没有丝毫害怕，反而羡慕地喊了起来。

丁澈的嘴角轻勾，浮起一丝微笑。当年的他，也曾那么地羡慕那一家人，只可惜今日……想到自己又浪费了不少时间，丁澈敛了笑意，目光又深邃幽沉了起来。

片刻后，一老一少一小平平安安地走进了荀家瓦子，还未进百灵阁，就见里头迎出了一个小伙子，连珠炮地道：“老爷子，您总算回来了。东家已经派人四处找您了，要是您再晚回来，这戏可就要开锣了。少了您这个昔日的宫廷乐师，那戏可就失色多了。”

“相哥儿，你先什么都别说。东家在里头吗？我有非常重要的事情找她。”老人还没从腾云驾雾一般的飞奔中平静下来，颤声道。

“严先生，我在。”相哥儿还未说话，一个身形窈窕，脸上带着蝴蝶面具的少女就从里头走了出来，声音脆如清石，又柔若春风。

丁澈见人已送到，正要悄然离去，听到这个声音心头顿时一震，两道锐利的目光直直射向面具少女，眸中迅速地闪过一丝惊喜。他没想到只是一时心软做了件小事，竟然牵引他来到她的面前。

丁澈猜得没错，这个面具少女正是范小鱼。

上午她因为担心今天首场演出会有人捣乱，所以亲自过来监督，果然发现琴师严先生和孙子都不在班子里。以严先生的敬业品德，断然不会有临开戏还四处乱走的道理，当下她立刻派人找寻。但是京城如此之大，几乎每一个瓦子勾栏都眼红他们百灵阁，一时之间实在难以找到他们的下落。她正自焦急，没想到人突然平安回来了。

严先生年轻时曾在宫廷任职，最是讲究礼仪，此刻却衣着狼狈，和孙子脸上都有红印，不问便知曾被人虐待过。看到他们身旁站着面容普通、一身气息自然内敛

的少年，范小鱼马上猜出，爷孙俩之所以能安全回来，一定和此人有关。

此刻她那双藏在蝶翼里的眼睛明着是看向严先生，却早把丁澈上下打量了个遍。眼前这个少年明明十分面生，可不知怎的，她却觉得有些眼熟，而他眼中一放光芒，更让她觉得这眼神似乎在哪里见过。

“东家，那桑家想要害合德姑娘。”

范小鱼正要抓住丁澈刹那间激射的眼神，查出他是谁，却听旁边的严先生忽然冒出一句惊人之语，顿时被吸去了全部注意。

又是桑家！范小鱼眼神一沉，却见严先生说完这句话后精神马上虚弱，忙上前扶住他，道：“多谢公子，还要麻烦公子帮我把严先生扶进去。”

一进门，兼任班主和掌柜二职的柳园青和一个带着老鹰面具的玄衣男子就迎了上来。玄衣男子第一时间接过严先生，交接的时候，丁澈和此人迅速地彼此打量了一眼。

看这个鹰面男子的身材和行走的脚步，不问也知，必定是整日跟屁虫一样伴随范家人左右的罗亶——罗亶还未对眼前的陌生人有所了解，丁澈的目光已极快地扫过他的面具和袖子上那只老鹰，心中暗哼。他忽然有一种要和眼前这人先过过招的强烈欲望，但面上却一丝也没有表现出来。

在休息室内放下严先生后，不待范小鱼询问，机灵的小男孩就将事情的前因后果都说了出来。

“没想到他们居然丧心病狂到如此地步。”看着手中那瓶足以令合德永远失声的哑药，范小鱼的眼神沉锐得犹如冰刀。

这两年来，为了抢生意，经营着隔壁瓦子的桑家没少明里暗里地给百灵班使绊子，采用各种手段打击百灵班。幸而范小鱼早就知道想要在京城里混，人情关系绝对不能少，因此早就物色了一位玲珑八面、经验丰富又小心谨慎的班主柳园青为之奔波打点，加上戏班子的丰富节目令很多高官家眷都非常喜欢，他们还雇了一批保安，百灵班才没有吃什么大亏。

“立刻检查所有的道具和茶水，加强戒备。”愤怒归愤怒，理智却不能丧失，范小鱼只沉吟了一下就向罗亶投去一瞥。罗亶微微颔首，用余光瞥了一眼丁澈，无声地退出门外，抬手发出一道烟花，通知在外的范岱。

“柳班主，让乐师弓和暂时替代严先生，再请个大夫来看看。从现在开始，班子里每个人的饮食都需要加倍注意。还有……”范小鱼熟练地吩咐班主柳园青，提醒他需要注意的事项，待柳园青也肃然退下后，才转向丁澈，深深地福了福，真诚地谢道："今日多亏公子侠骨仁心，救我百灵班子弟于危难之中，小女子感激不尽，不知公子如何称呼？"

"我怎么称呼并不重要，只是姑娘居然问也不问那些匪徒藏在何处，难道不怕他们跑了吗？"丁澈特意压低了嗓音。他目光沉静得如高深莫测的幽潭，看不出任何的情绪，只是胸腔中那颗心，却不知道为何一见到眼前这个牙尖嘴利的少女就有些失律。

这个人到底是谁，为什么她总觉得对方认识她？如果真的是认识她，那么他是见过她此刻这个蒙着脸的戏院幕后老板的样子，还是见过本尊范小鱼的模样？

范小鱼藏在面具下的一双妙目隐隐闪动，犹如薄云之中的遥远星辰，看不清眼底的光芒，"荀家瓦子里什么人都有，刚才门外的一幕此刻定已传入了桑家人耳中，就算我们现在赶去也是人去楼空了。"

桑家能在京城瓦肆中占有这么多年的老大位置，背后自然有错综复杂的关系网，今日这种事情如果不能人赃俱获，过后桑家一定不会承认。

"原来却是在下多事了。"丁澈淡淡地道，莫名地觉得很不舒服。

"不，小女子十分感谢公子的仗义相助，不知公子现在可有闲暇？能不能带我去方才那个院子走一趟？"范小鱼微微一笑。

"你不是说就是赶去也是人去楼空了吗？"丁澈差点就恢复了从前和她斗嘴时的口吻，临出口才及时用低沉的嗓音压下，语意虽仍带讥讽，却只像普通的反问而已。

"狡兔是有三窟，但是若能一窟窟破去，就算一时抓不到兔子，也能令兔子头疼。"范小鱼虽觉得眼前这个陌生的少年有点奇怪，但好歹人家刚刚才救了严家祖孙，便无意再去追究他的来历。只是——她眼中掠过一丝寒意，今天的事情当然不能就这么了了。

"既然如此，那就走吧！"想到师父反复提醒，以他现在的能力还不能靠近范岱，丁澈转身就走。若那个院子里已经无人，他倒正好可以和她切磋切磋，探探她的底子。

两人离开热闹的荀家瓦子，丁澈熟门熟路地进了一条巷子，纵身一跃，就上了房顶。回头一看，却见范小鱼愣愣地站在底下，仰头看着他，也不知什么表情。

"大家都是江湖中人，一看就知道有没有。你既然能当鹰大哥的头头，可别告

诉我你不会轻功。“丁澈淡淡地道。

“呵呵。”范小鱼打了个哈哈，一拧身，也飞了上去，却刻意地不使用范家的独门步法，只用了普通的轻功。

还藏着掖着，以为他不知道她是谁吗？丁澈扫了她一眼，返身就开始飞奔。闪念间，人已贴着屋顶越过了两间屋子。

他到底是谁？见他明显是故意加快了速度，范小鱼不禁迟疑了一下。这会不会是桑家的又一次诡计？

“怕我骗你的话，就不要来。”丁澈感觉人没跟上来，轻哼一声，丢下一句话后，反而更加加快了速度。

不入虎穴，焉得虎子？如果桑家真请来了江湖上的高手，就凭百灵班里那些普通的痞子，也无法日夜保护大家，还不如冒险去探个究竟。她就算再不济，也应该可以全身而退，否则就枉费二叔这么多年的悉心教诲和自己的勤学苦练了。

打定主意，范小鱼片刻间就提气追赶。

虽然两人艺高人胆大，大白天也敢在屋顶飞来飞去，不过京城不比只有一层平房的乡下，到处都有富贵人家的亭台楼阁，难保没人会从窗户中看到屋顶有人行走，因此两人还是一路小心，尽量贴着阴影而行，免得惹来不必要的麻烦。

“就是那一家。”丁澈见范小鱼始终紧紧地跟随在自己身边，既不落后也不超前，觉得这么短的距离实在难以尽兴。

“等一下。”见丁澈作势就要往小院中跳，范小鱼忽然心生警觉，一把拉住他，低声道。

丁澈的身形一滞，看着被拉住的手臂，心中突然冒起一股无名怒火。这么多年了，她这个随便拉男人手的坏习惯还没改吗？是不是她家里头那两个男人的手都被她拉过了？

“先看看里头的情况。”范小鱼见他瞪着自己的手，连忙放开，小声解释道。她以前曾经以为，凡是习武的人听力目力自然都很敏锐，后来才知道，这也跟个人的天赋和身体素质有很大的关系。而范岱那变态的不定期偷袭，也让她被迫随时都保持一种警惕的状态。

丁澈下意识地凝神一听，顿时觉得双颊有些发烫，幸好他戴了人皮面具，瞧不出脸色。但他不愿就此承认自己一路上心不在焉，脑子一转，已强迫自己用淡淡的口吻道："不过是几只三脚猫而已。"

这话说得倒也没错。从呼吸中辨认，里头的人数虽多，但对他而言，却只不过是一群乌合之众罢了。

"三脚猫是不为惧，可如果其中有官府的人，事情就不好办了，我们先看看。"范小鱼环顾一下四周，悄无声息地从屋顶溜了下去。桑家的人一向喜欢拍官府的马屁，而据她所知，这个院子附近就有一队官兵驻扎，管理片区治安。

丁澈对范小鱼的小心有点不以为然，但也没有表示反对，如影随形地跟上了她。

两人沿小院转了一圈，很快就在隔壁一间阁楼底下找到了一个良好的观察视角。

不知道是不是故意诱敌，屋中窗户打开着，甚至可以清楚地看到倒在椅子上的那个大官人和地上的几个打手。乍看起来一切和丁澈离去之时没有任何不同，而且一个外人都没有。可是丁澈目光如炬，又怎会瞧不出他们的身体已被移动过。

到那边去。

范小鱼比了个手势，两人神不知鬼不觉地从一个死角进入院中，虽一时看不见隐藏的人，却有轻微的呼吸声可以作为依照，两人很快就避开里头的监视，溜到了紧闭的侧房窗下。

果然是官府的人。

范小鱼从小孔中望进去，只见这边侧房中一共有四个弓弩手，两个躲在帷幕后，弯弓搭箭对着中间的厅子，另外两个则站在窗前对着庭院。

这边有四个，另一侧肯定也同样有埋伏。但就算是八个人，这种没多少拳脚功夫、只占着武器便宜的普通官兵，范小鱼也没有放在眼里，只是……范小鱼苦笑了一下，还真被她猜中了。

为什么要走？见范小鱼意欲撤退，丁澈以目光询问。

上等的易容，并不仅仅是在脸上贴张人皮面具而已，便是连眉形和眼睛的形状也会随之改变。丁澈的眼睛原本大小适中，睫毛密长而卷翘，瞳孔透明而清亮，但此刻易容之后，双眼皮被面具一压变成了单眼皮，睫毛看起来也短了许多，加上刻意收敛神采，看上去的确很难让人想到他原来的模样。

离开再说！范小鱼对上丁澈的眼神，总觉得有点儿怪，但眼下却不是追究原因的时候。

两人无声撤退。

“身为官兵，却助纣为虐，为什么不给他们一点教训？”丁澈蹙眉，当年他和范小鱼相处时日不多，却明白她骨子里其实有一种爱憎分明、有仇必报的性格，否则那景道山也不会被废掉武功，古玉也不会气得哭哭啼啼地向自己告状。今天她却这等软弱，连出手都不敢，实在不符合她的作风。

“他们也只是奉命行事罢了，我们百灵班还要在京城里讨生活。”范小鱼淡淡地道，好像已经认命。对于一个陌生人，她当然不可能说出自己真实的打算。

胆小鬼！丁澈在心中贬了一句。“那你打算就这么算了？”

“人家有官府支撑，不这么算了又如何？你既为江湖中人，不会不知道朝廷对武人的态度吧？”

丁澈顿时语塞。如果当初他投身在比良门下是为了将来仗剑江湖、行侠仗义的话，他今天一定会因为选择了这个职业而非常郁闷，只因如今的大宋朝对武人的防范可不只是一点两点。当年太祖皇帝打天下，江湖中人为了拯救天下苍生，不但不要军饷，就连武器都是自备的，现在倒好，如果有人敢悬挂着刀剑行走的话，绝对会第一时间惹来官府的“特别关注”。

今日之事，按理说他本可为严家祖孙作证，可他如今的身份却是个江湖人，而且还是个会点穴的江湖人，只这一点就对严家祖孙有害无利。

“君子报仇，十年不晚。公子一片侠心，小女子心领了。今日我还需赶回百灵阁处置一些事务，不知明日中午可有幸请公子赏光，在正德楼一聚？”范小鱼微笑着邀请。

“姑娘盛情，却之不恭，那就明日正德楼见。”想起自家那些长辈几乎都是当官的，丁澈有些郁闷，想要找范小鱼比试的兴致不由变淡。不过他转念一想，师父既然来了京城，想必也不至于一时半会儿就要离开，自己还是有其他机会的，便只一拱手，就纵身离去。

第三十章

忍无可忍无须再忍

这个人到底是什么人？

范小鱼看着他消失的方向，心中再度掠过一阵疑惑。但如她自己方才所说，眼下先保障戏班子的安全、确保演出顺利进行才是首要的，便也赶回百灵阁。

回到阁中，范岱已经等在那里，开口就是一连串的问题，问完以后破口大骂桑家和官府的无耻，最后才饶有兴趣地询问范小鱼，那个陌生的少年是什么人。

“我也不知道他是谁，不过我约了他明日中午吃饭。”

“那我也去。”听说这个陌生少年的轻功相当不错，嗜武成痴的范岱当然不肯放过这个机会。

“这个回头再说。二叔，我们先来商量一下，怎么回敬一下隔壁的。”范小鱼取出瓷瓶放在桌上，“我已经有了一个大概的想法，一定要他们有苦说不出。”

当当当……锵……

两人还没商定好详细的报复计划，外面就传来正式开演的伴奏声。范小鱼收回瓷瓶站了起来，“二叔，反正这事还需回家找岳先生帮忙，具体细节等晚上再商量好了。我们先去外面转转，免得他们一计不成又生一计，使出卑鄙下流的招数来。”

“有时候我真想一锅端了他们，求个清净。”范岱郁闷地将推到头顶的苍鹰面具拉下来，咕哝着起身。要不是这几年还能时不时地出去找人打打架，他非在这京城活活闷死不可。

“就算没了桑家，也会有别家。现在这年头，靠的就是钱和关系。”范小鱼笑了

笑，其实她心里又何尝不是堵着很多无奈呢？

若她一直是个普通老百姓，也许就逆来顺受了。而现在，明明凭着一身武艺可以做很多事情，却不得不自己给自己套上一层枷锁，除非她不想过平静的生活。

来到舞台上方的圆形走廊上，范小鱼正要分工，让范岱去一楼，自己留在二楼，却见范岱猛然停住脚步，眼神直勾勾地盯着对面一个贵宾包厢，一动不动。

范小鱼顺着他的视线望去，却见那个包厢里端坐着一位珠光宝气、雍容华贵的妇人，看上去三十岁左右，保养得体，此刻她正微笑着边专注地看着台上的表演，边用白嫩细长的手指在旁边的茶几上轻轻地磕着，似是在和着节拍。

这个贵妇人好生眼熟啊，莫非又是二叔的一桩风流债？

范小鱼看了看贵妇人那艳丽精致的面容，又看了看还没有从震惊中反应过来的范岱，在脑海中搜索了半天还是没找到对这个贵妇人的记忆，不由低声开玩笑道："二叔，你可不要告诉我，这是你以前的相好？"

结果范岱眼睛里充满了一种无法言喻的古怪意味，直直看了她好一会儿，仿佛犹豫了很久才怪异地扯了扯嘴角，道："难道你不觉得她和一个人很像？"

"和一个人很像？和谁很像？"范小鱼疑惑道，不觉又看了那个贵妇人几眼。这个女人确实有种越看越眼熟的感觉，可她真的不记得自己在哪里见过她或者和她相似的人啊！

范岱拉着她退后两步，站到柱子后，避开了别人可能的窥视，才吞吞吐吐地挤出一个字，"你。"

"胡说八道，她怎会和我很像……"范小鱼第一个反应就是失笑，然而只笑了一声，一个令人震惊的猜想就浮上了她的心头，令她的笑声戛然而止，仿佛喉咙突然被一只大手紧紧扼住似的。

"我想你已经猜出来了。"走廊不是说话的地方，范岱烦躁地叹了口气，把失神的范小鱼拉回刚才的房间，眼中闪过一抹疼惜。

范小鱼愣愣地任他摆布，待他关上门后，忽然一下掀开蝴蝶面具，把临廊的窗户微微打开，贴着缝隙再度望向对面，一边望着，一边不自觉地伸手抚上自己的脸，表情茫然。

"七年了，没想到在这里见到她。你心智未开之前很是黏她，虽然你如今已经不记得过往，但母女天性，你若是要认她，我相信你爹也不会反对。"范岱看着她的背影道。这两年，他这个侄女出落得越来越标致，也越来越像她，若不是年龄上的差距，她们简直就像一个模子里刻出来的。

“认她？”范小鱼怔怔地重复了一遍这两个字，似乎一下子智力退化，竟连这两个字是什么意思都理解不了似的。

这些年来，她一直避而不问这具身体的生母的消息，一方面是因为自己不过是一个来自异世的灵魂，对于朝夕相处的生父尚且过了好长时间才能接受，自然不会渴望从未见过的“母亲”；另一方面，却是为小小年纪就失去母亲的冬冬打抱不平，不愿去追究她的踪迹。

只因他们没有母亲陪伴照顾，无非是两个原因：一、她死了；二、她离开了他们。

如果她死了，再怎么家里也不可能不立牌位，可是事实上，不但范通从来没在儿女面前提过她，冬冬也一次都没问过，那么剩下的就只有第二种可能。她离开的原因或许有很多，但这不管是什么样的原因，都掩盖不了她抛弃了自己亲生孩子这个铁铮铮的事实。

所以，认她？这个词儿实在太讽刺了。范小鱼忍不住呵呵地笑了起来。

“宝贝侄女，你没事吧？”范岱的手落在她肩头，语声担忧，不知自己刚才是不是做错了。

“我当然没事。”范小鱼回头嫣然一笑，脸上已经一派平静。她从容自若地重新戴上了面具，淡淡地道：“对我来说，那个女人不过是一个来看戏的普通贵妇而已，不代表任何意义。”

“虽然当年她……”范岱含糊地带过后面的话，接道，“可她毕竟是你和冬冬的生母，若是冬冬知道，他……”

这句话直刺入范小鱼冷硬的心底。是啊，她这个“外人”可以对这个“母亲”不在乎、不理会，可冬冬呢？冬冬也能不在乎吗？

这些年来，她和冬冬如影随形，从来不曾分开过。对于冬冬的心思，她再明白不过。尽管乖巧懂事的冬冬从来不问这个敏感的问题，可她有多少次听到这个可怜的弟弟在梦中低低地呼唤着娘亲？有多少次看到冬冬凝望着人家母慈子孝的羡慕眼神？

母子天性。冬冬和她不同，一直都渴望着这份亲情。她看到这个女人没有特别的感觉，不代表冬冬也和她一样。姐弟俩再亲密，这么大的事情她也没有权利为他做主。

“要不这样，等她离开的时候，我先跟着去看一下她住在哪里再说？”范岱小心翼翼地开口，就怕触到范小鱼痛处。

今天真是多事之秋，桑家的事情还没解决，这个已经消失了七八年的女人又突然冒了出来。要是老大知道了，指不定心里头有多难过呢。

想起当年那个女人离去后范通的样子，范岱又暗暗地叹了口气。

“那就先打探一下吧。”范小鱼背着他打开了门走了出去，不想再对这件事情做任何表示。

不过才三年时光，她怎么成了戏班子的东家了？

去而复返的丁澈独自坐在茶楼沿街的包厢中，一手旋转着手中的茶杯，眼睛却一直盯着对面的百灵阁，百思不得其解。

“臭小子，两个时辰都到了，居然还窝在这里优哉游哉的。”冷不丁地，头上突然传来一阵疼痛，丁澈一抬眼，对面已坐了一个人影。

“师父……”丁澈下意识地摸了一下头，这才后知后觉地想起，比良只给了自己两个时辰的时间，而如今日头已经开始偏西，恐怕是三个时辰都不止了。他竟一个人在此枯坐了一个多时辰。

“瞧不出来小丫头还有这么一手，居然小小年纪就办出了一个著名的戏班子。这戏演得不错，曲儿也唱得不错。”比良拎起桌上已经冷却的茶壶，直接对着壶嘴咕噜噜地灌了几口，好像没有追究他超出时间的意思。

“师父，你怎么知道这是她的戏班子？”丁澈讶然问道，随即恍然大悟，愤而指责道，“师父，你跟踪我！”

比良嗤鼻道：“笨徒弟要去挨揍，做师父的不在一边看着，又怎么知道以后该怎么调教？”

丁澈翻白眼，“没见过像你这种只会打击徒弟的师父。我若真笨，当年你怎么会看上我？有本事你再去找一个三年就得到你真传的徒弟试试？”

“好啊，臭小子，才学了我老人家一丁点儿功夫就这么骄傲！既然你这么有本事，怎么不见你把范家那丫头打趴下啊？”比良吹胡子道。可惜他的胡子被油腻纠结成一团，并未如愿地被吹起来，反而显得越加滑稽。

“我……我那是看她有事，君子不乘人之危。”

“切，还君子不乘人之危呢！我瞧你小子是对人家动了怜香惜玉之心了吧？”比良贼笑道。

“师父，你胡说些什么！谁怜香惜玉了?”丁澈人皮面具下的薄脸一下子烧了起来，瞳孔也仿佛燃起了火焰，硬声道，“若不是有人要害她家的戏班子，我早就和她一决胜负了。”

“嘿嘿，小子，你也别不好意思承认。师父没怨你吃里爬外，事实上，师父突然有了一个新想法。”比良眼睛里贼光闪闪，蓬乱的脑袋探过桌子凑了过去，一副哥俩好的样子，“师父想过了，自古男为天，女为地，你堂堂一个男子汉，又是我的唯一高足，就是打赢了她也没什么好得意的，不如换种方式，一辈子把她压得死死的。”

丁澈心一跳，眼神却刻意冰冷得要死，“什么意思?”

“说你笨，你还不承认！什么意思？什么意思？你不会用你那自诩聪明的脑袋瓜子想一想吗?”比良缩回身子，抓起茶壶随手就扔了过去，“三年前，她二叔想方设法地让我收她为徒，我瞧着她资质还可以，勉强打算考虑考虑，可那个小丫头居然毫不领情，宁可对一个风骚寡妇大献殷勤，却对我不理不睬，一点都不把我当回事。要是你能把她娶到手，到时候嫁鸡随鸡，嫁狗随狗，我看她还不乖乖地叫我一声师父，乖乖地给我敬茶，乖乖地每天给我买一斤好酒一只烧鸡！嘿嘿嘿……哈哈哈……”

想到未来某一天，范小鱼低眉顺眼、恭恭敬敬、娇娇滴滴地捧着美酒和烧鸡进贡，请求他老人家赏脸的情景，比良不由笑得更是开怀。

丁澈原来已经轻松地接住茶壶，此刻却浑身颤抖得差点握不住茶壶，嘴角更是不停地抽搐，又气又急又怒，连半句话都说不出来。

虽然他早知道自己这个疯师父一天到晚没几句正经话，但想到自己没日没夜地苦练了三年，居然只是一个可以拿来换美酒烧鸡的工具，他就郁闷得想用茶壶塞住对面那张狂笑的大嘴巴。

“哈哈哈，就这么决定了！为了帮你搞定范家小女娃，师父决定，不回山上了，以后就留在京城，直到你追到那小女娃，把她娶进门为止。”见徒弟“乖乖”地没有表示任何反对意见，比良越发喜滋滋地做着美梦。

“师父，这些年来，好像你所有的美酒和烧鸡都是徒儿我孝敬的。”丁澈颤抖了半天，终于找回自己的声音。明显低了八度的音调和几乎一句一字的节奏，显示着主人的怒气已被压抑到一个临界点。

当年他怀抱终于拜了名师的美梦，正喜滋滋地准备大展身手，没想到怪老头却首先抛给他一个任务。至今他还记得当时老头那句话的语气和内容：

“天将降大任于斯人也，必先苦其心志，劳其筋骨，饿其体肤，空乏其身……所以，乖徒儿，以后师父的衣食住行都由你负责了。师父对穿的要求不高，对住的也要求不高，不过每日一斤好酒、一只烧鸡必不可少，不然你这拜师的诚心可不够——师父我要是吃不饱肚子，也想不出把你培养成绝世高手的招儿不是？就这么说定了……哦，对了，要是你哪天实在弄不到烧鸡，把这只小狐狸扒了皮，给师父烤狐狸肉，师父我也能将就一回。”

这一长段话，其实怪老头只说过一遍，但鉴于当时自己被血淋淋的现实重重打击，又感觉到依偎在自己怀里的小狐狸乐乐在那如狼似虎的眼光下恐惧得瑟瑟狂抖，这段话他居然一个字也没有忘记。在其后的苦难日子里，为了确保乐乐的安全，也为了不至于在怪老头手底下虚度光阴，他甚至学会了亲自酿酒的活儿，那小屋的后院树林里头更是养了一群鸡……

养鸡呀……有谁想到，他堂堂的宰相之孙，自小被称作神童的未来国之栋梁，居然会沦落到这个地步。想起一向有洁癖的自己居然被逼到去街头扮演乞丐的一步，他就觉得再也无颜去见父母和亲人。

他能做的就只有一个字：忍。

只因怪老头还说过一句话：他打败范小鱼的那一天，就是他的出师之日，从此天高海阔，比良再也不会强迫他每天孝敬烧鸡美酒。

回想当年，再看如今，丁澈积压了数百个日夜的愤怒，就像一个胀到极致的气球，眼看着就要爆发却偏偏还圆鼓鼓地坚持着。

不过，显然某老头绝对没有因为眼前堆了一堆即将爆炸的火药桶就畏缩或醒悟的样子，反而用那只污秽的手指头掏了掏鼻孔，然后手指一弹，口中大言不惭道：“徒儿呀，师父这不是体恤你的辛苦，所以想给你找位贤内助嘛！你未来的媳妇这么能干，莫说是一斤酒一只鸡，就是每天十斤酒十只鸡也没问题啦。到时候你不就可以不用养鸡了吗？”

丁澈飞快地闪身避开那团污物，双拳紧握，控制不住地发出咯咯的声响，眼瞅着马上就要暴走。

不行，他不能忍了！他今晚就去找范小鱼决斗，大不了桑家的事情就由他来解决好了。

这种日子，他再也过不下去啦！

“嘿嘿，那女娃儿脾气虽坏了点，可她家里头还有一个青梅竹马的小子和一个比女人还漂亮的小白脸。咱们既然看中了这个女娃，就得防止人家近水楼台不是？”怪老头犹自喋喋不休。

“谁看中她了？”丁澈终于忍无可忍地猛然捶向桌子，只见可怜的桌子一阵颤抖，顿时瘫痪，就这样遭到了池鱼之殃。那茶壶茶杯也最终没有逃过这一劫，溜溜地滑到地上，哐当哐当地碎了一地。

“我我我……我老人家看中她了，成不成？”怪老头总算还知道一点察言观色，眼看自己的宝贝徒儿被逼得快要翻脸了，眼珠子一转，忙讨好地咧嘴一笑。

他这个徒弟可打可骂，但若真触到了他那根底线，发飙起来也是相当可怕的。当年那只小狐狸夜里跑出去觅食，结果差点被野兽吃掉，奄奄一息地逃回来。他只是顺口开了一句玩笑，说要是救不活就索性来个红烧狐狸，这小子当场就给他脸色看，打死不让他碰小狐狸一下，居然还抱了小狐狸下山另觅郎中，一连几天都不见人影，害得他都没烤鸡吃。

“既然是你自己看中了她，那你自己去娶她好了，我不是你的工具！”丁澈怒气冲冲地走出包厢，顺手甩给闻声而来的伙计一串铜钱当做赔偿，头也不回地下楼离去。

其实他真的很想说一句“那个黄毛丫头，白送给我，我都不要”，可不知怎的，话到嘴边，脑海中突然浮现一张粉红灿烂的桃花面，那一双灵动明亮的眼睛更像是在一动不动地注视着他，仿佛在反问“真的吗”一般，让他本已失律的心跳再度乱序。

茶楼的伙计见他脸色不善，又得了远超过茶钱的铜钱，不敢阻拦，待他离开了才敢进入包厢，却见里面一地狼藉，不由一哆嗦。娘啊，居然把这么结实的桌子都打坏了，这得多大的劲啊！

“二叔，这件事先不要和冬冬说。”

戏曲顺利地演完后，范小鱼向就要出门跟踪的范岱抛出一句。

“知道。”范岱翻了个身已不见踪影。

范小鱼一动不动地站在阴影处，看着观众们陆续散场，直到确认所有人都已离去，才让柳园青派人挂上暂停营业半个时辰的牌子，并把所有人都召集到演出大

厅里。

“严家祖孙的事，大家应该都知道了。”范小鱼坐在舞台的椅子上，居高临下地俯视着台下的几十号人，开门见山地道。

一石激起千层浪，范小鱼才开口，群情就激愤了起来。

“大家请先安静。”待众人发泄了一通后，范小鱼才平静地道，从面具后透出的目光缓缓地扫过每一个人，大家虽看不见她的眼睛，却觉得那眼神仿佛就投射在自己脸上一般，不由得都安静了下来。

“我叫大家来，主要是有两件事，第一件是再次提醒大家，虽然今天严家祖孙能平安归来，合德姑娘也平安无事，但大家以后一定要加倍注意自身的安全，彼此之间也多多互相照顾，以免歹人有可乘之机，并随时关注有无异常情况，报告给柳班主。”

众人纷纷点头。

“第二件事就是，百灵阁和桑家的恩怨大家都知道，如果有哪位觉得现在的百灵班已经不安全了，也可以提出辞职，我绝对不会拖欠大家的月钱。”

这句话一出，全场顿时哗然。

“东家这是什么话！我们这些人哪一个没有受过东家的庇护？哪一个不是受尽了欺负，才终于找到一个栖身之所？如今百灵阁有难，我们要是一走了之，还是人吗！”

“是啊是啊。我们这些优伶一向卑微，从来就没有人瞧得起，以前一年到头辛辛苦苦，都只为他人作嫁衣，只有在这里才活得像个人样，有了奔头。我们不走！”

这一次，众人情绪更是激动，有几个甚至站了起来，高举双手表示坚决不离开，更偏激的甚至还要求现在就去找官府评理。

范小鱼做了个安静的手势，环视着众人，微微一笑，“大家的好意我都心领了，不过刚才我说过的话不会收回，如果确实有人有更好去处的，可以直接和柳班主说。”

人群散开后，罗亶无声息地来到范小鱼身旁，忍不住问道：“我不明白你的意思。这些人都是你辛辛苦苦培养出来的，要是真有人走了，那戏班子怎么办？一时间你到哪里去找顶替人手？”

范小鱼凝神注意了一下四周，才微微冷笑道：“如果有人想走，就是我不提，

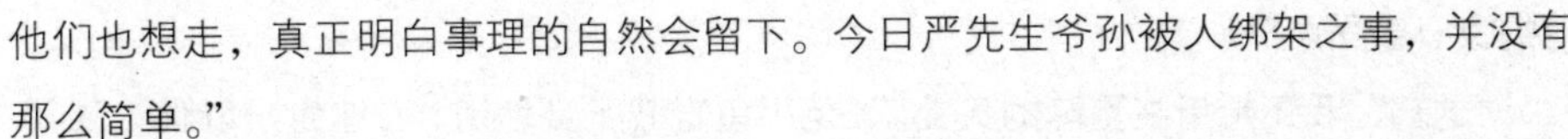

他们也想走，真正明白事理的自然会留下。今日严先生爷孙被人绑架之事，并没有那么简单。”

罗亶吃惊地道：“你的意思是说，我们班里有奸细？”

“到底有没有，查一查就知道了。”范小鱼眼中掠过一抹冷意，叮嘱道，“你这几天委屈一点，就留在城里多盯着点，有特殊情况就以烟花为号。”

有人的地方就有江湖，小小的戏班子也不例外。桑家那边自然要报复，但眼下更重要的，却是先揪出班子里的害群之马。今天若不是那个陌生少年出手相救，机灵可爱的小严就要白白地夭折了。人命关天，她绝对不能姑息。

柳河镇，范家院子。

“他们怎么如此狠辣？合德姑娘要是把这些全喝下去，嗓子就完全毁了，更不用说唱戏了。”岳瑜检查了一下瓷瓶里的药物，不由变色道。

“不心狠手辣，怎么挤得垮我们？”范小鱼幽幽地冷笑，“对了，岳先生，我想要你研究一些药，来回敬一下他们。”

“好。”岳瑜不假思索地点头，“什么药？”

“和虎鞭、牛鞭药性相反的药。”

当……

小瓷瓶一下子掉到桌上，岳瑜的俊脸一下子红到耳根，整个人更是如木塑泥雕般怔立，口舌也不再灵便，“你……你说什么？”

“你是大夫，不会不知道一般人觉得虎鞭是什么药吧？”范小鱼原本也有些不好意思，所以才委婉地比喻，此刻一见岳瑜被吓呆的傻样，反而觉得好笑起来，大大方方地道。

“这……这不大好吧？”岳瑜半晌才回过神来，目光乱闪，一点都不敢和范小鱼接触，只是嗫嗫道，“这伤人子孙后代，可是有违阴德的。”

“那也是他们活该。”想起今日差点就造成的悲剧，范小鱼的声音如冰似霜，“我本来还想以牙还牙，在他们台柱的食物中下点药。可要是那样做，就连累了和我们一样讨生活的无辜，我也变成了和他们一样的畜生。而如果只是让二叔半夜去恐吓他们，只怕他们当时口口声声不敢不敢，第二天就会找出莫须有的罪名封了我们百灵阁。”

“可是……”岳瑜也觉得范小鱼说得有道理，只是他一向所受的君子教育却令

他的良心颇受煎熬。

“这药，我还想用在夏竦的身上。”范小鱼直截了当地道，“你为了躲他，当了和尚；为了躲他，一连三年都不敢出门。我们虽有心帮你，可毕竟人微言轻，要权没权，要钱没钱，又不能快意江湖，由着自己的性子想打人就打人，想杀人就杀人，日子过得有多辛苦和窝囊，不用我说，你也一清二楚。

“我知道你一直都是不甘心的，我也一样不甘心，所以今儿在想着怎么教训那些畜生的时候，我就想到了这个招儿。若是夏竦那色狼不举，你自然也就没有危险了。等事情过去，你躲上半年一载再露面，岂不是一辈子都能安安心心？而且，那些尸位素餐的家伙，一年到头不知要糟蹋多少和你一般的少男少女，我们这么做，也算是替天行道。当然，你若觉得过意不去，可以试着把药配成两份，一份暂时性的，一份永久性的。要是你还觉得不好，我另想办法就是了。”

“我……”岳瑜的脸色红红白白的，犹豫不决。若是夏竦丧失了男人的功能，确实再也不会对他构成威胁，一直压在他心头的那块大石也从此可以放下。只是，这样的事情实在和他坚持的道德相违背，他应该用这种方式为自己讨回公道吗？

“你先想想吧！”范小鱼起身道。她话已说完，但毕竟还是要尊重岳瑜自己的意愿。

“等一下……”岳瑜低下头去，终于犹豫地道，“我试试看。”

岳瑜的房间和范通两兄弟同在一个院子，范小鱼一踏出房门，对面的范通就走了出来，一张历经岁月流逝却更加富有男性魅力的脸上，此刻满是范小鱼熟悉的愧疚之色，“小鱼……”

范通只叫了她一声就说不下去了，愣在原地，眼神十分复杂。

“二叔，查出来了？”范小鱼止步，静静地看着范通身边的范岱。

“嗯。”范岱看了一眼范通，点了点头。

“既然已经知道在哪儿了，就先放着吧。反正这么多年都过去了，也不急于一时。”范小鱼淡淡地道，“二叔，亶儿一个人在城里，我怕他照应不过来，你也去帮帮忙吧！如果发现可疑的人，不要打草惊蛇。具体的我已经和亶儿说了，你问他就行。”

“现在就去？”范岱犹豫道。他还没把那个女人的事情告诉她呢。

“现在就去，免得再有人受害。”范小鱼点头道。

“小鱼，有件事，爹想现在就和你谈谈。”范通鼓起勇气道。

“我说了，不急于这一时。戏班子里的事是人命关天的大事，明天我还得一大早就去城里。其他的事，等戏班子的问题解决了再说吧！”范小鱼的脸上看不出任何喜怒哀乐。范通见她确实不想谈，垂眼叹了口气，转身进房了。

这一晚的饭桌上，气氛异常沉默。范白菜只以为是戏班子的事情让大家烦心，想方设法地活跃气氛，希望大家乐观一些，却不知道真正令父亲心情沉重的，却是他那已多年未曾谋面的亲娘。

这一夜，不管是城里还是城外，都注定是个无眠的夜晚。